目次

恋

序章

一九九五年四月十九日。仙台市にあるカトリック教会で、矢野布美子《やのふみこ》の葬儀がとり行われた。

列席者の少ない、寂しい葬儀だった。正面に安置された柩《ひつぎ》の傍には、白い薔薇《ばら》が活《い》けられた花瓶が一つ。花の数が少ないせいか、それとも花瓶が大きすぎるのか、まばらな花束が寒々しい。

教会は車の往来の激しい広瀬《ひろせ》通りに面している。夜半から降り始めた雨は朝になっても降りやまず、葬儀の始まるころになると、いっそう雨脚が強くなった。教会の薄い扉の向こう側からは、タイヤが蹴散《けち》らしていく水の音がひっきりなしに聞こえてくる。

痩《や》せぎすで背の高い神父が、伏目がちになって聖書を読んでいる。堂内に低く流れている音楽は、バッハのマタイ受難曲だ。生前、布美子が好きだった曲のひとつで、彼女の葬儀にマタイ受難曲を流してやるよう遺族に指示したのは、鳥飼《とりかい》三津彦《みつひこ》だった。

鳥飼は、喪服の人々から少し離れた席に座っている。会葬者は鳥飼を除けば総勢十二名。年老いた両親と妹夫婦。妹夫婦の娘で、布美子にとっては姪《めい》にあたる少女が一人。服役を終えた布美子が、長い間、勤めていたカレーショップの経営者夫妻。鳥飼が見知っている顔はそれだけで、残る五名はおそらく、布美子の親戚《しんせき》なのだろう、知らない顔ばかりだった。

大きく引き伸ばされた遺影の中で、布美子が晴れ晴れと微笑《ほほえ》んでいる。あまりに無邪気な笑顔なので、いくらなんでもこんなものを遺影に使うのは不謹慎ではないか、人を殺したような人間は、こんな笑顔を見せるべきではない、などと布美子の親戚筋が言い出し、葬儀の前に一悶着《ひともんちゃく》あったという、いわくつきの遺影だった。

鳥飼は改めて遺影を見つめた。布美子は光に目を細めるようにして、小首を傾《かし》げて笑っている。殺人罪で十年間、服役したことのある人間の笑顔とは思えない。まして、死を目前にした病人の顔だと、誰が想像できるだろう。鳥飼よりも一つ年上の四十五歳だが、年齢よりも遥《はる》かに若く見えた。過ぎてきたこと一切を受け入れ、肯定しながら、無心に微笑む布美子は例えて言えば、童女をかたどった木彫りのこけし、あるいはまた、田舎道で出会う小さな道祖神《どうそじん》の中の女に似ていた。

矢野布美子が癌《がん》に冒されていることがわかったのは、前年の秋だった。子宮癌だった。それ以前から、腰と下腹部の痛みに苦しんでいたというが、本人は医者の診察を受けようとはせず、その都度、鎮痛剤を飲んでごまかしていたようである。

いよいよこらえきれなくなって病院に行ったのが十一月も半ばを過ぎてから。癌はすでに内臓のあちらこちらに転移しており、手のほどこしようもなくなっていた。

布美子は自分の病状について詳しく知りたがった。長く見積もっても、あと四、五カ月だろう、ということを無理矢理、医師から聞き出すと、すぐに家財道具を処分して、それまで住んでいたアパートを引き払った。そして、銀行から残った蓄えを全額、引き出し、治療費および入院費として病院側に預け、自分の死後、清算してもらえるように準備を整えた。それまでの相部屋から、個室に移ったのもそのころだった。同室の患者たちに、末期《まつご》の自分を見られたくないから、というのがその理由だった。

鳥飼にとって、布美子が自ら個室に移ってくれたのは好都合だった。彼は、矢野布美子が犯した犯罪に関するノンフィクションを書くつもりでいた。入院中の彼女から話を聞き出すのに、相部屋ではどうしても同室の患者に気をつかわねばならなくなる。かといって、鳥飼には自腹を切って布美子を個室に入れてやるだけの余裕はなく、第一、その義理もなかった。

二月下旬、いつものように鳥飼が病室に入って行くと、珍しくベッドの上に起き上がって彼を迎えた布美子から、いきなり、写真を撮ってください、と頼まれた。いつになく顔色がよく、目にも力強さがみなぎっている布美子に、鳥飼は驚かされた。そのころはもう、布美子の気分がすぐれない日が多くなっており、せっかく訪ねて行っても、ほとんど話を聞けずに帰って来ることも度々だったからだ。

「今日はなんだか、生き返ったみたいにとっても気分がいいんです。私のために、写真を一枚、撮っていただけると嬉《うれ》しいのですが」

「何の記念写真にするんです」

鳥飼が笑いながら聞き返すと、布美子は「最後の」と言い、遠慮がちに目をそむけた。

「最後の写真をきちんと撮っておきませんと。私は自分の写真を一枚も持っておりませんから」

葬儀の時に使う遺影のことを言っているのだ、とすぐにわかった。どう応《こた》えるべきか、躊躇《ちゅうちょ》している鳥飼に向かって、布美子は深々と頭を下げた。「お願い致します。写真を撮っていただいたら、今日は、夜中までても、いえ、朝まででも、まとめてお話することができそうですから」

この機会を逃したら、布美子から話を聞き出すことは永遠に不可能になるだろう、と思われた。それまで問わず語りに語ってくれた布美子の話は、その日の体調によって要領を得ることもあれば、そうでないこともあった。話している途中でひどく具合が悪くなり、看護婦を呼びに走ったことも、一度や二度ではない。

こま切れに語られる話の内容は、後になってつなげようとしてみても、なかなかうまくつながらなかった。布美子自身も、詳しく覚えている出来事と、あまり印象に残っていないエピソードとが記憶の中で混乱しているらしく、一度口にしたことを翌日になって記憶違いだったと撤回したり、その次の日になると、いえ、あれはやっぱり正しかったようです、などと言ったりする。それに加えて、聞き手との距離がうまくとれていないせいか、感情に走り始めると、とめどがなくなり、往生させられることも多かった。

そのあたりの問題を解決するためには時間をかけて、じっくりと話を聞き出す必要があったのだが、何しろ相手は死期が近づいた重病人であった。三十分話してもらえた日があるかと思うと、翌日は五分で具合が悪くなり、翌々日から一週間ほどは面会すらできないというありさまで、いっこうに先が見えず、鳥飼は苛立《いらだ》ちを覚え始めていた。

その時点で、鳥飼はまだ、自分がノンフィクション作家であることに強くこだわっていた。矢野布美子の犯罪を書き記すことは、作家としてぱっとしないまま終わる可能性が強い自分のためにも、大きな賭《か》けになるであろう、いや、それどころか、これは自分の代表作になるかもしれない、と考え、武者震《むしゃぶる》いさえ覚えていた。

桜の季節まで持つかどうか、と医師が宣告した通りになるとしたら、何が何でも先を急ぐ必要があった。たっぷりと時間をとって話を聞き出すことが可能とあれば、写真を撮ってやることくらい、お安い御用であった。鳥飼はすぐさま病院を飛び出して、近所の写真店で手頃な値段のカメラを買い、二十四枚撮りのカラーフィルムも二本用意して、再び布美子の病室に駆け戻った。

布美子は白髪まじりの乱れた髪の毛を丁寧に三つ編みにして肩におろし、手鏡に向かって唇に紅をさしていた。東京に珍しく大雪が降った翌日のことだった。日差しが路面の雪を映し、窓ガラスを通して部屋いっぱいに降り注いでいた。逆光にならないよう細心の注意を払って、鳥飼は布美子にカメラを向けた。

白粉《おしろい》もつけたかったのですが、と布美子は恥じらいながら言った。「あいにく、持っていないもんですから」

充分、きれいですよ、と鳥飼は世辞を言い、言いながら、今日が勝負だ、今日のうちにすべて聞き出せなかったら、俺は本が書けない、と冷やかな気持ちで考えた。自分が不謹慎であるとはいっこうに思わなかった。その種の感情に左右されていては、本は書けない。客観的な眼差《まなざ》しを失って、いちいち取材対象に同情しているようでは、まともな原稿になるはずもなかった。

自分の中にある功利主義を努めて気にかけないようにしながら、彼は黙ってシャッターを押し続けた。乾いたシャッター音が病室の中に響き渡った。

数日後、できあがった写真を本人に見せたところ、そのうちの一枚がいたく気にいった様子で、私が死んだら、これを遺影に使ってください、と頼まれた。昔の表情に似ているから、というのがその理由だった。

寝巻の襟元がはっきり写ってしまっていたのを、鳥飼は知り合いの写真家に頼み、修正してぼかしてもらった。修正はうまくいき、写真は一昔前の芸能人のブロマイドのように仕上がった。あるいはそう見えてしまうのは、中年になり、病に倒れて痩せ衰えてもなお、愛らしさを損なわずにいた布美子のおかげだったとも言える。

とはいえ、写真を撮影した時点では、鳥飼は布美子に対して女を意識してはいなかった。布美子にそうした種類の感情を抱いたことは一度もない。それは布美子の美醜や年齢の問題ではなく、また、布美子がかもしだす雰囲気の問題でもなかった。布美子は鳥飼にとって、あくまでも自分の仕事の上での素材、久々に見つけた胸の高鳴るテーマの供給者でしかなかった。

彼が布美子の中にまぎれもない女を見い出し、布美子の魅力に気づき、布美子のことを美しいとさえ思うようになったのは、写真撮影後、深夜にまで及んだ布美子の話を聞き終えてからのことになる。

献花の時がきた。布美子の両親と妹夫婦が立ち上がり、白い薔薇を一輪ずつ手にして、祭壇のほうに向かった。両親ともに七十そこそこのはずだったが、母親のほうは、九十歳の老婆《ろうば》のように見える。娘が逮捕されてからというもの、病気がちになり、家にとじこもるだけの毎日だったというから、それも致し方のないことかもしれない。

薔薇を手向《たむ》け終えた両親と妹夫婦が、柩《ひつぎ》の中を覗《のぞ》きこんだ。母親が泣き出し、その場に崩れ落ちるようにして座りこんだ。妹夫婦が母親を抱きかかえた。母親は、壊れた操り人形のようにされるままになった。

他の会葬者が立ち上がった。鳥飼も腰を上げた。教会の外の通りを大型車が走り抜け、その轟音《ごうおん》と水しぶきの音とが、束《つか》の間《ま》、堂内に流れるマタイ受難曲の旋律をかき消した。

鳥飼三津彦が矢野布美子の名を初めて知ったのは、二年前である。

そのころ、鳥飼は若者向け月刊誌のなじみの編集者から、連合赤軍浅間山荘事件に関する原稿を書いてほしいと依頼されていた。現代の若者たちに向けて、浅間山荘事件が何だったのか、ダイジェスト版にまとめてわかりやすく説明してもらいたい、というのが編集部側の意向だった。

事件の概要を説明するだけなら、何も自分が書かなくてもいいじゃないか、というつまらない腹立ちがあった。ノンフィクション作家として名誉ある賞を受賞しているわけではないが、鳥飼は自分がキャリアを積んだ作家であり、それなりに評価もされている、と信じていた。妥当な扱いを受けていないと感じた時には、仕事を引き受けなければそれで済む。そうしたからと言って、陰口をたたかれるほど落ちぶれてはいない、という自負もあった。

だが、彼に原稿を依頼してきた編集者とは長年の友好的なつきあいがあった。頭を下げて頼まれれば、これまでの関係がある以上、断りにくい。

自宅に浅間山荘事件の資料はいくらでもそろっていることもあり、追加取材は必要なかった。彼は二、三日で済ませてしまうつもりで、仕事を引き受けた。

約束の原稿締切日が近づいてから、思いつくままに書斎の資料を机の上に並べた。だが、浅間山荘事件に関連する新聞記事をかき集めておいたスクラップ帳があったはずなのだが、おかしなことに、いくら探しても見当たらなかった。もともと書斎の整理が下手なうえに、引っ越しを繰り返したせいもあるのだろう。どこかで紛失してしまったのか。あるいは、間違えて他の不用なものと一緒に捨ててしまったのか。

浅間山荘事件の舞台となったのは、軽井沢である。とりわけ、軽井沢の地元紙、信濃《しなの》毎日新聞の記事は、その種の原稿を書く上では重要だった。妻を呼んで聞いてみたのだが、そんなものは知らないと言われた。中学校一年を頭に、年子の娘を二人抱え、妻は鳥飼の仕事にはまったく無関心だった。

仕方なく、別の新聞社の長野支局に勤務している大学時代の後輩に連絡し、信濃毎日新聞の縮刷版をコピーして、至急、ファックス送信してもらえないか、と依頼した。

一九七二年二月二十九日付朝刊は殊《こと》に重要であった。その前日の夕刻、軽井沢町の浅間山荘を舞台に繰り広げられていた連合赤軍と警官隊の銃撃戦に決着がつき、人質にされていた山荘管理人の女性が無事に救出されると共に、五名の男たちが逮捕されたからである。

後輩からは間もなくファックスが送られてきた。二月二十九日付朝刊の、怒号と非難が渦巻くような事件関連記事の蔭《かげ》に隠れるようにして、一人の若い女の犯罪が報道されていることに気づいたのはその時だった。

女の名は矢野布美子。当時二十二歳。奇《く》しくも、多数の死傷者を出した浅間山荘事件が終結した同じ日に、軽井沢の別荘地で男性を猟銃で射殺し、居合わせたもう一人の男性に重傷を負わせたのだという。殺害理由については、まだその段階では不明だった。

浅間山荘事件が起こらなかったなら、間違いなく社会面のトップで報道されていたに違いない。殺害方法といい、犯人の年齢といい、犯行現場となったのが、高級避暑地として名高い軽井沢の別荘地だったという特殊性といい、明らかにニュース価値の高い事件だったからだ。

翌三月一日付の朝刊に、後追いの記事が掲載されていて、いくらか事件の概要を知ることができたものの、それとて短いものに過ぎず、詳しいことはわからなかった。

鳥飼は事件に関心をもった。あれから二十有余年。浅間山荘事件についてはこれまで何度か、オピニオン雑誌に原稿を書いたことがある。全共闘系の元活動家たちのその後の軌跡をたどったノンフィクションを書いた時にも、事件に詳しく触れた。今さら新しい事実が出てくるわけでもなく、実際のところ、興味は半減していた。むしろ、あれほどの大事件の蔭に隠れるようにして、同じ日の同じ土地で猟銃射殺事件があった、ということのほうに素朴な興味をそそられた。

矢野布美子は犯行当時、東京の私立大学に通う大学生だった。学園紛争の重要な拠点になったことで有名なM大学で、卒業生には鳥飼の友人も何人かいた。

誰もが一度や二度はデモの隊列に加わり、反戦フォーク集会で車座になって歌っていたような時代は、かの連合赤軍浅間山荘事件で完全に終りを告げた。一つの時代にピリオドが打たれたまさしくその同じ日に、同じ軽井沢で、学生運動で名を馳《は》せていた大学の女子学生が猟銃で男を射殺したわけである。事件は鳥飼の職業意識を強く刺激することになった。

依頼された雑誌の原稿を手早く済ませてから、鳥飼は暇を見つけては矢野布美子の事件を追い始めた。

矢野布美子が射殺したのは、大久保勝也《おおくぼかつや》という、当時二十五歳の男で、大久保は軽井沢にある電機店の従業員だった。重傷を負わせたのは、片瀬信太郎《かたせしんたろう》という三十五歳になる大学の助教授。恋愛感情のもつれによる犯行で、犯行現場には、片瀬信太郎の妻も居合わせた。

片瀬信太郎の妻は、二階堂忠志《にかいどうただし》という元子爵《ししやく》の長女だった。矢野布美子は、信太郎と恋におちたわけだが、何故《なぜ》、射殺した相手が信太郎ではなく、ましてその妻でもなく、電機店の店員だったのか、はっきりしたことはなかなかわからなかった。子爵令嬢の夫婦が事件にからんでいたせいで、圧力がかかったのか、新聞記事と二、三の週刊誌の短いコラム以外、事件の顚末《てんまつ》を詳しく知るための資料は見つけることができなかった。

知り合いの弁護士を通じて、布美子の裁判記録に目を通すことができたのは、だいぶ後になってからのことになる。布美子は一審で懲役十四年の刑を受けたが、その後、一切、控訴はせず、静かに刑に服した。模範囚として十年後に出所。その後すぐに、房総《ぼうそう》半島の海辺にある観光旅館に住み込み、働いていたようだが、そこは二年ほどでやめている。後の足取りはつかめていなかった。

布美子が五反田《ごたんだ》駅の近くにあるカレーショップで、店員として働いている、という情報を得たのは、昨年の夏である。情報提供者は、鳥飼の友人で、雑誌記者をしている男だった。

事件の張本人を探し出すことができなかったら、本にすることもできない。半ば諦《あきら》めかけていた時だったから、鳥飼は小躍りして喜んだ。これはちょっとした異色の犯罪ノンフィクションになるな、という先走ったような興奮が彼を包んだ。

詳細な取材メモを作っているうちに、本のタイトルも思いついた。『終焉《しゅうえん》・一九七二年冬』……終焉というのは、時代の終りをも意味している。鳥飼の野心はふくらんだ。

店は駅裏の古いビルの一階にあった。年代を感じさせる入口の黒ずんだ木の扉に、彫《ちょう》金《きん》で〈カレーの店・インディア〉と彫られた楕円《だえん》形の看板が下がっている。立ち食い蕎《そ》麦《ば》屋にも似た、飾りけのない質素な店を想像していた鳥飼は、洒落《しゃれ》た店の佇《たたず》まいに驚かされた。

中に入って行くと、カウンターのスツールで新聞を読んでいた女が顔を上げた。「いらっしゃいませ」と言ったのか、言わなかったのか。声はか細く、よく聞き取れなかった。

写真でしか見たことがなく、しかも若いころの布美子しか知らなかったはずなのに、どういうわけか、鳥飼には、それが矢野布美子である、とすぐにわかった。

布美子は赤いデニムのエプロンをかけ、長く伸ばした髪の毛を無造作に首の後ろで結《ゆ》わえていた。緩慢な動作は中年女のそれだったが、色白でふっくらした顔立ちのせいか、それとも、一重《ひとえ》の大きな目と、雛《ひな》人形を思わせる小さいが厚みを帯びた唇のせいか、鳥飼が想像していたよりもいくらか若く見えた。

昼食時を過ぎていたため、店内に客の姿はなかった。カウンター席の他に、ボックス席が四つ。カレーとコーヒーの香りが漂っている。店の装飾は手がこんでいて、経営者の趣味なのか、彫金でかたどった意味不明の小さなオブジェが、壁のあちこちに飾られていた。

鳥飼はカウンター席に腰をおろし、ビーフカレーを注文した。暑い日にカレーは一番だなあ、と言うと、布美子は軽く微笑《ほほえ》み返した。人と視線を合わせることを避ける習慣が身についているらしく、決して鳥飼と目を合わせようとしない。とってつけたような業務用の笑顔ばかりが宙に浮いた。

運ばれてきたカレーを食べながら、鳥飼は世間話を始めた。天候の話が主だった。これほど暑い夏は、生まれて初めてですよ、と彼が言うと、そうですね、と彼女は興味なさそうにうなずいた。

食べ終えてから、おもむろに煙草《たばこ》を吸った。客が入って来る気配はなかった。

店内には有線放送の音楽が流れていた。都合のいいことに、曲は七〇年代の初めに流行した奥村チヨの歌だった。

「この歌がはやってた時、あなたは幾つでした？」無邪気な質問に聞こえるように、鳥飼は切り出した。

さあ、どうだったでしょう、と彼女は流しでグラス類を洗いながら言った。「あんまりよく覚えていません」

「僕は学生でしたよ。多分、あなたもそうだったんじゃないかな」

何事につけ、あたりさわりのない言い方をするよりも、単刀直入に切り出すほうが鳥飼の好みに合った。そのはずですよね、と彼は言い、カウンター越しにそっと自分の名刺を差し出した。

「鳥飼といいます。ノンフィクションを手がけています。よろしく」

布美子は虚をつかれたような顔で名刺を見つめ、次いで彼の顔を見た。大きな目に警戒の色が見え隠れし始めた。

「ずっとあなたを探していました」

「……どういうことですか」

「あなたは矢野布美子さんですよね。僕は去年、仕事のために古い新聞を調べていて、あなたの事件を知りました。すぐにあなたに興味を持ちました。あなたにお会いしたい、なんとかして会えないものだろうか、と思っていました」

布美子の顔から、血の気が失《う》せた。彼女が手にしていたグラスが、床に落ちなかっただけでも奇跡のように思えた。

「何かの」と彼女は低く震える声で言った。「お間違えじゃないでしょうか。いったい何の……」

いや、と鳥飼は穏やかに遮《さえぎ》った。「警戒されるのも無理はありません。突然、訪ねて来て、こんな不愉快な話を切り出されたら、あなたでなくても、腹が立つでしょう。しかし……聞いてください。さっきも言ったように、僕はあなたとまったく同世代の人間です。あなたの引き起こした事件が、あの時代とは何の関係もないことのように見えて、実は時代そのものと密接に関わり合っているのではないか、と思えてならないんですよ。だからあなたを探していた。本当です。ようやく会えました。今は、会えただけでも嬉《うれ》しいです」

布美子はグラスを流しに戻し、頭を軽く揺すって、力なく取りつくろうように笑った。

「何のお話か、私にはさっぱり……」

「裁判記録を拝見しました」鳥飼は静かに言った。「一通り読んでから、それまで見えてこなかったものが、おぼろげながら見えてきたような気がしました。ただ、僕は事件のことを知りたいのではありません。僕が知りたいのはあなたのことです。あなたが、どんな青春時代を送ったのか、それが知りたい。あなたを知ることによって、あの時代を生きた人間が共通して抱えていた何かを表現することができるような気がするからです」

水を流す音が店内に響いた。布美子は怒ったような顔つきで、洗い物を続けていた。

「あのころ、僕も学生でした」鳥飼は続けた。「デモに出て、機動隊に石を投げて、反戦歌を歌って、意気揚々と帰って来るだけの、ね。多分、あなたもそんな似たような学生時代を送っていらしたんだと思います。あの時代に学生生活を送った人間は、程度の差こそあれ、みんな同じような生活をし、同じような問題を抱えていたはずです。そのうえで、誰もがするような恋をして、学生生活を謳歌《おうか》して……。多分、あなたもそうだったのでしょう。あなたはごく普通の学生だったに違いない。そこにあの事件の鍵《かぎ》がある。それを解きあかさない限り、あなたのやったことは……」

布美子の顔が険しくなった。存じません、と彼女は言い、ふいに背筋を伸ばすと、乱暴な手つきで鳥飼に伝票を押しつけた。「ビーフカレー一つ。八百五十円です。お会計を済まされたら、お帰りください。お話することは何もありません」

……数少ない会葬者の最後に、鳥飼は十三本目の白薔薇《ばら》を柩《ひつぎ》に手向けた。闘病生活が思っていたよりも短かったせいだろう。死化粧が施された布美子の顔に苦悶《くもん》の色は残っておらず、穏やかに眠っているだけのように見えた。

雛人形のような小さなぽってりとした唇は、朱色に塗られている。かつて、その唇が食べ物を含み、夥《おびただ》しいほどの言葉を紡《つむ》ぎ出し、時には吐息を、時には歓喜の叫び声を洩《も》らしながら、活《い》き活《い》きと動きまわっていたことを思うと、不思議な感じがした。今、朱に染まった布美子の唇はかすかに開いていて、その奥には深い闇《やみ》が覗《のぞ》いて見えるだけであった。

カレーの店〈インディア〉で、布美子から伝票を押しつけられ、帰された日の翌日、鳥飼は再び、店を訪ねた。客でたてこんでいない時間帯を見計らって行ったのだが、客の代わりに、布美子の隣には初老の女の姿があった。

カレーを注文し、布美子に話しかけようとすると、その女が布美子を後ろにまわし、かばうような仕草をした。白髪まじりのボブカットに、メタルフレームの眼鏡をかけた口やかましい教師のように見える女で、眼鏡の奥の目には、異様と思えるほどの警戒心が浮かんでいた。

「私はこの店の経営者ですけどもね。申し訳ありませんが、お食事を済ませたらお引き取りいただけますか」

鳥飼は雰囲気を和《なご》ませるつもりで、やわらかく微笑んでみせた。取材対象にいきなり接触しようとすると、必ずと言っていいほど、一度はこの種の冷たい応対を受ける。相手の心情を思えば、当然のことであった。鳥飼は別段、驚かなかった。

「今日は僕が書いた本を持って来たんです。興味がおありかどうか、わかりませんが、是非、矢野さんに読んでいただきたくて」

スツールの下に置いた紙袋の中から、彼は自分の本を取り出した。版元は名前を聞けば誰でも知っている大手出版社であり、表紙の袖《そで》部分には、彼自身の顔写真が略歴と共に大きく掲載されている。帯には、高名な作家の推薦文も印刷されている。怪しい者ではない、ということを布美子に知ってもらうためには、もっともふさわしい本であった。

タイトルは『団塊の世代・九人の風景』。彼と同年代か、少し年上の専門職についている男女ばかり九人を選び出し、インタビュー取材してまとめあげた、比較的、語り口のやわらかい一冊である。

カウンターの上に本を載せてから、鳥飼は、女の後ろに隠れるようにしていた布美子に向かって、「どうぞ」と言った。「これが僕の自己紹介です。あとはあなたが判断してくだされればそれでいい。今日のところは、これで失礼しますから」

それから二日続けて、店に行った。布美子の姿は見えず、二度とも、経営者だという女が一人、カウンターの中にいるだけであった。矢野さんは？　と聞くと、ちょっと身体《からだ》の具合が悪くてお休みしています、と言われた。女の態度は、相変わらずよそよそしく、取りつく島もなかった。

三日おいて、翌週、また店に行ってみると、経営者の女とその夫らしき男が、カウンターの中に入っていた。鳥飼の顔を見るなり、男のほうがカウンターから出て来た。どうぞ、こちらに、と言われ、奥のボックス席に案内された。鳥飼は言われるままに、腰をおろした。

年齢を感じさせないほど黒々と生えそろった髪の毛をオールバックに撫《な》でつけた、気難しい感じのする痩《や》せた男だった。カレーの店にいるよりは、昔ながらの薄暗いジャズ喫茶の片隅でコーヒーをいれているほうが似合いそうだった。

男は「野平《のひら》です」と名を名乗り、布美子はもう、この店をやめてしまった、だから、通っていただいても無駄である、というような意味のことを慇懃《いんぎん》な口調で述べた。何も働き口まで放棄しなくても、と鳥飼は思った。自分の不躾《ぶしつけ》なふるまいが彼女をそこまで追いこんでしまったことを思うと、かすかな罪の意識を覚えたが、彼はつとめて冷静に、そうでしたか、と言った。「残念です。僕は何もスキャンダル記事を書くつもりで、彼女に接触したわけではないのですが」

「そのことだけはふうちゃんにも……いえ、布美子さんにも通じていたようですがね」

「それなら何故……」

「誰が喜んで、昔の傷口を他人にさらしますか。しかも本にするだなんて。売名行為でない限り、そんなことをしたがる人間はいないでしょう」

鳥飼は黙っていた。どうやら、野平夫妻は、布美子の前歴を知っていながら、そのことを正直に包み隠さず話してくれた布美子の人柄に惚《ほ》れて、彼女を店に雇い入れたらしかった。野平はそのことをくどくどと繰り返すと、「申し訳ないのですが」と言った。

「もうここにはおいでにならないでください。いらしても彼女には会えませんから」

「せめて、一度だけでも会わせていただけないものでしょうか。僕が書き残しておこうとしていることは、彼女だけの問題ではない。ある意味で、あの時代を生きた人間に共通する普遍的なテーマだと僕は信じて……」

「テーマも何もないでしょう」野平はふいに、いまいましげな顔をして目をそらした。

「いくら名の通った作家の先生であろうと、他人の傷口に触って、飯のタネにしようとなさる方には、彼女のような人間が抱えた苦しみはおわかりにならないと思いますがね」

飯のタネ、という言い方が気にくわなかった。事実その通りだ、という思いが、鳥飼の中にはあった。

「でしたら仕方ありません」彼は相手に調子を合わせるようにして、慇懃に言った。「矢野さんと連絡をとることがおありでしたら、お伝えください。気持ちが変わったら、いつでも僕に連絡をしてほしい、と。あなたのことを正しく書けるのは僕しかいない、そのことは自信をもって言える、と、必ずそのように伝えてください」

「気持ちが変わることは金輪際《こんりんざい》、ないと思いますが」と野平は言った。「いいでしょう。そう伝えます」

布美子からの音沙汰《おとさた》はなかった。期待していなかったとはいえ、鳥飼は無念さを味わった。タイトルまで決めてある本の主人公が逃げてしまったとあっては、先が続かないのは目に見えていた。

何度か、布美子不在のまま、書き進められないか、と試みてもみたが、難しかった。たとえ、あの事件の被害者と接触して、話を聞き出すことができたとしても、布美子の肉声なしには、すべてが無意味だった。

他の仕事が重なって、忙殺されているうちに、十二月になった。クリスマスイブの夜、親しい編集者と新宿に飲みに行き、終電で帰宅すると、玄関先で妻が「知らない女の人から電話があったの」と言ってきた。「ヤノフミコって人。あなた、知ってる？　なんだか知らないけど、病気で入院したんですってよ。主人はまだ帰っていません、って言ったら、改めてまた、お電話します、って」

妻は布美子の入院している病院名を聞いていなかった。突然、夫あてに名も知らぬ女性から電話がかかってきたということで、妻はいくらか気にしている様子だった。「誰なの？　その人」と聞かれたため、鳥飼は簡単に事件のいきさつの説明をしてやった。妻は目を丸くし、まあ、怖い、と言った。言ったのはそれだけだった。

鳥飼は再び布美子が電話をかけてきてくれることを祈りつつ、待ち続けた。四日たち、五日たっても連絡はなかった。待ちあぐねて、都内の病院をしらみつぶしに探す決心を固めた日の午後、速達で封書が届いた。布美子からだった。

時候の挨拶《あいさつ》と、突然、姿を消したことに対する丁重な詫《わ》びを含めた、長い手紙だった。重い病気にかかってしまったこと、死期が近くなっていることが、あたかも役所の報告書のような素っ気なさで淡々と書かれており、その後には次のような文章が続いていた。

『野平さんご夫妻から聞きました。私のことを正しく書けるのは鳥飼先生しかいない、と先生御自身がおっしゃっていたそうですね。そんなふうに熱心に言ってくださる先生の真意がどこにあるのかは、今の私にはわかりかねますが、私のような人間にも興味を持ってくださる方がいた、というだけでも、神に感謝しなければならないのだろうと思います。もし、私の犯した罪がもう少し単純な動機に基づくものであったなら、私は多分、先生のお申し出に気持ちが動かされていたかもしれません。こんな形で姿をくらまし、弁解がましく長々とつまらない手紙を書くこともなかったでしょう。私が何故《なぜ》、先生のお申し出を受けることができなかったのか、先生には多分、想像もつかないに違いありません。正直に申し上げます。私はあの事件に関して、大きな秘密を抱えています。これまで誰にも打ち明けたことはなく、法廷でも私はそのことに関しては一言も触れませんでした。その秘密は、決して本に書けない種類のものです。無理なのです。どうしても不可能なのです。それなのに、そのことに触れないと、私が犯した罪の全貌《ぜんぼう》は決して見えてこないのです。おわかりになりますでしょうか。人間としてあるまじき行為におよんでしまった私は、その秘密を生涯、胸に秘め、そうすることによって、罪を償わねばならないのだと思っております。先生にひとため、お会いして、このことをお伝えすべきなのでしょうが、わざわざ足を運んでいただくのも申し訳なく、ペンを取りました。こうした形で最後のご挨拶をさせていただくことをお許しください』

末尾に「お読みになったらすぐに焼き捨ててくださいませ」という一文と共に、「先生からいただいた御著書は読ませていただきました。深く胸にしみました」とあった。

入院先の病院名は記されていなかった。消印は渋谷区広尾《ひろお》。鳥飼は、片っぱしから付近の病院に電話をかけまくった。

布美子の入院先が突き止められたのは、翌三十日になってから。電話口に出てきた病院の案内係の女性の声の後ろ側では、「もういくつねるとお正月」のメロディーが小さく流れていた。

よく晴れわたった暖かい大晦日《おおみそか》の午後、鳥飼は布美子が入院中の渋谷区にある総合病院を訪ねた。布美子はその三日前に、それまでの五人部屋から個室に移っていた。西向きの個室は病院の裏通りに面しており、彼がドアを開けた途端、ブラインド越しにさしてくるやわらかな西日が、細い光の線と化して彼を迎えた。

布美子は一まわり、痩せたようだったが、顔色は悪くなかった。鳥飼の姿をみとめて、慌《あわ》てて起き上がろうとし、その際、身体のどこかに苦痛が走ったものか、何かをこらえるように軽く目を閉じたのだが、そんな表情ですら、末期の病に苦しむ病人のものには見えなかった。

鳥飼が持参した花と果物を手渡すと、布美子は「どうも」と小声で言って、目を伏せた。

「よくここがおわかりになったのですね」

「職業柄、場所探し、人探しには強いんです。手紙、拝見しました。ともかくお目にかかりたくて、飛んで来ました」

「まさか、先生がいらっしゃるとは夢にも……」

「とっくに諦《あきら》めたとお思いでしたか」

「いいえ、別に……。ですが、あの……私はあの手紙で私の気持ちを……」

「いいんです」鳥飼はそっと彼女を制した。「お手紙を読んで、あなたの気持ちはわかりました。背景に、何かの事情がおありだということもわかっています。ご安心ください。無理は言いません。今日は、あなたにお目にかかるためだけにやって来たんです。本当です」

半分嘘《うそ》で、半分真実だった。これほど執筆意欲をかきたてられる取材対象は、かつてなかった。鳥飼は冷静だった。布美子の入院先を突き止めた後で、彼は丸一日、部屋にとじこもって方法を考えた。どうやれば、布美子が抱えているという秘密ともども、彼女の事件を自分の手によるノンフィクション作品に仕上げることができるか。性急に進めるのは危険だったが、かといって、いつ面会謝絶になってしまうかわからないような病人相手にのんびりかまえてもいられない。

何よりもまず、布美子の事件をまとめたい、とする彼の熱意と、その熱意の根拠を可能な限り、彼女に伝えねばならなかった。秘密を明かすわけにはいかない、と彼女が態度を硬化させるのであれば、最大限、譲歩して、その秘密に触れない約束で書き進めることも考えられる。

彼女から取材の承諾さえ得られれば、その秘密とやらを聞き出せる可能性も出てくるはずであった。運がよければ、その秘密を本人と相談の上で脚色し、細心の注意を払った上で、作品の中に織りこんでしまうことだって可能かもしれない。

まず会うことだ、と彼は考えた。会って少しでも友好的な関係を作り出すことが先決だった。ノンフィクション作家と事件の加害者……という関係のままでは、いつまでたっても埒《らち》はあかない。布美子の気持ちがやわらいだところを見計らって、再度、正式に原稿化の承諾を依頼してみる以外、方法はなかった。

その日の面会は二十分ほどだった。よもやま話の後で、彼は布美子の容態を訊《たず》ね、死を受け入れる準備をしている彼女の精神の強靭《きょうじん》さを讃《たた》え、最後に一言、自分にできることはないだろうか、と聞いてみた。

布美子は静かに頭を横に振り、「お気づかいなく」と言った。「病院の方々がとてもよくしてくださるし、不便な点は何もありません」

「欲しいものがあったら言ってください。これも何かのご縁です。そう、お考えください」

「ありがとうございます」布美子は鳥飼に向かって深く頭を下げた。

年明けから五日まで、元日を除く毎日、鳥飼は布美子の病室を訪問した。事件の話には一切、触れなかった。彼女に質問することもできるだけ避け、自分の話、自分の家族の話ばかりを聞かせ、楽しい話題を選び、時には冗談もまじえ、警戒心を引き起こすような、もってまわった言い回しは避けるように努めた。

布美子はよく笑ってくれた。声を出して笑うわけではないが、微笑《ほほえ》みを絶やさず、時には、口に手をあてて、さも可笑《おか》しそうに肩を震わせたりもした。

六日に雑誌の仕事で仙台に行き、七日の午後に東京に戻ってから、鳥飼はその足で病室を訪ねた。途中の花屋で包んでもらったフリージアの花束と一緒に、仙台銘菓の〝白《しら》松《まつ》がモナカ〟を布美子に手渡すと、ベッドに半身を起こしていた布美子は、最中《もなか》のパッケージを見て、ふいに目をうるませた。

「懐《なつ》かしい」と彼女は喉《のど》を詰まらせた。「昔からあるお菓子です。若かったころ、よく食べました。父と祖母が甘党で、うちにはいつも、この最中が置いてあったんです」

「お母さんや妹さんは甘党じゃなかったんですか」

「母はお漬物が好物でした。白菜とか茄子《なす》のお漬物。妹は甘いものが好きでしたけど、最中は嫌いで……。年寄りが食べるお菓子だと思ってたみたいですね。あの子はシュークリームとかエクレアとか、そんなものばかり欲しがってました。たまに親から買ってもらうと、私が学校から帰るまでに全部、一人占めしてしまって、私は腹が立って、よくそのことで他愛《たわい》のない喧嘩《けんか》をしたものです」

微笑んでいる布美子の目がうるんだ。布美子が自分のことを語ったのは初めてだった。鳥飼は黙っていた。

事件後、布美子は実家との関係を自ら断った。仙台市内で雑貨店を経営している両親は、娘に会うために何度か刑務所を訪れていたようだが、布美子は家族に迷惑をかけたくないから、という理由で面会を拒み続けたのだという。

出所後、房総半島の観光旅館で働いていた時、母が訪ねて来て、十数年ぶりで再会した。その際、妹に縁談があっても布美子のせいですぐに破談になってしまう、という話を聞き、申し訳なさに胸が詰まった。旅館をやめ、逃げるようにして行方をくらまして、以後、一切、実家と連絡をとらなくなったのも、そのためだった。

そんな話を鳥飼相手に問わず語りに語り終えると、布美子は、ふっ、と吐息をもらし、涙を拭《ぬぐ》った。「いやだわ、私ったら。こんな話、始めたりして」

続けてほしい、もっと別の話もしてほしい、と内心、焦《あせ》りながらも、鳥飼は黙っていた。ここで質問の矢を飛ばし始めたら、もとのもくあみになりそうだった。

「妹さんは、今はどうされているんですか」彼は注意深く聞いた。

布美子は額に落ちた前髪をかきあげながら、寂しげな笑みを浮かべた。「結婚したと聞いています。見合いではなく、恋愛だったそうです。私がやめた旅館あてに妹自身から結婚を知らせる手紙が来て、旅館の女将《おかみ》さんは私の居所がわからずに、その手紙を保管しておいてくださったのですが、ずっと後になってから女将さんと会う機会がありまして。その際、手紙を受け取ることができました。ウェディングドレス姿の妹の写真も入っていました。すっかりきれいになっていて……別人みたいでした」

「会いたいでしょう」

「え？」

「ご両親や妹さんと。会いたいんじゃありませんか」

布美子は黙っていた。ベッドの布団《ふとん》の上で、フリージアの花束が淡く香った。

僕があなたの立場だったら、と彼は言った。「多分、会いたくなると思いますよ。別に恥ずかしいことでも何でもない。人間の自然な感情です」

「私は会いません」布美子はうつむき加減になりながら言った。表情が強張《こわば》った。「もうずいぶん昔に、自分でそう決めましたから」

そうですか、と鳥飼は言った。二人の間に沈黙が拡《ひろ》がった。

「一つだけ、言わせてもらおうかな」

「何でしょうか」

「あなたはもう、充分、罪は償った。それは誰もが認めることです。あなた自身、よくわかっているはずだ。そろそろ、自分を楽にさせてあげる時期です。無理はいけない。無理を続ける意味もない。違いますか」

ベッドのボードに背をもたせかけたまま、布美子は顔をあげた。とりとめのない表情が浮かんだが、すぐに消え、その顔には静かな拒絶とも思える沈黙が、さざ波のように拡がった。

「気を悪くしましたか」

「いえ」

「また嫌われたのかもしれないな」鳥飼は笑みを浮かべた。「弱ったな。そんなつもりで言ったのではないんですが」

布美子は答えなかった。ドアにノックの音がし、若い小柄な看護婦が一人、きびきびした足取りで入って来た。

「少し血をいただきますよ、矢野さん。明日の検査に回しますからね」

看護婦は鳥飼に軽く会釈《えしやく》をし、てきぱきと布美子の腕を脱脂綿で消毒し始めた。布美子が採血されている間、鳥飼はフリージアの花束と花瓶を手に、病室を出た。トイレ脇《わき》の流しで花瓶に水を張り、花を活《い》け、患者が集まってTVを見ている喫煙コーナーで一服してから病室に戻った。

看護婦の姿はなく、布美子は枕《まくら》に頭を載せて仰向けに寝ていた。鳥飼の持ってきた最中の包みは、サイドテーブルの上に置かれていた。

「血をとられると、くらくらしてしまって」布美子は力なく言った。「こんな恰好《かっこう》で失礼します」

「僕なんか、血をとられると聞いただけでもくらくらしてきますよ。お疲れでしょう」

「いえ、それほどでも……」

起き上がろうとしかけた彼女を制して、鳥飼はフリージアを活けた花瓶をテーブルの上に載せた。「香りが強くて、気になりませんか？　失敗したな。もうちょっと香りの少ない花を選ぶべきでした」

「大丈夫です。この香り、大好きですから」

サイドテーブルの上に、赤い千鳥格子《ちどりごうし》もようの布製カバーがかけられた本が見えた。

「きれいなカバーがかかってますね。何の本ですか」

布美子は首を少し動かして、サイドテーブルの上を見ると、聖書です、と言った。

「洗礼を受けました。二十七の時に」

そうだったんですか、と彼は言った。初めて知った事実だった。二十七といえば、服役中のことになる。

三階にある病室の窓の外に、とばりが降り始めた。街の明りが、あちこちでせわしなく瞬《またた》いている。鳥飼はオーバーコートを手に取った。「じゃあ、今日はこれで。ゆっくりお休みになってください。また来ます」

布美子は黙っていた。鳥飼は、いつも持ち歩いている大きいショルダーバッグを肩にかけ、ドアに向かった。

ドアノブをつかみかけた時だった。背後で、「先生」と呼び止める布美子の声がした。

振り返ると、布美子はベッドに仰向けになったまま、大きな目を開けて彼のほうではなく、天井を見つめていた。

「まだ間に合いますでしょうか」

「は?」

「私の残り時間は本当に少ないのですが、それでも間に合うのでしょうか」

「何の話です」

「先生のご本のことです」

手から力が抜け、コートの袖《そで》がだらしなく床に垂れた。布美子は枕の上でゆっくりと首をまわし、彼を見た。血の気を失ったぶ厚い唇が、わななくように開いた。

「何もかも、お話します」


十三人の会葬者が全員、布美子の遺体と別れを告げると、短い葬儀は終わった。鳥飼はカレーショップ経営者の野平夫妻と並んで、教会を出た。表通りにはすでに、火葬場に柩《ひつぎ》を運ぶための黒い大きなワゴン車が待機していた。

教会の本堂脇に一本の桜の木があり、散りかけた桜の花が雨に打たれているのが見えた。路面に落ちた花びらは、深い水たまりの中に浮かび、あとからあとから降りしきる雨を受けて踊っていた。

「ふうちゃんは、今年の桜を見たかしら」野平夫人がつぶやくように言った。

「病室の窓から、多分、見えたと思います」鳥飼がそう言うと、夫人は、そう、とうるんだ目を細めてうなずいた。「そうよね。そのはずよね」

布美子の容態が悪化したのは三月二十九日だった。そのころ、野平夫妻は毎日のように病室を訪れており、鳥飼も何度か、顔を合わせた。夫妻は、眠ったままでいる布美子の顔を覗《のぞ》きこんでは何ごとかを語りかけ、静かに布美子を見守り、帰って行った。

布美子の承諾は得ていないが、そろそろ仙台にいる布美子の両親に連絡をとったほうがいいのではないか、という相談を鳥飼が夫妻に持ちかけたのは三月末になってからだった。夫妻は自分たちもそのように思っていた、と言い、ただちに仙台の布美子の実家に連絡が取られた。

数日後、両親と妹が上京して来た。布美子は意識がある時に、家族と短い言葉を交わしたようだが、何を話したのか、鳥飼には知る由《よし》もない。

布美子が眠るように息を引き取ったのは、家族が一旦《いったん》、仙台に戻った日の翌日の午後だった。ちょうど病室には他に人がおらず、付き添っていた鳥飼が最期《さいご》を看取《みと》った。

……布美子の親戚《しんせき》の男たちが、柩を運んで来た。後ろに、布美子の両親が続いた。布美子の遺影を手にしているのは、かつてエクレアとシュークリームが好きだったという布美子の妹だった。

人手が足りず、通りに駐車中のワゴン車まで、柩に傘をさしかけてやる人間がいなかった。鳥飼が自分のさしていた黒い傘で柩が雨に濡《ぬ》れるのをかばってやると、野平夫妻も同じように自分たちの傘を差し出した。

柩がワゴン車の中に安置された。布美子の父親が鳥飼と野平夫妻に向かって、深々と頭を下げた。母親のほうは、自分たちが何かとてつもなく悪いことをしているかのように、顔を伏せながら、そそくさと車に乗り込んでしまった。

生ぬるい風が吹き、雨が斜めに吹きつけた。ワゴン車が静かに動き出した。黒い大きな影が、雨に煙った大通りを遠ざかっていくのを見送りながら、鳥飼は自分でも説明のつかない熱い感情にかられて、思わず天を仰いだ。

布美子が鳥飼に、遺影用の写真撮影を依頼した日。彼女は約束通り、撮影が終わってからすぐに、自分のことを話し始めた。まるで、奇蹟《きせき》的に健康を回復した人間のような、見事に力のこもった話しぶりであった。

紡《つむ》ぎ出される言葉はきわめて自然で、いたずらに装飾されることなく、内容も整然とまとまっていた。感傷にかられて、途中、言葉を詰まらせることもなかった。彼女は静かに、淡々と、しかも申し分なく理性的に語り続けた。

途中で、夕食の時間になり、病院専属の賄《まかな》いの女性が彼女用の食事を部屋まで運んで来たが、布美子は手をつけようとしなかった。鳥飼もまた、空腹を覚えなかった。

九時の消灯時間が近づいたころ、看護婦がやって来て、面会時間は終わりました、と鳥飼に告げた。大事な話があるんです、今夜中に話し終えてしまわなければならないんです、他の患者さんに迷惑をかけるほどの声は出しません、話が終わるまで大目にみていただけないでしょうか……そう布美子が懇願すると、看護婦は鳥飼と布美子を交互に見つめ、つのる好奇心を隠そうとでもするかのように、いくらか素っ気なくうなずいた。

天井の明りが消された後は、ベッド脇の読書灯の中で話が続けられた。飲物を買いに、一階ロビーの自動販売機まで行く時間すら惜しかった。鳥飼は病室内の電気ポットを使って湯を沸かし、自分たちのためにお茶をいれた。

話がクライマックスにさしかかったのは、十一時を過ぎてからだった。布美子は、これまで誰にも明かさなかったという重大な秘密を口にしようとした時だけ、おし黙った。沈黙は思いがけず、長く続いた。病室の外の廊下はひっそりとしており、窓の外からかすかに聞こえてくる車の音が、かえって室内の静寂を強調した。

だが、その沈黙も、間もなく終わった。再び、布美子が口を開くと、布美子の物語は何事もなかったように続けられた。

午前一時過ぎ、すべてを話し終えた布美子は、疲れた様子も見せずに、信じられないほど晴れ晴れとした笑みを浮かべて鳥飼を見た。頬が紅潮し、瞳《ひとみ》がきらめいていた。読書灯の作る黄色い明りの中に浮き上がった彼女の顔を見ながら、鳥飼は身動きができなくなった。

二人は長い間、同じ姿勢のまま、見つめ合った。外界の一切の物音が途絶え、互いの瞬きの音すら聞き分けられそうだった。

先に口を開いたのは、布美子のほうだった。

「途中から、メモをお取りになっていなかったようですが、よろしかったんでしょうか」

鳥飼は、自分が持ってきた取材用のノートが、太字のシャープペンシルと共に床に落ちているのをぼんやり見つめた。細かい文字が連ねられているのは初めの四ページほどで、後は空白だった。

「先生のようなお仕事の方は、人の話を全部、記憶の中にたたきこむことができるんでしょうね」

「そんなことはありません」

「後でどうしても思い出せないくだりがありましたら、また聞いてください。と言っても、私が元気にお話できるのは、多分、これが最後になると思いますが。でも、どうか、ご遠慮なく。話ができる間は、ご協力しますので」

「その必要はないと思います」

「そうでしょうね。先生は私のことに関しては、私以上にいろいろ御存知でいらっしゃるから。今夜、お話したことの大半は、すでに想像がついていらしたのかもしれないし」

いや、と鳥飼は首を横に振った。後の言葉が続かなかった。

「なんだか、すっきりしました」布美子は薄く笑った。「自分のことをこれほど包み隠さず話したのは、生まれて初めてです」

鳥飼が黙っていると、布美子は恥じらうように顔をそむけ、指先でもじもじとシーツを玩《もてあそ》んだ。「先生のことを信頼してよかった。そう思っています。後のことはすべて、おまかせします。先生のいいようになさってください。あの秘密のことも、何もかも。先生なら、うまく原稿にしてくださると信じています」

「やめます」鳥飼は低い声で言った。自分の声が瓶の中で発した声のように、くぐもって聞こえた。

何か別の言葉と聞き違えたのか、布美子は笑みを浮かべながら小首を傾《かし》げ、「は？」と聞き返した。

「やめます」彼女が握りしめていた白いシーツの皺《しわ》を見つめたまま、鳥飼は繰り返した。

「本にはしません」

布美子が息をのむ気配があった。彼は唇をへの字に曲げ、前歯で強く唇を噛《か》んだ。熱い塊が喉《のど》にこみあげ、行き場を失ったまま、身体《からだ》の中で膨《ふく》らんでいくような感じがした。

「うまく説明できません」彼は背筋を伸ばし、両手を自分の膝《ひざ》におしつけて、吐息と共にうつむいた。「ずっとあなたのことが書きたかった。だからあなたを探したし……いやな言い方になるが、あなたに取り入ってもきた。正直に言いましょう。あなたから話を聞き出すまでは、どんなことでもやる覚悟でいた。卑劣なこともやりかねない勢いでした。今日の午後まではね。でも、今は違う」

「私の話し方が悪かったのでしょうか。それとも、あの秘密はやはり、先生でも書けない種類のものだったのでしょうか」

「違う。違います。そういう意味で言ってるのではない」鳥飼は頭を強く横に振った。

「全然、違うんです」

布美子の大きな目が彼を捉《とら》えた。鳥飼はその目の奥に非難の光、怒りの光を探した。だが、何も見つけることはできなかった。布美子はただ、彼を見ていた。無心に見ているだけだった。

こういう話だったとは、と彼はつぶやき、大きく息を吸いながら目を伏せた。「想像もしていなかった」

自分の肩が細かく震えるのがわかった。鳥飼はまた唇を噛んだ。思いがけず、目がうるみそうになってしまったからだった。

彼はゆっくりと顔を上げた。「話してくださってありがとう。今後は、僕がその秘密を引き受けます。約束します。この僕が、生涯、胸に秘めて、本にもせず、誰にも言わず、あなたの代わりに、あなたが体験したことを……」

言葉が続かなくなった。シーツの上をすべるようにして、布美子の手が伸びてきた。関節がいくらか節くれ立ってはいるが、皺の少ない細くきれいな白い指だった。指は彼の手を求めて、宙をさまよっているようだった。鳥飼はおずおずと自分の手をそこに重ねた。温かく乾いた手が、彼の手をそっと握り返した。

「先生」布美子は鼻をすすり上げ、消えいるような声で言った。「私の人生の最後に、先生に出会えてよかった。すべてを打ち明けることができてよかった。ありがとうございます」

布美子が長々と語ってくれた物語が、一瞬、鳥飼の頭の中に恐ろしいほどのスピードで再生された。生きている限り、人が体験し得るドラマは無数にある、と彼は改めて思った。静かな感動が彼を包んだ。

「私が死んで、もし、先生があの人たちに会うことがあったら」布美子はうるんだ目に微笑みをたたえながら言った。「伝えてくださいね。矢野布美子はお二人が大好きでした、と」

鳥飼はうなずいた。うなずきながら、彼女の手を強く握った。抱きしめてやりたい、という不可思議な衝動にかられつつ、彼は布美子の手を握ったまま、長い間、病室に拡《ひろ》がる薄墨色の闇《やみ》を見ていた。

＊

布美子が鳥飼に語った話は、以下のようになる。

I

今からちょうど、二十五年前の春、私は片瀬夫妻と出会った。晴れてはいたが花冷えの、風の強い日だった。

満開の桜が風に吹かれ、はらはらと散り拡がって、芝の敷かれた庭先を薄桃色に染めていた。時折、突風が吹きつけ、そのたびに女たちは、かん高い声をあげながらスカートの裾《すそ》をおさえて後じさった。芝生の上に並べられた細長いテーブルの上では、糊《のり》の効いたクロスがはためいていた。蝶《ちょう》ネクタイをしめた給仕人たちは、料理の皿に桜の花びらが落ちてこないよう、始終、見張っていなければならなかった。

着飾った人々の中で、私だけがベルボトムのジーンズに毛玉の浮いた紺色のセーターという、場違いな恰好《かっこう》をしていた。せっかく来たのだから、好きなものを食べていきなさい……片瀬信太郎にはそう言われた。ひと通り、仕事の説明を受けると、私は言われた通り、料理を皿に取り分けて食べ始めた。見たこともないような料理ばかりで、おいしいのかまずいのか、味はわからなかった。

片瀬夫妻は、桜の木の下に立ち、白ワインの入ったグラスを手に白髪の老紳士と談笑していた。片瀬信太郎は細いストライプ模様の入った英国風のエレガントなスーツを着て、胸にポケットチーフをさしていた。妻の雛子《ひなこ》はモスリンのように見える、ひらひらとした柔らかい生地のドレス姿で、少し寒そうだった。

人探しでもするようにして、片瀬信太郎が首を伸ばしてあたりを眺めまわし、テーブルの脇《わき》に立っていた私を見つけると、にっこりと微笑《ほほえ》んだ。彼はすぐさま、雛子に何事か囁《ささや》いた。雛子が首をめぐらせて私を見、微笑ましそうにうなずいた。

一陣の風が吹き、舞い降りた花びらがシャワーのように彼らの笑顔を被《おお》った。一瞬の後、彼らはまた、目の前の老紳士と話を始めた。片瀬信太郎が笑うと、雛子も笑った。木もれ日が、彼らの笑顔の中で踊った。

一つだけ不思議なことがある。どういうわけか、あの出会いの日に限って、私の中の記憶には色彩がない。音もない。匂《にお》いもない。輝きもない。まるで、黴《かび》の生えた古い白黒の8ミリフィルムのように、ぼやけた映像が次々とコマ送りにされるだけ。そこには懐《なつ》かしさも感傷も後悔も何もなく、ただ、膨大な時の流れの中に切り取られた、束の間《つかのま》の景色が見えるばかりである。

一九七〇年三月。私は実入りのいいアルバイトを探すことに奔走していた。当時、一緒に暮らしていた男友達が前年十一月の佐藤訪米阻止闘争で逮捕され、親から仕送りを絶たれて、いよいよ私が彼の面倒を見なくてはならなくなったからである。

男友達の名は唐木俊夫《からきとしお》といった。唐木は私の通っている大学の二年先輩だったが、ある新左翼系セクトの活動家で、二年続けて留年してしまったため、私と同学年であった。

つきあい始めた当初、唐木は高円寺《こうえんじ》に、私は中野《なかの》に、それぞれアパートを借りて住んでいた。もともと、唐木のアパートは会社の寮として使われていたもので、昔、布団《ふとん》部屋だったという三畳一間の彼の部屋は、北向きの薄暗い廊下の突き当たりにあった。

彼の部屋には私も何度か、行ったことがある。部屋の中に水道も流しもなく、コンセントもついていないようなところだった。万年床が敷かれた部屋は、山のような本やら汚れものやらで埋まっており、足の踏み場もなかった。インスタントコーヒーをいれるためには、電気ポットの短いコードを天井の裸電球のソケットにつなぎ、立ったまま、湯がわくまでポットを抱えていなければならなかった。

唐木はまもなく、ことあるごとに理由をつけて、私のところに来て泊まっていくようになった。四畳半とはいえ、東南角部屋の私の部屋は居心地がよかった。冬は炬燵《こたつ》が使えたし、夏は窓を開け放しておくと風が入った。中古品ではあるが、友達から安く手に入れた小型の冷蔵庫まであった。ごきぶりは出たが、ネズミは出なかった。唐木の部屋と比べたら、天国だった。

そのうち、唐木は私の部屋を活動家たちの溜《た》まり場として使い始めた。いつ戻っても、私の部屋には誰かがいた。時には、見知らぬ男が私の毛布にくるまって寝ていることもあった。誰ですか、と聞くと、名を名乗り、挨拶《あいさつ》も詫《わ》びもなく、また眠ってしまう。あとで唐木に抗議すると、唐木は、悪かった、と謝り、今度からは絶対にあんな図々《ずうずう》しいことはさせない、俺たちの部屋なんだから、他の奴《やつ》らは中に入れないようにする、と約束した。だが、一週間もたたないうちに、私の部屋にはまた、名前も覚えられないほど大勢の人間が入れ代わり立ち代わりやって来て、私は彼らのためにコーラを買いに行かされたり、時にはビラを印刷するためのガリ版刷りの手伝いを頼まれたりするのだった。

唐木俊夫と出会ったのは、大学がバリケード封鎖され、授業再開の見通しがたたなくなっていた時のことだ。行き場を失った学生たちが、見境いのつかない興奮にかられて正門前に集まり始め、あちこちで討論集会が始まった。その輪の中に私もいた。ビラを配りながら、私の隣に座りこんで来たのが唐木だった。

煙草《たばこ》持ってる？　と聞かれたので、私はバッグからセブンスターのパッケージを取り出した。マッチで火をつけてやろうとしたところ、唐木は「そんなこと、する必要ないよ」と言い、私の手からマッチを取って、自分で火をつけた。私が煙草をくわえると、彼は私にマッチを投げてよこした。ぶっきらぼうだったが、そんなあっさりとした仕草が板についている男だった。

集会は暗くなるまで行われ、不穏な空気の中、機動隊の装甲車が数台、正門前に並んだ。官憲帰れ、と学生たちはシュプレヒコールをあげ、どこからともなく、インターナショナルの歌声がわき起こった。

唐木は一旦《いったん》、バリケードの闇《やみ》の中に消えていったが、しばらくするとまた戻って来て、ちょっとつきあわないか、と私を誘った。

「つきあう、ってどこに？」

彼はジーンズの後ろポケットを軽くたたいてみせた。「金、借りてきたんだ。どこかできみとゆっくり話したい」

「いいの？」

「何が」

「こんな時に、外に出たりなんかして」

ははっ、と彼は笑い、「バリストしたからって、俺たちが牢獄《ろうごく》に入ってるわけじゃないんだよ」と言った。わかったようなわからないような説明だった。

その夜、私たちは駅裏にある、小さなうらぶれた居酒屋で遅くまで飲んだ。酒を注文すると、店主の老人が薄汚れたコップになみなみと安物の日本酒をついでくれるような店だった。

彼はあまり飲まず、つまみで出てきた柿の種ばかり食べていた。憑《つ》かれたように革命についてひとしきり喋《しゃべ》り、バリケード封鎖をするに至った経緯を説明してくれた。理解できることもあったし、まるでわからないこともあった。私が、一度だけベ平連系の反戦デモに参加したことがある、と言うと、彼は、デモに出て催涙弾を浴びた時の顚末《てんまつ》を武勇伝ふうに語り始めた。

　私は幾つか、質問をし、彼がそれに答えた。答え方は熱心で、丁寧だった。合間に、彼は私のことを同じ熱心さでほめた。あの腐ったような大学に、きみみたいな魅力的な女の子がいたとは信じられない、と歯の浮くようなお世辞を言った。

　これが俗に言う色恋がらみのオルグ活動なのか、とちらりと思ってもみた。だが、別段、不快ではなかった。唐木でなくても、あの時代、学生たちは女子学生を前にして、似たような口説き方をしていた。第一、オルグ活動と女の子を口説くことの間に、さしたる違いがあるとも思えなかった。

　店を出てから、人けのなくなった裏通りの電信柱の蔭《かげ》で、ふいに抱き寄せられた。不思議だな、きみのことが好きになりそうだ、と言われた。悪い気はしなかった。私は酔っていた。

　まもなく彼は、私のことを「ふうこ」と呼ぶようになった。一緒に洗面器を携えながら銭湯に行くこともあった。避妊具を買うために薬局に入って行く彼を、内心、どぎまぎしながら遠くの電柱の蔭に隠れて待っていたこともあった。唐木の仲間がしょっちゅう、私の部屋に出入りしていたことを除けば、私たちは、あの時代に町のそこかしこで見られた、ごくありふれたカップルだったと思う。

家庭的な匂いのする行為一切を意味もなく毛嫌いしていたくせに、唐木は私が作る手料理を喜んで食べた。アパートの台所の流しで私が洗濯を始めると、くわえ煙草をしながら、洗いあげた下着を窓辺に干してくれたりもした。そして、そんなふうにしながら、家庭が諸悪の根源なのだ、と言い続け、私が彼の矛盾を指摘すると、子供のように照れて笑った。そんな唐木が私は好きだった。

だから、唐木が逮捕された時のショックは大きかった。一九六九年十一月十六日。佐藤訪米阻止闘争の大規模なデモに参加するため出て行ったものの、彼は帰って来なかった。

知らせてくれたのは、唐木の仲間で、よく私の部屋に出入りしていた男子学生の一人だった。怪我《けが》をしている、と聞き、面会に行こうとしたのだが、止められた。本人が黙秘権を行使している時に、女が出て行くと話がややこしくなる、というのがその理由だった。

三泊四日で出て来られる、と言われていたのだが、まさにその通りになった。唐木は四日後に釈放され、しばらくの間、どこかに姿をくらましていたが、まもなく私のところにやって来て、やつれた笑顔を見せた。

唐木が借りていたアパートの大家は、彼が全共闘の活動家だったことを知り、部屋の立ち退《の》きを求めてきた。不当な要求だとして、唐木は応じなかったのだが、そのうち、いづらくなったらしい。アパートから必要最小限の荷物を運び出してくると、私の部屋に運び入れ、気がつくと私たちは、一緒に暮らすようになっていた。

逮捕された時に、彼は機動隊のジュラルミンの楯《たて》で左足の脛《すね》を強打されていた。ろくな治療も受けずに放置していたものだから、歩くのも億劫《おっくう》な様子だった。骨にひびが入っているのかもしれず、病院に連れて行く必要があったのだが、彼は大学入学当初から親ともめていたせいで、健康保険証を持っていなかった。私は、アパートの近くの空き地から細い板を拾ってきて、彼の足を固定してやった。

少々の逆境にはびくともしない男だったはずなのに、留置所で夜を明かした経験がよほどこたえたものらしい。彼は変わった。しばらく闘争から離れて、考えてみたい、と言い、言葉数も少なくなった。長期にわたる不摂生《ふせっせい》のせいで、身体《からだ》の調子も崩している様子だった。そんな彼を見ているうちに、私は、自分が何とかしなくては、と思うようになった。

当時の私を知る人間の中には、私が唐木の所属するセクトのメンバーだったと思いこんでいる者がいたようだが、実際は違う。私は急進的活動家の恋人だったに過ぎない。私にとって、革命の概念は言葉の遊びに過ぎず、今から思えば、デモもバリケード封鎖も集会も、一種の祭り、非日常を味わうための手段でしかなかった。

したがって、理論武装などできるはずもなく、そうする気にもなれず、かといって率先してデモの隊列に身を沈め、機動隊の集中砲火を浴びる勇気もなかった。それなのに、私はいつまでも終わりそうにない祭りのただ中にいることが好きだった。祭りの中をさまよいながら、ただぼんやりと祭りを味わっていたかった。唐木はそのために必要な人物だった。そんな唐木が、今は自分を必要としている……そう思うと、私は何か説明のつかない、駆りたてられるような悲愴《ひそう》な気持ちにかられた。

もともと決して多かったとは言えない仙台の実家からの仕送りだけでは、とても二人分の生活費は捻出《ねんしゅつ》できそうになかった。まして、唐木とその仲間たちを一時期、引き受けていたせいで、私は親から送られてきた授業料にも手をつけてしまっており、その補《ほ》塡《てん》も急がなくてはならなかった。

金を稼ぐ必要があった。しかも早急に。

私はまず、手あたり次第にアルバイトを始めた。スーパーで缶詰を売ったり、公園で子供向けのおもちゃを売ったりするような短期間のアルバイトはいくらでもあった。その都度、三日単位、一週間単位で働いてみたものの、大した収入にはならなかった。

唐木は不機嫌になることが多くなった。私もまた、ことあるごとに苛々《いらいら》するようになった。生きていくためには、やらなければならないことが多過ぎた。互いに生臭い現実に直面していたせいだろう。私たちはつまらないことでよく喧嘩《けんか》をした。人からは、長年連れ添った夫婦のようだとからかわれたこともある。だが、なりゆき上、一緒に暮らしていただけに過ぎない私たちに、夫婦のごとき穏やかな情愛が生まれるはずはなかった。私たちは若すぎた。ただ、どうすべきかわからない現実と、頭の中で作り上げた理想のパラダイスとのギャップに、自分を扱いかね、不安にかられて互いを抱き寄せていたに過ぎなかった。

個人的にアルバイト学生を探している助教授がいる、という話を耳にしたのは、一九七〇年の四月上旬のことである。情報を提供してくれたのは、私の通う大学の生協に勤めている職員だった。

坂田《さかた》春美《はるみ》という名のその職員の郷里は私と同じ仙台で、偶然、彼女は私の出身高校の先輩でもあった。大学入学当初、生協に寄って本の注文をした時にたまたま応対してくれたのが坂田春美で、よもやま話の中から同郷であることがわかり、以来、私たちは親しくしていた。

太っているというわけではないのだが、春美は大柄で、何もかもが私よりも一回り大きかった。太い首筋に沿って這《は》わせたウルフカットの髪の毛は、狼《おおかみ》ではなく、雄ライオンのたてがみを連想させた。年は私よりも五歳ほど上だったと思う。仙台で会社を経営している父親の羽振りはよく、地元のカトリック系の短大を卒業した彼女はそのまま親元に残って、花嫁修業をさせられていたようだが、もともと東京に出て一人暮らしをするのが夢だったらしい。親と大喧嘩したあげく、家を飛び出して、一人で仕事を探し出し、なんとか生計を立てている彼女は、私の目から見ても生活力のあるたくましい女性だった。

その日、生協の前をたまたま通りかかった時、坂田春美が声をかけてきた。私は春美と世間話を交わした。

効率のいいアルバイトを探しているんです、と私が言うと、春美は「あら、ちょうどよかった」と言って両手を打ち合わせた。「私の弟がS大の学生なんだけどね、弟のゼミの先生が、優秀なバイト学生を探してるんですって。ちょうどゆうべ、弟が合宿からの帰りにうちに寄ったんで、そのことを聞いたの。どう？　やってみる気はない？」

S大は当時としては珍しく、学園闘争のない大学として知られていた。学生は裕福な家庭の子供ばかりで、キャンパスには平和な学園ムードが漂っており、親から買ってもらったフォルクスワーゲンを乗り回して、女子大生たちとテニスに行くような学生が多い、というので評判だった。

「どんなアルバイトなんですか」私は聞いた。

「よくわからないけど、文学部の先生だから、何か翻訳の仕事でもしてんじゃないの？　その手伝いよ、きっと」

「でも、それだったら、弟さんがやればいいのに」

「弟は他にもいろんなバイトをやってるから、手いっぱいなの」そう言って春美はいたずらっぽく笑った。「第一、弟じゃだめなのよ。先方は女子大生を望んでるんだって。どういう意味かしらね。手癖が悪い先生なのかもしれないわ。だとすると、矢野さんにはお勧めしないほうがいいかな」

　別に、と言って私は笑った。問題は給料の額であり、雇い主の品性など、無関係だった。或《あ》る種の人々から見れば、私もまた、品性下劣と言われておかしくない生活を続けていたのだ。

　詳しいこと、聞いてみましょうか、と春美が言うので、私は一応、お願いします、と頭を下げた。とはいえ、まるで期待はしていなかった。手伝い程度の仕事に、法外な給料が出るとは到底、思えなかったからだ。

　それでも数日後、再び生協に寄ってみると、春美は待ってましたとばかりに私をつかまえ、「グッド・ニュースよ」と声を張り上げた。「弟に頼んで、もう一度、例の話を先生に確認してくれ、って頼んだのよ。そしたら、あなた、驚くじゃないの。週に二日間、一日あたり四、五時間、仕事するだけで、月に三万出す、って言ってるらしいのよ。弟はそれを聞いて、俄然《がぜん》、気が変わって、自分がやる、なんて言い出してるんだけど」

　当時、私が住んでいたアパートの一カ月の部屋代は七千円だった。どれほど割のいいアルバイトでも、時給百七、八十円が相場だった時代に、週二日、しかも四、五時間ずつ仕事に行くだけで、三万円もの金が手に入るというのは、どう考えても夢のような話だった。三万と言えば、当時の教員の初任給にあたる。

「まだ、決まってる様子はないんですか」

「噂《うわさ》が拡《ひろ》がったら、大勢、学生が詰めかけるわ。早いもの勝ちよ。早速、今から申し込んでみたら?」

私は即座にうなずいた。だが、その時点でもまだ、半信半疑だった。助教授が個人的な仕事のためのアルバイト学生を探すのに、わざわざ別大学の学生を雇うはずはない、と思ったからである。

坂田春美から、アパートの別棟にある大家の自宅に電話がかかってきて、私が呼び出されたのは、それから四日後の朝だった。

決まりそうよ、と春美は弾《はず》んだ声で言った。「ともかく会ってちょうだい。今日、十一時から、三田《みた》にあるM倶楽部《クラブ》ってところで、パーティーがあるらしいの。何のパーティーなのか、よく知らないけど、ともかくそこにその先生が行ってるから、よかったらあなたに来てほしい、って。詳しい説明はそこでするから、って」

「今日、これからですか?」

「そう、今日よ。都合悪い?」

「いえ、そういうわけじゃ……」

「案の定、給料がいいんで、女の子たちの希望者が殺到してるそうよ。一番に名乗りをあげたあなたに、白羽の矢が立ったんだから、ここはひとまず、何を差し置いても行ってみることね」

「でも、どうしてそんなにすんなり決まったんですか。自分の大学の学生でもないのに。先方は私の顔も知らないんでしょう?」

春美は笑い声をあげた。「ともかく、うちの大学きっての優秀な学生だ、って、この私が弟を通じて太鼓判を押させたのよ。そのせいだと思うわ」

「困るな。どこからそんな嘘《うそ》が出てきたんです」

「何言ってるの。こういうことは要領よくやらなくちゃ」

「何か難しい仕事なんじゃないかしら。だとしたら、私にはできないと思うけど」

平気平気、と春美は言った。「誰にでもできる仕事に決まってるじゃない。優秀じゃなければいけない、なんて、ただのカッコつけよ。そうじゃなかったら、履歴書も見ないで、こんなに早く決められっこないわよ。ね?　これからすぐに支度して出かけるのよ。いい?」

私は、はい、と応《こた》え、パーティー会場となっているM倶楽部の場所を確認してから電話を切った。受話器をおろしてから、その助教授の名を聞くのを忘れていたことに気づいた。あわてて、生協に電話し直し、春美を呼び出してもらった。

あら、いけない、と春美は笑った。「ええっと、そうそう。片瀬っていう人よ。片瀬信太郎。覚えた？」

はい、と私は言った。カタセ・シンタロウ。カタセ・シンタロウ。私は空でつぶやいた。

雇い主になる人間の名前を失念して礼を逸することのないように、と必死の思いで頭にたたきこんだ自分が、今となっては滑稽《こっけい》ですらある。片瀬信太郎という名が、妻の雛子の名と共に、ここまで私の人生に深く刻印されることになるとは、夢にも思わなかった。その名が私の一生を左右することになるとは、誰が想像しただろう。

港区三田にあるM倶楽部は、戦前は財閥の迎賓館であった。戦後は高級社交場として使われるようになり、有名人や大企業のトップクラス、あるいは皇族の血筋をひく人間たちが集まって時折、優雅なパーティーを開くことで知られていた。とはいえ、私は行ったこともなく、何かの写真で見たこともない。どんな建物なのか、ホテルのような造りなのか、それとも、和風旅館の大宴会場のようなものなのか、皆目、見当もつかなかった。

部屋に戻って唐木にその話をすると、「M倶楽部？」と彼は吐き捨てるように聞き返した。

「いかにもプチブルの軽薄な気取り屋が出入りしそうな場所だな。そんなところで、その助教授とやらはいったい何のパーティーに出てるんだ」

「知らないわ」

「たかがバイトの学生に仕事の説明をするのに、どうしてわざわざ、もったいつけてそんなところに呼び出さなくちゃならないんだよ。そいつ、皇室関係者なのか？　桜の木の下で園遊会かよ。笑わせるぜ、まったく」

「怒らないでよ。私のせいじゃないんだから」

「別に怒ってなんかない。きみがM倶楽部に行ってまで仕事を取ろうとしてることに少々、呆《あき》れてるだけさ」

「仕方ないわ。坂田さんからそこに行くように、って言われたんだもの。私だって、困ってるのよ」

「困ることはないよ。きみから頼んだ仕事なんだろう。だったら、園遊会の会場だろうがどこだろうが、行くしかない」

「いやなら、やめてもいいのよ」

「馬鹿《ばか》言うなって」彼は皮肉とも受け取れる微笑を浮かべた。「俺はきみのやることにいちいち、口出しはしないよ。きみの問題だ。きみが決めればいい」

「でも、私が働きに出ることで、私たちの生活が潤《うるお》うとしたら、あなただって無関係ではいられないはずでしょう?」

「きみに働いてもらいたいと言った覚えはないぜ」唐木は冷たくはねのけた。「バイトだ金だ、って大騒ぎしたのはきみのほうだ。俺じゃない」

私たちは、二人で銭湯に行くのも週に二日と決めていた。頭が汚れて気持ちが悪くなると、アパートの部屋の流しで水を使って洗い流した。私が短期のアルバイトで稼いできたわずかな金は、すぐさま本代、煙草《たばこ》代、映画代に消えてしまった。私の実家からの仕送りは月末にならなければ手に入れることができず、二十日を過ぎるころからは、食生活もままならなくなった。三日続けて、炊《た》き上げた御飯にのり玉のふりかけだけで食事をすませることもあった。

それほど切りつめた生活をしているのも、唐木のせいだ、という思いが私の中に生まれつつあった。彼は私の仕送りや私がアルバイトで稼いできた金をあてにした生活を続けることについて、どう考えているのか、一度もきちんと話してくれたことはなかった。

足の具合がなかなかよくならず、身体のだるさが取れないとあっては、それも致し方ないとわかっていたが、〝同志〟という都合のいい言葉だけで、何もかもが許されてしまうことに私は違和感を覚え始めていた。彼は〝同志〟などではなく、私のヒモであった。

好きだと思っている男を養うくらい、どうということはない。私は自分が唐木を必要としている限り、喜んで唐木のために部屋や暖かい布団《ふとん》や食事を提供するつもりでいた。だが、見当違いな自尊心を発揮され、「働いてもらいたいと言った覚えはない」などと言われると話は別だった。どう考えても、それは理不尽に過ぎる言い方だった。

「働く必要がない、ってあなたが言うんだったら、それでもいいわよ」と私は憮然《ぶぜん》として言った。「やめるから」

「言ってることがよくわからないね。きみが言い出したことなんだよ。俺は、やめろ、とは言ってない。きみの問題だ、と言ってるだけだ」

「ともかくM倶楽部には行くわよ。約束したんだもの。行って、適当な事情をでっち上げて、断ってくる。坂田さんにはその後であやまりに行く。それで満足なんでしょ?」

唐木は目をむいた。「きみらしくもない言い方だな」

そうね、と私は抑揚をつけずに言った。「自分でもそう思うわ。なんだか、封建的な家庭に嫁いだ主婦みたい。あなたに遠慮ばかりして生きてるのよ。そんな必要なんか、さらさらないのに。いいと思ってやったはずのことでも、あなたに文句を言われると、すごすご引き上げてしまう。私はいったい何なの? あなたに都合のいい世話女房? それともただのルームメイト? ルームメイトにしては、私は尽くし過ぎてると思うけど」

言い過ぎた、と思ったが、遅かった。唐木はしばらく黙りこんでいたが、突然、炬燵《こたつ》から出て立ち上がると、鴨居《かもい》にかかっていた色褪《あ》せた水色のジャンパーをはぎ取った。

「俺が邪魔なら、はっきりそう言ってくれよ。すぐに出て行くから」

「どういう意味？　そんな話、してないじゃないの」

「きみの言いたいことはわかってる。きみは正しい。確かに僕はこの部屋では単なる居《い》候《そうろう》だ。きみの実家からの仕送りを使いこんで、くだらない闘争にうつつを抜かしてる役立たずのヒモだよ」

唐木の顔は青ざめていたが、口調は冷静だった。私が立ち上がりかけると、唐木は足を引きずりながら、私を制した。

いいんだ、と彼は言った。低くて寂しげな声だった。「きみは何も悪くない。問題は俺のほうにあるんだから」

「だったら逃げないでよ」

「逃げてなんかないさ」

「出て行こうとしてるじゃないの。どこに行くの。問題があるっていうのなら、この場で私に話してちょうだい」

彼は私から目をそらした。「少し考えたいんだ。わかってほしい」

あたりの空気が凍えたような感じがした。「考えてばかり」と私はつぶやいた。自分が言わんとしている言葉の強烈さに、一瞬、ぐらりと頭が揺れるのを覚えた。「考えて、一時的な結論を出して、行動して。また考えて。……そんなことばかり繰り返しながら、あなたはどんどん蟻《あり》地獄にはまっていくのよ」

彼の顔色は毛筋ほども変わらなかった。彼は無言のまま、部屋から出て行った。私は中腰になったまま、部屋のドアの外に消えていく唐木の背中を見送った。階段を降りる、乱暴だが不規則な足音が続いた。

アパートのはす向かいには小さな工場があった。急いで窓辺に駆け寄って下を覗《のぞ》きこむと、工場の前の通りを背を丸めて遠ざかって行く唐木の姿が見えた。暖かい日だったのに、水色のジャンパーを着た彼の姿はひどく寒々しくて、日だまりの中、そこだけが凍りついているようだった。

私はしばらく炬燵に入ってじっとしていた。何度も何度も、唐木との会話を頭の中で再現してみた。自分が口にした言葉を反芻《はんすう》し、烈《はげ》しい後悔にかられた。この先、どうすべきなのか、必死の思いで考えた。いくら考えても、結論は出なかった。

約束の十一時が近づきつつあった。私のために奔走してくれた坂田春美との約束を破るわけにはいかなかった。私はジーンズに紺色のセーター、という普段着のまま、髪にブラシもかけず、口紅も引かず、ショルダーバッグを肩にして部屋を出た。

三田に行くまでの電車の中で、思いがけず涙があふれてきた。唐木を失うのは怖かった。また一人になる、と思った。一人であの部屋で寝起きし、大学に講義を受けに行き、学生たちがたむろしているキャンパスで、ぼんやりと学生のアジ演説を聞く毎日。誰かからベトナム戦争についてどう思うか、と聞かれたり、授業料値上げ阻止の学内デモをする時は、参加してほしい、と呼びかけられたり。自分が何をどう考えているのか、まとまらないまま、いつのまにか、学生たちの話の輪に取りこまれて、とりとめもない一日を終える。無秩序を絵に描いたような時代の空気に飲み込まれながら、心の中では今夜、一晩、どうやって孤独を癒《いや》そうか、とそればかり考え、かといって、そのことを人にもらすことは恥ずかしく、進んで仲間を作る気にもなれない。行き先も方向も見つけられないまま、気持ちの空白を埋めるための手段すら思い浮かばない、そんな毎日がまた戻ってくる……そう思うと、ひどく寂しく、声をあげてしまいそうだった。

ずっと後になってからの話だが、信太郎にあの日、M倶楽部に行くまでに起こった出来事を打ち明けたことがある。信太郎は「ふうちゃんらしいな」と言い、おどけたように笑ってみせた。

「ふうちゃんは、たとえ相手が犯罪者だろうと、自分の気持ちに忠実に面倒をみるタイプなのさ。ある意味じゃ、モラルなんかない。その代わり、きみに愛された男は幸せだけど、きみにふられた男は気の毒だ。一旦《いったん》、気持ちがさめると、きみはとことん冷たくなれるところがあるからね」

そう言われた私自身が犯罪者になってしまうとは、思いもよらず、私はそんなふうに信太郎に分析されたことを穏やかな気持ちで受け止めた。信太郎の言う通りだった。私はもともと、世間のモラルはさほど気にしない人間だった。私は、自分の気持ちに正直なだけの、残酷な赤子のような小娘だった。

その証拠に、M倶楽部で初めて片瀬信太郎と会った瞬間、私は唐木のことを忘れた。これまでと違った世界に足を踏み入れようとする時、人はたいてい、恐れおののき、意味もなく元いた世界にしがみつこうとするものだと思う。私が片瀬と知り合い、片瀬の仕事を始めるようになってからしばらくの間、信太郎や雛子の住むブルジョワ的世界を蔭《かげ》で軽蔑《けいべつ》し、せせら笑っていたのも、彼らのことを本気で馬鹿にしていたからではない。それどころか、私は、彼らの世界に否応《いやおう》なく取り込まれていきそうになる自分を感じていた。そこに入りこんでしまったら最後、二度と出られなくなるのではないか、という恐怖心を覚えていた。だからこそ、彼らと必要以上に距離をとり、必要以上に彼らを蔑《さげす》むふりをし続けていたに過ぎない。

私は彼らが無意識に張りめぐらせていた甘美な罠《わな》にはまったということになるのだろうか。それとも、私自身が、初めから彼らの持っていたような世界に恋焦《こ》がれ、彼らと出会ったことによって、それまで抑圧していた自分を解き放つことができたということなのだろうか。

本当のところはどうだったのか、今も私にはよくわからない。

2

M倶楽部《クラブ》で行われていたパーティーは、どこかの財団が主催したものだった。何のためのパーティーだったのか、はっきり覚えていない。確か海外留学生に向けた資金援助のための集まりだったような気がする。いずれにしても、出席者は全員、あでやかな装《よそお》いをこらしており、大学関係者だけの質素な集まりではないことは明白だった。

いかめしい鉄柵《てっさく》が張りめぐらされた門の奥には、淡いクリーム色のレンガタイル張りの古い洋館がそびえていた。半地下と屋根裏部屋を含む二階建て。屋根裏の小さな窓は鉄錆色《てっさびいろ》をしており、玄関前の車寄せにはバルコニー風の美しい庇《ひさし》が張り出していた。

門を入ってすぐ左手には、薄桃色のテーブルクロスがかけられた受付台があり、到着したばかりとおぼしき着飾った女たちが、腰を屈《かが》めて記帳をしていた。招待状も何も持っていなかった私は、受付の前を通り過ぎようとして、台の脇《わき》に立っていた女に呼び止められた。

S大の片瀬先生に用があります、と私が言うと、女は怪訝《けげん》な顔をして私をじろじろ眺めまわした。下駄《げた》のような四角い顔をした、化粧の濃い中年の女だった。「あなたは？」

「M大の学生で矢野といいます」

「で、片瀬先生にはどんな御用？」

「アルバイトの件で、ここに来るように言われました」

「アルバイト！」女は小馬鹿《こばか》にしているのか、単に驚いたのか、よくわからないような表情でそう繰り返し、どうすべきか、迷ったらしく、受付にいた学生のように若く見える男に何事か耳打ちした。若い男が手元にあったメモ用紙をめくり、大きくうなずくと、女は私に向き直った。

建物を囲んでいる鬱蒼《うっそう》とした木立は、絶えず風に吹かれてさわさわと音をたてていた。開け放された一階のフランス窓の向こうでは、風をはらんだ白いレースのカーテンが揺れていた。

女はその建物ではない、建物の左横に見える背の低い鉄柵を指さすと、「あそこ」と言った。「あそこのゲートから中に入って、そのまままっすぐ庭に出なさい。片瀬先生はもういらっしゃってるようだから」

「庭……ですか？」

「そう。庭よ」女はうっすらと私に笑いかけた。世間を知らない子供に教え諭すような笑い方だった。「会はガーデンパーティー形式で開かれてますからね」

開け放たれたゲートの奥に、木もれ日が揺れているのが見えた。私は女に礼を言ってゲートに向かいかけたが、ふと思い返して再び受付台に戻った。

「申し訳ないんですが、お願いがあります」

先程の女にそう言うと、女はきょとんとした顔をして私を見返した。

「先生にお目にかかるのは、今日が初めてなんです」

「それで?」

「先生を探して来ていただけませんか。どんな方なのかも、よくわからないので」

明らかに面倒くさそうな様子が窺《うかが》えた。女は黙って私の先に立つと、そのまま早足で歩き出した。私は慌《あわ》てて後を追った。

木もれ日のゲートをくぐり抜けると、そこは芝生に被《おお》われた広大な庭になっていた。大勢の人々が、銘々、手に料理の載った皿やワイングラスを持って、あちこちで歓談していた。桜吹雪の舞う中、風にのって、女たちのつけている香水の匂《にお》いが漂ってきた。見たこともなかった風景だった。そこには私の知らない階層の人々、私の知らない世代の人々ばかりが群れていた。

受付の女が私に、テラスの椅子《いす》に座って待ってなさい、と言った。洋館の一階から庭に向かってせり出されたテラスには、ガーデンチェアが幾つも並べられ、何人かの男女が笑いさざめいていた。私は椅子には座らずに、円筒形の柱の脇に立ち、受付の女が大《おお》股《また》で庭を横切っていく様子を眺めていた。

女はまもなく、一人の長身の男に近づいて足を止めた。男は女の言うことに軽くうなずき、女がテラスを指し示すと、首を伸ばして私のほうを見た。

目と目が合った。私は目をそらした。次の瞬間、男は見事に生えそろった青々とした芝を踏みながら、こちらに向かって歩いて来た。

これが片瀬なのだろうか、と私は内心、疑わしく思った。坂田春美からは片瀬の容貌《ようぼう》については何ひとつ、聞いていなかった。片瀬のゼミに参加しているのは坂田の弟であり、実際の片瀬がどんな男なのか、坂田春美は見たこともなかったはずだから、それも無理はない。

だが、弟から何も聞いていなかったのだろうか、と私は不思議に思った。聞いていたのに、わざと私に教えなかったのだろうか。アルバイト先の雇い主に対して、妙な先入観を抱かせまいとするために。

私に向かって歩いて来る男は、おそろしく魅力的な男だった。実際、信じられないほどに。

「矢野布美子さん？」男は私の手前まで来ると、澄んだ声でそう聞いた。

私はうなずいた。彼は「さあ」と言って、ダンスに誘う時のように恭《うやうや》しく片手を伸ばしてきた。「そんな隅っこに立ってないで、もっとこっちにおいでよ。遠慮しなくてもいいんだからね」

「あ、あの……」私は同じ場所に踏みとどまりながら言った。「片瀬先生……でしょうか」

「そうだよ」と彼は言い、おどけたように笑った。「きみが探してたのは、もっと違った感じの男だったの？」

「いえ……」

「だったら、固くなってないでこっちにおいでよ。そうだ。飲物を持って来てあげよう。何がいい？　ワイン？　ビール？　水割もあるし、ちょっとしたカクテルもある。何にする？　飲めるんだろう？」

「お仕事のお話で来たんですが」私はショルダーバッグを肩にかけ直し、背筋を伸ばして胸を張った。着ていたセーターの中で、ゴムが伸びきってしまった古いブラジャーが乳房を偏平に押しつけてくるのが感じられた。

片瀬の目は、どちらかというと小さな目だった。その奥まった優しげな小さい目が、愛敬《あいきよう》のある小鳥のように、ぱちぱちと小刻みな瞬《まばた》きを繰り返した。彼は可笑《おか》しそうに笑い出した。

「そんなに怖い顔をしないでくれよ」彼は笑い声をにじませながら言った。「なんだかきみのほうが学校の先生みたいな感じがするね」

馬鹿にされているような気がした。私は表情を強張《こわば》らせた。

だが、彼は私の顔色など頓着《とんちゃく》せずに、早口で仕事の内容の説明を始めた。これからイギリスの新人作家が書いた長篇小説の翻訳に取りかかる、四百字詰め原稿用紙にして二千枚を超えそうな大作であり、すらすらと訳せるタイプのものではないので、あらかじめ下訳を済ませておきたい、ついては、毎週末の土曜日曜の二日間、午後一時ころから五時ころまで、目黒《めぐろ》の自分の家に来て、書斎で僕が口頭で簡単に訳したものをそのままノートに書き取ってもらいたい、書き取ったものを清書する必要はなし、その都度、僕に手渡してくれれば結構、但《ただ》し、翻訳原稿が完成した時には、清書をしてもらうことになるかもしれない、給料は月に三万、交通費は当方もち……。

「急ぐ仕事ではないんだけど、下訳を済ませるだけでも、最低、半年はかかると思うからね」片瀬は最後に結んだ。「きみさえよかったら、来週から早速来てもらいたいんだ。せめて夏までには、ある程度の分量をまとめておきたいんだよ。延びる可能性もあると思うけど、その時はまた、きみの都合を考えてスケジュールを決めればいい。説明はこれでおしまい。何か聞きたいこと、ある？」

彼はまっすぐ私を見つめた。長い睫《まつげ》に縁取られた目には、戯《たわむ》れたがっている子犬のようないたずらっぽい光が漂っていた。

「あの……聞き慣れない言葉でよくわからないんですが……」

た。

「シタヤク、って何なんでしょう」

やおら自分の額に手をあてがったと思うと、彼は茶目っけたっぷりにのけぞってみせた。

「何？」

「すみません。何も知らないものですから」

「知らなくて当たり前だ。僕が悪かった。下訳ってのはね、きちんとした翻訳にとりかかる前の下準備みたいなもんなんだよ。日本語にはこだわらずに大雑把《おおざっぱ》に訳してみて、全体の流れをつかむ。そのための作業だと思ってくれればいい」

「はあ」

「訳すものによっては、そんなことをする必要のないものもあるけど、今度の作品はちょっとばかり、厄介でね。一人でやるよりも二人で、と思って、やる気のある学生を探してた、ってわけさ。こんな説明でわかってもらえたかな？」

信太郎の目がまっすぐに私をとらえた。私は顔が赤らむのを覚えた。

だが、誓って言える。私はその時はまだ、自分が片瀬に惹《ひ》かれていくとは夢にも思っていなかった。私は、唐木が言った通り、〝プチブルの軽薄な気取り屋〟という印象を片瀬の中に探し出そうと努力していた。そんな目で見れば、片瀬は確かに〝プチブルの軽薄な気取り屋〟以外の何物でもなかった。

片瀬を「プチブル」だと決めつけ、軽蔑《けいべつ》し、この男には心を許すまい、と決めてしまえば、楽になるような気がした。何故《なぜ》、そんなふうに頑《かたく》なに思ったのか、わからない。片瀬には決して、若い女子学生を自分の書斎にとじこめていやらしい言葉を吐いたり、果ては凌辱《りょうじょく》しようとしたりするような野蛮な匂いは感じられなかった。むしろ彼は、私のような年齢の浅い小娘をからかって、子供扱いすることに楽しみを覚える、どこにでもいそうな大人の一人に過ぎなかった。

翻訳の下訳を口述筆記するだけのために雇った女子学生が、彼に心を許そうが許すまいが、そんなことは彼にとって、どちらでもよかったに違いないのだが、私は密《ひそ》かに彼と自分との間に線を引いた。あなたと私は違う、だからこの線からこちら側には入って来ないでください、私もそちら側には入りませんから……そう思った。

その時点ではまだ、私は、自分が唐木の側に位置する人間である、と信じていた。唐木の側……おかしな言い方だ。だが、本当にそうだった。唯一《ゆいいつ》、唐木と唐木の周辺に漂っていた空気とが、かろうじて私をあの不安定だった時代につなぎとめ、私の居場所を提供してくれていた。居場所を失ったら、私はどこに行けばいいのか、わからなかった。唐木以外の居場所がこんなに唐突に、自分の前に差し出されるとは思ってもいなかったのである。

一人の女が、風に吹かれながら、芝の上をこちらに向かって歩いて来るのが見えた。

光沢のあるオフホワイトの、柔らかそうなドレスを着た女だった。無造作に首に結ばれた黄色いシフォンのロングマフラーが、風にはためいて顔のまわりを被うものだから、女は小うるさそうにそれを払いのけようとして、時折、眉間《みけん》に皺《しわ》を寄せていた。

片瀬は「ちょうどよかった」と言い、女を近くに呼び寄せて、彼女の形よくくびれた腰に手をあてがった。短めにカットされた女の髪には、幾つもの小さなウェーブがかかっていて、桜の花びらがそこかしこに張りついていた。片瀬は面白そうに、私の見ている前で女の髪の毛を手の甲でぐしゃぐしゃにし、花びらを払いのけた。女は格別、表情を変えるでなく、されるままになっていた。

「紹介しておこう。妻の雛子。雛祭《ひなまつり》の雛って書くんだ。彼女が矢野布美了くん。来週から来てもらえることになったよ」

そんな約束はまだしていない、と内心、いきりたつような思いにかられつつも、私は雛子に向かって頭を下げ、よろしくお願いします、と小声で言った。

目の前に、すっと雛子の片腕が伸びてきた。細く骨ばった手首で金のブレスレットが、ちろちろと揺れた。私は驚いて、その手とブレスレットとを見つめた。

「握手」と雛子はいささかじれったそうに言った。ちょうどいい具合に掠《かす》れた低い声だった。

「握手してくれないの？」

そうした場面には慣れていなかった。私はおずおずと右手を差し出した。雛子の手が、ふわりと私の手を包んだ。暖かく湿った砂に包まれたような感じがした。

雛子の魅力を説明するのは難しい。信太郎はことあるごとに、雛子に「きみの顔は、化粧をしたおかまの顔に似てる」と言い、からかっていたものだが、おかまと聞いて誰もが想像するような顔とも少し違う。

幾分エラが張っている角ばった顔型と、大きな目、大きな口とが、男性的な力強さを感じさせ、少し濃い目に化粧をすると、確かに女装した美少年のように見えなくもなかったものの、それでも雛子はやはり、どこから見ても女であった。私は何度も何度も、それこそ数えきれないほど何度も、化粧を落とした雛子、寝起きの雛子を見ている。その顔には常に、不機嫌と上機嫌、あきらめと闘争心、怠惰と欲望とがごちゃまぜになっており、そのとりとめのなさこそが、女としての雛子の魅力でもあった。

雛子を一目見て、美人だ、と感嘆の声を上げる人は少ないと思うし、実際のところ、雛子は誰もが認めるような美人ではなかった。見た目よりも小柄で、身長は私よりも少し低かったし、どちらかというとギスギスした印象を与える骨ばった体型は、少年じみて見えることすらあった。

それなのに、雛子はいつも、居合わせた人々……とりわけ男たちの関心を強くひいた。彼女はみんなと少し離れたところに立って、あらぬ彼方《かなた》をぼんやりと見つめ、何かを探そうとしているようなところがあった。何を探そうとしているのか、誰にもわからない。わかったとしても、その途端、彼女はするりと逃げてまた別のところに行ってしまう。とらえどころがない、と言えば簡単だが、それればかりではない。雛子には、人には計り知れない、雛子にしか見えない世界があった。雛子自身がかもし出している魅力、というのは、実のところ、雛子が見ている世界の魅力に他ならなかったのだと思う。

「若いのね」雛子が私を眩《まぶ》しそうな目で見ながら言った。「幾つ?」

「二十歳です」

素敵、と彼女は言った。言ったのはそれだけで、くまなく値踏みするように、雛子は私の全身に視線を這《は》わせ、意味もなさそうに、ふっと微笑《ほほえ》んだ。

不快な感じはしなかった。雛子の視線は、部屋のどこにいても自分を見つめてくる人形の視線に似ていた。

その時、雛子はまだ二十六で、信太郎は三十三だったのだが、彼らの正確な年齢を知ることになるのは、かなり後になってからだ。私にとって、長い間、片瀬夫妻は、漠然とした〝大人〟という領域に生きている、年齢不詳の人間だった。夫妻に子供がいるのかどうか、ということも考えなかった。

毎週末、通っていた目黒のマンションのどこを見ても、幼い子供がいる気配はなく、だとしたら、どこかに預けてあるのかもしれない、と考えてもおかしくなかったのだが、そんなことも思わなかった。

どうして赤ちゃんを作らないんですか……思えば、そんな質問は一度も発したことがない。彼らに赤ん坊は不釣り合いだった。子供をはさんで川の字に寝ている彼らは、今でも想像できない。唐木が口を酸《す》っぱくして言い続けていた「家庭こそ諸悪の根源」という言葉も、彼らの前では空《むな》しく響いた。彼らは、当時の学生たちがこねくりまわしていた妙な理屈を超えたところで、深く結びついていた。

とはいえ、私がそのことを実感するのは、まだ先のことになる。初めて会った時、私にとって信太郎も雛子も、まったく未知の世界に住む住人だった。二人の仕草、二人の微笑み、二人の親密さも、私には何か作り物めいたものに見え、いかがわしさすら感じていたのである。

「片瀬先生じゃないですか」白髪の老紳士がつかつかと近づいて来て、信太郎に声をかけた。

やあ、どうも、と信太郎は明るい声で応じた。雛子もまじえた親しげな挨拶《あいさつ》がそれに続いた。

「じゃあ、矢野くん、来週の土曜からだよ。いいね？」三人で連れ立って歩き始めようとした信太郎が、いきなり私を振り返り、念を押した。

「あの……でも……どちらに行けばいいんでしょうか」

「僕のうちだよ」

「うち……って、どちらの……」

目黒の、と言いかけて、信太郎は「あ、そうか」と言いながら立ち止まり、頭を掻《か》きながら笑い出した。「僕はまったくどうかしている。きみは僕のうちを知らなかったんだよな。教えなくちゃいけない。ええっと、確か名刺を持って来てるはずなんだけど……」

ジャケットの内ポケットに手を入れ、信太郎は名刺の束を取り出して、私の見ている前で次から次へとめくり始めた。他人の名刺ばかりで、彼の名刺は一枚も入っていなかった。

雛子が近づいて来て、彼が手にしていた他人の名刺を一枚、トランプでも抜くような手つきで抜き取ると、私に手渡した。「書くもの持ってる?」

「はい」

「じゃあ、そこにメモしてね。電話番号を教えるから」

私は慌ててショルダーバッグからボールペンを取り出し、雛子の言う電話番号を見知らぬ人間の名刺の裏に書きとめた。

「東横《とうよこ》線の都立大学っていう駅、知ってる?」信太郎が聞いた。私はうなずいた。

「駅から歩いても、十分くらいなんだ。駅から電話してくれれば、車で迎えに行くよ。

じゃ、これで。せっかく来たんだ。たっぷり好きなものを食べて行きなさい」

雛子が私に笑いかけた。私はこくりとうなずいた。

遠ざかって行く夫妻の後ろ姿を狙《ねら》うかのようにして、一陣の風が吹きつけた。雛子のドレスの裾《すそ》がめくれ上がり、ほんの一瞬だが、彼女の太ももが露《あら》わになった。ガーターベルトとストッキングの間の、青く見えるほど透き通った白い肌が、光の中に浮き上がった。

気がつかなかったのか。それとも、太ももが見えることくらい大したことはない、と思っていたのか。雛子はドレスの裾を気にもせず、信太郎の腕に軽く腕を絡《から》ませたまま、遠くの桜の木に視線を投げた。信太郎はそんな妻と寄りそいながら、さきほどの老紳士と何事か面白そうに喋《しゃべ》り続け、料理が並んだテーブルの傍まで行くと、ふと気づいたように、歩みを止めて私のほうを振り返った。雛子もそれにならうようにして私を見た。

信太郎が私に向かって、テーブルの上の皿を指し示してみせた。皿の上には、赤く茹《ゆ》であがった巨大な車海老《えび》が載っていた。

これ、うまいよ、食べなさい……そう言ったつもりだったのか、彼は子供じみたジェスチャーを繰り返した。私は大きくうなずいた。信太郎は笑いかけ、すぐにまた雛子の腰に手をあてて前を向いた。

私は手の中に残された名刺を見つめた。表側には、宮内庁《くないちょう》病院に勤務している人物の名前が印刷されていた。

名刺をバッグの中にすべりこませ、腕時計を覗《のぞ》いた。M倶楽部に着いてから、まだ三十分もたっていなかった。しかつめらしい表情の若いボーイが私に近づいて来て、「お飲物は？」と聞いてきた。私は首を横に振り、テラスから降りて芝生の上に立った。

特に空腹を感じていたわけではない。だが、信太郎に勧められた車海老だけは食べていこう、と思った。テーブルの近くまで行き、小皿とフォークを手に取った。たまたま傍にいて、オードブルをつまんでいた太った中年の女が、私に話しかけてきた。

「失礼ですが、ひょっとして、……様のお嬢様じゃ……」

何様と聞かれたのか、よく聞き取れなかったが、私は即座に「いいえ」と言った。ごめんなさい、と女は照れたように笑った。「よく似てらしたものだから」

純白のテーブルクロスの裾が、風を受けてはたはたと鳴った。私は小皿に取り分けた車海老と何かの煮こごりのようなものを食べた。誰も私のことなど、見ていなかった。海老と煮こごりを食べ終えると、次はチェリーと生クリームとで美しく飾りつけられたババロアを食べた。高校の時、急性虫垂炎にかかって入院した時以来、口にしたことがなかったマスクメロンも食べた。

食べながら、私は片瀬夫妻を探した。夫妻は庭内でも一番大きな桜の木の下に立っていた。たわわに花をつけた太い枝が、夫妻の頭上に伸びている。風が吹くたびに、夫妻の身体《からだ》は舞い落ちる白い花びらに埋もれた。

まるで雪の遠景ににじむ一対の人形のように、遥《はる》か遠く、かすんで見える彼らの姿を見ながら、私は自分がどこにいるのか、一瞬、わからなくなり、軽い眩暈《めまい》を覚えた。

3

翌週の土曜日は、朝から生暖かい雨が降りしきっていた。八時に起きて、部屋の掃除をし、インスタントコーヒーとトーストだけの朝食を終えると、私は外出の支度に取りかかった。

口述筆記という仕事は、私にとって未知の領域に属する仕事であった。話には聞いていたが、現実に自分がその種の仕事に携わるとなると、わからないことだらけだった。

その場で言われたことを書きとめるだけでいいのか。それとも、テープレコーダーか何かに吹き込んだものを随時、まとめるようにするのか。原稿用紙に書けばいいのか。レポート用紙や学生ノートに書けばいいのか。筆記具は鉛筆でいいのか。ボールペンのほうがいいのか。

手ぶらで行くのが適当とも思えなかった。考えたあげく私は、紙袋の中にレポート用紙やノート、各種筆記具、消しゴム、果てはチューブに入った糊《のり》やセロハンテープまで詰めこんだ。英和辞典と和英辞典も持って行こう、としたのだが、さすがにそんなものは必要ないだろう、と考え直した。妙な緊張感ばかりがあった。仕事に関する信太郎の説明が不足していたとはいえ、どうして緊張したりするのか、よくわからなかった。

私は頭の中で、片瀬夫妻の家がどんな所なのか、想像してみた。例えば、三田のM倶楽部《クラブ》さながらの美しいネオバロック様式の洋館。門から玄関ポーチまでは、なだらかなスロープを描く小径《こみち》になっていて、小径のまわりは手入れのいい芝で被《おお》われている。玄関ポーチに立つと、ひんやりとした空気の中に、家具のつや出し剤のような香りが漂い、黒光りした扉には、かなり高いところにライオンをかたどった真鍮《しんちゅう》のノッカーがついている。ノッカーを叩《たた》き、耳をすませるのだが、何も聞こえない。

やがて、扉がそっと開き、能面のような顔をした痩《や》せた中年の家政婦が現れる。家政婦が着ているのは、濃紺のワンピース。洋画に出てくる金持ちの邸宅のメイドのように、純白の胸あて付きエプロンには、贅沢《ぜいたく》なフリルが施されている。

私は玄関脇《わき》の応接間に通され、しばらく待つように、と言われる。部屋には臙脂色《えんじいろ》の革張りのソファーが並び、壁には、鹿《しか》の首の剝製《はくせい》やら、タペストリーやら、版画などが整然と掛けられている。ガラスドアのついた大型キャビネットは黒い漆《うるし》塗り。中には高価な洋酒の瓶と、ぴかぴかに磨きあげられたグラス類が定規で計ったようにきちんと並べられていて、じっとしていると耳が痛くなるような静寂の中、かすかに置き時計が時を刻む音だけが聞こえてくる……。

私は十二時半きっかりに、東横線の都立大学駅に降り立った。雨で紙袋が濡《ぬ》れていたせいだろう。プラットホームを歩いていた時、紙袋の底が破れてしまった。危うく、中のものがこぼれてきそうになり、そのため私は、構内の公衆電話から片瀬家に電話をかける時、濡れた傘やショルダーバッグと一緒に、紙袋を胸に抱えていなければならなかった。

信太郎が電話に出てきて、「もう着いたの？」と驚いたような声をあげた。

「すみません。早すぎたでしょうか」

「いや、いいんだ。早く来るのは全然、かまわないよ。よし、わかった。すぐに車で迎えに行くからね。濡れないように、駅の改札口で待ってなさい」

信太郎が乗り回していたのは、フルーツドロップを思わせるようなペパーミントグリーンの車だった。117クーペの名で、いすゞ自動車が発表したヨーロピアンスタイルの美しい車である。当時はまだ量産されてはおらず、一部のマニアの間で評判になっていたに過ぎないが、むろん、車に関しては無知同然だった私がそのことを知るのは、かなり後のことになる。

その四人乗りの、素晴らしく洒落《しゃれ》た型のクーペが、ハザードライトを点滅させながら、雨の中、静かに改札脇の道路に横づけされ、運転席に信太郎の姿をみとめた時、私は何《な》故《ぜ》、あんなに慌《あわ》ててしまったのだろう。私のいたところから、車までの距離はわずか十メートルほど。傘などさす必要はなかったのに、濡れてしまう、と思いこみ、開こうとした折りたたみ傘が、なかなか開かなかったからなのか。それとも、ただのアルバイトの学生をこんなふうに駅まで迎えに来てくれた信太郎に対して、必要以上に恐縮している自分を見せるのがいやで、毅然《きぜん》とした態度を取ろうと焦《あせ》ったからなのか。

胸に抱えていた紙袋がすべり落ちた。筆記具やノートが、あたりに散乱した。私ではなく、傍を通りかかった人々が、「あ」と声をあげた。

信太郎が車から降り、駆け足で私のいるところまでやって来た。彼は散乱しているものを見下ろしながら、ははっ、と可笑《おか》しそうに笑った。「何を落としたのかと思ったら。きみ、こんなものまで持ってきたの？」

私は愛想笑いを返し、中腰になって、散らばってしまったものを拾い始めた。すぐに信太郎が手を貸してくれた。

転がっていたセロハンテープを手にした彼は、「ちょっと伺《うかが》いますけどね、お嬢さん」とおどけた調子で言った。「これ、いったい、何のために持ってきたのかな」

「何かに使うこともあるか、と……」

彼は天を仰いで笑った。大きな喉《のど》ボトケが、活《い》き活《い》きと私の目の前で上下した。

信太郎は、真っ白な木綿のシャツに色あせたブルージーンズをはいていて、とてつもなく若く見えた。誰が見ても、その時の彼は私と同世代か、ほんの少し年上の学生にしか見えなかっただろう。私は少し、混乱した。鹿の首の剝製が掛けられた応接室に現れるはずの雇い主としては、あまりにくだけた装《よそお》いだったからだ。

車に乗った途端、信太郎はいきなり、自分が翻訳しようとしている本について喋《しゃべ》り出した。天候の話も、私に関する質問も、その他もろもろ、世間話の類《たぐ》いも、一切なしだった。

一種の官能小説と言ってもいいんだけどね、と彼は言った。「とはいっても、ポルノとはまるで違う。あえて言えば、異端の恋愛小説だよ。文体が非常に美しい。きみも英文科だったら、エリザベス朝からジェイムズ朝にかけての戯曲には触れたことがあると思うけど、今度の小説も、あの時代の演劇を意識したものらしいんだ。エロティックで悪魔的、デカダンな雰囲気がよく出ててね、とてもデビューしたての現代作家が書いたものとは思えないいんだよ。完成したら、新しいタイプの恋愛小説として話題になるかもしれないな」

「何ていうタイトルなんですか」

私が聞くと、信太郎はワイパーが動きまわるフロントガラスを見つめたまま「ローズサロン」と答えた。「直訳すると、薔薇《ばら》の部屋。どう？　気にいってもらえそうかな」

「どういう意味ですか」

「きみの好きなタイプの小説かどうか、って聞いてるんだ」

「タイトルだけじゃ、わかりません」

「さっき僕が説明しただろう？　なんとなく、わかると思うけど」

「……でも、私はただのアルバイトですから」

「エロティックな小説は好きじゃないの？」

「嫌いじゃありません。でも、翻訳するのは先生ですし、私には小説の内容はどんなものでもかまわないんです」

私は終始、堅苦しい応対しかできなかった。そんな自分がいやになった。

だが、信太郎は別段、呆《あき》れた様子も見せず、若い娘を助手席に乗せて楽しいドライブを続けている若者のように、「きみが手伝ってくれることになって嬉《うれ》しいよ」と明るい声で言った。

どうして自分の大学の教え子を使わなかったのか、何故、ろくに履歴書や成績表も調べずに私を雇うことに決めたのか、私の通っていたM大が、学園闘争で名を馳《は》せていることは気にならなかったのか……聞きたいことが山ほどあったのだが、何ひとつ、聞き出せなかった。聞こうと思った時、信太郎が「あれだよ」と前方の建物を指さしたからだ。

彼らの住む家は、M倶楽部のような洋館でもなく、ひんやりしたポーチの玄関ドアに真鍮のノッカーがついている家でもない、白いタイル張りの、ごく新しい近代的なマンションだった。

信太郎は車を地下駐車場に乗り入れると、私に向かって「覚えた？」と聞いた。

「は？」

「駅からの道順だよ」

だいたい、と私は答えた。嘘《うそ》だった。私は車がどの道を走って来たのか、ほとんど覚えていなかった。

わからなくなったら、また迎えに行ってあげるよ、と信太郎は言い、車のキイがついているキイホルダーに指をかけて、面白そうにぐるぐる回した。

駐車場からエレベーターに乗り、最上階の六階で降りた。廊下の床はよく磨かれていて、清潔なトンネルのように静かだった。

信太郎が605号と書かれたドアの前に立ち、チャイムを鳴らした。ドア脇の壁には「KATASE」とローマ字で彫られたいぶし銀の表札が留められていた。

銀灰色の髪を結いあげた、和服姿の老婆《ろうば》が出て来た。洋画の中のメイドを思わせる、能面のような顔をした痩せた中年の家政婦は、どこを探してもいなかった。小肥《こぶと》りで、庶民的な感じのする老婆は、顔をくしゃくしゃにして人のよさそうな微笑《ほほえ》みを浮かべ、「いらっしゃいまし」と私に向かって頭を下げた。

広い玄関ホールには、光沢のある美しい大理石が敷きつめられていた。天井のダウンライトを受けて、まるでホテルの部屋の入口のように無機質な雰囲気を漂わせているのだが、靴箱の上に品のいい青磁の一輪挿しがあるかと思うと、どぎつい色彩の抽象画パネルが、三和土《たたき》の上に何枚も無造作に置かれてあったりして、どこか、ちぐはぐな感じがした。

信太郎は、学校から帰ったばかりの子供のように乱雑に靴を脱ぎ捨てながら、「婆《ばあ》やのヒデさん」と老婆を私に紹介した。「時々、うちの中のことを手伝いに、通いで来てくれてるんだ。ヒデさん、彼女が矢野くんだよ。これから毎週、仕事の手伝いに来てくれるからね。悪いけど、すぐにコーヒーいれてくれないか。飲んだら早速、始めるから」

「コーヒーでようございますか。ダージリンのお紅茶もございますが」

「紅茶を飲むと、ブランデーをたらしたくなるからね。今日のところはやめておこう。矢野くん、きみ、紅茶のほうがよかったら、飲めばいいよ」

コーヒーでいいです、と私は言った。信太郎は私の手から濡れた傘を受け取り、抽象画パネルの横に立てかけた。水滴がパネルを汚し、さざ波のような模様を描いた。

奥から雛子が出て来た。目もさめるようなショッキングピンクのTシャツに、銀色の鋲《びょう》飾りのついているジーンズをはいた彼女は、たった今、昼寝から目覚めたばかりのようなけだるい調子で「いらっしゃい」と私に声をかけた。何年も前から自宅に出入りしている、珍しくもない人間に対する挨拶《あいさつ》のように聞こえた。

「お昼は？」

「は？」

「お昼御飯、食べた？」

食べました、と私が言うと、雛子は「何を食べたの？」と聞いてきた。相変わらず、物憂《ものう》げで、唐突な聞き方だった。そんなことには全然、興味も持っていないんだけど、一応、聞いてみただけよ、とでも言いたげに、彼女は生あくびを噛《か》み殺す仕草をした。

私が住んでいたアパートの近くには、老夫婦が経営している小さな団子屋があった。そこでは、かんぴょうを巻いた海苔《のり》巻といなり寿司《ずし》が安く買えた。その日、私は海苔巻二本といなり寿司二つを買い、部屋に戻って食べた。それが私の昼食だった。

私がそう説明すると、雛子は「そう」と素っ気なく言った。「昨日、豚の角煮を作ったの。おいしくできたから、ひと仕事終えたら、おやつに食べてってね」

雛子はあくびのせいで目尻《めじり》に浮かんだ涙を乱暴にこすり取ると、どぎまぎしている私を尻目に、再び奥に引っ込んで行った。

雛子というと、私はいつも、豚の角煮を思い出す。おかしな連想かもしれない。だが、雛子は豚の角煮を作るのが大好きで、数えきれないほど何度も作ってくれた。

小鉢に盛った豚の角煮に、からしを添えて、「さ、食べて」と差し出される時の風景は、今もはっきり思い出すことができる。箸《はし》でつまんで口にいれる私をじっと見つめて、雛子は「どう?」と聞く。肉がマシュマロのように柔らかく、口の中で溶けていく。おいしい、と私は言う。本当に嘘偽りなくおいしいものだから、感激を表現するために、足をばたつかせてみせる。雛子は満足げに軽くうなずく。

記憶の中で角煮を食べている私と雛子の傍には、どういうわけか、信太郎の姿はない。私と雛子だけが、黙りがちに箸を動かしている。私が「おいしい」と繰り返すと、雛子は嬉しそうに微笑む。雛子は健啖家《けんたんか》だった。何でも驚くほどよく食べた。柱時計が時を刻む音だけがしている。二人の小鉢が空になると、そのたびに雛子はキッチンから、お代わりを持って来る。私が笑いながら、もうお腹《なか》いっぱいよ、と言うと、雛子は、だったら残しといて、と言う。「私が食べるから」

「雛子さんの胃袋はどうなってるのかしらね。いくらでも入っちゃうんだから」

ふふ、と雛子が笑う。「信ちゃんが私の胃のことを何て呼んでるか、知ってる?」

「ううん、知らない」

「ズダ袋。胃袋じゃないんだって」

私たちは一瞬、顔を見合わせ、声をそろえて笑い出す。雛子の声は低かったが、笑い声だけはどういうわけか、いつもかん高く聞こえた。まだ何も起こっていなかったころの自分たちを思い出そうとする時、私には決まって、雛子のそんな笑い声が甦《よみがえ》る。

片瀬夫妻のマンションは広かった。だだっ広かった、と言い替えてもいい。玄関ホールからT字型に伸びている廊下があり、右に折れると突き当たりが居間、左に折れると四つのドアが向かい合わせに並んでいる……といった具合だった。

信太郎は私を居間に案内した。当時の私の感覚からすると、ちょっとした学校の教室ほどの広さの部屋で、そこには鹿の首の剝製や版画はなく、整然と洋酒の瓶が並べられた漆塗りのキャビネットもなかった。それどころか、私が想像していたような、どこかよそよそしい、金持ちの屋敷にふさわしいような年代物の家具は何ひとつ、見当たらなかった。

そこはがらくたが所狭しと散らばっており、まるで蚤《のみ》の市の会場だった。あるべきところに物が置いてある、という印象はひとつもなく、例えば、TVの上に切子《きりこ》のガラス容器がごちゃごちゃになって並べられているかと思えば、くすんだ色合いの絨毯《じゅうたん》の隅のほうに、チョコレートボンボンが入っている壺《つぼ》やら、食べかけの果物が載っている絵皿やらが放り出されており、アンティークの柱時計が掛けられた壁の横には、アフリカの工芸品とおぼしきお面が何枚も斜めに張りつけられ、ペイズリー柄のロッキングチェアの上に、奇怪な形をした吊《つ》りランプが置かれている、といった按配《あんばい》だった。

その他にもペンキ塗りたてのようなけばけばしい家具、布が破れたままになっている椅子《いす》、ドライフラワー、生きたサボテン、古雑誌がごちゃごちゃになって入れられている籐《とう》のバスケット、額に入ったポスター、フラワーポットなどが、一目で高価なものとわかる革張りのソファーやアール・デコ調の大型食器棚の間に混じって、無秩序にばらまかれている。あふれかえっている小物類は、夫妻の趣味に合わせて買いそろえられたものとはとても思えず、単に目についたものを買って来て、並べてみたのはいいが、すぐに飽きてしまい、片づけるのも億劫《おっくう》で、そのまま放ったらかしにしている、という感じであった。

何もかもがばらばらで、統一性など一つもなく、几帳面《きちょうめん》な人間だったら、一時も我慢できそうにない乱雑な雰囲気が漂っていたのに、それでいて、初めて来た部屋のような気がしないのが不思議だった。私はこれまで何度も何度もその部屋を訪れたことがあったような錯覚を覚え、信太郎に椅子を勧められる前に、自分から革張りソファーの上に腰をおろした。ソファーは弾力性を失っていて、座ると私のお尻の形に沈んでいった。

婆やのヒデが、コーヒーを運んで来た。見たこともないほど美しい陶器のカップに注がれたコーヒーには生クリームがたっぷりかけられ、木屑《きくず》をよりあわせたような短い茶色の棒が添えられていた。

これ何でしょうか、と聞くと、信太郎は「シナモン」と言った。「シナモンスティック。スプーン代わりにかきまぜると香りが出るんだ」

「知りませんでした。こんなものがあったなんて」

「僕もついこの間、知ったばかりだ」そう言って、信太郎はペイズリー柄のロッキングチェアの上に載っていたランプをつまみ上げ、腰をおろすと、私に向かって笑いかけた。「雛子と友達のうちに行って、こいつを出されてね、クッキーかと思って齧《かじ》ったら、みんなに笑われた」

「私も齧るところでした」

「うまいもんじゃないけどね。齧っても別に毒じゃないよ。それはそうと、きみはイタリア料理は好き？」

「スパゲッティのことですか」

「僕と雛子の友達が経営してるイタリア料理屋が六本木《ろっぽんぎ》にあるんだ。僕よりも八つくらい年上かな。彼の自宅でこのいまいましいシナモンスティックを出されたんだけど、それで思い出したよ。今度、一緒に食べに行こう。抜群にうまい料理を出してくれる店だから。きっと気にいるよ」

はあ、と私は言い、他に応《こた》えようがなかったので、黙ってコーヒーを飲んだ。

「行く時は、きみをエスコートさせる男を呼んでやらなくちゃいけないな。そうだ。半《はん》田《だ》がいい。半田を呼ぼう」

「ハンダ？」

僕の教え子、と信太郎は言った。「この春、卒業して大学院に進んだ奴《やつ》なんだ。なかなか優秀な男だよ。そのうえ美男子ときてる。きみと並んでいると、絵になるかもしれない。あ、それとも、きみにはすでに恋人がいるの？　いるんだとしたら、半田を呼ぶ必要はないな。一緒に連れておいでよ」

私は苦笑した。「レストランに連れて行っていただかなくても、私、お仕事はきちんとやるつもりですから」

信太郎は目をぱちぱちと瞬《また》かせ、不思議そうな、それでいて可笑《おか》しそうな表情で私を見た。

「僕はひょっとすると、世界一まじめな女子学生を雇ったのかもしれないな」

「どういうことでしょう」

「きみは僕が何を話しても、仕事を思い出させるようなことばかり言ってくる」

「まじめなんじゃなくて、気がきかないだけなんだと思います」

「まじめな上に謙遜家《けんそんか》ときてる」信太郎は笑った。「以前も、女子大生をバイトで雇ったことがあるんだけどね。きみとは正反対の子だったな。約束の時間に二時間遅れて来たことがあってね。理由を訊《たず》ねてみたら、ボーイフレンドと連れ込み旅館に行ってて、遅くなったんだってさ。こちらとしては、ああ、そう、としか言いようがない」

「そうですね」

信太郎はやわらかな視線を私に投げた。「こんな話は嫌い？」

「いえ、全然。どうしてですか」

「なんだか固くなってるように見えるからさ」

「別に固くなんか、なってません」

それどころか、私はリラックスしていた。天井まである大きな窓ガラスの向こうには、やわらかく降りしきる雨が見えた。部屋は暖かく落ち着いていて、居心地がよかった。ちらばっているがらくた類の一つ一つに、懐《なつ》かしい思い出があるような錯覚すら覚えた。そのことを信太郎に伝えたいと思ったのだが、うまくいかなかった。

「誰かに仕事を手伝ってもらおうとする時に、あらかじめ面接するとか、質問攻めにするとか、そういうのって、僕はあまり好きじゃないんだ」彼はそう言って、床に転がっていたウィンストンのパッケージを拾い上げ、テーブルにあった卓上ライターで火をつけた。「そんなことをしなくても、自然にわかるもんだよ。先週、M倶楽部《クラブ》できみを見た瞬間から、僕はきみを雇うことにしてよかった、って思ったんだ。理由なんかない。人と人とのめぐりあわせってのは、そんなもんじゃないのかな」

「私もそう思います」

「仲良くやろう」信太郎はくわえ煙草《たばこ》をしたまま、立ち上がった。はずみでロッキングチェアが派手に揺れ、床に放り出されたランプにぶつかって音をたてた。「おいで。書斎に案内するから。ヒデさん、悪いけど、このコーヒー、書斎まで持って来てくれないかな。まだ飲みかけなんだ」

居間の片隅に、サーモンピンクのクロスがかけられた円形のダイニングテーブルがあり、その奥が戸棚で仕切られたキッチンになっていた。キッチンからヒデが顔を覗《のぞ》かせ、「はいはい、ただいま」と言った。

信太郎の書斎は十五畳はあると思われる広さの洋間で、居間と同様、あるいはそれ以上に無秩序を絵に描いたような乱雑さだった。壁一面に造りつけられた書棚からは本があふれ出して、床に小山を作っており、細長い書斎机の上にも書類やらノートやら文房具類などが散乱している。机の脇《わき》にある大きなカセットデッキのまわりにはカセットケースが積木のように高く積まれていたし、空いている壁にはダーツだのディスプレイ用とおぼしきサインボードだのウォールディッシュ・ハンガーだのが貼《は》りつけられ、天井からは古い飛行機の模型がモビールになってぶら下がっていた。

布地が破れかけている紫色のカウチに座るよう私に勧めると、信太郎は早速、回転椅子に深く腰をおろし、これから翻訳しようとしている『ローズサロン』の原書を手に、くつろいだ姿勢をとった。本は驚くほどぶ厚かった。

何に書き取ればいいんですか、ノートでいいんですか、と私が聞くと、なんでもいいよ、と言われた。鉛筆にしますか、ボールペンにしますか、と聞くと、どっちでもきみの好きなほうに、と言われた。

「あの……まだ、何をどうやればいいのか、よくわからないんです。教えていただけますか」

「僕が言ったことをそのまんま、書きとめればいいだけだよ」

「明らかに間違った文章でも、ですか？」

「明らかに間違ってたりしたら、適当に直しといてくれればいいよ」

「でも、それでは正確な口述筆記にならないんじゃないんですか」

「きみのことが少しずつわかってきたなあ」彼はそう言って愉快そうにくすくす笑った。

「きみはまじめで謙遜家のうえに、几帳面だったんだ」

「そんなことありません」

「後でビールでも飲もうよ」

「は？」

「今日の分が終わったら、雛子の角煮をつまみながら、ビールを飲もう。いいだろう？」

かまいませんけど、と私は言った。

ヒデが飲みかけのコーヒーを運んで来た。信太郎はヒデに「ありがとう」と言い、何かつまらない冗談を言った。ヒデはくすくす笑いながら部屋を出て行った。

「さて、始めるか」信太郎はそう言って、軽く咳払《せきばら》いをした。咳払いをした途端、彼の目は、手にした原書から離れなくなった。大学の大きな階段教室の上のほうから講義を聴いている時のように、私は耳に入ってくる言葉を一言も聞きもらすまいとして、必死でノートに書き写し始めた。

訳文のほとんどは、よどみなく語られたが、時折、ふいに彼の声が途切れることがあった。どうしたんだろう、と思って顔をあげると、辞書を調べたり、立ち上がって書棚から本を取り出したり、そうかと思うと、顎《あご》に手をあてたまま、じっと窓の外を眺めたりしている彼の姿があった。

そんな時、私は掌《て》の中でボールペンを玩《もてあそ》びながら、自分が書きとめた文字を読み返した。始まったばかりで、小説の内容はまだはっきりわからなかったが、信太郎が紡《つむ》ぎ出す言葉はどれもひどく美しく、とても下訳の段階で出てきた言葉とは思えなかった。

途中、部屋にノックの音があり、雛子が入って来た。信太郎はちらりと雛子を見たが、表情を変えずに翻訳を続けた。雛子は面白そうに私の隣に座り、煙草に火をつけてからノートを覗きこんだ。

「さっき、半田君から電話があったの」信太郎が一段落するのを待って、雛子が言った。「これから渋谷に出てきませんか、って。あなたたちも一緒に行かない？」

信太郎は「だめだよ」と言って笑った。「誘惑しちゃいけないよ。僕たちはこれでも仕事の真っ最中なんだ。一人で楽しんでおいで」

「今日はみんなで騒ぎたい気分なのに」

「半田のことは矢野くんにも話しといた。今度四人で〈カプチーノ〉に行こうよ」

いいわね、と雛子はうなずき、私のほうを向いた。「ごめんね。私、出かける。豚の角煮はヒデさんに頼んどいたから、よかったら後で食べてって。あなたが食べるところ、見たかったんだけど。またこの次の機会にね」

はい、と私は言った。

雛子は部屋を出て行ったが、十五分もたたないうちに、また戻って来た。鮮やかなオレンジ色のミニスカートに同色のロングジャケットを着た雛子は、戸口のところに立ったまま、「信ちゃん」と甘えたような声で信太郎に呼びかけた。「私、泊まってくるかもしれない。その時は電話するわね」

信太郎は片手をあげてそれに応えた。雛子は私に向かって、じゃあね、と小声で言い、ドアの向こうに消えていった。

信太郎はすぐに翻訳を再開した。五時になるまで私は仕事に没頭していた。おかげで、仕事をしている間は、片瀬夫妻の奇妙な会話を忘れていることができた。改めて思い出したのは、その日の仕事を終え、信太郎がヒデに頼んでビールと豚の角煮を書斎まで運ばせた時だった。

私は、半田という男が信太郎の教え子だと聞かされていた。優秀な学生で、そのうえ美男子。何故《なぜ》、その年若い男と雛子が、二人きりで渋谷で会わなくてはならないのだろう。何故、泊まってくるかもしれないから、などと雛子は言ったのだろう。

「食べてみてくれよ。豚の角煮。雛子は角煮を作る天才なんだ」

信太郎に言われて、私は小鉢に品よく盛られた角煮に箸《はし》をつけた。おいしいです、と言うと、「だろう?」と信太郎は口もとをほころばせた。「彼女はこいつを人に食わせて、おいしい、と言わせるのが生きがいなんだ。残念だな。ここにいればよかったのに」

詮索《せんさく》しているように思われないよう、注意しながら私は聞いた。「奥さんは、お友達に会いに行かれたんですか」

「相手は半田だよ。さっき教えたよね。僕の教え子」

「その方と、どこかご旅行にでも?」

「どうして?」

「泊まってくるかもしれない、って、さっき奥さんが……」

「半田の下宿に行くんだよ」信太郎は小鉢ごと口に突っ込みそうな勢いで、中のものを慌《あわ》ただしく食べながら言った。「半田は雛子のボーイフレンドの一人だから」

「でも……その方、先生の教え子でもあった方なんでしょう?」

「そうだよ。僕の教え子で雛子のボーイフレンド」

「進んでるご夫婦なんですね」

「どうして？」

「だって、そんな関係……普通だったら、やきもちを焼くんじゃないのかしら」

「僕も雛子も、互いにやきもちを焼いたことはないよ。結婚して五年になるけど、ただの一度もない」

「いやだと思わないんですか。奥さんが……あんなにきれいな奥さんが、ご自分の教え子と……」

「雛子を傷つける奴は許せないけど」と信太郎は穏やかに言い、グラスの中のビールを飲みほした。「雛子を楽しませてくれる奴は大歓迎だよ」

お金持ちによくある、根拠のない自信……そう言いかけて、私は危ういところで言葉を飲みこんだ。いくらなんでも、それはあまりに失礼に過ぎる言い方だった。代わりに私は、ビールグラスを手に、信太郎の書斎を眺め回した。軽い疲労感にアルコールの回りは早かった。私は少し、酔い始めていたかもしれない。

「本当のこと言うと、先生のような方は私にとって、別世界の人間でした。今もそうです」

「別世界？」

「はい。生きてる世界が違うんです。うまく説明できませんが」

「僕は何も特別な人間じゃないよ。ただの貧乏な大学教師だ」

「貧乏だなんて、そんなはずはありません」

「金持ちなのは雛子のほうだよ。僕は違う。あまりに生まれが違い過ぎる。だから僕らは駆け落ちしたんだ。かっこいいだろ？」

私は呆気《あつけ》に取られて黙っていた。信太郎は二本目のビールの栓を抜き、自分のグラスに注ぎ入れた。

「聞いて驚くなかれ、雛子は元子爵《ししやく》様の令嬢なんだよ。だから、僕らが結婚する時は大騒動だった。僕は雛子の親から、野良犬《のらいぬ》みたいな扱いを受けたしね。だから雛子は家を出て、二人で安いアパートを借りて、勝手に結婚の手続きを済ませた。そのうち、子爵様……つまり雛子の父親だけどね……子爵様が雛子恋しさに我慢しきれなくなってさ、和解を申し出て来た。このマンションを安く貸してくれた上に、ついでにヒデさんも貸してくれた。ヒデさんは、もともと雛子専属の婆《ばあ》やだったんだ」

そこまで立ち入ったことを聞き出すつもりはなかったのだが、そうした一連のドラマティックな出来事を、これまで数えきれないほど人に話して聞かせていたと見えて、信太郎は悪びれた様子も見せず、それどころか、むしろ誇らしげだった。

「僕と雛子は自由にやってるんだよ」彼はあっさりとした口調で言った。「雛子に何人、ボーイフレンドがいようが、僕は何とも思わない。僕たちはそれでうまくいってるんだ」

「先生はどうなんですか。先生にもガールフレンドがいっぱい、いらっしゃるんですか」

いるよ、と信太郎はこともなげに答え、いたずらっぽく片目をつぶってみせた。「きみも今日から、僕のガールフレンドだ」

私は、頭の毛穴がいっぺんに開いたような感覚に襲われた。顔が赤くなるのがわかった。聞こえなかったふりをして、グラスの中のビールを飲みこんだところ、今度はむせて、烈《はげ》しく咳こんだ。慌ててバッグからハンカチを取り出そうとすると、信太郎が近づいて来て、カウチに手をかけながら、私の顔を覗きこんだ。

「大丈夫?」

平気です、と私は言った。彼に向かって笑いかけようとしたのだが、できなかった。彼はペットの子猫でもあやすような目をして私に微笑《ほほえ》みかけ、再び書斎机に戻ると、美《う》味《ま》そうに喉《のど》を鳴らしてビールを飲み始めた。

その日、中野のアパートに戻ると、電気のついていない部屋で、唐木が炬燵《こたつ》にうずくまるようにして座っていた。唐木と会うのは、およそ十日ぶりだった。その間、どこに寝泊まりしていたのか、着ているジャンパーもセーターも、十日前に私の部屋から出て行った時のままで、顔色もひどく悪かった。

青白いというよりも、白茶けたように見える彼のやつれた顔を見た途端、私は自分が何かとんでもない間違った方向に進んで行こうとしているのではないか、という思いにかられて、急に不安を覚えた。

久し振りね、と私が言うと、唐木は力なく私を見上げ、「入院することになった」と言った。

「どうして?」

「腎臓がイカれてるらしい」

私はそっと、炬燵に向かって腰をおろした。炬燵の上の灰皿には、煙草の吸殻が山のようになって積まれていた。

「ションベンが真っ赤になったんだ。そのうち治るだろうと思ってたんだけど、治らなかった。親に電話して、保険証を貸してほしいって頼んだよ。すぐにおふくろが飛んで来てね。首ねっこつかまれて、そのまま病院行きさ」

そう、と私は言った。声が少し、震えていた。「足のほうも診《み》てもらった?」

「いや、まだだ」

「診てもらったほうがいいわ。この際だから」

「そうするよ」

「長くかかりそうなの?」

「わからない。検査の結果次第だろうね」

私は唐木が吸っていた煙草《たばこ》を一本、取り出し、自分で火をつけた。しめきった部屋の中は、煙草の煙で紫色に煙っていた。

「どこに行ってたの？　例のバイト？」唐木が聞いた。私はうなずいた。

「どうだった？　うまくいった？」

「なんとか」

「よかったな」

「うん」

声にならなかった。私はあふれてくるものを必死の思いでこらえながら、煙草を吸い続けた。

「荷物、取りに来たんだ」彼は言った。「衣類と本だけ持っていくよ。他のものは適当に処分してくれてかまわない。どうせ大した荷物があるわけじゃないから」

「それが答えなの？」

「え？」

「考える時間が必要だ、って言ってたでしょう？　それが答えなのね？」

「そういうことになる」

「あなたが決めて、あなたが実行するっていうわけね。私はあなたのやり方に、何も口を出せないんだわ。いつだってそうだった」

彼は怒らなかった。違うよ、と彼は静かに言った。「こうするのが一番いい、と判断したんだ。きみも同じ考えだと思う。違うんだったら、言ってほしい。でも、多分……同じなんだと思う」

私は黙っていた。それが私の答えだった。

唐木は私の肩に手を伸ばし、軽くもむようにした。「ふうこ。きみには感謝してる。ありがとう。きみがいなかったら、ここまで闘争を続けることができなかったかもしれない」

私は灰皿で煙草をもみ消し、彼を見た。肩まで伸びた彼の髪の毛が、フケと脂《あぶら》とで、ところどころ、こよりのように固まってしまっているのを眺めながら、言うべき言葉を探した。何ひとつ、見つからなかった。

唐木はしばらくの間、黙っていたが、やがてのっそりと立ち上がると、紙袋に衣類と本を詰めこみ、汚れたジーンズの後ろポケットをまさぐって一本の鍵《かぎ》を取り出した。私の部屋の鍵だった。鍵は炬燵の上にそっと置かれた。

「どこの病院に入院するの?」

唐木は静かに首を横に振った。「そんなこと、きみが気にする必要はないよ」

「お見舞いに行くわ」

「気持ちは嬉《うれ》しいけど、弱ってる姿を見られたくないんだ」

「だったら、病院から手紙ちょうだい」

「何のために？」

喉が詰まるような感じがした。唐木の顔に、一瞬、せせら笑うような表情が浮かんだが、それもすぐに消えた。

「ふうこ」と彼は低く囁《ささや》きかけるように呼びかけた。「これでいいんだよ。な？」

私はじっとしていた。窓の下の通りをトラックが走り抜けた。軽い地響きがして、小さな食器棚のガラス戸が揺れた。

唐木はふいに怒ったような顔をして、私から目をそらすと、ドアに向かった。ドアが開けられ、そして、閉められた。階段を降りる足音がし、まもなく何も聞こえなくなった。

私は炬燵の上に残された部屋のスペアキイをじっと見ていた。唐木が残していった煙草のパッケージから、最後の一本を取り出し、火をつけた。

吸い終わってから、灰皿の中の吸殻を流しのゴミ入れに捨て、灰皿を洗った。炬燵の上に飛び散った煙草の灰を濡《ぬ》れ布巾《ぶきん》で拭《ふ》き取り、布巾を丁寧に洗った。

泣いたのは、その晩、銭湯に行った時だ。カランから湯を流しっ放しにして、髪の毛を洗いながら、顔を伝い落ちてくる湯の中で、私は思う存分、泣いた。

4

翌週の木曜日、私は学校の近所の喫茶店で、大学生協の坂田春美とその弟に会った。アルバイトを紹介してくれた御礼かたがた、春美のみならず、その弟にも挨拶《あいさつ》しておくべきだ、と考え、春美に頼んで弟を紹介してもらったのである。

春美の弟は私よりも一学年上で、その年の四月に四年になったばかりだった。確か、浩二《こうじ》という名だったと思う。坂田浩二。彼はS大のテニス同好会に所属しているとかで、約束の時間に現れた時は、小脇《こわき》にラケットを抱えていた。

私の周辺にいた学生たちのように、長髪にはしておらず、短くした髪の毛を七・三に分け、S大のロゴマークの入ったテニスウェアを着ていたことは記憶に残っているが、どんな顔だったのか、姉の春美と似ていたのかどうか、あまりよく覚えていない。私が春美の弟と会ったのは、その時一度きりで、以後、二度と会うことはなかった。

私がアルバイトを紹介してくれた礼を言うと、浩二は意味ありげに微笑《ほほえ》みながら、「で、あの先生の印象、どうでした?」と聞いてきた。

「どう、って、別に……」

「なかなかハンサムでしょう」

「ええ、まあ」

浩二はくすくす笑った。「隠さなくてもいいですよ。顔に書いてある。うちの大学でも女の子たちにモテモテでね。片瀬先生のバイトをどうして他の大学の学生に回しちゃったんだ、って、後からみんなに怒られちゃいましたよ」

「早いもの勝ちよ」春美が言った。「もたもたしてると、幸運は摑《つか》めないの。仕事でも恋愛でも何でもそうだわ。ぱっ、と判断して、ぱっ、と行動する。これに限るわね」

「ああ見えて、あの先生はのんきで面倒くさがり屋ですからね。普通だったら、バイトで雇うことになる学生のこと、いろいろ聞きたがるはずなんだけど、全然、興味を示さないんです。僕が姉の紹介だ、ってあなたの話をしたら、うん、じゃあ、その子にするか、って、それで一発、決まっちゃったみたいな感じで」

「この子、世渡りがうまいらしくて、けっこう年上の人に好かれるのよ」春美は笑った。「片瀬先生にも信頼されてるんですって。姉としては、どうしてなんだか、さっぱりわからないけど」

「僕が優秀だからだよ」

「何言ってるの。どうせ、ごますりがうまいだけでしょ」

私はしばらくの間、仲のよさそうな姉弟の会話に耳を傾けていた。信太郎と雛子が駆け落ちしたことや、雛子が元子爵令嬢《ししやく》だったという話をして、事実を確かめてみたい、という気持ちがあったのだが、何故《なぜ》か、聞き出せなかった。そんなことはどうだっていいことだ、と半分、自分に言い聞かせていたせいかもしれない。

その話を始めたのは浩二のほうだった。知ってましたか、と彼は言った。「片瀬先生の奥さんって、元子爵のお嬢さんだったんですよ」

「そうですってね」と私は言った。

「早いなあ、まったく。もう、そんな話をしてるんですか。困ったもんだ」

「何よ、それ」と春美が説明を求めた。浩二は片瀬夫妻の結婚に至るまでのいきさつを姉に教えた。私が信太郎から聞いたものと、寸分、変わらなかった。

「先生の奥さんのお父さんってのは、二階堂忠志っていうんですよ。それも聞きましたか?」浩二が私に聞いた。私は首を横に振った。

「二階堂忠志と言えば、今の二階堂汽船の社主ですからね。若いころはドイツやフランスなんかに私費留学して、あっちでずいぶん遊んだらしい。今は本郷《ほんごう》に住んでて、これがすごい家なんだそうですよ。そりゃあそうですよね。華族制度が廃止になるまでは、使用人が何人もいたそうですから。先生の奥さんには、年の離れたお兄さんが一人いましてね。この人は東大を出て外務省に入った超エリート。奥さんのお母さんってのは、元男爵家の令嬢だった人でね。奥さんを産んだ後、すぐに病気で亡《な》くなったそうです」

春美が呆《あき》れたように口をはさんだ。「あんた、よくそこまで知ってるのね」

「そりゃあ、有名な話だもの。片瀬ゼミの連中はみんな知ってるよ」

「それにしたって、その先生、大変なお家柄のお嬢さんと駆け落ちしたわけよね。すごい勇気だわ」

「まあ、それでも先生の奥さんが本物の子爵令嬢でいられた期間はわずかだけどね。家柄っていうよりも、金だよ、金。金があり余ってるからさ、奥さんの実家のほうは。先生も利口だから、そのへん、うまく立ち回ったんじゃないの？　今住んでるマンションはただ同然で借りてるわ、軽井沢の別邸も譲ってもらったわ、で、僕らから見ると、男版シンデレラ物語だよ」

「軽井沢の別邸？　何よ、それ」

「子爵時代に二階堂が持ってた別邸だよ。僕らも一度だけ、ゼミの仲間と遊びに行ったことがあるんだ。建物自体は古くて大したことないけど、敷地が広くて、キャンプファイヤーができる、って感じのとこだったね」

へえ、と春美は言った。「どうやって、その先生はそんなお金持ちの奥さんと知り合ったのよ。何かの豪勢なパーティーで？」

「よく知らないけど、奥さんはちょっとしたはねっ返りだったらしくてね。学習院大学在籍中に、飲み屋でアルバイトしてたんだってさ。先生がその店に通って、それで恋に落ちた。出会いそのものは、大してドラマティックじゃないよね」

「で、その先生は婿《むこ》養子に入ったわけ？」

「駆け落ちしたんだぜ。おとなしく婿に入るわけないだろう」

「そうよね」春美は溜《た》め息をつき、でもさ、と言った。「いくら婿養子じゃないにしても、そういうのって、プライドが傷つけられるものなんじゃないのかしら。ううん、私は別に古めかしいこと言ってるんじゃないのよ。今どき、夫が妻の実家の世話になるってのは、別段、恥ずかしい話でも何でもないし、当人さえよければ何の問題もないと思うけど、それでも、やっぱり少しは、男としての自尊心のよりどころがなくなって落ち込むこともあるんじゃないの？」

「あの先生に限って、それだけはないみたいだね」浩二はきっぱりとそう言い、同意を求めるようにして私のほうを見た。「矢野さんもそう思いませんか」

自慢げ、と言ってもいいほどに、雛子との結婚のいきさつや婆《ばあ》やの話をしてくれた時の信太郎を思い出しながら、私は「そうですね」と言った。「そんなことは全然、気にしてない感じでした」

「驚いた」と春美は言い、豊かな乳房の下で両腕を組んだ。「無邪気に幸運を受け入れてる、ってわけか」

「僕だったら、そんな女房は重荷だけどね」浩二はそう言って笑った。「でも、先生にとってはよかったんじゃないの？　たまたま惚《ほ》れて一緒になった奥さんが、資産家の娘だっただけのことでさ。ラッキーだった、ってことだよ」

「その先生、いくつだっけ」

「三十三、四？　そんなもんだよ」

「その若さで助教授ってのも、普通では考えられないんでしょ？」

「異例の抜擢《ばってき》だったらしいよ。あれでけっこう、勉強家でさ。研究論文なんかもしょっちゅう発表してて、教授たちの受けも悪くなかったしね。まあ、二階堂忠志が娘のために裏で糸を引いてた、って噂《うわさ》もないことはないけど」

「羨《うらや》ましいこと」春美が皮肉めいた口調で言った。「そのうえ、教え子の学生たちにモテモテとはね。ご本人の努力の賜物《たまもの》とはいえ、人生、これ以上、望むものはない、って感じだわね」

そういうこと、と浩二は言い、軽く肩をすくめてコーヒーカップを手に取った。「冗談ばっかり言って、容貌《ようぼう》が派手だし、不真面目《ふまじめ》に見える時もあって誤解されがちだけどさ。でも」

そこまで言うと、浩二は軽く眉《まゆ》を上げ、「いい先生だよ」とつぶやいた。「僕は気にいってる」

春美がテーブル越しに身を乗り出してきて、「ねえ、ほんとに美男子だった？」と聞いた。

そりゃあ、もう、と私は言い、笑ってみせた。な？　誰だって、そう言うんだから、と浩二は姉に向かって念を押すように言った。

「あの……半田さんって人、御存知ですか」私は浩二に聞いてみた。「片瀬先生の教え子だって聞きましたけど」

浩二は即座にうなずいた。「知ってるも知らないも、同じ片瀬ゼミの一年先輩ですよ。プレイボーイの半田さん、って有名だったものだけど……彼がどうかしたんですか」

いいえ、別に、と私は言った。「この間、先生がちらっとそんな名前を口に出してたものだから」

「文学部と言ったって、英文科は男子学生が極端に少ないですからね。今は少し増えましたけど、半田さんがいたころは、片瀬ゼミには男子が二人しかいなかったんです。ゼミ旅行とかコンパとなると、女の子たちにこき使われて大変だったみたいですよ。ビール取ってこい、とか、裸踊りをやれ、とかね」

春美は大声をあげて笑った。浩二も笑った。浩二のどこを探しても、その半田という学生と片瀬信太郎の妻とが、何かただならぬ関係であることを知っている様子はなかった。

その時、姉弟の笑い声を途切れさせたのは、大学の正門前で始まったアジ演説だった。拡声器を通した学生のだみ声が、喫茶店の中まで聞こえて来て、それまで店内に流れていた音楽をかき消した。

浩二は腰をひねって窓越しに外を眺め、へえ、と驚いたように言った。「噂にたがわず、すさまじいんだね、ここの大学は。うちの学校だったら、いまごろの時間、正門前はデートの待ち合わせの男女がたむろしてるところだよ」

「せっかく来たんだから、見学していきなさいよ」と春美が言った。「社会勉強よ、これも」

「やめとくよ。怖そうだから」

「そうよね。あんたみたいな恰好《かっこう》をしてる学生なんか、一人だっていやしないから、袋叩《だた》きにあうわ、きっと」

浩二が軽く肩をすくめ、「今度は武装して来るさ」と言った時だった。喫茶店の外の通りを、ヘルメット姿の学生たちが束になって走り抜けていくのが見えた。地響きのような足音が店内の床にまで伝わってきた。

店に居合わせた客が全員、立ち上がり、窓辺に走り寄った。私たちも同じようにした。

大学の正門前でアジ演説を行っていたのは、五、六人の小グループだった。そのグループのまわりをヘルメットの一団が取り囲んだ。烈《はげ》しい口論が始まった様子だった。胸ぐらを摑まれ、引きずり回されている者もいた。

通りがかりと思われる学生たちの一部が、加担し始めた。どちらがどちらなのか、誰がどちらに加担しているのか、わからなかった。わかっていたのは、アジ演説グループに抗議しているヘルメット集団が、唐木が属していたセクトであるということだけだった。

やれやれ、と浩二が溜め息をついた。軽蔑《けいべつ》がこめられた溜め息だったが、どういうわけか、その後に続く言葉はなく、私たち三人は長い間、黙ったまま、ガラスに額をくっつけ合うようにして、外で繰り広げられる光景を眺めていた。

私は、唐木の痕跡《こんせき》を消すために、アパートの部屋の模様替えをした。といっても、食器棚と本棚、それに小さな冷蔵庫の位置を変え、ひまわりの模様がプリントされた黄色いカーテンを洗っただけだが、それだけでも、部屋の様子は見違えるほど変わった。台所の流しで手洗いしたカーテンからは、呆れるほど真っ黒な水が出た。そのほとんどが唐木の吸った煙草《たばこ》の脂《やに》だった。

唐木については、いろいろな噂が耳に入ってきた。検査の結果、長期療養をしなければならなくなり、それがいやで、田舎に連れ戻される途中、脱走した、という噂もあれば、病気は大したことはなく、早々と退院して、どこかに潜伏している、という噂もあった。腎臓に悪性腫瘍《しゅよう》が見つかって、大きな手術を受けることになったらしい、と言う者もいた。詳しいことは何ひとつ、わからなかった。

私は毎週、土曜と日曜、片瀬夫妻のマンションに行き、滞りなく仕事を続けた。片瀬夫妻のマンションに行かない日は、大学の図書館に行って、エリザベス朝とジェイムズ朝に関する本を調べた。歴史書、演劇論、文学論、宗教論……。果ては当時の詩人が書き残した詩集まで探し出し、わかりもしないくせに、外が暗くなるまで読みふけった。

過剰な自意識のせいだったとは言え、あのころほど、知識とか学問とか呼ばれるものに対して貪欲《どんよく》になったことは後にも先にも一度もない。信太郎の書斎で、布が破れかけた紫色のカウチに座り、耳に入ってくる信太郎の言葉、その美しい翻訳文の意味することを裏の裏まで理解して、そのうえで彼と対等な会話を交わしたい、と私は切実に願っていた。

片瀬夫妻は相変わらず、私にとっては異人種だった。彼らの生活の流儀、大胆な発想、時代を無視しているとしか思えない呑気《のんき》な暮らしぶりそれ自体が、時として私を苛立《いらだ》たせ、時として首を傾《かし》げさせた。

だが、当初、感じていた彼らに対する意味のない軽蔑の念は、次第に消えていった。代わりに生まれたのは、背伸びしてでも彼らと同格になりたい、彼らと同じレベルで話を交わしたい、とする馬鹿《ばか》げた闘争心だった。

慌《あわ》ただしく本を流し読みし、必要と思われる箇所や印象づけられた箇所をレポート用紙に書き写し、頭にたたきこんで、そのうえで片瀬夫妻のマンションに行った。必死で暗記してきた借り物の知識ではあったが、なんとか会話の中にさしはさむことができた時の喜びは大きかった。

信太郎は唐突な印象を受けたに違いない。口述筆記のために雇ったに過ぎない女子学生が、いきなりマーロウだのフォードだのウェブスターだの、という作家の名をあげ、さも体系的に読みこんだかのような顔をして「シェークスピアもいいですが、私はどちらかというとフォードやウェブスターのほうが好きですね」……などと言い始めたわけだ。「命がけの姦通《かんつう》とか、血みどろの復讐《ふくしゅう》とか、絶望的な結末とか、そういった陰惨さや虚無的な雰囲気はもともと好きでしたけど、それだけじゃないんです。劇場閉鎖に追いこまれる寸前の、或《あ》る意味で文化が爛熟《らんじゅく》して腐りかけていた時代に発表された幾つかの演劇こそが、近代文学への橋渡しをしたと思えるからで……」

今、思い返してみても気恥ずかしい。相手が信太郎でなかったら、私は意地悪く多方面から質問の矢を飛ばされ、答えられなくなって、もの笑いの種にされていただろう。

だが、彼は一切、私に質問はしてこなかった。私を困らせるようなことも何ひとつ、言わなかった。彼は目を輝かせながら、私の受け売りの知識やにわか仕立ての感想に耳を傾け、あたかも仲間を見つけたと言わんばかりに嬉々《きき》として、こう言った。

「気が合うな。きみの好きなものは僕と変わらない。例えばこうだ。闇《やみ》、毒、狂気、腐敗、迷路……作品の中にそういったニュアンスがあると、それだけで惹《ひ》きこまれる。不思議だよね。きみも多分、僕と似ているんだろう」

初めは耳を疑った。厭味《いやみ》を言われているのか、とも思った。

私が言ったことは、さしたる意見とも思えない。資料を読めば、どこにでも似たようなことは書かれてある。それを自分の言葉に置き換えて、さも感じ入っているかのように伝えただけのことだ。

だから、逆に質問をしたくなったのは、私のほうだった。先生は何故、そんなに虚無的なものに惹かれるんですか、孤立とか、憂鬱《ゆううつ》とか、不安とか、ふつう、人が目をつぶりたくなるようなものにどうして、そんなに面白そうに固執なさるんですか、今があまりに満たされているせいですか、それとも、ただのポーズでそうおっしゃっているんですか、と。

だが、聞けなかった。結局、言葉にして問い質《ただ》してみる必要などなかったのだ。それらの架空の質問に対する答えもまた、言葉にはできない種類のもの……あえて言えば、信太郎の肌の香り、ぬくもりや吐息の中にだけ潜んでいたからである。

5

ふうちゃん……最初に私のことをこう呼び出したのは、信太郎だったか、雛子だったか。

いずれにしても、毎週末、片瀬夫妻のマンションに出入りしているうちに、私はいつのまにか「ふうちゃん」と呼ばれるようになっていた。ふうちゃん、今夜、一緒にうちで御飯食べてかない？　ふうちゃん、そこのワイン、取って。ふうちゃん、こっちに来てお座りよ……。

これまで友達から何て呼ばれてたの、と聞かれ、私が「ふうこ」と答えると、ああ、そっちのほうが可愛《かわい》いね、ふうこにしようか、などと夫妻は口々に言い合ったが、呼び捨てにはしにくかったのか、それとも、ふうちゃんという呼び名に慣れてしまっていたせいか、いつしか、ふうちゃんに落ち着いたのだった。

私にしてみれば、「ふうこ」と呼ばれるよりも「ふうちゃん」と呼ばれるほうがありがたかった。「ふうこ」と呼ばれると、唐木のことを思い出してしまう。顔色の悪い唐木があの狭い四畳半一間のアパートの部屋で、何日も洗濯していない汗くさいシャツ姿のまま、考えあぐねたような顔つきで何か闘争についての弁解めいた持論を言い始める時、彼は決まって、ふうこ、と私に呼びかけた。ふうこ、俺はね。ふうこ、きみにはわからないかもしれないけど。ふうこ、ちょっと聞いてもらいたいんだ……。そんな彼と向かい合って、夜が白み、窓の外が明るくなるまで、じっと彼の話を聞き、疲れ果てた彼が畳の上で私を抱いて、不器用に着ているものを脱がせ始める時の、あのなんとも言えないみじめな、行き場を失った悲しさのようなものを思い出してしまう。

自分は昔の自分ではなく、少しでも前に進もうとしているのだし、少なくとも実際に進んでいるのだ、という意識が私の中にあった。唐木と過ごした日々に舞い戻るのはいやだった。それだけはどうしても避けたかったし、そうしなければいけない、という思いは強烈だった。

ふうちゃんと呼ばれるようになってから、私と片瀬夫妻の関係は自分でも信じられないほどの速さで親密なものになっていった。私は信太郎を「先生」と呼び、雛子のことは「奥さん」とは言わず、「雛子さん」と呼ぶようになった。

私は夫妻の前でよく笑うようになった。夫妻の唐突な誘いや、夫妻特有の会話のリズム、信太郎の冗談、雛子のけだるい性的な感じのする動作にも、いちいち驚かなくなった。私は次第に、自分でもはっきりそれとわかるほど、夫妻に慣れていった。

ただ、慣れていくことと、夫妻を理解する、ということは意味が違う。雛子が夫の教え子と関係をもち、そのことを夫である信太郎が喜んで認め、それでいながら、夫婦が仲睦《むつ》まじく暮らしていられる、という状態は、私の理解を超えることだった。

しかし、これだけは断じて言える。私は、それを不潔なことだとは思っていなかった。元子爵《ししゃく》の令嬢と駆け落ちした男が、妻の浮気を黙認することの代償として、生活の安泰を保証してもらっているのだろう、というような、意地悪な見方もしなかった。

それどころか、理解できないからこそ、余計に感じる謎《なぞ》めいた好奇心が、知らず知らずのうちに、私の中に深く根をおろし始めていたようである。

六月に入って最初の土曜日だった。仕事を終えた信太郎は、まるであらかじめ約束でもしていたかのように、「今夜はきみを誘って、みんなでカプチーノに行くからね」と私に言った。

梅雨入り前の、真夏のような日差しがいつまでも続く美しい夕暮れ時だった。私は、その日の訳文を書き留めたノートを閉じながら、「カプチーノ?」と聞き返した。

「いつか話しただろう?」彼は書斎机の上のものを整理しながら、楽しげに言った。「僕と雛子の友達が経営しているイタリア料理の店だよ。天気もいいし、気持ちがいい日だからね。ちょっと出てみるのもいいと思ってさ」

「今夜ですか」

「デートの予定でもあるのかな？」

「いえ、何もありませんけど……」

「半田も呼んであるんだ。きみのことはもう彼にも話してあるし、気兼ねはいらないよ。四人で楽しくやろう」

片瀬夫妻と一緒に、外で食事をするのは初めてだった。私は慌《あわ》ただしく、その日の自分の服装を点検した。

くたびれたベルボトムのジーンズに、黒の半袖《はんそで》Tシャツ。買ったばかりのTシャツは、襟ぐりが丸く広く開いており、デザイン上、しゃれたものだったとはいえ、それでも片瀬夫妻が出入りするような高級レストランに行くのにふさわしい恰好《かっこう》とは言いがたかった。せめてスカートをはいてくればよかった、と私は後悔した。

信太郎は私がそんなことでがっかりしているとは夢にも思っていなかったらしい。予約は七時にしておいたから、あと三十分もしたら出発しよう、と言い、着替えのために書斎を出て行ったかと思うと、十分もたたないうちに雛子を伴って再び現れ、その三分後には、私は117クーペの後部座席に座って、助手席の雛子がふりまく甘ったるいオーデコロンの匂《にお》いを嗅《か》いでいた。

イタリアン・レストラン〈カプチーノ〉は、六本木の防衛庁の近くにあった。古いビルの地下にあり、入口からは急な階段が伸びていて、薄暗い照明の中を手探りするように下に降りていくと、アーチ型をした小さな木製のドアが現れる。

秘密めいたバーか、さもなかったら、会員制の高級レストランを思わせる佇《たたず》まいだったが、店の内部はきわめて素朴だった。コテ塗りの白い漆喰《しっくい》壁と焦茶色《こげちゃいろ》の梁《はり》。ギンガムチェックのテーブルクロスがかけられた、小さな、ままごとめいた四角いテーブル。会話の邪魔にならない程度に流されている音楽は、陽気なカンツォーネだった。

雛子はまるで正式な夜会に招待された時のように、細かいプリーツのスカートがついている袖なしのロウウェストワンピースに、つばのない小さな帽子……といういでたちだったし、信太郎は信太郎で、それに合わせるかのように、白っぽいディナージャケット姿だった。もしも、品格を重んじるレストランだったりしたら、自分の服装はよほど場違いなものに映るだろう、と密《ひそ》かに案じていた私は、そこが家庭的な店であるらしいことを知って、心底、ほっとした。

私たちが入って行くと、奥のテーブルに向かって座っていた若い男が即座に立ち上がった。雛子は落ち着きはらった笑みを浮かべながら、猫のような静かな足取りで男に近づき、「早かったのね」と言った。

「遅れると雛子さんに怒られますからね」男はそう言いつつ、私をちらちらと値踏みするような目つきで眺めた。

彫りの深い顔立ちで、信太郎と同じくらい背が高かったが、信太郎よりもはるかに肉付きがよく、三十を過ぎれば、間違いなく太り出しそうな身体《からだ》つきをした男だった。雛子さんの大きなペット……そんな言葉が頭に浮かんだ。

「ふうちゃん、紹介するよ。半田紘一《こういち》くん。僕のゼミきってのプレイボーイだった奴《やつ》」

信太郎が冗談めかしてそう言うと、半田はやめてくださいよ、と笑い声をあげ、「よろしく」と私に向かって会釈《えしやく》をした。私は「はじめまして」と頭を下げた。

半田紘一の実家は札幌にあり、父親は弁護士だった。半田は次男で、長男は父親の跡を継ぐことになっており、半田は父親が東京に買ってくれたマンションに一人で暮らしながら大学院に進んで、優雅な学生生活を満喫している、ということだった。それらの話をあらかじめ耳に入れていたせいもあったかもしれないが、半田は絵に描いたような金持ちのどら息子、という印象が強かった。

私は半田が雛子を抱いている様子を想像してみた。それはどこかしら滑稽《こっけい》で、汗だくになりながら続けられる真夏のスポーツのような感じがした。あまり複雑なことは考えず、その日その時を楽しく過ごす能力にたけた、害の少なそうな好青年……半田に抱いたそんな第一印象は、その後、ずっと変わったことはない。

「おい、半田。少しはふうちゃんを見習ったほうがいいぞ。彼女と僕とは、フォードやウェブスターなんかの話をするんだ。しかもウマが合う。すごいだろう」

「信じられませんね」半田は私に向かって、目を丸くしてみせた。「いいことを教えてあげましょう。僕はね、片瀬ゼミをとって後悔したことが一つだけあるんです。それが何か、わかりますか」

いいえ、と私は首を横に振った。

「片瀬ゼミの授業の内容に、全然、興味がなかったことが後になってわかったんですよ」

「この野郎」信太郎がふざけて半田のこめかみを突いた。

雛子が笑った。笑いながら、まるでそこが決められた自分の席であるかのように、さっさとテーブルについた。半田は迷う様子もなく、雛子の隣の席に座った。信太郎は私に、雛子の正面に座るよう指示し、自分は私の隣に腰を落ち着けた。すぐさま、なごやかな雰囲気が私たちを取り巻いた。

四十代半ばとおぼしき一人の男が、にこにこしながらテーブルに近づいて来た。信太郎は男の姿をみとめ、どうも、と言いながらいたずらっぽい笑みを浮かべた。

「今夜はダブルデートですか。羨《うらや》ましいですね」男は、そう言って微笑《ほほえ》ましげに私たち四人を見比べた。

小柄でほっそりとした、端整な顔立ちをした男だった。いくらか薄くなった白髪まじりの髪の毛を丁寧にとかしつけ、肌は風呂《ふろ》からあがったばかりのように清潔な光を放っていて、物腰といい、表情といい、どこから見ても育ちのよさをしのばせる紳士だった。

「紹介しておこう。ふうちゃん。彼がこの店のオーナーの副島《そえじま》さんだよ」

私は椅子《いす》から立ち上がり、「矢野です」と言いながら、ぺこりと頭を下げた。

「僕の秘書にしては、礼儀正しいお嬢さんだと思いませんか」信太郎が言った。

「ほう」と副島は芝居がかったようにうなずき、上品なまなざしを私のほうに走らせた。

「こんなに若くて美人の秘書だったら、僕もほしいところですね」

「だめよ、副島さん、抜けがけしちゃ」雛子が上機嫌で言った。その晩の雛子は、いつにも増して華やいでおり、口数が多かった。「ふうちゃんの今夜のお相手は信ちゃんなんだから。ね？　信ちゃん。そうよね」

それはそれは、と副島は言い、立ったままでいた私のために椅子を引いてくれた。

「さあ、どうぞ。たくさん召し上がって、たっぷり楽しんでってください。老兵は退散します」

去って行く副島の後ろ姿を雛子が目で追いながら、私に言った。「副島さんと私たちとはね、長いつきあいなの。彼の別荘が旧軽井沢にあって、むこうに行くといつも一緒に遊んでるのよ。信ちゃんを猟に連れてってくれるのは、副島さんなの。私は死んだ動物を見るのが大嫌いだから、誘われても行かないんだけど」

「猟？」私は信太郎に向かって聞き返した。「銃を使って？」

「もちろん」

「先生も銃を持ってらっしゃるんですか」

「これでもそこそこ、射撃の練習を積んでるんだ。馬鹿《ばか》にしたもんじゃないよ」

「何をとるんです」

「いろいろだよ。たいていは鳥類だけどね。たまにはウサギもとれる。でも、なんにもとらなくたって、かまわないんだ。こよなく愛する銃を抱えて、野山を歩いてるだけでも楽しいからね」

「とったものを食べるの？」

「たまにはね」

「自分で解体して？」

「今度、見せてあげるよ」

信ちゃん、そんな嘘《うそ》ついてもいいの？　と雛子がからかった。「解体してお料理してくれるのは、いつも副島さん。信ちゃんは手伝うだけじゃない」

「そして雛子さんは怖がって、きゃあきゃあ言いながら、逃げ回るだけ」半田が言い添えた。雛子は、ふっ、とけだるく笑った。

信太郎に狩猟の趣味があることを知らなかった私は、上流階級の人間たちが、夥《おびただ》しい数のビーグル犬を伴い、馬を駆って猟に出かける外国映画のシーンを思い出し、そこに信太郎の姿をあてはめてみた。信太郎と射撃の取り合わせはあまり似合わない感じがしたが、信太郎が銃を携えて山に分け入り、かさこそと枯れ葉を踏みしだきながら歩いている情景は、容易に想像することができた。

「そうだ。今年の夏は、ふうちゃんも一緒に軽井沢に行かない？」雛子が言った。

そいつはいい、と信太郎が同調した。夫妻はテーブルをはさんで身を乗り出すようにしながら、軽井沢にある彼らの別荘の話をし始めた。今年はいつから行くことにするか、ふうちゃんを連れて行くのであれば、どの部屋を彼女に使ってもらえばいいか……。

「夏の滞在は一カ月なんだ」信太郎が私に向かって言った。「冬と春はめったに行かないけど、秋にはしょっちゅう、出かけるよ。狩猟が解禁になるからね」

「素敵ですね」

「行こうよ、一緒に」

半田が間に割って入った。「僕も行かせてくださいよ」

「来るな、って言っても、きみは来るんだろ？」

「これだもんなあ」半田は苦笑した。「雛子さん、なんとか言ってくださいよ。僕は先生から、徹底して馬鹿にされてるような気がする」

ふふ、と雛子は笑い、半田にかまわずに私を見た。「決まりね、ふうちゃん。夏が楽しみだわ」

私は、目の前で半田が雛子のためにせっせと煙草《たばこ》に火をつけてやったり、注文を取りにきた従業員に雛子の好きな飲物を注文したりしてやっているのを息苦しいような思いで見ていた。二対二のダブルデート。それは初めからとりもなおさず、雛子と半田、そして信太郎と私……の組み合わせを意味していたようだった。

食前酒を飲み、ワインを空け、雛子が次から次へと注文して運ばせる料理の皿をつつきながら、夜は更《ふ》けていった。座の中心になって、ひっきりなしに喋《しゃべ》っていたのは信太郎だった。半田は愛想よく相槌《あいづち》を打ち続け、雛子は誰の話も聞いていない、と言わんばかりの勢いでフォークとナイフを動かし、時折、思い出したように私のために料理を小皿に取ってくれたり、ふうちゃん、食べて、と低い声で言ったり、かと思うと、突然、食べることに飽きたかのように、ワインを水のようにがぶ飲みし、新しく誰かに注がせては、半田にしなだれかかり、彼の耳元に何事か囁《ささや》きかけて、意味ありげに一人でくつくつと笑い出すのだった。

「面白い小咄《こばなし》をしよう」

デザートのレモンシャーベットとコーヒーが運ばれてきた時、信太郎がそう言った。

信太郎は、あまり面白くもない小咄を披露して、一座を苦笑させるのが好きだった。趣味のようなものだったと言っていい。

「またあ?」雛子がうんざりしたように笑った。「信ちゃんの小咄、ちっとも面白くないんだもの」

半田が「いいじゃないですか」と言って雛子を制し、信太郎を見た。「そろそろ、出るころだと思ってました。先生の小咄が出てこないと、なんだか寂しいですからね」

「いいかい？」信太郎はシャーベットについていたスプーンをつまみ上げ、黒板を叩《たた》くようにしてそれを軽く振りかざしながら、大まじめな顔つきをした。「ある時、オックスフォード大学の哲学の教授が三人、薄暗い図書館の片隅でよもやま話をしていた。うち一人がこんな話をし始めた。ミルウォーキーにあるコレンゾ大学の学生の性交渉調査によると……」

「コレ……なんですって？」雛子が遮《さえぎ》った。

「コレンゾ？」

「コレンゾ大学だよ」

「そういう大学がある、ってことですよ」半田が信太郎の代わりに言った。「先生、先を続けてください」

うむ、と信太郎は重々しくうなずき、ゆっくりともったいぶった口調で繰り返した。

「ミルウォーキーにあるコレンゾ大学の学生の性交渉調査によると……学生の七十パーセントは夜間に行い、二十九・九パーセントは午後二時から四時の間に行い、残る〇・一パーセントが哲学の時間に行う……」

束《つか》の間《ま》の沈黙があった。信太郎は少年のように興味津々《しんしん》といった表情で、居合わせた私たちの顔を順番に眺め回した。半田は呆気《あっけ》にとられたような顔をし、もじもじし始めた。雛子はまったく無視してシャーベットを食べ始めた。

「可笑《おか》しくない?」信太郎が手にしたスプーンをゆらゆら揺らしながら聞いた。

半田くん、そこのシュガーポット、取ってくれない?と雛子が言った。はい、と半田はうなずいた。

「いいと思うんだけどなあ、この話」信太郎は同意を求めるように私のほうを見た。「二、三年前に見た映画の中にあった小咄なんだよ。『できごと』っていうイギリス映画。きみたち、見なかった? ほら、ダーク・ボガードとスタンリー・ベイカーが出て、ダーク・ボガードがオックスフォード大のプロフェッサー役で……」

どうしてそうなったのか、わからない。酔っていたせいか。それとも、その小咄を自分の中で復唱してみた途端、本当に面白いと思ったせいか。私は喉元《のどもと》に笑いがこみあげてくるのを覚え、そう感じた途端、こらえきれなくなって、気が狂ったように笑い出した。

笑いはなかなか止まらなかった。目尻《めじり》に涙がにじみ、腹が痛くなり、息もたえだえになった。それでも私は、笑い続け、しまいにはむせて咳《せき》こみ、雛子が手渡してくれた紙ナプキンで口をおさえねばならない始末だった。

信太郎がびっくりしたように私を見つめた。彼の口もとがほころんだ。「そんなに可笑しい?」

身をよじらせて笑っていた私は、腹を抱えながら、やっとの思いでうなずいた。

彼はいきなり私を抱き寄せ、頬ずりしてきた。「いいぞ、ふうちゃん。こんなに僕の小咄に笑ってくれた人は、きみが初めてだ」

頬のあたりに、信太郎の剃《そ》ったばかりの髭《ひげ》が押しつけられた。私の肩には信太郎の手があった。思いがけない力強さとぬくもりが、肩から腕にかけて拡《ひろ》がっていった。

それでも私は笑いを止めることができなかった。笑い続けながら、いけない、いけない、と思った。こんなことをしてはいけない。雛子さんが見ている。雛子さんの見ている前で、こんなふうに先生に抱き寄せられながら嬉《うれ》しそうに笑っていてはいけない。

雛子は、火のついた煙草を片手に顎《あご》を上げ、椅子に腰を突き出すようにしてテーブルに身を乗り出すと、じっと私を見つめ始めた。その目はきらきら輝いており、唇には穏やかな笑みが浮かんでいた。

「ふうちゃん」と彼女は囁きかけるようにそう言うと、つと私の顔に向かって指を伸ばした。

「汗、かいてる。こんなに」

雛子の細い指が私の鼻のあたまを撫《な》でた。私はやっとおさまり始めた笑いを飲みこもうと努力しながら、そっと信太郎の手から身体《からだ》を離した。

「ふうちゃんの鼻、やわらかいのね」雛子は低い声でそう言うと、目を細めて微笑んだ。

「猫の鼻みたい」

テーブルの上には古風なランプが置いてあり、ランプの中では蠟燭《ろうそく》が燃えさかっていた。蠟燭の炎のせいで、雛子の顔には陰影ができていた。ワインのせいでいっそうけだるく、いっそう妖《あや》しく見える雛子の顔が、笑いすぎて涙でぼやけた私の目に、ひどく不可解な小動物のように映った。

雛子に触れられた鼻のあたまが、いつまでも雛子の指先のぬくもりを覚えていて、なんだかそこだけが自分のものではないような感じがした。それは幼いころ、見知らぬ美しい女の人から頭を撫でられたり、抱きあげられ、頰ずりされたりした時に感じた、あの特有の照れ臭さを伴った誇らしい気持ち、甘美で切ない喜びにも似ていた。何故《なぜ》、そんな気持ちになるのか、わからなかった。

デザートを食べ、コーヒーを飲み終えると、頃合を見計らって私はトイレに立ち、席に戻ってから「そろそろ」と言った。「失礼しなくちゃ」

別に用があったわけではない。誰かがアパートで待っていたわけでもない。ただ、そうしよう、そうしたい、という思いが私の中にあった。信太郎と雛子の双方から、過剰とも思われる愛情表現を受けたのだ。私は一刻も早くアパートに帰って、一人で静かにその満足感を味わいたい、と思った。

「帰るの？」と信太郎が私に聞いた。「もう？」

「明日も先生のお仕事がありますもの。あんまり酔っぱらうと、二日酔いになっちゃう」

「もっと僕の小咄、聞きたくないの？」

私は笑った。「今日のところは充分です。楽しかった。久し振りに大笑いしちゃった」

信太郎はジャケットの袖口《そでぐち》をめくって、腕時計を覗《のぞ》いた。「送るよ。きみのアパートまで」

「いえ、いいんです。大丈夫ですから」

「酔っぱらいに運転させるのは怖い？」

「そんなことありませんけど……でも、いいんです。ほんとに。一人で帰れますから」

「送ってもらったら？　ふうちゃん」雛子が言った。どこか面白そうな、舞台の上の寸劇を楽しむ観客のような表情が彼女の顔に拡がった。「私は半田くんのところに行くから」

すんなりと出てきたセリフだった。半田くんのところに行く……それが何を意味することなのか、そこに居合わせた人間は全員、さも当然と言いたげに、あっさり納得している様子だった。

「先生、もしも警察の酔っぱらい運転取り締まりにあったら、また例の手が使えますよね」半田が笑いをこらえながら言った。「ほら、助手席の女の子が実は妊娠中で、産気づいちゃったもんだから、酒を飲んでたんだけど、仕方なく運転して産院に向かってるところなんだ、って言って、放免してもらったことがありましたもんね」

「信ちゃんらしいわ」雛子がおっとりと笑い、目を細めて私を見た。「平気よ、ふうちゃん。送ってもらいなさいな。信ちゃんの運転の腕は確かだから」

「これでも無事故無違反なんだ」信太郎が言った。「それに、今夜はそれほど飲んでないしね。まだまだ素面《しらふ》だよ」

そんなことを心配しているのではなかった。どうして、信太郎の運転の腕を心配する必要があっただろう。酒酔い運転による事故や取り締まりによる信太郎の検挙を、どうして案じる必要があっただろう。

今夜、信太郎にアパートまで送ってもらったりしたら、自分の気持ちの中に、何か自分でも窺《うかが》い知れない変化が起こるのではないか、それが起こったら最後、二度と後戻りできなくなるのではないか、という予感が私の中にあった。私はそれを強く望んでいたくせに、反面、ひどく恐れていたのである。

店を出て、信太郎の車の助手席に乗り、中野に着くまでの間、ずっと私は饒舌《じょうぜつ》だった。何を喋っていたのか、覚えていない。街の灯が窓の外を流れ、車内の私たちの顔をまだら模様に染めていった。

気持ちのいい、六月の夜だった。車内に吹きこんでくる風は適度な湿りけを帯びていて、肌にまとわりつくように柔らかかった。

途中、どこかに寄って行こう、と誘われるのではないか。もしそうなったら、どうすればいいのだろうか。そんなことも考えた。考えると同時に馬鹿馬鹿しくなった。信太郎がそんな誘い方をしてくるはずはなかった。彼が私のことを気にいってくれているのは確かすぎるほど確かだったが、そこには毛筋ほども性の匂《にお》いはなく、例えて言えば、僕は猫が好きだ、と言うのと同じようなものでしかないように思われた。

アパートの前まで来ると、信太郎はブレーキを踏み、「ここに停めといてもかまわないよね」と言った。

「何をですか」

「車だよ」

「え？」

彼は元気があり余っている少年のように、楽しげにエンジンを切ると、キイを抜き取り、勢いよく身体をねじってドアロックをはずした。「ちょっと、ふうちゃんの部屋にあがっていくよ。いいだろう？」

6

人がペットの猫や犬を愛しているのと同じように、人を愛したらどうなるのだろう、と私は何度も考える。学生時代、知っていた或《あ》る男子学生は、飼い猫の柔らかな腹を撫《な》でていると、何故《なぜ》か知らぬうちに勃起《ぼっき》してくるのだ、と言った。性的なものなど、何も介在するはずのない犬や猫に対してすら、人は時折、そうした生理的な反応をみせてしまうものらしい。

とはいえ、飼い猫の柔らかな腹を撫で、勃起したとしても、それは人間の男と女の間で引き起こされる現象とはまるで意味が違う。鼻にこよりをさしこめば、誰でもくしゃみをする。猫の柔らかな腹と勃起との間には、その程度の因果関係しかない。その時、生じたかすかな欲望は、猫に向けられたものではなく、あくまでも自分の頭が生み出した風景に対してなのだ。

あのころの信太郎が私に興味をもち、私をかまい、私に触れたがっていたのも、それに似ているような気がする。彼にとって私はペットだったのだ。興味をもち、暇さえあればかまってやりたい、触れてやりたい、と思うペット……。ちょうど、雛子にとって、半田がペットであったと同じように。

私の部屋にあがって来た信太郎は、本棚に並べられた本の背表紙を一つ一つ、ひやかし、開け放した窓から身を乗り出して、周囲の風景を眺め、狭い流し台とガスコンロを見て、きれいにしてるんだね、と褒《ほ》め、一通り、部屋の観察を終えると、私が勧めた座《ざ》布団《ぶとん》の上に満足げに腰をおろした。

私は湯をわかして、インスタントコーヒーをいれ、二つのマグカップに注いで、一つを彼に渡した。窓の外からは、ひっきりなしに車の音、アパートの住人のぼそぼそとした話し声、どこかでかけているレコードの音楽、近くを通りかかる自転車のブレーキの音などが聞こえていた。

「こういう部屋にいると、学生時代を思い出すな」信太郎は言った。「貧乏学生だったからね。こんなに立派な本棚も机もなかったし、冷蔵庫もなかったけど、雰囲気は似てるよ。僕のところも角部屋だったんだ。北向きだったけどさ。うん、ここはいいな。まったくふうちゃんらしい部屋だ」

「私らしい部屋、ってどんな部屋ですか」

「暖かい暮らしの匂《にお》いがする。ふだん、外で見るふうちゃんからは想像がつかないような……ね」

「外での私は、そんなに生活とかけ離れて見えるのかしら」

「部屋に帰ったら、みのむしになってるんじゃないか、って思うこともあるよ」

「みのむし？」

信太郎はうなずき、歯を見せて微笑《ほほえ》んだ。「なんにもしないで、蓑《みの》の中にこもって、天井からぶら下がりながら寝てるだけ」

私は笑った。「これでも、自炊してるんですよ。掃除だってまめにやってるし。母から教わったやり方があるんです。お番茶の茶殻を撒《ま》いて、箒《ほうき》で掃いて……」

「そうらしいね」と彼は言い、本棚の下のほうに指を突っ込んで、茶色く干からびた茶殻をつまみ上げ、おどけた顔つきをしながら私の目の前に掲げてみせた。

私は笑い、彼の指先から茶殻を取り去ろうとした。私の指先が、彼の指先に触れた。ほんの一瞬の触れ合いだった。だが、まるでスローモーションビデオの映像のように、私は自分の指が彼の指にゆっくりと絡《から》め取られ、そのまま、宙に浮き上がりながら、身体《からだ》ごと彼の胸になだれこんでいく幻を見たような思いがした。

古くなった電灯の明りが室内を白茶けて見せていた。私は、いたたまれなくなって、やおらテーブル脇《わき》の小さな安っぽい食器棚を開け、中のものをあさり始めた。

「お菓子があったはずなんですけど」私は腰を屈《かが》めながら言った。「実家の母から送ってもらった駄菓子が……おかしいな。なくなってる。食べちゃったのかしら」

「気をつかわなくてもいいよ、ふうちゃん。コーヒーだけで充分だから」
「先生がいらっしゃるとわかってたら、何か買っておけばよかった」
いいんだ、と彼は言い、ジャケットのポケットから煙草《たばこ》を取り出した。私は慌《あわ》てて灰皿を持って来た。灰皿をテーブルに載せると同時に、彼が私の口に煙草を一本、ねじこみ、驚いている私に向かってライターの火を差し出した。あっという間の出来事だった。私は煙を深く吸い込み、ありがとう、と小声で言った。

私と信太郎は、しばらくの間、黙って煙草を吸い続けた。信太郎は時折、私を見て、にこにこした。私も信太郎を見て、微笑み返した。どこかしら気まずいのだが、とてつもなく甘美なひとときが流れていった。

煙草を吸い終えると、灰皿でもみ消し、私は正座し直した。それを見て、信太郎もふざけて正座した。

お見合いみたい、と私は言った。そうだね、と彼はうなずいたが、すぐにしびれてしまったらしく、「いたた」と言いながら、足をくずし、再びあぐらをかいた。別段、おかしくもないことなのに、私は笑い声をあげた。自分の声だけが、けたたましく窓の外に流れていくのがわかった。

何か話さなくちゃいけない、と思うのだが、なかなか適当な話題が見つからないような気がした。私はもともと、自分から話題を探すのが苦手な人間だった。

咳払《せきばら》いをし、私は「あのう」と言った。

「何？」

「……先生のこと、聞かせてください」

信太郎はあぐらをかいたまま、真後ろの本棚にゆったりと背中をつけて寄りかかった。

「僕のこと？　何？　何が聞きたいの？」

「何が聞きたいのか、自分でもよくわからないんです。一緒にお仕事をしながらわかったことがたくさんあるし。でも、まだなんにも知らないでいるような気もして……」

意味ありげな言い方をしてしまったか、と一瞬、後悔した。だが、信太郎はしりとりゲームでも始めようとする子供のように、無邪気な表情で私の次の言葉を待っていた。

私は微笑んだ。「先生のご出身はどちらなんですか」

「栃木の足利《あしかが》。といっても、足利にいたのは十一までかな。おやじが死んで、おやじの一族とおふくろとがうまくいっていなかったもんだから、おふくろはいたたまれなくなったらしくてね。僕を連れて足利を出たんだ」

「それで東京に？」

「うん。上京してからは、まあ、いろいろあったんだけど、結局、おふくろは旅館で働き出してさ。そのうち、その旅館の主人に見そめられて、妾《めかけ》になった」

「妾？」

「二号さんだよ。旅館の主人は妻帯者で、子供が三人もいた。相当の金持ちだったんだ。彼は僕とおふくろのために、小さな家を用意してくれてね、贅沢《ぜいたく》な暮らしをさせてくれた。僕は彼に、いくら返しても返しきれないほどの恩がある。僕はその人のおかげで大学に進学できたわけだから」

「じゃあ、費用は全部、その方が？」

「そう。全部。実の子供みたいに……いや、それ以上に面倒をみてくれた。おふくろは僕の学生時代に病気で死んだんだけど、おふくろが死んだ後もその人は金銭的な援助をやめなかった。あげくに大学院まで出してくれてね。彼がいなかったら、明らかに僕の人生は変わってたよ。今の僕はなかったと思う。大学で人にものを教えるなんてことはしてなかったろう。雛子とも結婚してなかったろうし、きみみたいな素敵な女の子と毎週末、自宅の書斎にとじこもることもできなかっただろうね」

私は最後のセリフを聞き逃したふりをした。「今もその方とはつきあいがあるんですか」

いや、と言って信太郎は首を横に振った。「僕が大学院を卒業した年に、まるで待ってたみたいに、亡《な》くなった」

私は溜《た》め息をついた。「ドラマティックなんですね。まるで小説みたい」

彼は身体を揺すって笑い、「三文小説さ」と言った。「さもなかったら、少女漫画の世界かな」

私は黙って、マグカップの中の冷えたコーヒーをスプーンでかきまわした。三田のM倶楽部《クラブ》で初めて彼に会った時、彼を軽蔑《けいべつ》すべきプチブルだと決めつけた自分のことを思い出し、恥ずかしくなった。同時に、早くから父親を失い、母親とも死に別れ、母親を囲っていた人間の援助によって、ここまでのぼりつめてきた彼という人間に、それまで感じたことのない、沼のように深い翳《かげ》りを見た思いがした。

「さあ、次の質問は？」信太郎が茶化したように聞いた。

私は顔を上げた。「先生は今も、ドラマティックな生き方をされてますよね」

「というと？」

「雛子さんとの関係とか、いろいろ……」

「どうして雛子との関係がドラマティックなの？」

「元子爵《ししゃく》のお嬢さんと駆け落ちして。後で元子爵のお義父《とう》さんと仲直りして。そして今は、雛子さんは、先生の教え子と肉体……」

肉体関係を持っている、と言おうとして、言葉に詰まった。私は咳払いをし、「つまり」と言い直した。「先生の教え子と雛子さんとが、特別に親しくしていて、そのことを先生は全然、気にもしていらっしゃらない」

「それがドラマティックな生き方なの？」

「そうです」

ははっ、と彼は笑った。「たいしたことないじゃないか」

「私みたいな平凡な人間から見ると、すごいことですもの」

開け放したままの窓から、大きな蛾《が》が飛び込んで来て、電灯のまわりをぐるぐる回り始めた。羽が笠《かさ》にあたるたびに、鱗粉《りんぷん》が舞い、はらはらと食卓の上に落ちてきた。私たちは示し合わせたように、蛾の動きを見守った。「確かに僕と雛子の関係は特殊だと思うよ」彼は言った。「でも、特殊だからと言って、僕はそれを異様なことだとは思ってない。僕らはそういう夫婦なんだ。それだけのことだよ」

「先生は自信があるから。ご自分にも、世間にも」

「自信があるなし、の問題ではないと思うけどね」

「じゃあ、何？」

「趣味の問題だよ。僕は世間で言われてるような、いかがわしいことが大好きなんだ。それだけさ」

「そういう意味で言ったら、私だって同じです」私は少し、むきになった。「お上品で気取ったことは嫌い。うんざりです」

信太郎はくすくす笑ったが、それ以上、その話は続けようとしなかった。

「僕のほうこそ、ふうちゃんのこと、何も知らないでいるんだよ。きみは慎ましい人間だから、なんにも教えてくれない」

「ずいぶん、教えたはずですけど」

「両親は仙台で雑貨店を経営してて、妹が一人いて。小学校のころは、体育の成績が悪くて、跳び箱が跳べなかった。中学に入って日本史の先生が好きになって、高校時代は一日に五回、食事して、三島由紀夫と『別冊マーガレット』と『女学生の友』を読むのが大好きだった……僕が知ってるのは、そのくらいだよ」

私は笑った。「よく覚えてらっしゃるんですね」

「恋人は?」

「え?」

「この部屋に泊まっていくようなボーイフレンドはいないの?」

「いません」

信太郎は、へえ、とからかうように私を見た。「もったいないな。僕がきみと同じM大の学生だったら、すぐにきみを見そめて、毎晩、このアパートの窓の下に立って、ギター片手に恋の歌を歌ってるだろうに」

「お世辞を言ってくださるのなら、もっと嘘《うそ》だとわからないように言ってください」

「お世辞じゃないよ。ほんとだよ」

「先生は口がお上手なだけなんです」

信用がないなあ、と彼は笑い、「それで?」と笑いをにじませながら、改まった調子で聞いてきた。「ほんとにふうちゃんには、今、つきあっている男はいないの?」

私は唐木のことを少し話して聞かせた。ついこの間まで、この部屋で唐木と暮らしていたこと。そして、別れたこと。

別れたからといって、唐木のことを悪く言いたくはなかった。代わりに私は自分のことを正直に語った。

「今になって思うんです。私は、革命談義をしながら、男と寝るタイプの女だったんだな、って」

信太郎はうなずいた。「それでもいいじゃないか。男は革命家になって、女は自由恋愛の闘士になる。歴史はそうやって動いてきたんだよ」

「でも、先生は、どっちかと言うと、自由恋愛の闘士なんかじゃなくて、マリー・アントワネットみたいな女が好きでしょう?」

「どういう意味だい?」

「民衆がパンを求めて暴動を起こしてるような時に、宮殿でたらふく御馳走《ごちそう》を食べて、セックスして楽しめるような女性です」

私はその時、そう言いながら、雛子のことを思い浮かべていた。雛子は、当時、全国に荒れ狂っていた学園闘争や新左翼のイデオロギーに関して、まったく無知だったし、無知であることを恥じてもいなかった。彼女はそういったことすべてに、興味がなかったのだ。

「どっちのタイプも僕は好きだよ」信太郎は瞳《ひとみ》を輝かせた。「ほんとさ。僕なら、宮殿で御馳走を食ってる王妃と一夜を明かしたら、翌日は、外に出て行って、溜まり場で革命談義をしながら酒を飲んでるフーテンみたいな女の子をつかまえて、ベッドに誘う。どっちも捨てがたい」

「贅沢なんですね」私は笑った。「それとも、先生はただの色魔なのかもしれない」

きみは正しいね、と彼が言ったので、私たちは顔を見合わせ、また笑った。

羽音をたてて飛び回っていた蛾が、電灯の笠から離れ、壁に体当たりし始めた。信太郎は蛾の動きを目で追いながら、でっかいな、とつぶやいた。そして、やおら立ち上がったかと思うと、電灯の紐《ひも》に手をかけた。カチリと音がして、ふいに明りが消え、室内が暗くなった。

「こうして暗くしてやると、外に出て行くよ。簡単だ」

そうですね、と私は言った。それまでの笑いが、すっと消えていき、身体が突然、こわばるのを覚えた。自分の声が、闇《やみ》の中に固まったまま散らばっていくのが見えるような気がした。

暗さに目が慣れるに従って、窓の外の民家の明りや街灯の明り、部屋の戸口からもれてくる外廊下の明りが浮き上がった。窓枠や冷蔵庫、書棚の輪郭が、畳の上に黒々とした影を落とした。

蛾はしばらくの間、室内を飛び回っていたが、やがて外の明りに吸い寄せられるかのようにして、ふっと窓の向こうに姿を消した。「出て行ったみたい」と私は言った。

信太郎は、うん、とうなずいた。

私は立ち上がり、電灯の紐に手を伸ばした。信太郎も立ち上がった。彼の足元で、畳がざらついた音をたてた。

「このままでいい」彼が低い声で言った。

どうして、と聞き返そうとした。その途端、信太郎はいきなり、私を自分のほうに向き直らせると、私の頬を両手でふわりとはさみこんだ。何が起こったのか、わからなかった。彼の顔がすぐ間近にあった。彼はゆったりと微笑んでいた。彼の手は、冷たく湿ってはおらず、まして震えてもいなかった。

「ふうちゃん。今夜は楽しかったよ」彼は囁《ささや》いた。「もう、遅い。そろそろ帰らなくちゃ」

かすかにワインの香りが残る吐息が、私の顔にあたった。窓の外の街灯が、夜の闇をやわらかくときほぐし、月明りのように室内を仄白《ほのじろ》く染め始めた。

私は身体を固くしながら、されるままになっていた。信太郎はしばらくの間、丹念になぞるようにして私の顔を見下ろしていたが、やがて、私の額と頬に、それぞれ一回ずつ唇を押しつけると、「おやすみ」と言った。「また、明日」

いつ信太郎が部屋から出て行ったのか、覚えていない。気がつくと、私は一人で、部屋の真ん中に、棒のようになって立っていた。

窓の下の道路で車のエンジン音がし、軽快なクラクションの音が一回、鳴り響いた。車が走り去って行った後になって初めて、私は自分の膝《ひざ》が烈《はげ》しく震えているのを知った。

私は電灯をつけないまま、窓枠に腰をかけ、申し訳程度についている小さな鉄柵《てっさく》にもたれた。たて続けに煙草《たばこ》を二本、吸った。吸っても吸っても、煙は肺の中に入っていかず、そのまま、闇の彼方《かなた》に消えていってしまうような感じがした。のぼせあがってはいけない、と何度も自分に言い聞かせた。信太郎は私にキスをしたことなど、一晩寝ると、忘れてしまうだろう、彼にとって私はペットであり、ペットの巣穴を覗《のぞ》きに来て、帰りがけにペットの頭を一撫《ひとな》でし、ついでにキスをしていったに過ぎないのだから、と。

私があの事件に向けて一歩を踏み出してしまったのは、その晩からだったと思う。恥ずかしい告白をしよう。私はその晩、布団《ふとん》の中で、信太郎から口づけを受けた頰と額、そして、雛子に触れられた鼻の頭を何度も何度も手で触れ、自分でも信じがたいほどの幸福を味わった。雛子が半田に抱かれている様を想像し、同時に、雛子が信太郎に抱かれている様を想像して、その匂いたつような甘やかな情景に酔いしれた。明日もまた、彼らに会える……そう思っただけで、胃の奥底がうち震えるようにさざ波立つのを覚えた。

夢を見た。夢の中で信太郎と雛子は素っ裸で眠っている。月の光を受けて、彼らの皮膚は青白く光っている。私がそれを見つめている。見つめながら、説明のつかない幸福感に浸っている。しんと穏やかな、静かな、満ち足りた気持ち。

朝になり、雨戸を開けてみると、雨戸のレールの上で、大きな蛾が一匹、シールのように偏平におし潰《つぶ》され、干からびて死んでいた。ゆうべ、室内に飛び込んできた蛾だ、と思うと、意味もなくいとおしく、しばらくそのままにしておいた。

雨戸のレールにへばりついた蛾の死骸《しがい》が、ばらばらになり、雨に濡《ぬ》れ、風に吹かれ、跡形もなくなるまで、私は毎朝、毎晩、それを眺めては、あの晩のことを思い出した。私の人生の中で、もっとも幸福な充実したひととき……私が猟銃を手にするあの一瞬に至るまでの静かな序奏は、そのころから始まっていた。

7

信太郎の翻訳の仕事は遅々として進まなかった。彼のせいではない。かといって、信太郎の書斎でペンを片手に、別のことばかり考えていた私のせいでもない。進み具合が悪かったのは、ひとえに『ローズサロン』の難解さにあった。

書斎で信太郎は何度も口ごもり、「ちょっと待って」と言って私のペンを止めさせたまま、長い間、辞書をひいたり、文献を調べたり、あるいはまた、窓の外に目を投げたまま、考え込んでいたりした。彼の仕事に対する集中力は並大抵のものではなく、そんな時は声をかけるのも憚《はばか》られる。仕方なく、ぼんやりノートを眺め、信太郎の次の言葉を待つのだが、時には、詰まってしまって先に進めなくなった信太郎が、降参、と言わんばかりに軽く片手を上げ、「ここのところは空白にしておいてくれないか。後回しにしよう」と言ってくることもあった。

ノートに空白部分が増えるにつれて、物語の内容がいっそう難解なものになっていくのが私にもはっきりわかった。『ローズサロン』は信太郎が言っていたように、頽廃《たいはい》的な恋の話、男女が入り乱れて繰り広げる官能ゲームの話だったが、そこにはさしたるストーリーはなかった。前衛的な手法で無節操とも思える言葉の羅列が続いたかと思うと、一転してロマンティックな情景描写が始まり、宗教音楽を思わせるような無色透明な感じのするセックスシーンが続いたりする。そのうえ、登場人物が多岐にわたるものだから、その都度、メモをとっておかないと、わけがわからなくなる……といった具合であった。

それまで私が読んできたものと比べようのないほど風変わりで、まるでドラッグ中毒の患者が見る悪夢のように、ねばねばとした雰囲気ばかりが漂い、始まりも終りもない永遠の幻覚を見せつけられる思いのする小説だったが、それでも私は『ローズサロン』に惹《ひ》かれていった。

そこには確かに、信太郎がこれまで、芸術的要素としてこよなく愛してきたであろう、すべてのいかがわしさが含まれていた。暗がりの中の饗宴《きようえん》、男女の痴態、シーツのこすれる音、迷宮を思わせる地下の廊下、夜の湿った匂《にお》い、堕《お》ちていく人々、倦怠感《けんたいかん》、憂鬱《ゆううつ》な微笑《ほほえ》み、そしてセックス、またセックス……。

長くかかるかもしれないから覚悟しておいてほしい、と当初、信太郎から言われていた仕事であったが、いくら長くかかってもかまわない、できるなら、ずっと続けてほしい、と私は願った。大学を卒業し、三十になっても四十になっても、ずっと変わらずに信太郎の書斎に通いつめ、毎日、数時間ずつ、『ローズサロン』の下訳をノートに書き留める……それだけで、一生を終えてもかまわない、とさえ思うようになっていた。

その年の七月、大学が夏休みに入ると同時に、私は片瀬夫妻と共に軽井沢に向かった。半田紘一も一緒だった。

仙台の両親にはあらかじめ電話をかけ、アルバイトが長引いているので、今年の夏は帰省が少し遅れる、と伝えた。父は不機嫌になり、母は今にも泣き出しそうな哀れな声で、「みんな、あんたの帰りを待ってたのに」と言った。

私は言いふくめるようにして、両親に自分が続けているアルバイトの意義を教えた。ただの金目当ての仕事ではないのだ、ということ。雇い主の片瀬にとって、私はもはや、なくてはならないアシスタントになっていること。翻訳は完成次第、出版される予定であり、そのスケジュールも大まかに決まっているのだから、自分がいなくなると片瀬に迷惑をかけてしまうこと。そして、自分がその仕事にアルバイトとは思えないほどのめりこんでしまっていること……。

そんなことはどうでもいい、と父は苛立《いらだ》ちを隠しきれない様子で言った。「休みに家に戻って来ない学生なんか、どこを探したっていないんだぞ」と。

そう。本当に父にとっては、私のアルバイトなど、どうでもいいことだったろう。雑貨店を経営していた父は、朝になったら布団《ふとん》を畳み、夜になったら布団を敷いて眠り、そんな毎日が繰り返されることに何の疑問も抱かず、自分が決めた通りの暮らしを続け、老いていくことを当たり前のようにして受け入れるタイプの人間だった。学園紛争も、デモも、思想的対立も、若者たちの乱れた性生活も、父にとっては週刊誌やTVニュースの中でしか見ることのできない架空の物語に過ぎなかった。

その物語の中に自分の娘も生きているのだ、ということにひたすら目をつぶり続け、見たくないものは見ないですむように努力し、たとえ見てしまったとしても、何かの間違いだ、と思いこむことができる。その愚直なたくましさとも言うべき、おめでたい感受性が肌に合わず、物ごころついてからの私は何度、父と口喧嘩《げんか》をしたことだろう。喧嘩をするたびに、父は「親は子供の幸せを願ってるものなんだ」などとわけのわからない結論を出し、論点を曖昧《あいまい》にしてしまうのだった。

母は世間に対して臆病《おくびょう》で、常に世間を恐れて生きているような女だったが、そんな母は父のおめでたい単純さを心からたのもしく思い、信頼していたようだ。私の両親は、いわば対になったブックエンドのようなものだったと言っていい。自分たちが間にはさみこんでいる本がどんな本であろうと、どれほどいかがわしい内容の本であろうと、中身がどんなものなのか、考えようともせず、必死になって左右から押さえ込み、表面を取り繕うための努力を惜しまない。本が逆様にならないように、順番が狂わないように、棚から落ちてしまわないように、彼らは気を配り続けた。そして私は、おかしな言い方になるが、そんなブックエンドにはさまれて育った、一冊の本だった……。

軽井沢、と聞いて、まず最初に私が思い浮かべたのは、苔《こけ》むした広大な敷地に建つベランダつきの優雅な別荘、たちこめる霧、テニスコート、乗馬、花をさしたストローハットを被《かぶ》り、白いドレスを着て町を散策している女たち……そんな風景である。軽井沢には、それまで一度も行ったことがなかった。

唐木の洗礼、あの時代特有の思想的洗礼を受けなくとも、軽井沢が皇族や政財界人のために人工的に作り上げられた高級避暑地であることは、充分すぎるほどわかっていた。自分とは生涯、無縁の土地だと思っていたし、事実、そのはずでもあった。

片瀬夫妻と知り合わなければ、私があの時代に、夏を軽井沢で過ごすことはあり得なかっただろう。私に金銭的な余裕がなかったからではない。周囲に軽井沢と縁のある人間がいなかったからでもない。あの時代はそういう時代だった。

観念だけが異常に肥大化した学生たちにとって、軽井沢という地名とそこから連想される風景の数々は、当時、揶揄《やゆ》の対象だった。私のまわりにいた学生たちは皆、ブルジョワ的な享楽《きょうらく》に耽《ふけ》ることをあからさまに小馬鹿《こばか》にしていた。たとえそれがポーズであったに過ぎないにせよ、少なくとも彼らが、裕福で上品な暮らしを嘲笑《あざわら》い、わざと薄汚くふるまいたがったのも、あの時代の若者につきものの現象だったように思う。

雛子の父親、二階堂忠志が所有し、雛子が譲り受け、片瀬夫妻が使っていた別荘は、中軽井沢と追分《おいわけ》の中間あたりにあった。

国道十八号線沿いにある中軽井沢駅前を通り過ぎ、追分方面に走る途中の右手に小径《こみち》がある。その小径から五百メートルほど奥に入ると、行き止まりに背の低い、苔むした石造りの門が現れ、そこが片瀬夫妻の別荘の入口になっていた。地図の上では、千ヶ滝《せんがたき》西区と呼ばれている別荘地のはずれに位置していたが、正確には千ヶ滝地区とは区別されており、住居表示は古宿《ふるじゅく》だった。

周囲に別荘は一軒もなく、小径の周囲は畑ばかりで、民家が一、二軒、建っていた程度だったと記憶している。くねくねと曲がりながら続く未舗装の小径に沿って、小川が流れ、畑からは時折、風に乗って肥料の匂いが漂っていた。畑の周囲はカラマツ林で、林の向こう側には浅間山がそびえており、霧でも出ない限り、山はすぐそこに間近に迫っているように見えた。

二階堂忠志は旧軽井沢にもう一軒、別荘を持っていて、もともと古宿の家はゲストハウスとして利用していたらしい。別荘は木造二階建ての、大きいが簡素な造りの家だった。外壁はくすんだ青。ブラインドつきのフランス窓の枠は白。どこもかしこも、繰り返し塗装を塗りかえた跡があり、壁にはところどころ、アカゲラがあけたという丸い穴が補修もされずにそのままになっていて、家の古さを物語っていた。

何室、部屋があっただろう。一階は暖炉のある板張りの居間と、台所、風呂場《ふろば》、トイレ、納戸《なんど》の他に小さな部屋が二つ。うち一つは和室で、婆《ばあ》やのヒデが使っていた。二階には確か、夫妻の寝室も含めて部屋が四つあったと思う。

家の南側から西側にかけて、大きなL字型の屋根つきベランダがせり出しており、ベランダからは、季節に応じて花を咲かせたり実をつけたりする木々や、その向こうに拡《ひろ》がるカラマツ林を望むことができた。浅間山が見える二階の部屋にも、それぞれ、ままごとめいた小さなベランダがせり出しており、布張りのリクライニングチェアが置かれていて、客人は気兼ねなくそこで昼寝ができるようになっていた。

敷地は途方もなく広かった。あちこちで伸びるに任せたノイバラが生い茂り、山ブドウのツルがカバの木に巻きつき、名も知らぬ野草の緑が地面を被《おお》っていた。敷地内には小川が蛇行するように流れていて、絶えずちろちろと涼しげな音をたてていた。小川の傍には一カ所だけ、踏みならして固めたような平坦《へいたん》な場所があり、パラソルつきのテーブルと椅子《いす》が置かれていた。私はよくそこに座って日がな一日、川の流れを見つめていたものだ。

ふうちゃん、水辺には蛇が出るわよ……雛子からは何度もそう注意された。何の蛇？と私は聞く。ヤマカガシ、と雛子は答える。毒があるの？　と聞いても、雛子には答えられない。雛子は、毒があろうとなかろうと、蛇や蛇のように見えるものが大嫌いで、雨あがりの日に大きなミミズを見かけただけでも大騒ぎしていた。

だが、私は平気だった。実際、あの家の庭……とりわけ、小川近くのパラソルのあたりでは、何度も蛇を見かけた。どこかでかさこそ、というかすかな音がしたな、と思うと、草むらの蔭《かげ》から橙色《だいだいいろ》をした美しい細い蛇が現れる。蛇は優雅に身をくねらせながら、私の傍をすり抜けて小川のほうに逃げて行く。

きれいな蛇だったわ、と後になってから私が教えると、雛子は身を震わせて、おおいやだ、と言う。いつだって冷静そのもので、けだるい仕草が似合っていて、何を見ても驚きそうにない雛子も、水辺を歩く時だけは別人のようになるのが可笑《おか》しかった。

私はふざけて、無理矢理、雛子を小川の傍のパラソルの下に連れて行く。雛子は遊園地のお化け屋敷の中に入った子供のように、私の腕をしっかり握り、私の背中に隠れるようにしてあたりの様子を窺《うかが》っている。

そんな時、私がわざと「わっ！」と大声をあげておどかしてやると、雛子は金切り声をあげて、私にしがみついてくる。肌をむきだしにした、水着のように見えるタンクトップにショートパンツ、といういでたちの雛子の、汗ばんだやわらかな身体《からだ》が私に押しつけられる。

遠くでカッコウが鳴いている。私たちのまわりを蜂《はち》が飛び交っている。蛇なんかいない、おどかしただけなんです、といくら言っても雛子は信用しない。いつまでも私にしがみつき、小刻みに震えている。そんな時、私は自分が男になり、雛子の肌を味わい、同時に雛子の肌を通じて、信太郎の肌を味わっているような、奇妙な倒錯した感覚を覚えて、烈《はげ》しい眩暈《めまい》がしてくるのだった。

私が片瀬夫妻、半田紘一と一緒に、信太郎の運転する車で別荘に到着したのは、七月末の土曜日のことだった。東京を出発するころから空が曇っていたのだが、碓氷峠《うすいとうげ》を越え、あと一息というところまで来ると、折悪《おりあ》しく雨が降り始めた。地霧と呼ぶのだろうか、たちこめた霧が白い煙のように地面を這《は》っていて、国道から別荘に通じる小径に入った途端、異界に踏み込んだような違和感を感じたのを覚えている。

車から降りると、むっとする草いきれが匂った。ひどく蒸し暑いのだが、流れる霧の中に立っていると、かすかな冷たさが足元からたちのぼってきて、汗をかいているというのに、同時に身体が冷えていくようなとりとめのない感覚に襲われた。

前日から別荘に来て、部屋の掃除をしていた婆やのヒデが、傘をさしながら迎えに出て来た。私たちはヒデに助けられながら、車のトランクから荷物をおろし始めた。

背後で、「やあ」という、嗄《しゃが》れ声がしたのはその時だった。振り返ると、玄関ポーチの庇《ひさし》の下に、一人の大柄な和服姿の老人が立っているのが見えた。

頭の大半が禿《は》げあがり、かろうじて残された薄い白髪を丁寧すぎるほど丁寧にポマードを使って撫《な》でつけている老人だった。皺《しわ》と共に膨れ上がり、垂れ下がってしまったまぶたが眼球を完全に被い隠していて、遠くから見ると、どこを向いているのかもわからない。横に拡がった大きな鼻とぶ厚いゴムのように見える唇。しみだらけのこめかみ。どれを取り上げても、雛子とは似ても似つかない男だったが、その人こそ、雛子の父親、元子爵《ししゃく》で当時、二階堂汽船の社主だった二階堂忠志であった。

パパ、来てたの？ と雛子が、別段、驚いた様子もなく言った。「ちっとも知らなかった」

「ついさっき、着いたところだ、と二階堂は言った。「芳晴《よしはる》一家も一緒だよ。今、旧軽のほうの家の掃除をしてもらってる。そろそろきみたちが到着するころだと思って、ちょっと来てみた」

芳晴というのは、二階堂の長男で、雛子の兄にあたる。細面のキツネに似たおとなしい感じのする妻と小学校五年くらいの男の子を連れて歩いているところを、旧軽井沢で見かけ、あれが兄一家よ、と雛子から教えられたことがあるが、会話を交わしたことはない。おそらく当時は、芳晴のほうでも、私という人間が軽井沢に来ていたことは何ひとつ、知らなかっただろう。

私が片瀬夫妻と共に古宿の別荘に行くようになった翌年の春、外務省の役人だった芳晴はパリ勤務となり、家族を伴って渡仏した。私のあの事件が起こった時もパリにいて、裁判が始まる前に、一度、帰国しただけだと聞いている。

雛子とは実の兄妹でありながら、もともとあまり仲がよくなかったようだ。妹が撃たれたのならともかく、妹の亭主が撃たれて重傷を負ったからといって、いちいち帰国するには及ばない、とでも思っていたのか。痴情がらみの薄汚い事件には、たとえ兄であったとしても、関わり合いをもちたくない、と思っていたのか。ともかく、芳晴についての私の記憶はその程度しかない。

「あいにくの天気だね」二階堂が腕組みをしたまま、空を見上げて言った。「おまけにむしむしする。ここはまだしも、旧軽の家は風通しがあまりよくないから、黴《かび》が生えそうだ」

「それでも東京に比べれば、涼しいですよ」信太郎はそう言いながら、私の背を軽く押した。

「紹介しましょう、お義父《とう》さん。この人は矢野布美子さん。僕の翻訳を手伝ってくれてる学生です」

「ああ、そう」と二階堂は私を見て微笑んだ。他人行儀な、それでいて思わせぶりな感じのする微笑み方だった。「まあ、ゆっくりしていきなさい」

私が頭を下げると、傍にいた半田もおどけて頭を下げた。「半田です。よろしくお見知りおきを」

ははは、と二階堂はあまり可笑しくもなさそうに笑った。「きみのことはよく知ってるよ」

「すみません。毎年毎年、図々《ずうずう》しくお世話になっちゃって。お世話になりついでに、この夏もよろしく」

「きみはいつ卒業するんだね」

「おかげさまで、今年の春、卒業できました」

「そうか。で、どこに就職したの」

「大学院に進んだんです。今は片瀬先生をめざして、猛勉強中ですよ」

嘘《うそ》ばっかり、と雛子がからかった。半田と信太郎が同時に笑い出した。

二階堂の、まぶたに包まれたように見える眼球が、娘の雛子に照準を合わせ、ぴたりと動きを止めるのがわかった。分厚いゴムのように見える口元に、静かな笑みが浮かんだ。それは、この世でただ一つのいとおしいものを見る時の表情……何があっても、これだけは手放したくないと思うものを見る時、人がふと浮かべる表情と同じだった。

雛子の父親が、あのころの雛子と半田の関係に気づいていたのかどうか、私にはわからない。いくら信太郎の教え子だったとはいえ、毎年毎年、夏になると別荘にやって来て、雛子と軽口をたたきあいながら台所に立ったり、旧軽井沢での雛子のショッピングにつきあったり、雛子と並んでベランダの籐《とう》椅子で昼寝をしたりしていた若い男に対して、説明のつかない不快さを覚えていた可能性はある。

だが、だからといって、その不快さが、娘の大っぴらな情事を想像させるきっかけにはならなかっただろう。父親は誰しも、知りたくないと思っている娘の行状に関しては、率先して目をつぶろうとする。私の父も、元子爵も、皆、同じだ。

荷物を全部、中に運び終えてから、私たちは全員、リビングルームに集まって、ヒデがいれてくれたアイスティーを飲んだ。二階堂はしばらく、私たちの会話を聞いて、微笑《ほほえ》んだり、適当に相槌《あいづち》を返したりしていたが、三十分もしないうちに立ち上がり、運転手つきの車に乗って旧軽井沢の自分の別荘に帰って行った。

ヒデは夕食の支度をするために、台所で働き始めた。信太郎は半田を連れて、夕食用のワインを買うために車で出かけて行った。

私は雛子の案内で家の中を見て回った。目黒の片瀬夫妻のマンションは、さながら、がらくたの宝庫だったが、別荘のほうはまったく逆だった。元はと言えば、二階堂の趣味によって集められたものばかりなのだろう。よく磨きこまれた古い食器棚やテーブル、肘掛《ひじか》け椅子などが必要な分だけ置かれていて、屋内には何ひとつ、無駄だと思われるものがなく、建物と同様、簡素な印象を受けた。

私にあてがわれた客室は二階にあった。小ぢんまりとした清潔感漂う洋間で、壁際《かべぎわ》にシングルサイズのベッドが一つ。中央に小さな古めかしいコーヒーテーブルと椅子が置かれ、ヒデが摘《つ》んできたのか、テーブルの上のガラスコップには紫色の楚々《そそ》とした野の花が一輪、活《い》けられていた。

その部屋の隣が片瀬夫妻の寝室になっていた。半田さんの部屋はどこですか、と聞くと、雛子は床を指さして「一階よ」と言った。「ヒデさんの部屋の隣」

私は笑った。「どうして半田さんだけ一階なんですか。なんだか仲間はずれにしてるみたいね」

雛子は意味ありげに私を見て微笑んだ。「私、こっちに来ると、半田くんに興味がなくなるの」

「はあ？」

「つまり、そういう関係にある、ってことを思い出したくなくなるのよ。だから下の部屋を使ってもらってるの。二階の私と信ちゃんの寝室から、少しでも離れたところで寝ててほしくなっちゃって」

そうなんですか、と私は言った。それしか言いようがなかった。

「どうして私が軽井沢に来ると、彼に興味がなくなるか、ふうちゃん、わかる？」

私にわかるはずもなかった。いいえ、と私は頭を横に振った。

雛子はうっすらと笑い、「変ね」と言った。「ふうちゃんには何でも教えたくなっちゃうんだもの。こんなこと、教える必要なんかないのに」

彼女は着替えをするから、と言い、「こっちに来て」と、私の手を引っ張って自分たちの寝室に入って行った。そして、やおら、私の見ている前で、着ていたミニ丈の白っぽいワンピースを脱ぎ捨てると、下着姿のまま、持ってきたボストンバッグの中をあさり始めた。着痩《や》せするタイプだったのか、下着姿の雛子は、いつも見ている雛子よりもずっと豊満に見えた。

私は窓辺に立ち、外を眺めているふりをした。

「私には、軽井沢でおつきあいしてる人がいるのよ。こっちに来ると、その人と会いたくてたまらなくなるの。だから、半田くんには悪いけど、彼には興味がなくなっちゃうってわけ」

「おつきあいしてる人……って、軽井沢のお友達なんですか」

「お友達？　まあ、そうね」雛子は喉《のど》の奥で小さく笑った。「でも、多分、それ以上なんだわ。その人に会わないと、頭がぼんやりしちゃって、何も考えられなくなるくらいだから」

衣《きぬ》ずれの音がした。ストッキングを脱ぐ音。丸めてどこかに放り投げる音。ボストンバッグをかきまわす気配……。

「その人は東京に住んでる人なの。こっちにはたまにしか来ないの。でも、東京で会っても、別に何も感じないのよ。不思議ね。軽井沢に来ると、その人が恋しくなるの。うずうずしてくるの。何のせいかしら。こっちの気候がそうさせるんだわ、きっと」

どう考えても、雛子が話したがっていることは、尋常ではないような気がした。雛子は信太郎と結婚し、信太郎の教え子と公然と関わりをもち、そしてその上で、もう一人、別の愛人を持っている……。

私は事態を深刻に受け止めていないふりをするために、軽く笑い声をあげた。「軽井沢に来ると恋しくなるなんて、おかしいですね。なんだか、魔法をかけられてるみたい」

「ほんとにそうよ。いつでもそうなの。ここに着いた途端、そうなっちゃうの。信ちゃんも呆《あき》れてるわ」

「先生はそのことを御存知なんですか」

「信ちゃんは私のことなら、なんでも知ってるわよ。私も信ちゃんのこと、全部、知ってるし。でも、信ちゃんって、えらいのよ。私と結婚してから、一度も他の女の子を抱いたことがないんだから。ただの一度もよ。信じられる？　あ、ちょっと、ふうちゃん。悪いけど、後ろのボタン、留めてくれない？」

雛子はオレンジ色のショートパンツに白い袖《そで》なしのサマーセーター姿で私に近づいて来ると、後ろ向きになって背中を突き出した。セーターの背中部分には、小さな貝ボタンが七つほどついていた。

ボタンを留めてやっている間、私は雛子の背中を盗み見た。背中はすべすべと柔らかそうで、そばかすもしみもなく、うなじから肩甲骨《けんこうこつ》のあたりにかけて、汗がうっすらと光っていた。

信太郎は一度も他の女の子を抱いたことがない……その言葉だけが頭の中で渦を巻いた。自分でも愚かしくなるほどほっとしたのも束《つか》の間《ま》、夫婦間でそんな話をこと細かに報告し合っているらしい片瀬夫妻のことが、ますますわからなくなった。私は軽い眩暈を覚えた。

ボタンを留め終えたことを知らせると、雛子は、ありがとう、と小声で言い、ふいに私に向き直った。「八月になったら、副島さんがこっちに来るの。前に言ったでしょ。彼も別荘を持ってて、夏は二週間くらい、軽井沢に滞在することになってるのよ。その間、東京のお店は人に任せっきりにして、彼はこっちでひたすらのんびり、ってわけ」

「え?」

「副島さんよ。〈カプチーノ〉の」

何かとてつもない官能を味わってでもいるかのように、雛子の目の下に汗が浮いているのが見えた。彼女は細めた目を輝かせ、小鼻をかすかにふくらませた。

「あの……間違ってたらごめんなさい」私はおずおずと言った。「雛子さんがさっき言ってたお友達って、副島さんのことなんですか」

「そうよ。びっくりした?」

「でも、副島さんには奥さんがいるんじゃ……」

雛子は私を見ていたずらっぽく笑った。「そんなこと気にするなんて、ふうちゃんらしくないわね」

「雛子さんは気にならないんですか」

「副島さんの奥さんとおつきあいしてるわけじゃないもの」

「……ばれちゃったら困ると思うけど」

「彼は独身よ、ふうちゃん」と雛子は言い、なだめるように私の腕を取った。そして、そこに自分の腕を絡《から》ませると、大人に甘えかかる少女のように頭をふわりと私の肩に押しつけてきた。「離婚してもう何年にもなるわ。もともと、うちの父の関係で知り合ったんだけど、その時はもう、離婚してたんだもの」

「別にそんなこと、どっちだっていいんです」私は息を弾《はず》ませ、勢いこんで言った。「ただ、ちょっと、聞いてみたかっただけだから」

雛子はどこかうわの空で、私の肘を撫で始めた。「副島さんはもう四十五歳で、信ちゃんの一回りも年上だし、私とはそれ以上に年が離れてるんだけど、私と信ちゃんの素敵なお友達なの。信ちゃんは副島さんのことが大好きで、私も同じくらい好き。物静かで、でしゃばらなくて、話が面白くて、優しくて……私たちほんとに、みんな仲がいいの。ふうちゃんも今に、その意味がわかってくると思うわ。ふうちゃんだったら、わかるわよ。きっと、そう」

歌うような口ぶりだった。雛子の手は途方もなく温かく、乾いていて柔らかかった。肘から先に一斉に鳥肌が立った。雛子の仕草は何も不愉快ではなかった。それどころか、肩に感じる彼女の頭から、シャンプーとコロンと清々《すがすが》しい汗の香りが絶え間なく漂ってきて、思わずその髪の毛に鼻を押しつけ、存分に匂いを嗅ぎたくなるような衝動にかられた。私は息苦しさに耐えがたくなった。吸っても吸っても、空気が肺に入っていかないような感じがした。もし、その時、外から車のエンジン音が聞こえてこなかったら、私は雛子の身体《からだ》を突き飛ばし、部屋から走り去っていたかもしれない。

「車の音がした」私はそう言いながら、ぱっと雛子から離れ、身体をよじらせて窓の下を覗《のぞ》いた。雛子も同じようにした。

「信ちゃんたちのお帰りだわ」雛子が嬉《うれ》しそうに声を張りあげた。「さ、ふうちゃんも着替えてらっしゃいよ。一緒にヒデさんを手伝いましょ」

早くも薄暗くなった敷地内では、木々に取りつけられたいくつかの誘蛾灯《ゆうがとう》が、青白い寂しげな光を投げていた。信太郎の117クーペが玄関の前に停まり、車から信太郎と半田が降りて来るのが見えた。

相変わらず音もなく地面を這《は》っている地霧が、二人の男の足元を包みこみ、そのせいか、何か冗談を言い交わしているらしい彼らの声は、私や雛子がいた二階の部屋までは届かずに、くぐもった音と化して霧の中に吸い込まれていった。

8

それにしても、あの年の夏の美しさと言ったら、あれはいったい、何だったのだろう。私はお盆までには仙台に帰る、と両親と約束した。その約束を破った覚えはないから、私が軽井沢の片瀬夫妻の別荘に滞在したのはわずか二週間程度だったはずである。だが、その二週間は、私にとって二年であり二十年であり、さらに言えば永遠であった。

毎日毎日、信じられないほど美しい陽光があたりを包んでいた。たまにシャワーのような雨が降ったり、朝方、濃い霧が出たりすることもあったが、しばらくたつとまた空は晴れわたり、鬱蒼《うっそう》と生えそろった木の葉を吹き抜けていく風が、あたりを緑色に染めていった。

一階のL字型のベランダに置かれた籐椅子《とういす》にもたれ、目を閉じていると、あらゆる物音がひそひそと囁《ささや》くように耳に入ってきた。小川のせせらぎの音、花から花へと飛び回る蜂《はち》の羽ばたき、木の葉を揺らす風の音、野鳥の囀《さえず》り、あちこちで呼応するように鳴き続けるカッコウの澄んだ鳴き声……。

夜になると、庭では一斉に虫が鳴き出した。ベランダの明り目がけて飛んでくる大きなコガネムシは、放っておくと手すりの上を這《は》いずり回って愛敬《あいきょう》をふりまいた。涼しい晩には、別荘の壁にミヤマクワガタが何匹も張りついて、暖をとっていたものだ。

大半の野草の名前は婆《ばあ》やのヒデから教わった。ヒデが知らないものは信太郎が知っていた。信太郎が忘れてしまった名は雛子が覚えていた。ヒヨドリ草、ホタルブクロ、オダマキ、トラノオ、ニワタバコ、ソバナ、キオン、ツリフネソウ……。こうして羅列してみるだけで、一つ一つ、まるでたった今、目にしてでもいるかのように、楚々《そそ》とした花の立ち姿が鮮やかに目に浮かぶ。

とうもろこしが生い茂る畑のあぜ道には、黄色のマツヨイグサが、野原にはモリアザミが、林の奥の日陰になっているあたりには鮮やかな橙色《だいだいいろ》をしたフシグロセンノウが見られた。花のまわりには大きなアオスジアゲハが舞っていた。

背中に透き通るような美しい青い模様をつけた蝶《ちょう》は、どういうわけか時として、いつまでも私の後を追いかけて来ることがあった。別荘に戻ってから信太郎にそう告げると、彼は雛子が見ている前で私の耳元に鼻をつけ、くんくんと匂《にお》いを嗅《か》いだ。うん、いい匂いがする。アゲハはこの匂いに吸い寄せられたんだよ、きっと。

どれ、と言って、雛子までが私に近づいて来る。そして私は、両方の耳元にくんくん、と鼻息を吹きかけられながら、くすぐったさのあまりに身悶《みもだ》えして笑い出すのだった。

あれほどみんなで、事あるごとにビールを飲み、ワインを空け、連日、慢性的な二日酔いだったと言っても過言ではないのに、別荘での朝は総じて早かった。遅くとも八時までには起床し、全員そろってベランダに出て、ヒデが作ってくれた朝食を食べる。食卓には必ず、雛子手製のブルーベリーのジャムが載った。自生のブルーベリーで、別荘から少し離れたカラマツ林の奥に群生していたのを雛子が見つけ、私と二人で摘みに行ったものである。小さな籐の籠《かご》いっぱいに摘み、途中、二人でつまんで食べてみた時の酸《す》っぱさは忘れられない。

甘く煮つけたジャムはパンに載せて食べるとおいしかった。時にはヨーグルトに混ぜたり、夕食のデザートのバニラアイスクリームやフルーツに添えたりもした。なくなりかけると、雛子が面白がってまた摘みに行き、大量のジャムを作る。食べきれなくなってしまうものだから、しまいに雛子がブルーベリーのパイを焼いて、無理矢理、みんなの胃袋に収めたのを覚えている。

朝食が済むと、私と信太郎はすぐに翻訳の仕事に取りかかった。別荘には特に信太郎専用の書斎は用意されていなかったので、信太郎は二階の空いている部屋にテーブルを持ち込み、そこを仮の仕事部屋にした。

彼は何度も欠伸《あくび》をし、外がこんなにいい天気だというのに、部屋にこもって仕事をするなんて、大自然に対する冒瀆《ぼうとく》かもしれないよ、などとぼやいた。途中、ヒデがコーヒーを運んでくれた。コーヒーにはいつも、ヒデがオートミールを使って焼いたクッキーが添えられていた。

ヒデが出て行くと、信太郎は決まって私に目くばせし、「ちょっと休もうよ、ふうちゃん」と言った。その部屋には、小さなベランダがついていた。私たちはコーヒーとクッキーを手に、ベランダに出た。そして、一つしかない布張りのリクライニングチェアにどちらが座るか、じゃんけんをした。どちらが勝っても同じだった。場所を分け合って、椅子に腰をおろすことになったからだ。

焦茶色《こげちゃいろ》の勇姿を見せている浅間山を間近に眺めながら、私たちはコーヒーを飲み、煙草《たばこ》を吸った。狭い椅子を分け合って座っていたものだから、私と信太郎の肌は否応《いやおう》なく触れ合うことになった。だが、信太郎はそんなことはまるで気にしていない様子だった。

耐えきれないほど全身を緊張させせながら、私は信太郎のお喋《しゃべ》りに相槌《あいづち》を打ち、笑い、うなずき、せかせかと煙草を吸った。いつ、彼の手が背にまわされるか、いつ彼が私の顎《あご》を引き寄せ、唇を近づけてくるか、それればかり考えて、頭が変になりそうだった。

仕事のはかどり具合によっては、午後も続けることがあったが、たいていは午前中でその日の分は終了した。昼食の係になっていたのは雛子だ。雛子は毎日、腕によりをかけて、様々な料理を作った。もちろん、その中には雛子お得意の豚の角煮も含まれていた。どちらかというと、正式なランチというよりも、酒のつまみになるような料理が多く、当然のようにして、私たちはベランダでビールやワインを飲み始めた。

何をあれほど喋っていたのか、笑っていたのか、いくら考えても思い出せない。ベランダにスズメバチが飛んで来たと言っては笑い、誰かが「ああ、いい気持ち」と言い出すと、別の誰かが何度も何度も、同じセリフを繰り返し、注いだビールがグラスからあふれ出したと言ってはまた笑った。

ベランダの外は夥《おびただ》しいほどの木もれ日の渦だった。風のない日はそれなりに暑く、飲んだアルコールはたちまち汗に変わった。それでも空気は果てしなく乾いていて、果実のような甘い匂いを漂わせていたものだ。ベランダに座っていると、時折、庭の椎《しい》の木の幹をリスが駆け登っていく姿を見ることができた。木々の梢《こずえ》越しに覗《のぞ》くことのできる空は、色褪《あ》せることを忘れたような群青色《ぐんじょういろ》に染まっていた。まさに天国であった。

雛子は三、四日に一度の割合で、旧軽井沢にある副島の別荘に出かけて行った。たまには信太郎も一緒に出て行くこともあったが、戻って来る時は信太郎一人だけだった。雛子は副島のところに行くと、たいてい、夕食が過ぎるまで帰らなかった。別荘には信太郎の117クーペしかなかったので、その際の送り迎えのために、半田が運転手の役をかって出ていた。

夫である信太郎は雛子を喜んで夏の愛人の元に送り出し、夏の愛人に雛子を取られた形になっていた半田は、喜んで雛子のために車の送り迎えをし、雛子は雛子で、夜になって戻って来るなり、遠足から帰ったばかりの少女のように、副島と食べた料理の話、交わした会話の内容などを嬉々《きき》として信太郎相手に報告した。

彼らのやっていることは、途方もなく異常なことだったに違いない。信太郎はもとより、半田も副島も、誰も彼もが雛子を中心にして動いていて、互いにそのことを認め合い、譲り合ってさえいた。彼らの周囲では、ふつうに考えれば起こるはずのないことが、平然と行われていた。しかも誰一人として、そのことで深刻にはなっていなかった。互いを結びつけている糸がもつれ合ってくるような気配は、みじんも感じられなかった。雛子に関わっている男たちは、まるで決められた順番でもあるかのように、素直に自分の立場を認め、嬉々としてそれに従っていたのだ。

そのせいだろう。私の神経はすでにそのころ、完全に麻痺《まひ》しかかっていた。午後になり、昼食を終えた雛子が、半田の運転する車で旧軽井沢の副島の別荘に出かけて行く姿を見かけても、帰って来た雛子が、信太郎相手にさも楽しげに副島の話をし、二人でくすくす笑い合っている姿を目《ま》の当たりにしても、ほとんど何も特別な感情は湧《わ》かなかった。

それでも、ごくたまにだが、意地悪く、信太郎の中に嫉妬《しっと》のほむらがくすぶっていないかどうか、観察してみることはあった。時には、ひょっとするとこの夫婦は、根底から関係が崩れてしまっているのであり、だからこそ、雛子が外で誰とつきあおうが、信太郎は一切、関知しないのではないか、などとも考えた。

そう考えると辻褄《つじつま》が合い、何の不思議もなくなる。だが、どう観察し続けても、片瀬夫妻は傍目には異様と思えるほど仲がよかった。信太郎が内心、嫉妬に苦しんでいるとか、二人の関係が壊れているといったことを想像させるものは何ひとつ見い出すことができず、私の目に映るものと言えば、夫妻のじゃれあう姿、雛子の肩や背、腰に絶えず触れたがっているように見える信太郎の手、信太郎に寄り添い、安心しきったように甘える雛子のうっとりとした仕草……そんなものばかりだった。

私たちはほとんど毎晩、いつまでも飽きずにベランダでワインを飲んだり、音楽を聴いたり、本を読んだりしていた。信太郎と半田が交代で爪弾《つまび》くギターに合わせて、歌を口ずさむことも多く……それはたいてい、お粗末な演奏ぶりで、伴奏というよりも雑音に近かったのだが……そうこうするうちに、夜は更《ふ》けていった。

ワインの酔いがまわると雛子は決まって、軟体動物のように腰をくねらせて床に座りこみ、信太郎の膝《ひざ》に頭を載せた。しどけない姿勢をとるものだから、着ているサンドレスの肩ひもがはずれ、色よく焼けた肌がむきだしになり、時にはブラジャーをつけていない乳房が乳首すれすれのところまで見えてしまう。

すると信太郎は、私や半田が見ている前で雛子を幼児のように軽々と抱きあげて、膝に載せた。雛子は両足を大きく拡《ひろ》げ、膝の上で向きを変えて、彼と向かい合わせになる。雛子のスカートが信太郎の膝を被《おお》い隠す。信太郎が、ほつれ毛のへばりついた彼女の首筋にキスをする。雛子がくすくす笑い、信太郎の首に手を回す。信太郎も笑い出す。二人はいつまでも額と額をつけ合って、笑っている。

そんな時の二人は、まるで服を着たまま気軽に交合している神のように見えた。彼らは男と女の原型だった。私の目から見ると、雛子はイブで、信太郎はアダムだった。たとえイブが百人の男と寝ようと、アダムが百人の女と寝ようと、二人は世界でたった一つの番《つが》いであり、誰もその番いの関係を壊すことはできない……そんなふうに思われた。

あの夏、私は信じられないことをした。酔って寝室に引き取った夫妻が、そこで何を始めるのか、毎晩のように壁に耳をつけて息をひそめていたのだ。

私の部屋は夫妻の寝室の隣で、部屋の壁は薄かった。耳を押しつけると、ごうごうという風の音にも似た空気の流れる音が聞こえ、その音の中に夫妻の気配を怖いほどはっきり聞き取ることができた。

そこにはささやかな法則があるように思われた。雛子が副島と会って帰って来た日は、夫妻の間に決まって愛の交歓があった。ベッドがかすかにぎしぎしと鳴り、それと連動するようにして床が軋《きし》み、雛子の押し殺したような喘《あえ》ぎ声が間近に聞こえた。

雛子が副島と会わなかった日は、何も起こらなかった。その代わり、二人はいつまでもベッドの中で何事か喋り続け、子供みたいにくぐもった声で笑い合い、やがて静かに眠りにつくのだった。

どちらにせよ、猥褻《わいせつ》な感じがしなかったのは不思議である。雛子の喘ぎ声や信太郎の深い溜《た》め息を耳にしても、また、ベッドにもぐりこんで、いつまでもくすくす笑いを続けている夫妻が布団《ふとん》やシーツをこする音を聞いていても、私はただうっとりするばかりで、何ひとつ性的妄想めいたものや、罪の意識を伴った疎外感《そがいかん》を覚えることはなかった。

彼らは本当に仲がよく、幸福そうだった。そして私は、隣室のそうした気配を確認すると、安心して眠りにつくことができた。半田の部屋を二階ではなく、一階にした雛子の判断は正しい、と私は思った。もし半田の部屋が二階にあって、寝室の夫妻の気配を感じるたびに彼が落ち着きを失い、あげくの果てに雛子を思って自慰を始めたとしたら？　そんなことは、想像するだけで興ざめだった。それこそ猥褻というものだった。

雛子が昼間、他の誰と交わろうが、他の誰と意味ありげな視線を交わし合おうが、かまわない。片瀬夫妻の暮らしぶりが、どれほど異常なものだったとしても、そんなことはどうでもいい。夜になって、雛子が必ず信太郎の元に戻り、二人がさも幸せそうに二人だけの繭《まゆ》の中に閉じこもってくれさえすれば、それでいい、と私は思っていた。

まったくおかしな話だ。私はあの夏、あれほど信太郎に恋をし、夢中になっていたというのに、彼を一人占めすることは思いも浮かばなかった。私は、信太郎と雛子がワンセットになっている風景を見ているのが好きだった。信太郎の背後に、雛子の影を感じているのが好きだった。雛子に嫉妬するとか、信太郎が雛子を見る目に嫉妬するとか、そういった、ありふれた感情は生まれなかった。私は雛子の奔放な生き方が好きになりかけていた。そして、そんな雛子を受け入れて平然としている信太郎の謎《なぞ》めいた魅力に、ひたすら目を奪われていたのである。

9

このへんで記憶を呼び戻し、確認しておかねばならないことが一つある。私の運命を変えることになった、あの猟銃を初めて手にしてみた時のことだ。

軽井沢古宿の片瀬夫妻の別荘には、銃器収納のための鍵《かぎ》つき専用家具は置かれていなかった。私の知る限り、銃は一挺《ちょう》だけで、バイオリンケースを思わせる黒いケースに収められていたはずである。そのケースが保管されていたのは、一階の納戸《なんど》の奥にある、錆《さ》びかけたスチール製の鍵つきロッカーの中だった。

一九七〇年の夏、一度だけ、副島が片瀬夫妻の別荘を訪ねて来て、ベランダで夕食を共にしていったことがある。雛子を共有しているということの照れ臭さや腹のさぐりあいなどは何ひとつなく、信太郎と副島はこれ以上ないと思われるほど友好的に、話に花を咲かせていた。

食後、副島は信太郎に狩猟の話をし始めた。副島は、狩猟歴二十年近くになるベテランで、信太郎に狩猟の楽しみを教えたのも彼だった。秋になったら、一緒にキジ撃ちに出かけよう、と副島は言い、その前に何度かクレー射撃場に通う必要があるな、ということになって、話題は自然に銃のほうに移っていった。

その時、雛子と半田はヒデを手伝って台所でデザートの用意をしており、私はベランダのテーブルを濡《ぬ》れぶきんで拭《ふ》いていた。信太郎は椅子《いす》から立ち上がると、リビングルームに行き、食器棚の引き出しをかき回しながら、「ふうちゃん」と私を呼んだ。「いいものを見せてあげよう」

「なんですか」

「猟銃だよ。一緒においで。秘密の隠し場所を教えてあげるから」

その時、信太郎が手を突っ込んでいたのは、食器棚の一番右端の引き出しだった。よく覚えている。そこにはワインオープナーや輪ゴムや罐《かん》切りや栓抜きなどが雑多に押しこめられていた。彼はその引き出しの奥のほうを覗《のぞ》きこみ、「あったあった」と言いながら、一本の小さな鍵を取り出した。鍵には色褪《あ》せた赤いリボンが結ばれていた。

それが、猟銃を収めてあるロッカーの鍵だったのだが、そんな大切な鍵を無造作に食器棚の引き出しに入れっぱなしにしていた信太郎の雑駁《ざっぱく》さは特筆に値いする。信太郎に限らず、片瀬夫妻には生活の細々《こまごま》としたものを整理し、紛失しないように保管しておく能力が悉《ことごと》く欠如していた。信太郎の腕時計やライターや車の免許証、雛子の財布、気にいって使っている口紅、銀行の預金通帳などが見当たらなくなるのは日常茶飯事で、そのたびに夫妻はぶつぶつ文句を言いながら家中を探し回った。そんな具合だったから、信太郎が、ロッカーの鍵のありかを忘れなかっただけでも、珍しいことだったと言わねばならない。

信太郎は私を従えて納戸に行き、天井の裸電球を灯《とも》した。納戸はヒデが使っていた和室のすぐ隣にあり、窓はついておらず、そのせいか入ると黴《かび》くさい匂《にお》いが鼻をついた。古くなったゴルフバッグやら使わなくなった椅子やら、何が入っているのか、やみくもに積まれているダンボール箱などでごった返しているだけの部屋だった。その、積み上げられたダンボール箱と壁との間に、粗大ゴミのようにして押しこまれている細長いロッカーがあった。

会社などで、従業員のために設置されているスチール製のロッカーを思い出してもらえばいい。ずいぶん昔に買って、ろくな手入れをしないでいたものなのか、あるいはどこかで不用になったものを拾ってきたものなのか、ロッカーはひどく汚れており、ところどころに赤錆びが浮いていた。

信太郎は私に向かって「こういうものに保管しておくのが一番なんだ」と言った。「万一、泥棒にやられても、こんな汚いロッカーなんか見向きもしないに決まってるからね」

ロッカーの鍵穴は壊れており、代わりに小さな、子供だましのような南京錠《なんきんじょう》がかかっていた。信太郎が鍵をさしこむと、南京錠はさしたる音もたてずに簡単に開いた。

まず目についたのは、古びた黒っぽいゴムの長靴だった。爪先《つまさき》に泥がついており、どう見ても廃品のようにしか見えない。

「どう？　たとえ、ここを開けたとしても、こんなもんしか入ってないように見えるだろ。ところが、違うんだ」信太郎は自慢げにそう言いながら、長靴の奥の暗がりになっている部分に手を伸ばした。黒く細長い、重厚な感じのする箱型ケースが取り出された。

「ごらん」と彼は納戸の床にケースを置いてから、屈《かが》みこんでケースの蓋《ふた》を開け、中のものを私に見せた。レミントンのポンプ式散弾銃。そう説明されたと思う。

信太郎は私に向かって微笑《ほほえ》みかけた。「ふうちゃん、本物の銃を見るの、初めてだろう」

「初めてです。ちょっと触ってみてもいいかしら」

「もちろん、いいよ。何なら、副島さんからかまえ方も教えてもらえばいい。僕はまだ、初心者だけど、副島さんは相当な年季を積んでるからね」

私は銃に触れてみた。ケースと同様、銃はまだ新しかった。機関部に細かいイラクサ模様の彫刻が施され、触れると指先に冷たい鋼《てつ》の重みが伝わってきた。

へえ、と私はつぶやいた。さしたる感想は抱かなかった。ゴルフに興味のない人間に、ゴルフクラブを見せても意味がないように、その時の私も、信太郎が熱心に繰り返してくれる説明の半分以上、理解できず、ただ、うなずき返すのがやっとだった。

信太郎はロッカーの中に積まれてあった小箱を私に見せた。散弾が収められている小箱だった。

ここをね、ほら、こうすれば、弾がこめられるようになってるんだ……彼は私の見ている前で、弾を装塡《そうてん》してみせた。簡単ですね、と私は言った。

ベランダに戻った信太郎は副島に銃を見せながら、何か楽しげに喋《しゃべ》り続けていたが、やがて再び私を呼びつけると、「ふうちゃん、ちょっとおいで。かまえ方を教えてもらうといい」と言った。

副島も彼と一緒になって私を手招きした。私は彼らの傍に行き、銃を見下ろした。

「弾は入ってるんですか」

副島がにこやかに笑いながら、銃を私に手渡した。「入ってませんよ。大丈夫。引金をいくら引いても、誰も殺せません。さあ、これをこう持って。いや違う。もっと背筋を伸ばして、上に持ち上げるようにして。そうそう、そんな感じです。一回、引金を引いたら、左手でそこをスライドさせて」

背後で雛子の声が聞こえた。「少し寒くなってきたわ。デザートは中で食べない?」

「オーケー」と信太郎はそれに応《こた》えたが、半ばうわの空だった。彼は面白そうに私を見ていた。私は副島に言われた通りに銃を肩のあたりでかまえ、庭の一点に狙《ねら》いを定めたふりをしてみた。

銃は想像していたよりも遥《はる》かに重かった。引金に指をかけてみた。弾は入っていないとわかっていながら、いやな感じがした。指先が緊張した。

「引金、引いてごらん」副島が言った。

「引く時、怖がって目をつぶっちゃだめだよ」信太郎が言った。

「早くも実践テクニックの講習会みたいになってきたなあ」と副島が笑った。

私は引金を引いた。その時、異様な感覚が私を襲った。一瞬、轟音《ごうおん》と共に自分の身体《からだ》が後ろに吹き飛ばされたような幻覚を覚えたのだ。胸から背中にかけて衝撃が走った。腰が砕け、そのまま床にへたりこんでしまうような感じがした。

それから一年半後の冬に、私は実際に引金を引いてしまうことになるのだが、不思議なことに、その時、現実に感じた肉体的な衝撃はほとんど覚えていない。どれだけ後方にのけぞったか、どれほど胸と肩を痛めたか、どれだけ頭の芯《しん》が痺《しび》れて、何も考えられなくなったか……あの瞬間の感覚は、すでに遠く、いくら思い出そうとしても、砂をつかむような心もとなさが残っているばかりである。

代わりに私の記憶に鮮明に残されているのは、一九七〇年のあの美しかった夏の日、ほんのお遊びで銃をかまえさせてもらった時に感じた、衝撃的な幻覚だ。実際には、引金を引いてもカチリという乾いた金属音が指先にかすかに伝わってきたに過ぎない。だが、私は自分が手にした猟銃から弾丸が実際に炸裂《さくれつ》し、夜の闇《やみ》を赤く焦《こ》がし、反動で肉体が地面に叩《たた》きつけられたような不気味な幻を見たのだ。

だが、むろんのこと、実際には何も起こらなかった。私は信太郎や副島の視線を浴びながら銃をかまえ、立ちすくんでいただけだった。

「筋がいいな」信太郎は言った。「どうです。本当に撃ってみたくなったでしょう」

「同感」と副島も言った。

私は手が震えているのをごまかしながら笑い、銃をケースに戻した。

後の裁判でも、そのことが重要視されたのだが、事件以前に私があの銃を手にしたのは、正真正銘、一度きりである。散弾の装塡の仕方を聞いたのも、構え方、撃ち方を教わったのもその時だけである。

それから以後、あの事件が起こった日まで、私は一度も銃に触れなかった。目にしたこともなかった。誰かに、片瀬家の猟銃はどこに保管されているのか、と質問でもされない限り、青黒い光を放つものが何発もの散弾と共に軽井沢古宿の別荘の、薄暗い北向きの納戸の錆びたロッカーに押しこめられていることや、そのロッカーの鍵が食器棚の一番右端の引き出しに突っ込まれていることなど、思い出しもしなかったと思う。

もしも、信太郎が几帳面《きちようめん》な人間で、銃の保管に気を配っていたとしたら、あんなことは起こらなかったかもしれない……そう考えたことは何度もある。信太郎が、ロッカーの南京錠の鍵をキイホルダーか何かにつけて、常に持ち歩いているような人間だったとしたら……あるいは、万が一の時のことを考えて、銃そのものを別荘ではなく、東京のマンションに保管しておくような心配症の人間だったとしたら、私は人を殺さずに済んだかもしれないのだ。

最悪の事態が起こってしまった後では、人は様々な夥《おびただ》しい数の仮説をたてては、もし、あの時、そうだったとしたら、こうだったとしたら、と考えて、運命を呪《のろ》い始めるものかもしれない。事実、私はそうした。もし、信太郎が几帳面な人間だったら。信太郎でなくても、雛子さえ几帳面で心配症の人間でいてくれたら。あの別荘が、あれほど静かな場所に建っていなかったら。雛子の度重なる情事が、近隣の人々の噂《うわさ》になって、雛子自身、あの別荘に近寄りにくくなっていてくれさえしたら。

いや、それればかりではない。私が片瀬夫妻と出会っていなければ……さらに言えば、私が坂田春美のアルバイトの紹介を引き受けなければ……。

そして、そう考えていくと、私がM大に入学したことも、そこで唐木と出会い、同棲《どうせい》を始めたことも、何もかもが間違っていたことのように思えてくる。あげくの果てに、私という人間がこの世に生を受けたことすら、あってはならないものだったような気がし始め、そこまで追いつめて運命を呪い出すと、きりがなく、決まって気が狂いそうになるのだった。

だが、今では私はこう考えることにしている。私は片瀬信太郎と雛子と出会い、人生のほんの短いひととき、孤独を完全に忘れることができた。あの二人だけを見つめながら過ごし、そのことに何の疑問も抱かなかった。自分はそのためにこそ、生まれてきたに過ぎず、その他の一切のことは初めから無意味であったに違いない、と。

10

八月十日の昼すぎ、半田紘一は、かねてから決めていた通り、東京に戻って行った。翌朝の飛行機で、実家のある札幌に帰ることになっていたからだ。

私は片瀬夫妻と共に、軽井沢駅まで彼を見送りに行った。ホームまでは入らず、改札口のところで私たちは手を振り合った。細い肩紐《かたひも》のついた、淡いブルーの木綿のサンドレスを着ていた雛子が、形のいい尻《しり》を突き出し、爪先《つまさき》立って大きく手を振ると、まわりを行き交っていた男たちは好色な目で彼女をじろじろ眺め、女たちはやっかみまじりの視線を投げた。

それから私たちは三人で、旧軽井沢の商店街を散歩した。賑《にぎ》わっている店を一軒一軒、ひやかして歩き、途中で、ソフトクリームを買って歩きながら舐《な》めたり、木陰の涼しそうな喫茶店に入ってコーヒーを飲んだりした。

夫妻はどこに行っても人目をひいた。雛子はペディキュアも塗っていない素足にサンダルばき、というくだけた装《よそお》いだったし、信太郎にいたっては、小学生がはくようなカーキ色の半ズボンに汚れたスニーカーをはき、毛むくじゃらの脛《すね》を見せている、といった具合だったのだが、二人はそこにいるだけで、周囲の空気を別のものに変えた。彼らは高貴で無垢《むく》で、そのうえ、素晴らしく官能的だった。

町をそぞろ歩きながら、信太郎は雛子の腰に手を回し、雛子は私の腕に腕を絡《から》めた。時折、信太郎の手が私の腰にまで伸びてきた。私たちは連れ立って歩きながら、大声をあげて笑った。信太郎が道の真ん中で立ち止まり、ふざけて私と雛子をひとまとめにして抱きすくめることもあった。

そんな時、汗ばんだ雛子の肌から、甘ったるい花を思わせるオーデコロンの香りが漂った。眩暈《めまい》がするほど幸福だった。

今夜は久し振りに、どこか外で食事をしよう、と言い出したのは、雛子だったと思う。ヒデはその日、古宿の別荘を留守にしていた。二階堂忠志の別荘に東京から大勢の客人が来て二、三日、滞在することになり、その際の人手が足りないということで、急きょ、駆り出されたのである。客人の滞在中、ヒデはずっと二階堂の元にいなければならないことになっていた。

ヒデがいないとなれば、食事の支度や家事は、私たち三人がやらねばならない。半田もいなくなったことだし、これから三人分の食事を作るのも面倒臭い、だから外で食べよう、ということになったのも、ごく自然な成り行きだった。

いつものことながら、猛烈なスピードで段取りが決められていった。ものの一分後には、万平《まんぺい》ホテルのダイニングルームに副島も招いて、四人で食事をしよう、ということに話がまとまり、信太郎が、そそくさと副島にそのことを告げるために電話をかけに行った。

それにしても、あの晩の私の服装は滑稽《こっけい》だったはずだ。ホテルと言っても、リゾート地のホテルなのだから、ジーンズにTシャツで出入りしても何ら問題にされない、と言い張る信太郎に逆らって、雛子は私にまともな恰好《かっこう》をさせたがった。一旦《いったん》、別荘に戻ると、彼女は自分たちの寝室に私を呼び、洋簞笥《ようだんす》を開けて、片っ端からドレスを取り出し、私にあてがってみては、いちいち面白がって歓声をあげた。

先生もああ言っていることだし、私はいつもの恰好で出かけますから、といくら言っても無駄だった。雛子はあれこれ選び出したドレスの中から、一着の大胆な花柄模様のワンピースを手にすると、「これ」と言った。「絶対、ふうちゃんに似合うわ。着替えてみて」

似合う？　そうだったろうか。ドレスはサイズの上では別段、問題はなかったと思う。だが、私はまるで裸をさらしているような気分になったものだ。

そのドレスは、驚くほど身体《からだ》の線を際立《きわだ》たせてしまうものだった。私は自分の乳房やお尻、ウェストの締まり具合などをあれほど無防備に他人の目にさらしたことは、後にも先にも一度もない。黒地に橙色《だいだいいろ》や黄色の小花がプリントされている派手な色合いはもとより、気を使っていなければ、太ももがすべて露《あら》わになってしまうほど丈が短いとあっては、水着姿でホテルのダイニングルームに食事に行ったほうがましだ、と思えるほどであった。

だが、信太郎も雛子も大騒ぎしながら私をほめた。信太郎の目の中に、自分がどんなふうに映っているのか、と考えると恐ろしかった。私はあのころ、まだ二十歳で、おまけにふだんは栄養失調すれすれの貧しい食生活をしていたため、贅肉《ぜいにく》とは無縁でいられた。だが、ほめられるべき点があったとしたら、それだけだ。私の身体の線は、露わにされればされるほど、熟していない子供のそれのように、どこかしらわざとらしい、造りものめいた剝《む》き出しのコンクリートを思わせる硬さばかりが感じられたに違いない。

万平ホテルのロビーで私たちを迎えた副島は、気取った印象の白っぽい麻のスーツを着ていた。雛子は品のいいクリーム色のレースの袖《そで》なしワンピースに、同色の丈の短いサマーニットのカーディガン。信太郎は純白のシルクのシャツに、はき古した細身のジーンズ、といういでたちだったと思う。ロビーでは、食事に訪れた別荘客たちがたむろしていて、片瀬夫妻と副島は、見知った顔に声をかけられては、そのたびににこやかな挨拶《あいさつ》を繰り返した。

片瀬夫妻は美しかった。私はその年の春、東京のM倶楽部《クラブ》の庭で初めて彼らと出会った時のことを思い出し、胸が詰まるような感じを覚えた。誰かと挨拶を交わす時、信太郎の手は必ず雛子の背か腰に回されていた。雛子は背筋を伸ばし、卑屈さのかけらもない堂々とした態度で立っていた。他人に余計なお愛想を言わないのもいつものことだった。その横で信太郎が、微笑《ほほえ》みを絶やさずに何か気のきいたセリフを一言二言、披露する。誰かが、ちらりと私のほうを見て、少しでも怪訝《けげん》な顔をすると、信太郎は即座に、私のことを紹介し、「僕の新しい秘書です。妻公認のね」などと言って、いたずらっぽく相手に片目をつぶってみせたりするのだった。

ボーイに案内されて入ったのは、気後れするほど天井の高い広々とした、堅牢《けんろう》な感じのするダイニングルームだった。淡く黄色い光に満たされた室内のテーブルはほぼ満席だった。庭に向かって開け放された窓から入ってくる夜風が、時折、テーブルの上のろうそくの炎を揺らした。人々のざわめきも賑やかすぎず、静かすぎず、立ち働くボーイたちの衣《きぬ》ずれの音が聞こえるほど静かなのに、一方で、ざわざわと続く楽しげなお喋《しゃべ》りが雰囲気を和やかなものにしていた。

副島は私のドレス姿をほめそやし、女の人は、着るものひとつで、見違えるほどきれいになるんだなあ、と言った。雛子が、ふうちゃんはいつだってきれいよ、と言うと、もちろん、そうだけどね、と副島は慌《あわ》てて言い添え、まるで性的な感じのしない、儀礼的な視線を私の胸のあたりに投げた。

た。料理が運ばれてくると、彼女は、ふうちゃんはもうちょっとだけ、太ったほうがいいみたい、などと言い、せっせと私のために皿を回してきては、目の前で料理を取り分けてくれた。

副島と信太郎は、数年前に仕留めたというノウサギの話や副島が飼っている猟犬の話などに花を咲かせた。テーブルでは私と副島が並んで座り、正面に片瀬夫妻を見る恰好になっていたので、信太郎の視線が時々、私に向けられるのがわかった。束の間《つかま》、私の首のあたりから胸のふくらみにかけての部分に素早い視線が走っただけで、格別に意味のある視線だったとは思えないのだが、それでもそうされると、私は落ち着きを失った。何度、雛子からカーディガンを借りて、剝き出しにされた肩や胸を隠してしまいたいと思ったかわからない。

あの晩は、私よりも雛子のほうがはるかに貞淑な女に見えたはずだ。雛子はまるで、よくしつけられたアフガンハウンド犬のように背筋を伸ばして椅子《いす》に座り、副島か信太郎にライターの火を借りて煙草《たばこ》を吸う時も、優雅に身体を傾けて、慎ましく煙を吸い込み、とりたてて会話の輪に入ろうともせず、終始、にこにこと私や副島、信太郎を見つめては、幸福な物思いに耽《ふけ》ってでもいるかのように、満足げな視線を遠くに投げたりしていた。

デザートの前に、私が化粧室に立つと、「私も行く」と言って雛子も一緒にやって来た。誰もいない洗面台の鏡に向かって口紅を引き直しながら、雛子は楽しそうに、みんながふうちゃんのこと、じろじろ見てたわね、と言った。

「みんな、って?」

「ダイニングにいたお客たちよ。今夜のふうちゃん、ものすごくセクシーだもの」

まさか、と私は言い、笑った。「私を見てたんじゃないですよ。雛子さんを見てたんだわ」

雛子はそれには応《こた》えず、コンパクトを取り出して、いきなり私の鼻に白粉《おしろい》ののったパフを押しつけた。「ほら、こんなに脂《あぶら》が浮いちゃってる。白粉、つけなくちゃ」

私が、ありがとう、と小声で言うと、雛子は軽く微笑み、ぱちんと音をたててコンパクトの蓋《ふた》を閉じた。

「あのね、ふうちゃん」

「なんですか」

「今夜、私、このまま副島さんのところに行きたいんだけど、いいかしら」

わけがわからなくなったので、私はわざとらしく目を見開いてみせた。「どうしてそんなことを私に聞くんですか。雛子さんが決めることなのに」

「今夜は泊まってこようかと思ってるのよ」

「明日の午前中には戻るわ。かまわない？」

「え？」

どういう意味ですか、と聞き返そうとして、私は喉《のど》が塞《ふさ》がるような気持ちを覚えた。別荘にはその晩、ヒデも半田もいなかった。雛子が副島のところで泊まってくるとなると、古宿の別荘で夜を明かすのは私と信太郎の二人きりになってしまう。

「信ちゃんには了解をとってあるの。あとは、ふうちゃんのお許しが欲しいだけ」雛子は意味ありげに目を細め、笑った。

私が黙っていると、雛子はいたずらっぽく囁《ささや》くような声で「怖い？」と聞いた。「信ちゃんと二人っきりになるのが、怖いんじゃない？」

「いやだ、雛子さんたら」私は彼女から目をそらした。「何を言い出すのかと思ったら……全然、怖くなんかありませんよ。強盗が入ってきても、おばけが出ても、そんなことちっとも。先生がやっつけてくれるでしょ？」

雛子がそんな意味で聞いたのではないことはわかりきっていた。だが、私はわからないふりをし続けた。それが雛子に対する最低限の礼儀であるように思えた。

たとえ、今夜、信太郎とふたりきりになったとしても、自分たちの間には何も起こらない、起こるはずもない、自分は信太郎に間違いなく恋をしているけれど、彼が私に対して抱いてくれている気持ちは親愛の情を超えるものではないことはわかりきっている、私は信太郎と雛子に囲まれ、可愛《かわい》がられていることに満足しているのだから、これ以上、何ひとつ望まないのだ……そんな話をその場で懇々《こんこん》と雛子相手に打ち明けることができたら、どれほどすっきりしただろう。

だが、言えなかった。まだ、その段階では、雛子が私のことを内心、どんなふうに思っているのか、確かなことはわかっていなかったからだ。相当、極端な思い上がりであると知りながら、私は雛子が、私と信太郎のことでやきもちを焼くこともあるのではないか、と密《ひそ》かに疑っていたのである。

雛子は、ふふ、と意味ありげに微笑んだ。「じゃあ、私、副島さんのところに泊まって来てもいいのね？」

どうぞ、と私は言った。雛子はふいに私を軽く抱き寄せ、私の首に両手を回してきた。そして私の耳元で、ふうちゃん、最高、と囁くと、あっさり身を翻《ひるがえ》し、弾《はず》むような足取りで化粧室から出て行った。

その時、私の首すじに残された彼女のオーデコロンの香りは、夜の間中、消えなかった。雛子が当時、何という名のオーデコロンを使っていたのか、聞いたことは一度もないからわからない。ただ、私は今でもあの香りをしっかりと覚えている。同じ香りを間違いなく嗅《か》ぎ分けることができる。夜風に乗って流れてくる熟した花の蜜《みつ》のような、さらさらと乾いた、それでいて濃厚にいつまでも尾を引く、そんな香りだった。

あの晩、信太郎の運転する車で古宿の別荘に戻り、二人でベランダに出てビールを飲み始めた時も、私はどこかに雛子がいるのではないか、と錯覚を覚えたほどである。私の首すじに雛子の香りがまとわりつき、絶えず鼻をくすぐっていたからだ。

静かな夜だった。庭の誘蛾灯《ゆうがとう》には、夥《おびただ》しい数の蛾や昆虫が集まって来ては、ぴちぴちと音をたてて跳ねまわっていた。闇《やみ》にのまれた草むらの蔭《かげ》では、ひっきりなしに虫が鳴き続け、時折、冷たさを含んだ夏の夜風が付近の木々の枝をさわさわと音をたてて通り過ぎていった。だが、それらは音というほどの音ではなく、かえって静けさを増すばかりのように感じられた。

信太郎の様子はいつもと寸分、変わらなかった。彼はベランダの籐《とう》椅子に座り、庭を眺めながらビールを飲み、煙草を吸い、つまらない冗談を飛ばして、私を笑わせてばかりいた。

「こんな小咄《こばなし》があるんだ」彼は籐椅子の上で背筋を伸ばすと、私に向かって「いいかい?」と聞いた。「笑ってくれなかったら、承知しないよ」

「さあ、どうかしら」私は笑った。「可笑《おか》しくなければ、笑いませんよ」

「ようし。それでもかまわないさ。いくぞ。或《あ》る男が、二日間の昏睡《こんすい》状態から目をさますと、医師が病院のベッドの脇《わき》に立っていた。医師は言った。『悪いニュースがあります』ってね。男はおびえて『何ですか』と聞いた。すると医師はこう答えた。『間違えて良い方の足を切ってしまったのです。でも、いいニュースもあるんですよ。悪い方の足は回復に向かっています』……」

ちょうど、ビールを一口、口にふくんだ直後だった私は、思わず飲みかけていたものを噴き出してしまった。あたりにビールの白い泡が点々と飛び散った。その泡を見ているだけで、また可笑しさがこみ上げた。

信太郎は、ようし、いいぞ、と言った。「最初っから、高得点だ。じゃあ、次。産婦人科の医師が、或る若い女性を診察した後でこう言った。『よいニュースがありますよ、ボンド夫人』。若い女性は『失礼ですが、私はミス・ボンドです』と正した。医師は言い変えた。『でしたら、悪いニュースがあります』……」

私は座っていた籐椅子にのけぞりながら笑い声をあげた。雛子から借りたドレスの膝《ひざ》に、ビールがこぼれていた。私はそれをテーブル布巾《ふきん》で拭《ふ》き取りながら、なおも笑い続けた。

信太郎のほうでも笑いをこらえつつ、次の小咄に移った。「あるところに、そそっかしい教授がいました。いいかい？　ここが肝心だ。そそっかしい教授だよ」

「先生みたいな？」

「そうそう。そのそそっかしい教授が、或る晩、風呂《ふろ》に入ろうとして、着ていたものを脱ぐのを忘れていたことに気づきました。でもそれでもかまわなかったのです。彼はバスタブに湯をはるのも忘れていたのですから……」

私は笑いころげ、テーブルに突っ伏した。信太郎の笑い声も大きくなってきた。彼は肩を揺らしながら笑い、それをこらえようとするあまりに、しゃっくりをし始めた。

「あるところに、耳からカエルを生やした男がいた」彼は笑いとしゃっくりで喉を詰まらせながら言った。

「何ですって?」

「耳からカエルが生えてるんだよ」

「カエルって……あのカエル?」

「そう。あのカエル。ともかく耳からカエルを生やした男がいたから、警察官が不審に思って近づいた。『もしもし、あなたの耳から生えているのは何ですか』。すると、男ではなく、カエルが答えた。『知りませんよ。最初はただのイボだったんだから』……」

強烈な笑いの発作が私たち二人を同時に襲った。信太郎はともかくとして、ほとんど無意味な、馬鹿《ばか》げた、取るに足りないジョークの数々に、それほど私を反応させたのは、ひとえに度を越したアルコールのせいだったと思う。私はホテルでワインをしこたま飲み、そのうえ、ベランダでビールの大瓶を一本、空けたところだった。もともと酒には弱くはなく、片瀬夫妻と一緒にいる時間が長くなるようになってから、アルコールの訓練を受ける機会が多くなって、鍛えられていたのだが、それほど飲んだのは初めてだった。

私たちは、ひいひいと嗄《しゃが》れたような声をあげ、もつれ合うようにして、互いの膝を叩《たた》き、腕を叩き、にじみ始めた涙を拭きながら、笑いがもたらす腹の痛みをこらえ合った。気がつくと、私はベランダの床にへたりこみ、信太郎の膝に顔を伏せるようにして笑っていた。発作はなかなかやまなかった。自分がとっている姿勢が、どれほど大胆なものであるか、わかっていながら、私は笑いを止めることができずにいた。

ふうちゃん、と信太郎は笑いで喉を詰まらせながら言った。「きみは一旦《いったん》、笑い出すと、止まらなくなるんだな」

彼の手が背中を這《は》うのが感じられた。なだめ、あやし、興奮を鎮《しず》めようとする手つきだった。だが、その手つきの中に少しずつ、或る種の粘りけのようなものが加えられていくのがわかった。

ドレスの背中の襟ぐりは、恥ずかしくなるほど大きく開いていた。彼の手が触れているのがドレスではなく、自分の肌なのだ、と知った途端、私の笑いは、ストップボタンを押されたかのように急激におさまった。

信太郎の膝に顔を伏せたまま、深呼吸をした。身動きするのが怖かった。庭で鳴き続けている虫の音ばかりが、やけに大きく響きわたった。

ふうちゃん、と彼の声がした。私はおそるおそる顔を上げた。信太郎の顔が間近にあった。

おいで、と彼は小声で言った。身体《からだ》が抱き上げられ、宙に浮き、私はおくるみにくるまれた赤ん坊のような恰好《かっこう》で、彼の膝の上に乗せられた。

信太郎は、すぐさま私の胸に唇を這わせてきた。彼はもう、笑ってはいなかったが、かといって、これからしようとしていることを過剰に意識している様子もなかった。彼の始めたことは自然だった。そこにいたのが私ではなく、雛子だったとしても、彼はあの時、まったく同じことをしただろう。

くすぐったい、と私はつぶやき、軽く身をよじらせた。笑おうと試みたのだが、笑うどころか、微笑《ほほえ》むことすらできなかった。全身が緊張し、石のように強張《こわば》り、心臓が烈《はげ》しく波うった。だが、信太郎が私の唇をそっと押し開き、暖かく濡《ぬ》れた舌をいれてきたその瞬間、私の身体は魔法でもかけられたかのように柔らかくなった。

閉じたままのまぶたの裏に、別荘の庭がそっくりそのまま、映し出された。そこにはやはり、現実の風景と同じ青白い誘蛾灯が灯《とも》されているのだが、誘蛾灯はオレンジ色の閃光《せんこう》を放ち、形を変えて得体の知れない発光体のようなものになっていく。そして、その光は次第に闇に滲《にじ》んでいき、まぶたの裏に小さな点々とした暗いオレンジ色の粒を作った。

耳元で、自分自身の喘《あえ》ぎ声が聞こえた。自分がされていることを別のもう一人の自分が闇の中から覗《のぞ》き見ているような感じがした。

「二階に行こう」信太郎が弾む吐息の中で言った。

私は彼に肩を抱かれながら、室内に入り、よろけるようにして階段を上がった。どこに連れて行かれるのか、すぐにわかった。わかっていても、どうしようもなかった。夫妻の寝室。夫妻のベッド。私はそこに寝たいと思っていた。そこで信太郎と、そうなることを心のどこかで望んでいたのだ。

部屋の窓は開いていた。夜風がレースのカーテンを揺らしていた。シーツには雛子の香りがしみついていた。

私は取り乱しながらも信太郎を受け入れ、喘ぎ声をあげ、あげくに自分でもどうしようもなくなって、烈しくすすり泣いた。

11

ひどく疲れて死んだように眠りこけた日の翌朝など、時々、誰でも同じ経験をするものだと思う。目を覚ました時、私は一瞬、自分がどこにいるのかわからなくなって、うろたえた。

窓は開け放されたままだった。レースのカーテン越しに、網戸に体当たりしながら唸《うな》り声をあげている大きな蜂《はち》のシルエットが見えた。ゆるやかな風が吹き、外の木々が涼しげな葉ずれの音をたてた。くるくると蠢《うごめ》く光の渦がカーテンに映し出され、室内にかすかな甘い夏の香りが漂った。

それまで別荘で何度も経験した、同じ朝、同じ匂《にお》い、同じ風景だった。だが、そこは私にあてがわれた客室ではなかった。私がいたのは、片瀬夫妻の寝室だった。私は見たこともないほど広々としたキングサイズのダブルベッドの上で、素っ裸のままシーツにくるまり、大きな羽根枕《まくら》に顔の半分を押しつけながら、うつ伏せに横たわっていた。

前夜の記憶が猛烈なスピードで甦《よみがえ》り、細胞の隅々にまで拡《ひろ》がっていった。私は飛び起きた。ベッドのやわらかなスプリングが波うち、それに伴って頭の芯《しん》が鈍く痛んだ。明らかな二日酔いの痛みだった。

まず初めに目に飛び込んできたのは、サイドテーブルに置かれた大きな丸い目覚し時計だった。十一時十五分！

私は毛布の奥に手を突っ込み、下着を見つけ出して慌《あわ》ただしく身につけると、昨夜、着ていた花柄のドレスを探した。ドレスはハンガーにかけられて、壁のフックにぶら下がっていた。信太郎の姿はなかった。彼が前夜、身につけていたものも何ひとつ見当たらず、彼の使った枕が、ひしゃげた形のままベッドのボードに押しつけられているだけだった。

何本もの髪の毛と体毛が、枕や皺《しわ》の寄ったシーツのあちらこちらで絡《から》み合っていた。私は手当たり次第にそれらをつまみあげ、ゴミ箱に捨てた。それからベッドを手早く直し、羽根枕を並べて形を整え、できるだけ丁寧にカバーをかけた。

そっとドアを開け、裸のまま廊下に出て、素早く自分の部屋に飛び込んだ。階下からは……おそらくベランダからだったと思うが……かすかな人の話し声が聞こえていた。それが間違いなく、信太郎と雛子の話し声だとわかると、私は水を浴びたような気持ちになった。

雛子は副島のところに泊まり、約束通り、午前中に帰って来た。一晩、別の家に泊まってきたのだ。着替えをする必要があったに違いない。彼女は寝室に来た。そして、自分たちのベッドで、あろうことか自分の夫との情事の名残りをいとおしむようにして眠っている痩《や》せた小娘の姿を見つけた。

それで？ 雛子はどうしたのか。脱ぎ捨てられたドレス……昨夜、自分が特別に貸してやったセクシーなドレス……をハンガーにかけ、騒がず慌てず、微笑《ほほえ》みすら浮かべて、そっと寝室を出て行ったとでも言うのか。

私は震える手でジーンズをはき、だぶだぶしたインディゴブルーのTシャツを着た。洗面所は、部屋の外の廊下の突き当たりについていたので、できるだけ音をたてないよう注意しながら顔を洗い、歯を磨いた。髪の毛に乱暴にブラシをあて、顔に乳液をすりこみながら、雛子に対してどんな顔をすべきか、必死になって考えた。何も思い浮かばなかった。代わりに、雛子がこれから私に見せつけるに違いない態度ばかりが、頭に浮かんだ。

おそらく雛子は、いつものようにけだるく微笑み、昨日と今日と心理状態に何ほどの違いもない、といった表情をして、こう言うだろう。ふうちゃん、悪いけど、もう東京に帰って、と。また九月になったら会いましょうよ、と。

そして彼女は東京に帰る私のために、電話でさっさとタクシーを呼ぶだろう。その傍で、信太郎がばつの悪そうな顔をしながら、私を上目づかいに見上げ、大丈夫、雛子はちょっと御機嫌ななめなだけなんだ、いやいや、平気さ、僕が少しきみと楽しい夜を過ごしたからといって、アンフェアにはならないよ……そう言いたげな、弱々しい目配せを送ってくるのだろう。

半田や副島と関係を持っていながら、雛子が信太郎を深く愛していることは私にもわかっていた。信太郎だけは特別のはずだった。私はその特別な男の傍で朝を迎えることを、雛子から許されてはいないはずだった。まして、許される時が来るとも思ってはいなかった。

階段の下から声がした。「ふうちゃん。起きたんでしょ? 早くいらっしゃいよ」歌うような声だった。少し掠《かす》れた、雛子独特の声……。「ローストビーフでサンドイッチを作ったの。パンが冷たくならないうちに、早く来て。信ちゃんとさっきからずっと、待ってたのよ」

私は廊下の床を見ていた。声が出なかった。

「ふうちゃんてば!」雛子が大声を出した。「聞こえたの? お腹《なか》が空いちゃったわ。早く来て。ね?」

はい、と私は言った。痰《たん》が絡まったような声になったので、もう一度、咳払《せきばら》いをし、「今行きます」と言った。

何度も何度も鏡を見て、自分の顔を確かめた。目の下にうっすらと隈《くま》ができていた。

指先でこすってみた。消えるどころか、ますます隈は赤黒くなった。

階段を降りて、リビングルームを横切った。ガラス越しに、ベランダでくつろいでいる信太郎と雛子の姿が見えた。信太郎はいつものテーブルに向かって座り、新聞片手に雛子に何か喋《しゃべ》りかけていた。雛子は何が可笑《おか》しいのか、信太郎のカップにコーヒーを注ぎながら、肩を揺らせて笑っていた。

ベランダの向こう側は、光の洪水だった。雛子は、うなじのあたりで紐《ひも》をゆわえるようになっているレモンイエローのホールターを着て、淡い灰色の縞《しま》模様が入ったショートパンツをはいていた。シャワーを浴びたばかりなのか、ウェーブのかかった髪の毛は濡《ぬ》れていた。化粧はしていなかった。口紅の跡もなかった。光を背に、雛子の剝《む》き出しの肩の産毛《うぶげ》が、綿毛のように柔らかく輪郭をなぞっているのが見えた。

私の姿を見つけると、信太郎も雛子もにっこりと微笑み、口々に「おはよう」と言った。

もしかすると、雛子は二階には上がって来なかったのかもしれない、ドレスをハンガーにかけてくれたのは信太郎で、雛子は戻って来るなり、そのままシャワーを浴び、台所でサンドイッチを作り出したのかもしれない……すがるような思いでそう考え始めていた私は、ベランダに出ると、「あの」と言って、夫妻を交互に見た。「すっかり寝坊しちゃってごめんなさい。なんだか、ゆうべは飲みすぎたみたいで、全然、起きられなくて」

信太郎がくすくす笑った。「完全に二日酔いの顔してるよ」

「あとでアスピリン、飲んだほうがいいみたいね」雛子も笑った。「でも、その前に腹ごしらえよ。副島さんのところからの帰りに、明治屋に寄って買ってきたの。ローストビーフなんて、久し振りだもの。スープまで作っちゃった。ね、見てちょうだい。昼間っから豪華版なんだから」

私は愛想笑いを返し、席についた。そして、雛子に勧められるままに、ローストビーフのサンドイッチをほんの少し食べ、コーヒーを飲み、じゃがいもを裏漉《うらご》しして作ったという冷たいポテトスープに一口二口、口をつけた。心臓がどくどくと大きな鼓動を繰り返していた。頭痛が烈《はげ》しくなった。味など何ひとつ、わからなかった。

雛子は恐るべき勢いでサンドイッチを次から次へと平らげていったが、その間、彼女の様子には格別、変わったものは見られなかった。彼女はただ、飢えを満たしている幸福に酔っているだけのように見えた。

夫婦の会話もいつも通りだった。雛子は口に頬ばったものを飲みこむたびに、副島のところで仕入れてきた話をし、信太郎は熱心にそれにうなずきながら、また別の話題を提供し……そんな具合で、二人の会話は滞ることがなかった。

一匹の尻《しり》の黒い、ころころとよく太った蜂が雛子にまとわりついて、そのすべすべとした肩に止まった。信太郎が蜂を指さし、「雛子」と小声で言った。「お友達が肩の上で遊んでるよ」

雛子は肩ごしに蜂を睨《にら》みつけ、身体《からだ》をこわばらせると、眉《まゆ》を寄せ、足をばたつかせながら「信ちゃん」と甘えた声を出した。「こんな友達、呼んだ覚えはないわ。早く追っ払って」

よしきた、と信太郎は言い、ふっ、ふっ、と雛子の肩に息を吹きかけた。蜂は一目散に飛び去っていき、夫妻は蜂の行方を見届けるようにして庭の彼方《かなた》に視線を投げながら、いつまでもくすくす笑っていた。

「食が進まないのね」雛子が私の皿を覗《のぞ》きこんで言った。「やっぱり二日酔いなんだわ、ふうちゃんは。顔色も悪いし。気持ちが悪いの？　それとも、風邪でもひいちゃったかしら」

大丈夫、と言おうとし、口を開きかけると、いきなり雛子の手が伸びてきて、私の額をふわりと被《おお》った。「熱はないみたい」

沈みこむような自己嫌悪《けんお》にかられた。自分はこの人を裏切ったのだ、という思いがこみあげ、ほとんど同時に、私は一瞬、雛子を烈しく憎んだ。知っているくせに。昨夜、この別荘の二階で何が起こったのか、知らないはずはないのに、何故《なぜ》、これほどわざとらしいふるまいをしてくるのか、と。何か理由があるのだろうか、と。

信太郎は煙草《たばこ》をくわえながら、目を細め、そんな私を見ていた。唇には穏やかな笑みが浮かんでいた。彼の私を見る目の中に、一夜明けてから変化があるものと愚かしくも心のどこかで信じていた私は、その屈託のない、相変わらず愛してやまないペットを見るような眼差《まなざ》しを送ってくる彼を、雛子以上に憎んだ。彼はもっと、おどおどしているべきだった。あるいはまた、私に対して、わざと素っ気なくふるまっているべきだった。

「頭が痛いんだろう?」信太郎は私に言った。「今日は仕事は休みにするから、夕方まで寝てればいいよ」

雛子が立ち上がった。「アスピリン、どこにあったかしら。探してきてあげる」

いいえ、いいんです、と私は言い、雛子を制した。アスピリンがどこにあるのか、見当がついていた。おそらくは雛子以上に。私はそのころすでに、古宿の別荘の、どこに何があるのか、だいたいすべて把握していたのだ。雛子が半田と遊び、副島と情事を重ねている間に、そして、信太郎がそんな雛子を自由にさせ、ほんのちょっとした遊びのつもりで私を夢中にさせている間に、私は片瀬夫妻の家の中を使用人さながら、知りつくすことができたのだ。

そう思うと、にわかには信じがたいほど惨《みじ》めな気持ちにかられた。自分はそもそも、彼らの使用人に過ぎないのだ、と私は思った。信太郎の仕事の上での使用人。雛子がいない間の信太郎の遊び相手。にもかかわらず、私はいつのまにか、そのことを忘れ、夫妻を前に夢を見ていた。その愚かしさは滑稽《こっけい》ですらあった。

ベランダから室内に上がり、台所に入って、冷蔵庫の上に手を伸ばした。救急箱は思っていた通り、そこに置かれていた。

中に入っていたアスピリンの箱から錠剤を取り出し、流しの前に立って蛇口をひねった。背後で気配がした。雛子だった。

雛子は空になったスープの皿を流しに運んで来て、にこにこしながら私を見た。「二日酔いだって言うけど、それにしては、今日のふうちゃん、また一段とセクシーね」

雛子が着ていたレモンイエローのホールターは、赤ん坊の涎《よだれ》かけのように小さく、かろうじて彼女の胸を被っているだけだった。私は何の意味もなく、その乳房のあたりに視線を移した。

雛子は蛇口を回して水を止め、つと私に近づいて来ると、囁《ささや》くような小さな声で聞いた。かすかにコーヒーの香りのする吐息が私の頬にあたった。「信ちゃん、よかった？」

私は黙っていた。雛子の視線は私ではなく、私の肩ごしに向けられていた。まぶしげに細められたその目は、何も見ていないように思われた。

「よかった？」雛子はもう一度、繰り返した。

束《つか》の間《ま》、他意のなさそうな微笑みが浮かび、彼女は親しみをこめて私に笑いかけた。

「信ちゃんは、よかった、って言ってたわ。ふうちゃんは素晴らしかった、って。ものすごく興奮しちゃった、って」

膝《ひざ》がわなわなと震え出した。怒りのあまり、小鼻と唇が同時に痙攣《けいれん》を起こした。

「ひどい」と私は声に出した。後の言葉が続かなかった。

雛子が驚いたように目を丸くした。私の口から放たれた言葉の意味が、理解できない様子だった。

鼻の奥が熱くなり、涙があふれた。信太郎はあろうことか、昨夜のことを雛子に話して聞かせたのだ。それを聞いた雛子は、動じるどころか、鼻唄《はなうた》まじりにローストビーフのサンドイッチを作り、ポテトスープを作り、ベランダで信太郎と冗談を交わし合いながら、私が目覚めるのを今か今かと待っていたのだ。

私は口を被った。こぼれた涙が指の間に滲《し》みていった。

「ふうちゃん」雛子は驚いたように私の両手を摑《つか》んだ。私はその手を乱暴に払いのけた。雛子の横をすり抜け、台所から逃げ出した。後ろで雛子が大声で私を呼び、次に信太郎を呼んだ。信太郎がベランダから室内に飛び込んでくる気配がした。

私は玄関に走り、大急ぎで目にとまった靴をはくと、別荘を飛び出した。庭に駐車してある117クーペの脇《わき》を通り、木もれ日の中を走り抜け、敷地の外に出て、小川に沿って拡がっている野菜畑を横に見ながら、やみくもに国道に向かって走り始めた。

信太郎が追いかけて来る気配があった。ふうちゃん、待てよ、と彼が私の名を呼び続けた。だが、私は振り返らなかった。彼の声は次第に遠くなり、やがて何も聞こえなくなった。

光あふれる、暑い日ざかりの午後だった。草いきれと堆肥《たいひ》の匂《にお》いが、ぬるんだ湯のような風に乗って流れてきた。遠くでカッコウが相次いで鳴き、その声は連なるカラマツ林の隅々にまで響き渡っては消えていった。

何も考えられなかった。信太郎が昨夜のことを雛子に告げた。二人はそのことを話題にして楽しんだ。それが、どれほど異常なことなのか、彼らは何も感じていなかった。彼らはいとも気軽に微笑ましげに、私と信太郎が過ごした夜について喋り合ったに違いなかった。彼らにとっては、自分たちの情事を語るのも、発情した飼い猫のことを食卓の話題に載せるのも、まるで同じことだったのだ。

私は走って走って、走り続けた。息切れがし、胸が痛くなった。全身から汗が噴き出し、眩暈《めまい》がした。呼吸を整えるために立ち止まり、のけぞるようにして空を仰いだ。光に目を射られて、一瞬、何も見えなくなった。

国道に出て、初めて後ろを振り返った。一瞬、こちらに向かってまっしぐらに走ってくる信太郎の117クーペの幻影を見たような気がした。私を追ってくる信太郎の青ざめ、不安にかられた顔をフロントガラス越しにはっきりと見たような気がした。

だが、片瀬夫妻の別荘に続く、うねうねと曲がりくねった未舗装の道には、土埃《つちぼこり》ひとつたっていなかった。耳をすませてみた。国道を行き交う車の音以外、何も聞こえなかった。

12

私は中軽井沢方面に向かって歩き出した。遠くに、こんもりと緑の碗《わん》を伏せたような形の離山《はなれやま》が見えた。舗道の脇《わき》では、サルビアの花が赤々と萌《も》えていた。

私は雛子から言われた言葉を何度も何度も、気が狂いそうになるほど何度も頭の中で繰り返した。信ちゃんは、よかった、って言ってたわ。ふうちゃんは素晴らしかった、って。ものすごく興奮しちゃった、って。

信太郎が雛子にそう教えた時の光景を想像すると、立っているのもおぼつかなくなるほど、怒りで頭がぐらぐらと揺れた。前夜のことが思い出された。信太郎の愛撫《あいぶ》は柔らかく、決して乱暴ではなかったというのに、乳首の先に嚙《か》まれたような痛みが残っていた。信太郎はそのことも報告したのだろうか。ふうちゃんの乳首を嚙んだんだ。何度も何度も嚙んだんだ。ちっちゃな乳首だった。舌の先で転がさないと、どこにあるのかわからないくらいにね……。

私が突然、立ち止まり、空を仰いで吐き捨てるような大きな溜《た》め息をついたため、傍を歩いていた観光客らしい初老の夫婦が気味悪そうに振り返って私を見た。私は指先で鼻の下をこすり、くしゃみをこらえているふりをした。

自分から飛び出して来たというのに、私は心のどこかで、彼らに心配をかけ、彼らを不安に陥《おとし》れ、大騒ぎさせてやりたい、と思っていた。それが彼らの受けるべき罰だった。自分たちの情事を互いに吹聴《ふいちょう》し合って喜ぶような夫婦には、痛い思いをさせてやらねばならなかった。

どこをどう歩いたのか、記憶にない。どこに行こうというあてもなかった。財布を持っていなかったので、どこかの喫茶店に入るということもできなかった。

国道十八号線をもくもくと歩き続け、途中で右に折れたらしい。気がつくと私は中軽井沢駅前に立っていた。

駅の横の空き地では、植木市が開かれていた。様々な大小の苗木、盆栽が路上に所狭しと並べられ、都会ふうの装《よそお》いをこらした別荘客たちで賑《にぎ》わっていたのを覚えている。

町の農協が主催したものだったようで、木陰にはテントが張られ、中にテーブルと椅《い》子《す》が並んでいた。テーブルの上には「ご自由にお飲みください」と書かれた貼《は》り紙と共に、巨大なアルマイトのやかんと、たくさんの湯呑《ゆのみ》茶碗が置かれてあった。植木市に訪れた人々のためにサービスされた麦茶だった。

炎天下を歩き続けていたので、ひどく喉《のど》が渇いていた。私は迷わずテントの中に入り、湯呑に麦茶を注いで飲みほした。朝から置かれていたものらしく、麦茶は生ぬるかった。二杯目を注ぎ、湯呑を手に折りたたみ式の椅子に腰をおろした。木陰のテントは涼しかった。私は着ていたTシャツの肩の部分で、鼻の頭の汗を拭《ぬぐ》った。テントの椅子に座っている人は誰もいなかった。少しずつ汗がひいていった。頭の中を吹き荒れていた熱風もおさまってきた。

こんなところで、自分は何をしているのだろう、と私は思った。唐木のことを考えた。ほんの四カ月ほど前までは、唐木と一緒に一つの布団《ふとん》で寝ていたことを思うと、たった四カ月の間に、途方もなく遠いところに来てしまったような気がした。

その前年の夏、私は唐木と夏の数日を共に過ごしている。唐木は、彼と同じセクトに属している東北大学の学生たちと会うために、仙台にやって来た。帰省していた私は、市内の喫茶店で彼と落ち合い、唐木が寝泊まりしているという、東北大の学生の下宿に行った。

どこかで拾って来たせんべい布団を何枚も重ね、そこに汚れたシーツをかぶせてベッド代わりに使っていたその髭《ひげ》づらの学生は、私たちを見ると、「ちょっと煙草《たばこ》、買って来る」と言って外に出て行った。

学生の足音が遠ざかると、唐木は突然、その汗くさいベッドの上に私を押し倒した。私は烈《はげ》しく抵抗した。

彼は情けない顔をして、どうして、と聞いた。「何がいやなんだ」

こんなところ、汚すぎる、と私は言った。

彼はしばらくの間、押し倒したままの恰好《かっこう》でじっとしていたが、やがて素っ気なく私から離れると、汗のしみたシャツの背を見せながら、きみのことがわからない、と言った。私もあなたがわからない、と私は言い返した。

閉め切った部屋は蒸し風呂《ぶろ》のようで、たくさんのやぶ蚊が飛んでいた。室内に散らばったガリ版刷りのアジビラの下では、巨大なゴキブリが干《ひ》からびて死んでいた。

それから彼が東京に戻るまでの数日間は、最悪だった。彼は憑《つ》かれたように闘争の話ばかりを続け、私が案内した青葉城址《し》も広瀬川も、ろくに見もせず、街角でアジ演説をしているセクトを見つけると、割って入って、言いがかりのような議論を始めた。かと思えば、私が連れて行ったジャズ喫茶の片隅で、私など眼中にないかのように、本を読みふけり、何時間でも口をきこうとしなかった。

暑い夏だった。口論をする気にもなれなかった。ゴキブリの死骸《しがい》のある部屋で、他人の汗と体液の匂《にお》いがしみついたシーツの上に寝る気がしなかったからと言って、何故《なぜ》、それが仲違《なかたが》いの原因になるのか、私にはその理由すらわからなかった。

それでも、夜行列車で唐木が東京に帰ることになった時、私は駅まで見送りに行った。ベンチで私を待っていた唐木は、私の姿を見つけるなり、恐ろしいほどの勢いで私をホームの蔭《かげ》にひきずりこんだ。

何よ、と聞いた。彼の顔が歪《ゆが》んだ。その直後、私はいきなり彼に抱きしめられた。あまりの烈しさに、息が出来なくなった。

彼は手の力をゆるめ、しぼり出すような、今にも泣き出しそうな低い声で言った。

「俺から離れないでくれ。頼む」

……どこかで華やいだ笑い声が上がった。私は我に返った。テントのすぐ脇で、気取った身なりの老婦人が苗木の説明を受けているのが目に入った。

婦人は根の部分に細い縄を巻きつけた背の低い苗木を手渡され、白いレース地のスーツに泥がつかないよう、へっぴり腰で立っていた。

「そんなこと言ったって、この年だもの。実が成るまでにぽっくりいってしまうかもしれないじゃないの」婦人が笑いをにじませながら言った。

婦人の相手をしていたのは、紺色の帽子を被《かぶ》った五十がらみの男だった。男はくわえ煙草をしたまま、「平気平気」と言った。「奥さんは少なく見積もっても、あと四十年は大丈夫さ」

「ご冗談をおっしゃらないで」婦人はすねたように言い、それでも悪い気はしなかったのか、にこにこしながら男に苗木を押し返そうとした。

「マルメロだよ、奥さん。マルメロ。こっちじゃ珍しくも何ともないけど、東京に持って帰ったら、みんなが羨《うらや》ましがるよ。寒さに強くて丈夫だし。そのうえ、いい匂いのする実が成るんだから、言うことなしだ」

「あいにく主人は匂いのする果実が嫌いなんですのよ」

「へえ。珍しい人もいるもんだねぇ」

「ええ、そうなの。うちの主人は変わってますの。ごめんなさいね。本当に。お騒がせしちゃったわね。いろいろ説明してくだすったのにね。あいすみませんでした」

老婦人は気品のある手つきで、つばの広いストローハットをかぶり直すと、斜めにお辞儀をして去って行った。

私はテントから出て、老婦人が買わずに置いていった苗木を見おろした。背丈が六十センチほどの、何の変哲もない細長い苗木だった。

「まったく今日は暑いねえ」男が首に巻いたタオルで汗を拭《ふ》きながら、声をかけてきた。「軽井沢には何しに？　学校の寮かなんかがあるの？」

私は微笑《ほほえ》み返した。「アルバイトに来てるんです」

「へえ、そう。何のアルバイト？」

「サービス関係」そう言ってから、私はまた笑ってみせた。私の仕事は、確かにサービス関係と言えなくもなかった。片瀬夫妻にサービスするためのアルバイト……自虐《じぎゃく》的な快感が胸に渦を巻いた。

男は私を見た。「民宿の手伝いか何かかい？」

「まあ、そんなところです」

「いいよねえ。東京の夏は暑いからねえ。ところで、どう？ そのマルメロ。安くしとくよ」そう言って、男はわざとらしいシナを作り、さっきの老婦人の口真似《まね》をした。「あいにく主人は匂いのする果実が嫌いなんですのよ……なぁんて、言われたら困るけどもさ」

私はまた笑った。「匂いのする果実が成るんですか、これ」

「マルメロだもの」

「マルメロ……って？」

「カリンとよく似てるやつ」

「カリン？」

「若い子はこれだからいやんなる」男はおどけて眉《まゆ》をひそめてみせた。「知らないの？ 風邪をひいた時に、カリン酒を飲むと治るんだよ。カリンの実を焼酎《しょうちゅう》につけといてさ、そいつを飲むの。飲んだことない？」

ああ、と言って私は微笑んだ。子供のころ、母がカリン酒を作り、蓋《ふた》つきの大きなガラス瓶にいれて台所の流しの下に置いていたのを思い出した。「あのカリンのことね。知ってます。あの香り、大好きです」

植えてから十年、遅くとも十五年たつと立派な実を結ぶ、と男は言い、しきりと勧めてきた。十年十五年という途方もなく遠い将来に、このちっぽけな苗木に花が咲き、実が結ばれるのだ、と思うと、不思議な感じがした。

「欲しいけど」と私は言った。「あいにく財布を持って来るのを忘れちゃって」

そうかい、と男は言い、地面に置かれた木箱に腰をおろし、胸ポケットをまさぐって煙草のパッケージを取り出した。「吸うかい？」

私は黙ってうなずき、差し出された煙草をもらった。男はマッチで火をつけてくれた。私は立ったまま煙草を吸いながら、男の周囲に並べられた苗木をぼんやりと眺めていた。黄色い蝶《ちょう》が飛んできて、苗木の周囲を飛び交った。あまりの暑さで、人々の笑いさざめく声が、遠くに聞こえた。

「親御さんはどこにいるの？　東京？」

「いいえ、仙台です」

「ふうん、仙台かあ。一度だけ行ったことがあるよ。松島の帰りにさ」

男はしばらくの間、どうでもいいような世間話をしていたが、やがてふいにあたりをきょろきょろ見回すと、私を近くに呼び寄せた。「これ、あんたにやるよ」

「は？」

「マルメロ、ただでプレゼントするよ。持っていきな」

「でも……どうして」

「記念だよ。軽井沢のアルバイトの記念。かさばるかもしれないけど、仙台に持って帰って、お母さんに庭に植えてもらいいな。十年たって、あんたが結婚して子供をたくさん作ったころ、実が成るからさ。そしたら、大昔に、軽井沢で苗木をくれたおじさんがいたっけなあ、って思い出してくれるだろうしさ。そうなってくれたら、おじさんも嬉《うれ》しいからさ」

男は傍にあった古新聞紙でマルメロの苗木を乱雑にくるむと、素っ気ない仕草で私に手渡した。ありがとう、と私は言った。

この苗木を古宿の彼らの別荘の庭に植えたとしたら……と私は素早く考えた。マルメロの実が成るころには、彼らは間違いなく中年になっているはずだった。彼らがぼんやりと昔を思い出しながら別荘の庭を眺めている時に、マルメロの実が成ったことと私のことを結びつけて考えてくれれば、どんなにいいか、と私は思った。そう思うと、いてもたってもいられなくなった。

私はマルメロの苗木を抱えながら、元来た道を戻り始めた。苗木を別荘の庭に植えたら、何も言わずに東京に帰るつもりだった。

マルメロの苗を植え、黙って彼らの元から去る、という考えはなかなか魅力的なものだった。もうアルバイトはやめる。目黒の彼らのマンションにも行かない。私が彼らの前から姿を消しても、苗はすくすくと成長し続ける。葉を茂らせ、花を咲かせる。軽井沢に来てそれを見るたびに、彼らはいやでも私のことを思い出すのだ。

素敵だ、と私は愚かしくも、その少女趣味的な企《たくら》みに有頂天になった。

中軽井沢駅前の交差点を左に折れ、国道十八号線の舗道を歩き出した時だった。どこかで烈しくクラクションが鳴らされた。ふうちゃん、と声がした。

反対車線に117クーペが停まり、運転席からほとんど上半身を乗り出さんばかりにして、信太郎が私を手招きしているのが見えた。後続の車が腹立たしげにクラクションを鳴らし続けた。だが、信太郎は車を動かそうとしなかった。

「そこにいなさい。いいね。動くんじゃないよ。すぐに行くから」信太郎はがなりたてるようにそう言うと、車を急発進させた。あたりはクラクションの洪水となった。

私は夢見心地だった。信太郎の117クーペは、交差点を一旦《いったん》、左に折れ、姿を消したが、すぐ近くでUターンできたのか、まもなくほとんど信号を無視するほどの勢いで戻って来たかと思うと、私が立っていた舗道の脇で、ほとんど急ブレーキをかけるようにして停まった。後ろのトラックが猛《たけ》り狂ったようにクラクションを鳴らした。

「乗って」信太郎は助手席側のドアレバーに手をかけ、怒ったように言った。「早く!」

私は黙って車に乗った。抱えたマルメロの苗木の先端が、車の天井をこすってがりがりと音をたてた。

信太郎は何も言わずに車を発進させ、すさまじいスピードを出しながら、国道を走り、別荘に続く未舗装の道を右に曲がるなり、ブレーキを強く踏んだ。私の身体《からだ》も彼の身体も前のめりになった。

「乱暴な運転」私は言った。「先生らしくないですね」

信太郎は私を見た。まるで青ざめてはおらず、不安がっていたようにも見えなかったが、彼の表情には、それまで私が見たこともなかったようなかすかな強張《こわば》りが認められた。「どこに行ってたんだ。心配したよ。雛子も一緒に来る、って聞かなかったんだけど、ふうちゃんが帰って来て家に誰もいないと困るだろうから、一緒には来なかったんだ。見つかってよかったよ。ほんとによかった」

うまくいったかどうか、わからない。私は軽くかわしてみせようと努力して、朗らかさを装った。「中軽井沢の駅前で植木市をやってたんです。これ、そこのおじさんからもらっちゃった」

「何なんだい、それは」

「マルメロ」

彼はうなずいた。私は彼をできるだけ意地悪い目で見つめながら続けた。「ただでもらったものだけど、記念に先生と雛子さんにプレゼントします。あとで私が庭に植えます。植えたら、東京に戻ります」

「え？」

「戻ります、東京に」私は繰り返した。喉《のど》が詰まり、声が震えた。「……もうここにはいられないから」

「何を言ってるんだ、ふうちゃん」

「私、先生と雛子さんのような生き方はできないんです。頭が混乱しちゃって、もう、何が何だかわからなくなってるんです」

　信太郎は私に向かって手を伸ばしてきたが、マルメロの苗木が邪魔をして、果たせなかった。彼はそっと私の手から苗木を取り上げ、後部座席に置くと、私の肩を抱き寄せた。

　私は身体を固くした。信太郎は頰をすり寄せてきた。すでに忘れがたいほど親しみを覚えるようになっていた彼の感触が、全身に拡《ひろ》がった。私は目を閉じた。自分が泣きたいのか、拒みたいのか、それとも彼に全身を委《ゆだ》ねてしまいたいと思っているのか、何もかもわからなかった。

　彼は唇を私の耳に押しつけながら、低い声で囁《ささや》いた。「僕も雛子もきみのことが大好きなんだ」

「先生は雛子さんを裏切ったわ。そして私も。なのにどうして、雛子さんも先生も平気でいられるのか、わかりません。信じられない。雛子さんは怒るべきでしょ。先生はまずいことをしてしまった、って、うんざりすべきでしょ。どうしてこんなアルバイトの学生を抱いてしまったのか、って、後々、面倒なことにならなければいいが、って、そう思うべきでしょ」

「僕はちっともうんざりなんかしてないよ」信太郎はさらに強く私を抱いた。車内に衣《きぬ》ずれの音が拡がった。「それに、僕がきみと寝ても、雛子に対する裏切り行為にはならないんだ。雛子だって同じことだよ。彼女が誰と寝ようが、僕を裏切ったことにはならない。僕たちはそう考えてる」

わからない、と私は言い、首を横に振った。車のウインドウ越しに、農作業をしている男の姿が遠くに見えた。男は時折、作業の手を休めて１１７クーペのほうに視線を投げた。外は強烈な光に満たされており、あちこちで陽炎《かげろう》がゆらめいていた。

「ふうちゃん」と信太郎は言い、私の髪の毛に唇を押しつけた。「雛子も心配して待ってる。戻ろう」

「私が先生たちの使っているベッドで眠ってた時、雛子さんは部屋に入って来たんですか」

「入って来たよ。僕はその気配で目が覚めたんだ」

「雛子さん、何か言いました？」

「きみを起こしちゃかわいそうだから、僕も雛子も何も言わなかったよ」

「雛子さんは寝室で着替えたんですね」

「そう。できるだけ静かにね」

「私が借りたドレスをハンガーにかけてくれたのは誰？」

「雛子だよ」

「それから二人で一階に降りたんですか」

「そう」

「何を話したんです」

　ふうちゃん、と彼は言い、両手で私の顔を包みこんだ。「何の問題もない。わかるね？　きみは何も心配する必要はないんだ。そのことはこれから雛子に会えばもっとはっきりする。説明するのはほんとに難しいんだけど、僕と雛子はそうやって生きてきたんだよ」

　嗚咽《おえつ》がこみあげ、胸が烈《はげ》しく上下した。信太郎に触れられれば触れられるほど、信太郎の声を耳にすればするほど、麻薬でも打たれたかのように、身体がしびれ、何も考えられなくなっていった。私はそんな自分にうろたえた。

　別荘に戻ると、玄関の外に雛子が飛び出して来た。木もれ日の中で、雛子はまるで餌《えさ》を欲しがる猫のようにまっしぐらに私のほうに走って来ると、両腕を大きく拡げて私を抱きしめ、頰ずりした。

「馬鹿《ばか》。ふうちゃんの馬鹿。どんなに心配したか、わかってんの？」

雛子のウェーブのかかった髪の毛が、柔らかい羽毛のように私の頬にまとわりついた。雛子の、下着をつけていない豊かな胸が私の胸に押しつけられた。雛子の胸は途方もなく柔らかく、弾力に満ちていた。

私が両手をだらりと下げたまま、抱擁を受けていると、彼女は顔を上げ、「馬鹿」ともう一度、小声で言った。笑みの中に、本物の安堵《あんど》の色が宿っているのを見つけて、私は思いがけず、胸が熱くなるのを覚えた。雛子の鼻の下には細かい汗の玉が浮いていた。かすかに煙草《たばこ》の匂《にお》いを含んだ雛子の吐息が、私の顔のまわりを漂った。雛子は信じられないほど私のすぐ近くにいた。

雛子を信太郎の妻としてではなく、生身の女の肉体として意識したのは、おそらくそれが最初だったと思う。そこには、中高校生時代、ふざけてクラスの女の子と抱き合った時に決まって感じた、あの特有の気恥ずかしさ、照れくささはなかった。かといって、触れてはならないものに触れてしまったという、うしろめたさもなかった。私はただ、あるがままの雛子を全身で受け止めながら、その美しさ、豊かさ、柔らかさに感動し、気が遠くなるような喜びを覚えていた。

私たち三人は、それから家の中に入り、ベランダで、雛子が作った冷たいレモネードを飲んだ。テーブルの上には果物も載っていた。葡萄《ぶどう》、水蜜桃《すいみつとう》、バナナ……。信太郎は指先で豪快に水蜜桃の皮をむくと、丸ごとかじって、Tシャツの胸を蜜でしとどに濡《ぬ》らした。その蜜の匂いを嗅《か》ぎ分けたのか、スズメバチが三匹まとまって飛んで来て、大騒ぎしながら室内に逃げ込んだ時以外、私たちはずっとベランダから動かなかった。

夫妻は、私に向かって、何故《なぜ》、逃げ出したのか、ということは何ひとつ聞かなかった。昨夜のことも口にしなかった。副島や半田の話もしなかった。優しい会話だけがあった。庭木の話、マルメロの話、野鳥の話、草花の話……。

夕方になると、カラマツ林でしきりとヒグラシが鳴き出した。いくらか気温が下がって、しのぎやすくなり、空がみるみるうちに曇ったかと思うと、遠くで雷鳴が轟《とどろ》き始めた。

雛子が冷やした白ワインを持って来た。つまみは保存しておいた、雛子手製の豚の角煮だった。

信太郎が『ローズサロン』の話をし始めた。性行為の描写があまりにも耽美《たんび》的なので、時々、それがセックスシーンだとわからなくなり、誤訳しそうになる、と彼が言うと、雛子が目を輝かせて、例えばどんなふうに？　と聞いた。

信太郎は私に下訳を書きとめたノートを持って来るように言ったが、私が立ち上がると、彼もまた立ち上がった。「いいよ、ふうちゃん。三人で上に行けばいい。何だか疲れた。ベッドで横になって話をしよう」

私にはそれが、「ベッドで三人でセックスしよう」と言っているように聞こえた。来るところまで来てしまった、と思った。秩序がすべて失われ、混沌《こんとん》とした闇《やみ》の底に放り出されていくような感じがした。

だが、嫌悪感《けんおかん》はなかった。私の彼らに対する愛情は、つゆほども揺るがなかった。拒絶するのか、それともこのまま三人でベッドに入るのか……二つのうち一つを選ぶのは、神にしかできないことのように思えた。そして私は簡単に神になれた。私は夫妻と肩を並べ、冗談すら言い合いながら、階段を上った。

自分の部屋からノートを取って来て、彼らの寝室に入って行くと、すでに夫妻はベッドの中に入って私を待っていた。真ん中にいらっしゃいよ、と雛子に言われた。信太郎が私のために、場所を空けてくれた。

雨が降り出し、あたりが薄暗くなった。信太郎はサイドテーブルの明りをつけ、ノートを読み上げながら、雛子に解説を始めた。男と女が入り乱れて登場し、口にするのもはばかられるほどの痴態を繰り広げているにもかかわらず、ノートに書きとめられている言葉の群れは、どれも美しく耳に響いた。

雛子はうっとりとした顔で聞き入り、煙草を吸いながら私の肩に頭を載せた。昼間、炎天下を歩いていたせいか、私の腕は日に焼けて、触れられるとひりひりと痛痒《いたがゆ》かった。私が腕を掻《か》こうとすると、雛子の細い指先が伸びてきて、優しく肌に楕円《だえん》を描いた。

信太郎は飽きずに声を出して読み続けた。雷鳴が轟き、室内に稲妻が走った。雨脚が強くなった。

虫が網戸に飛んで来て、はたはたと音をたてて飛び回った。涼しい夜風がカーテンを揺らした。室内は、流れてくる樹液の香り、草の香り、雨を含んだ土の香りで満たされた。

私たち三人は、長い間、肌をすり合わせたまま、一つベッドの中でじっとしていた。誰一人として、肉欲にさいなまれる者はいなかった。私と雛子は静かに信太郎の声に聞き入り、信太郎は時折、考え込むような仕草をしながらノートを読み続けた。とてつもなく幸福な睡魔にかられ、私はそのまま眠りに落ちて、朝まで目を覚まさなかった。

翌朝、信太郎は別荘の庭の、一番日当たりのいい南向きの隅を選んで穴を掘った。私はそこにマルメロの苗木を植えた。雛子が如雨露《じょうろ》で水をやった。

このマルメロの木に実が成るまで、あなたたちと一緒にいたい……そう言いたかったのだが、さすがに言葉にすることはできなかった。苗木を植えてから、私は信太郎を手伝って翻訳の仕事をし、夕方から三人で連れ立って旧軽井沢に買物に行った。

その日、ヒデが二階堂の別荘から戻って来た。夜はベランダでヒデの作ってくれた食事を食べ、夜通し、三人でひとしきりワインを飲んだ。私は酔っぱらって正体不明になり、信太郎に抱かれて自分の部屋に行き、自分のベッドでぐっすり眠った。

そしてその翌日、予定通り私は東京経由で仙台の実家に帰った。帰る時、駅まで見送りに来てくれた夫妻の姿は、今も懐《なつ》かしく思い出せる。夫妻は入場券を買ってホームまで入って来た。信太郎は白っぽい麻のジャケットを着ていた。雛子は似たような麻のドレスを着て、頭に紫色のインド綿で出来たターバンを巻いていた。

私が列車のドアの前に立ち、「さよなら。また九月に」と言うと、雛子はうっすら目に涙をためて、怒ったように顔をそむけた。信太郎が笑いながら、後ろから雛子を抱きくるんだ。雛子の首の上に信太郎の首があり、二人はそうやって立っていると、双頭の天使のように見えた。

発車のベルと同時に、ドアが閉まった。ドアのガラス越しに、私たちは手を振り合った。あんなに胸を焦《こ》がすほど辛《つら》い別れは一度も経験したことがない。信太郎、雛子……どちらも等分に私は愛していた。

列車が動き始めた。彼らの姿が見えなくなると、私はドアにもたれて嗚咽をこらえた。

13

九月に東京に戻ってから、果たして私は片瀬夫妻以外の人間と時間を共有したことがあっただろうか。ほとんどないに等しかったのではないかと思う。

大学にはめったに行かなくなった。行っても必要最小限の授業に出席するだけで、そそくさと帰って来た。キャンパスで誰かに話しかけられても、年季の入った主婦のような型通りの挨拶《あいさつ》を返しては、そっぽを向いた。

信太郎と雛子以外の誰にも私は興味を抱かなかった。アジ演説の怒号が繰り返される中を歩いていても、何も耳に届かなかった。目の前で配られているガリ版刷りのアジビラを反射的に受け取っても、そこに書かれてある文字は、ただの記号にしか見えなかった。

私の頭の中では、その年の夏に起こった出来事が絶えず渦を巻いていた。呼吸をするたびに、夏のむせかえるような草の匂《にお》い、雨に濡《ぬ》れた樹液の匂いが鼻の奥に甦《よみがえ》った。野鳥の声で満たされた古宿の別荘のベランダで、今まさに信太郎に抱き寄せられようとしている自分を感じ、はっと姿勢を正すと、そこは講義が行われている大学の教室であり、自分が目を開けたまま、幻を見ていたことを知る。気を取り直して、ノートに向かうのだが、一分もたたないうちに、今度は耳元で雛子に「ふうちゃん」とけだるく囁《ささや》かれたような気になり、不思議なことに雛子のいつもつけているオーデコロンの香りまで嗅《か》ぎとれて、胸が詰まってくるのだった。

秋に向かう季節、アパートに帰るのを惜しむようにして、夜遅くまで私は一人で外を歩き回るようになった。そんな時、いつも持ち歩いていたのは、信太郎の下訳を書きとめたノートをそのまま複写したスクラップブックだった。

『ローズサロン』……物語とも呼べない、神話を思わせるような抽象的な小説の下訳は次第に佳境に入りつつあった。万が一、持ち歩いている途中で紛失したりしたら、取返しのつかないことになる。平気だよ、ふうちゃんも心配症なんだな……そう言って笑う信太郎を尻目《しりめ》に、私はノートを大学に持って行き、坂田春美に頼みこんで複写してもらった。

公園のベンチや喫茶店の片隅で、あるいはふと立ち寄った美術館の外の庭で、スクラップブックを拡《ひろ》げ、読み返した。読み返しているだけで、信太郎の声を間近に聞いているような気持ちになった。他の本は読みたくなかった。他の活字は見たくもなかった。私は自分が書きとめた、信太郎の声、信太郎の言葉だけを味わっていたかった。

ローズサロンと呼ばれる屋敷の居間に集まってくる大勢の男女。彼らは天界に住む神々のように、計り知れない自然の法則に従って交合し、語り合い、飲み食いし、笑い、泣き、歌い、踊り続ける。

生臭い感情のぶつかり合いがないわけではないのだが、嫉妬《しっと》や苛立《いらだ》ちや疎外感《そがいかん》は、ただちにサロンそれ自体が持っている性的エネルギーの中に消失していく。新しい人物が登場した時だけ、居合わせた人々の間に波紋が起こり、小説らしい率直なダイナミズムを見せるものの、その人物がローズサロンの中にとけこんでしまうと、再びそこには、凪《なぎ》のような穏やかな静けさが舞い戻る。

世界は常に、ローズサロンの外側にあるわけだが、或《あ》る美しい夏の晩に、登場人物の一人がふとサロンの窓から星空を眺め、逆のことを考えるシーンがある。彼は、ひょっとすると自分たちこそが世界であり、自分たちを取り巻いているこの満天の星空のほうが世界の外側にあるのではないか……とそんなことを夢想する。

私はそのシーンが好きで、何度も何度も飽きずにその部分だけを読み返した。小説の中で男は、ヒンズー教シヴァ神の妃《きさき》を思わせる神秘的な唖《おし》の娘を抱きながらそう考え、窓の外の空を眺めて涙するのだ。彼の涙が唖の娘の腕を濡らす。すると、それまで眠っていたように静かだった娘がむっくりと起き上がり、男の膝《ひざ》にまたがって彼の首に両腕を回す。

むさぼるように唇を求めてくる娘の顔に遮《さえぎ》られて、男には窓の外が見えなくなる。星空も、闇《やみ》の中に群れ咲く夥《おびただ》しい数の薔薇《ばら》も、そして目の前にいる美しい啞の娘の顔すらも。感じられるのは吐息、肌のぬくもり、うねるようにしてつのってくる欲望ばかりで、他の一切は初めからなかったもののように、彼の中から消えてしまう。

たまたま、その美しいシーンを読み返している時に、喫茶店の店内に〝シバの女王〟の音楽が流れ出すこともあった。そんな時、私は説明のつかない幸福な思いに身体《からだ》が震え出すのを感じながら、啞の娘を雛子に、そして、窓の外を眺めて涙する男を信太郎になぞらえてみる。そして、しばらくの間、身動きができなくなるほどの感動を覚えるのだった。

こうやって思い返せば思い返すほど、私はあの頃、雛子と信太郎とを等分に愛し、等分に友情を感じていたのだということを再認識させられる。幾千幾万の言葉を語り尽くしてもまだ足りないほど、私は片瀬夫妻を愛していた。愛、友情、性的興味……いろいろな言い方ができると思うが、少なくともそれは、あの時点においては、独占欲とは程遠い感情だった。

夫妻が性的にどれほど放埓《ほうらつ》な生き方をしていようと、私には無関係だった。夫妻の眼《まな》差《ざ》しが、私に注がれていてくれさえすれば、それでよかった。同時に、夫妻は決して私から離れていかないだろう、という不遜《ふそん》とも思えるほどの信頼が私の中に生まれつつあった。

そんな時、二、三度、たてつづけにおかしな夢を見た。片瀬夫妻が私の両親になっている。私はゆりかごの中にいて、にこにこしながら夫妻をじっと見上げている。かわいい、ふうちゃん、と雛子が言う。ゆりかごが揺れる。信太郎が手を伸ばしてくる。彼の手が、優しく私の胸や腹を撫《な》でまわす。

赤ん坊のはずなのに、私の乳房はふくらんでいて、大人の女の身体になっている。雛子がおしめを替えてくれる。恥ずかしい、と思う。そのことを伝えようとするのだが、口から出てくるのは泣き声ばかりだ。

しーっ、泣かないで、と雛子が言う。すぐに気持ちよくなるんだから、ね？……と。

雛子の手で、おしめがてきぱきと替えられていく。湿った陰部が日だまりの中にさらされているのがわかる。二人は私のそこを見て、さも当たり前のものを目にした時のように穏やかに微笑《ほほえ》んでいる。

食べちゃいたいくらいだ、と信太郎がつぶやく。雛子は微笑みながらうなずく。雛子はとても美しい。女らしい。恥ずかしさが頂点に達する……そんな夢だ。目覚めるといつも、夢の内容とは裏腹に私の目尻には涙の跡があった。本当に自分は、赤ん坊のように泣いたのだ、と思うと、可笑《おか》しかった。

そんな時、私は闇に包まれたアパートの部屋の天井を見上げながら、「先生」と口にしてみる。「先生、雛子さん」「先生、雛子さん」……繰り返しているうちに、気が狂ったのか、と思われるほど切ない気持ちになり、いてもたってもいられなくなってくる。私は起き上がり、パジャマの上にカーディガンをひっかける。そして、アパートを出て、寝静まった町をひたすらもくもくと歩き続ける。

そんな姿を誰にも見られなくてよかった。私は間違いなく、異端の恋に我を忘れた狂女に見えたに違いない。

土曜日曜と、目黒の片瀬夫妻のマンションに通い、『ローズサロン』の下訳を手伝うという習慣は相変わらず続けられていたが、それ以外の日も、夫妻会いたさに胸を焦《こ》がし、いたたまれなくなることはしょっちゅうだった。そんな時、私がマンションに電話をすると、たいてい雛子が出てきた。ああ、ふうちゃん？　どうしたの？　何かあったの？　眠たげな声でそう聞かれ、ううん、なんにもないんだけど、と私が口ごもると、雛子は「ね？　これからすぐにこっちに来られない？」と言う。「ちょうどよかった。信ちゃんは夜遅くなるって言ってたし、あなたと一緒に夕御飯を食べたいわ」

そんな時、私が直接、マンションを訪ねて行くこともあれば、雛子に指定された店で落ち合うこともあった。気のおけない女友達同士のようにして、雛子と向かい合わせでアイスクリームなどを食べ、いろいろな話をする。信太郎の話、半田や副島の話、軽井沢の別荘での思い出話……。

店を出ると、駅前のマーケットに寄って彼女の買物を手伝う。二人で荷物を分け合って持ち、ぶらぶらとマンションまで歩いて帰る。その道すがら、雛子のおしゃべりに相《あい》槌《づち》を打ちながら、どれだけ私は、胸を高鳴らせていたことだろう。

雛子は自分のことを語るのが好きだった。私はそんな雛子の話を聞くのが好きだった。私の相槌の打ち方は、おそらく天才的にうまかったに違いない。長く一緒にいればいるほど、雛子のおしゃべりは次第に独白のようになっていき、私はそんな雛子の横顔を盗み見ながら、その非のうちどころのない美しい輪郭を密《ひそ》かに視線でなぞっているのが好きだった。

ある時、買物帰りに雛子は近くの児童公園に寄って行こうと言い出した。十月の夕暮れは早く、すでに夕日も傾いて、公園の木々のまわりには薄闇すらまとわりついていたのだが、雛子は私を公園内のベンチに座らせると、カーディガンのポケットから煙草《たばこ》を取り出した。私はマッチで火をつけてやった。

「ねえ、ふうちゃん」と雛子は暮れなずんでいく空を見上げたまま、つぶやくように言って煙を吐き出した。「どうしても、今すぐに、誰か男の人に抱かれたい、って思ったことない？」

「え？」

「抱かれたくて、抱かれたくて、うずうずしてきて、ほんとにもう、どうしようもなくなっちゃったことって、ない？」

私は笑ってごまかした。正直なところ、そんな経験をしたことは私にはなかった。

「私は時々、そうなっちゃうの」雛子は思い出したように短く笑い、優雅な手つきで煙草の灰を地面に落とした。「例えばね、こうやって、駅前のスーパーに買物に行くでしょ？もちろん、一人でよ。ふつうに買物をしてるんだけど、買物の途中で、突然、自分でも信じられないくらいにセックスがしたくなるの。ほんとに突然なのよ。突然なの。いやらしい絵を見たとか、本を読んだとか、そんなきっかけはなんにもないの。あ、って思ってるうちに、もう気が狂いそうになるほどしたくなるの」

私が黙っていると、その時のことを思い出したかのように、雛子は小鼻をひくりと動かした。「この前もそうだったわ。つい一週間くらい前。マーケットで野菜を選んでた時よ。したくてしたくてたまらなくなって、立っていられなくなって、思わず床にしゃがみこんじゃったくらい」

私は思わず唇を噛《か》んだ。そうしなければ、喉《のど》の奥が震え出して、小さな悲鳴のようなものがもれてしまいそうな気がしたからだ。

ともかくすごかったの、と雛子は続けた。「でも、その時は、信ちゃんが大学のほう、早く終わって夕方になって帰って来てくれてたからよかったの。私、もう、買物なんかする余裕がなくなって、走って走ってうちに帰って、書斎に飛び込んでって、ねえ、信ちゃん、もうだめ、って言って……」

　ああ、と私は言い、姿勢を正し、どぎまぎしながら不器用に微笑み返した。「それで……先生はそういう時、どんな顔をするんですか」

「信ちゃんは、私が時々、そうなるってよく知ってるの。だから、平気な顔してるわ。発作みたいなものなのよ。抱いてもらうとすぐに治るの。変ね。治ると、けろっとして、もう一度、買物に出て、買い忘れたものを買ってこなくちゃ、なんて思うんだから」

　雛子のあけすけな話を耳にし、困惑のあまり震え出しながらも、私はそれが汚《けが》らわしい不潔な話だとは断じて思わなかった。私はむしろ、雛子の性欲の強さを頼もしく羨《うらや》ましく思った。それは純粋な性欲、まじりけのない肉欲だった。感情をまじえずに、快楽を手に入れたいと望むことの、いったいどこが汚らわしいのだろう。私も雛子のようになりたかった。雛子はその一点において、誰よりも清らかなのだ、と私は思った。

　雛子に対する感情が、ただの憧《あこが》れや友情を超えて、性愛の匂いを帯びたものになりつつあることをはっきりと意識したのは、その時である。信太郎に寄せる思いと寸分の違いもない思いが、私の中にあふれ出てきて、収拾がつかなくなった。

　私は愚かな質問をした。まったく愚かしい、たわけた質問で、今思い出しても、赤面してしまう。だが、後悔はしていない。あの時、質問しなくても、いずれ私は同じことを雛子に聞いていただろう。聞かねばならなくなっていただろう。

「相手が女性じゃだめなのかしら」私はおずおずと聞いた。

雛子は別に驚いたような顔もせず、ゆっくりと視線を私に向けた。「どういう意味？」

私はごくりと音をたてて唾液《だえき》を飲みこんだ。だが、緊張してはいなかったと思う。私は聞きたかった。ただ、答えが知りたかった。「雛子さんのその発作が起きた時……相手は男性じゃなければだめなんですか」

雛子は一瞬、目を丸くした。次いで吸っていた煙草を地面に落とし、はいていた靴の爪先《つまさき》でもみ消した。その直後である。雛子は「ふうちゃんてば」と小声で言うなり、さも嬉《うれ》しそうに両腕を大きく拡《ひろ》げて、私をきつく抱きしめてきた。

「ふうちゃん、最高。最高よ」

私はわざと大声で笑いながら、雛子の腕の中で身をよじった。「でも、誤解しないでくださいね。私、別にレズビアンじゃないですから」

生真面目《きまじめ》な言い方になってしまって、かえって誤解されるだろうか、と不安になったが、雛子は聞いていたのかいないのか、私を抱きしめたまま、ふうちゃん、と私の名を囁いた。

「私も信ちゃんもね、あなたと出会えて、とっても喜んでるのよ。ふうちゃんは素敵な子。私たち、ずっと一緒にいましょうね。死ぬまで一緒。ね？」

もちろん、と私は言った。子供じみた言い方だったが、雛子の口調には他人が決して真似《まね》のできない真摯《しんし》さが感じられた。鼻の奥が熱くなった。涙がこみあげてきそうになった。
雛子は抱きしめた私の身体をあやすように揺すりながら、しばらくの間、何か考えている様子だったが、やがて「そうね」と掠《かす》れた声で言った。「ふうちゃんが相手だったらいいわ」

「え?」

「私の発作が起こった時、ふうちゃんが相手だったら、それでもいい、って言ったのよ」

「いやだ、雛子さん。嘘《うそ》ばっかり」

「ほんとよ。どうしてこんなことで嘘をつく必要がある?」

「雛子さんにはたくさん、お相手がいるもの。どうして私なんか……」

「男とは分け合えないものもあるわ。時々、やわらかいものが欲しくなる時があるの。抱きしめると折れそうなほど細いものとか……ね? わかるでしょう?」

雛子は、つと身体を離すと、私の肩に両手を載せ、私の額に自分の額を押しつけてきた。雛子の唇が間近に見えた。これほど雛子の顔を近くに見るのは初めてのことだった。

雛子は魅力的だった。きらめいていた。雛子は興奮すると、鼻の頭に汗をかく。その時の雛子も、鼻の頭にうっすらと汗をかいていて、暮れかかる公園の街灯の光を受け、そこだけがきらきらと光って見えた。

とてつもない恐怖心が私の中に生まれた。自分はこのまま雛子に惹《ひ》かれ、雛子を性愛の対象とし、それ以外の相手が考えられなくなるのではないか……そう思った。

だが、雛子が額を押しつけたまま、ふいにくすくすと肩を震わせて笑い出したので、私の中に芽生えかかった仄暗《ほのぐら》い予感はかろうじて吹き飛んだ。

「今度、発作が起こって、信ちゃんも半田君も副島さんも傍にいなかったら……」そう言って、雛子はまた笑った。「ふうちゃんを襲わせてもらうわ。覚悟しといて」

どうぞ、と私は言い、笑ってみせた。

私たちのベンチの前を人が歩いて行った。濃紺の背広を着た中年の男で、男は歩きながら何度も何度も私たちのほうを振り返り、好色そうな視線を投げた。

見て、と雛子は私を抱いたまま、男のほうを大胆にも指さした。「羨ましがってるわ、あの男」

私の頬に雛子の頬のぬくもりが拡がった。雛子の頬はとめどなくやわらかく、かすかに湿っていた。

息苦しくなった。緊張と切なさのあまり、貧血を起こしそうだった。

ふうちゃん、いい匂《にお》い……雛子が私の首すじに唇を這《は》わせた。「日向《ひなた》の匂いがする」

細い火柱が、一瞬、全身を貫いていったような感じがした。私は雛子から離れ、立ち上がった。そうでもしなかったら、私はあの時、背広の男に見られているのを意識したまま、雛子に身を任せ、求められるまま、彼女と唇を合わせていたかもしれない。そうすることを望んでさえいたのかもしれない。

不思議なことがある。後の裁判で、私は誰からも雛子に対する同性愛的な感情について、質問されなかった。弁護士もその種の質問を飛ばしてくることはなかった。

逮捕されてからの供述の中でも、私は、片瀬雛子を憎んだことは一度もない、と述べた。信太郎と関係をもってからも、雛子の存在が疎《うと》ましくなることはなかった、と断言した。裁判でも繰り返し、そのことを述べ続けた。

法の世界に生きている人々は、それを言葉通りに受け取ったらしい。その時点で、すでに雛子には、信太郎の他に深いつきあいをしている男が二人ほどいたことが知られていた。彼女が信太郎の妻だからといって、ふつうに考えれば、そんな女性に恨みを抱く必要はなく、矢野布美子が信太郎を雛子から奪い取ろうと思わなかったとしても、不思議ではないだろう、初めから雛子は自分勝手に遊びまわるような女だったのだから、夫に愛人ができたならできたなりに、三者三様、暗黙に認め合える関係が成立するに違いない、だからこそ、矢野布美子は片瀬雛子を疎ましく思わずにすんだのだ……彼らはそんなふうに単純に解釈していたようである。

だが、事実は違っている。私は信太郎だけに恋をしたのではない。私が恋をしたのは、信太郎と雛子に対してであった。いずれかが欠けていたら、あの凄《すさ》まじく強烈な恋に心身共に溺《おぼ》れることは不可能だった。

人やマスコミは、私の犯罪を不幸な三角関係を清算しようとしたための悲劇、とまことしやかに囁《ささや》き合ったようだが、そこにはとんでもない誤解がある。私は一度たりとも、自分と片瀬夫妻との関係が三角関係であると思ったことはなかった。私と彼らは、あくまでも対の関係だった。

その年の十一月、私は片瀬夫妻と一緒に再び軽井沢古宿の別荘に行った。狩猟が解禁になった後のことで、信太郎の大学での講義の関係上、二泊三日の短い滞在だったから、ヒデは同行させなかったが、代わりに副島が来て、男二人は猟を楽しむことになった。

別荘に着いたあくる日の早朝、信太郎は副島と一緒に車でキジ撃ちに出かけて行った。副島が連れて来た二頭のビーグル犬も一緒だった。私と雛子は別荘に残り、あいにくの雨まじりの天気に黴《かび》臭さが増した家の中の掃除をしたり、業者に暖炉用の薪《まき》を運ばせたり、レコードを聴いたり、本を読んだりして過ごした。

信太郎と副島が捕ってきた獲物は、ヤマキジ一羽だけだったが、副島は別荘に戻るなり、早速解体して、手早くキジ鍋《なべ》を作ってくれた。

夏の間、日がな一日、みんなで過ごしたベランダは冷たい雨に濡《ぬ》れそぼり、五分と立っていられないほど寒かった。私たちは居間の暖炉に火をおこし、大きなテーブルを囲んでキジ鍋を食べた。私たちが食事をしている間、躾《しつけ》の行き届いた犬たちは、おとなしく部屋の片隅に座っていた。

賑《にぎ》やかな食事がすむと、副島が意味ありげな目をして信太郎に目配せをした。たまにはいいな、と信太郎はいたずらっぽく微笑《ほほえ》んだ。

「ヒデさんがいないからちょうどいい、と思って。いくらなんでもヒデさんのいる前ではできないしね。二階堂さんに密告される。……かまわないよね、雛子さん」

副島がそう言うと、雛子はテーブルの上に頰杖《ほおづえ》をつき、とろりとした目をして「私が断ると思う?」と聞き返した。男二人はくすくす笑った。

それは生まれて初めての……そして、最初で最後に私が吸ったハシシだった。吸い方がわからない、と私が言うと、信太郎が細く巻いたハシシを私の唇に押し込み、「煙草を吸うようにして吸えばいいんだよ」と教えてくれた。「そして吸い込んだら、一旦《いったん》、肺の中に煙をためておく。そうしないと効き目がなくなるからね」

言われた通りにした。頭の芯《しん》がかすかにくらくらした。

ハシシは二本あった。私は信太郎と、雛子は副島と、それぞれ交代で吸い続けた。

信太郎が部屋の明りを消し、レコードをかけた。サンタナの〝ブラック・マジック・ウーマン〟が流れ出した。

「初めて? ふうちゃん」テーブルの向こうで雛子が聞いた。雛子の鼻の頭には、透明な大粒の汗が浮いていた。

私がうなずくと、信太郎が「心配しないでもいいんだよ」と言った。「LSDとは違うから。気分が悪くなることもない」

暖炉の中で薪がはぜ、暗闇《くらやみ》の中に私を除く六つの瞳《ひとみ》が光を放った。ややあって、雛子が椅子《いす》から立ち上がり、私の脇《わき》に来て、床にぺたりと座りこんだ。

「暑い」と言って、着ていたワインレッドのセーターを脱ぎ捨てると、雛子は下着姿のまま、私の座っていた椅子の肘掛《ひじか》けに顎《あご》を載せた。飼い主に甘える犬のような姿勢だった。信太郎が私のほうを見ていた。彼が、ある種の欲望にかられ始めているのはすぐにわかったが、その対象が私なのか、雛子なのか、あるいは誰でもいいのかはわからなかった。

「信ちゃん、副島さん、ねえ、ちょっと聞いて」雛子は肘掛けに顎を載せたまま、じっと私を見上げながら言った。小鼻が一瞬、ひくひくとウサギのように動いた。「私、ふうちゃんとキスしたくなっちゃった」

「妬《や》けるな」と副島が冗談めかして言った。

「僕は副島さんとはキスしませんよ」と信太郎が言った。二人は吐息のような声をもらして低く笑い合った。

雛子の手が伸びてきて、私のジーンズに包まれた太ももを撫《な》でまわした。とてつもない嫌悪《けんお》感《かん》と快感とが、ほとんど同時に私を襲った。

それまで経験したことのない感覚が全身に拡がった。泣きたくなるほどいやなのに、吸いこまれるように甘美で、自分がどうしたいのか、それすらもわからない。私は救いを求めるつもりで、信太郎のほうを見た。彼は笑みをにじませた目で、ゆったりと何事もなかったかのように私を見つめ返した。

その後、起こったことが、ハシシのせいだったと言うつもりはない。私は確かにハシシを吸ったが、私が口にしたのはほんの二、三口で、大半は信太郎の肺の中におさまったはずである。

私はあの晩、雛子とキスを交わし、雛子の乳房に触れた。触れるだけでは気持ちがおさまらず、触れながら雛子の喉元《のどもと》に唇を這わせた。雛子は、男にそうされた時のように驚くほど激しい喘《あえ》ぎ声をあげ、身もだえし始めた。

どうすればいいのか、私はわからなくなった。雛子が私にしがみついてきた。獣じみた力強さだった。抵抗できなかった。

いやだ、と私は言った。半分、泣いていたように思う。「雛子さんをなんとかしてあげて、先生」

馬鹿《ばか》だな、と信太郎は言い、くすくす笑いながら近づいてくるなり軽々と雛子を抱きあげた。彼は私と副島に向かって片目をつぶってみせると、そのまま雛子をソファーのほうに連れて行った。

二人はまもなくソファーの上で絡《から》み合い始めた。副島は穏やかな微笑みをたたえたま、ブランデーグラスを片手にベランダに出て行った。二頭のビーグル犬が彼の後を追った。ガラス越しに、副島が犬たちの頭を撫でている姿が見えた。

おいで、と信太郎が振り返って私に声をかけた。信太郎の身体の真下にいた雛子は、激しい喘ぎ声をあげながらも、妙に冷静さが感じられる仕草で私を手招きした。

ここでいい、と私は嗄《しゃが》れた声で言った。声が彼らのいるところにまで届いたのかどうかはわからない。室内には、暖炉の火が作り出す彼らの大きな影がゆらめき始めた。

ここでいい、ここでいい……私は胸の中でそう繰り返していた。火影《ほかげ》の中でむさぼり合う信太郎と雛子は美しかった。私は彼らを飽きるまで眺めていたかった。私のもの。誰にも渡せない美しい彫像。信太郎と雛子。彼らが私の目の前で何をやり始めようとも、どれほど獣じみた声をあげようとも、視線を揺るがせもせずに、彼らと快楽を共有しながら、ただじっと、見続けていたかった。

その晩遅く、雨が雪に変わった。朝起きて外を見ると、葉を落としたカラマツ林にうっすらと雪が積もっていた。

雪になる前に副島は自分の別荘に戻ったが、暖炉の前で並んでそのまま眠ってしまった私たち三人は全員、示し合わせたように風邪をひいた。東京に帰ってから目黒の彼らのマンションで、たて続けにくしゃみをしながら、風邪薬を分け合って飲んだ時の幸福感が忘れられない。

14

至福の時は続いた。片瀬夫妻の周囲には、相変わらず半田や副島の影が見え隠れしていて、雛子はそれまでと変わらず、時々、半田と会っては彼のマンションに泊まって来たりしていた。半田もまじえて六本木の〈カプチーノ〉に食事に行くことも多く、そのたびに私たちは夜遅くまで遊びほうけた。新しくできた店でカクテルを飲んだり、煙草《たばこ》の紫煙が渦巻くディスコに踊りに行ったり、深夜映画を見に行ったり。冬の夜、信太郎の運転で湘南《しょうなん》まで車を飛ばし、ヒーターで温めた車の中から四人で夜明けの海を眺め、そのまま東京に戻って来ることもあった。

享楽《きょうらく》の限りを尽くした毎日だった、と言い換えてもいい。実際のところ、信太郎が大学に講義に出向いている時と、『ローズサロン』の翻訳をしている時以外、少なくとも私と片瀬夫妻が一緒にいなかったことはなかったのではないか。

あの季節、私たちは驚くべき量のアルコールを消費した。次から次へと生産される雛子手製の豚の角煮を胃袋におさめ、目黒のマンションの蚤《のみ》の市のようになった雑然とした居間で音楽を聴き、絶え間ないおしゃべりに興じ、笑い、欲望のこもった視線を投げ合い、時には飲みすぎて気持ちが悪くなって、トイレで唸《うな》り声をあげたりした。

だが、たいてい気持ちが悪くなるのは私だけだった。ふうちゃん、顔が青い、と雛子に言われ、うん、平気、と笑っているうちに、本当に気持ちが悪くなり、慌《あわ》ててトイレに駆け込む。夫妻は飲みすぎて気持ちが悪くなることくらい、誰にでもよくあることだと思っていたから、さして大袈裟《おおげさ》に騒ぎたてない。私が、便器を前にしてうんうん唸っていても、居間では音楽が流れていて、夫妻の笑い声がメロディに乗って聞こえてくる。

ひどく気分が悪いのに、精神が限りなく優しく穏やかに澄みわたり、そんな時、私は不思議な幸福感を味わった。そのうち、トイレのドアにノックの音がし、信太郎が「ふうちゃん？」と声をかけてくる。「大丈夫？　倒れてるんじゃないだろうね」

先生、と私は情けない姿のまま、情けない笑顔を作って、目尻《めじり》に涙すら浮かべながら便器の奥に言葉を投げる。愛してる……と。愛してる。愛してる。その言葉はいくら口にしても物足りない。物足りなさ過ぎて、私はすすり泣く。

だが、信太郎には聞こえない。おい、雛子、ふうちゃんが答えないぞ、大丈夫かな。足音が近づいて来る。雛子の声が聞こえる。鍵《かぎ》、かかってる？　開けてみて、信ちゃん。倒れてるのかもしれない。

ドアのノブが回される。平気です、と私は酔っぱらった呂律《ろれつ》の回らない口調で言う。

幸せだから、私、平気。全然、平気。

事件というほどでもないが、一度だけ、何の前ぶれもなく、夜になって信太郎が私の中野のアパートにやって来たことがある。年が明けた一九七一年の二月のことで、私は学年末試験を控えていたため、知り合いの学生からかき集めたノートを炬燵《こたつ》の上で必死になって書き写していたところだった。

寒い日だった。ストーブのない私の部屋はしんしんと冷えており、少しでも暖をとろうとしてつけっ放しにしておいたガスコンロの上では、やかんがしゅうしゅうと白い湯気をあげていた。

信太郎は部屋に入って来るなり、何も言わずに私を抱きしめた。彼が着ていたラビットの薄茶色のロングコートからは、冬の夜の匂《にお》いがした。

どこか様子がおかしかった。私は彼の身体《からだ》を抱きとめながら、「どうかしたの」と聞いた。

「雛子が入院した」と彼は私の首すじに唇を押しつけたまま言った。

今から考えると滑稽《こっけい》ですらある。私は息が止まったかと思われるほど驚き、次いでショックのあまり震え出した。何故《なぜ》、入院したのか、怪我《けが》なのか、急病なのか、容態はどうなのか、何ひとつ確認もせずにわなわなと震え出したものだから、信太郎のほうが慌てたに違いない。

信太郎は私から身体を離すと、「おいおい、ふうちゃん」と言って私に笑いかけた。ふだんの彼に戻っていた。「平気だよ。ちょっとおどかしただけだ。まったく心配ない。手術は無事に終わったんだから」

手術、と聞いて私はさらにショックに陥った。雛子は死ぬのかもしれない、と思いこんだ。その前の週の週末、私は雛子に会っていた。雛子はいつも通りだった。私たち三人は、翻訳の仕事を終えた後、ヒデが作ってくれた皿うどんを食べ、ソファーに三人で並んで、TVを見た。雛子はよく食べていたし、よく飲んでいた。病気のようには見えなかった。

「重症なの?」私は聞いた。

「まさか。ぴんぴんしてるよ」

「ほんとのことを言って、先生」

彼はこのうえなく誠実味あふれる顔をして、目を細めた。「ほんとだよ。心配ない。いいかい?　ふうちゃん。雛子はただの盲腸炎だったんだ」

信太郎の話を総合すると、こうだった。その晩、信太郎と雛子は、雛子の父、二階堂忠志から久方ぶりに食事を一緒にしよう、と誘われ、指定された新宿のレストランに出かけて行った。健啖家《けんたんか》の雛子が、その日は珍しく朝から食欲がなく、夕方からは微熱も出てきた。風邪でもひいたのだろう、と思っていたところ、父親をまじえての夕食の途中、ひどく気分が悪いと言い出した。食事を中断し、家に帰ろうとしたのだが、車を停めてある駐車場まで歩くこともできず、路上で苦しみ出して動けなくなったので、慌てて救急車を呼んだ。連れて行かれた先が新宿区内にある病院で、検査の結果、急性虫垂炎であることがわかり、ただちに手術が行われた……。

行かなくちゃ、と私は言った。「すぐに雛子さんのところに行かなくちゃ」

「いや、その必要はないよ。現に僕だって、看護婦からもう帰ってもらってもかまわない、って言われて、こうやってふうちゃんのところに来たくらいなんだから」

「行きます」と私は断固として言った。たとえ、ありふれた急性虫垂炎だったとしても、雛子が生きているということをこの目で確認しなければ、朝まで一睡もできそうにない感じがした。雛子は死んではならなかった。馬鹿《ばか》げたことだが、私は、自分たちがそうやって喋《しゃべ》っている間にも、雛子の容態が急変し、医師が慌てて蘇生《そせい》術を試みているのではないか、などと想像した。

わかった、と信太郎はうなずいた。私たちは部屋を出て、彼の車で病院に向かった。

今となっては、雛子が収容された病院がどこの何という病院だったのか、完全に失念している。あまりきれいとは言えない、どこか陰気な感じのする大きな個人病院だった。待合ロビーには天上まで届く巨大な鏡があり、私と信太郎が入って行くと、電灯が消されて薄暗くなった鏡の中に、私と彼の姿が、二つ並んだ幽霊のようにぼうっと青白く映し出されたことを覚えている。

雛子の病室は二階にあった。個室のベッドで静かに眠っている雛子を見た時、どうしようもなく涙があふれてきた。

気配に気づいたのか。雛子がうっすらと目を開け、ベッド脇《わき》にひざまずいてすすり泣いていた私の頭を撫《な》でた。「馬鹿ね、ふうちゃん。どうして泣くの？　私、まだ生きてるのよ。ただの盲腸だったんだもの。一週間もすれば、退院できるわ」

「痛かった？　雛子さん」

「大したことない」

「今は？」

「もう平気」

「何か欲しいものある？」

「水が飲みたいけど、だめなんだって。氷を浮かせた水をジョッキ一杯飲みたいのに。やれやれだわ」

乾ききった唇に笑みが浮かんだ。雛子はまもなく、うとうとし始めた。汗でへばりついた巻き毛が、首すじにきれいな模様を描いていた。完全に化粧が落ちている雛子の寝顔は青白く儚《はかな》げで、こんなに小さかったのか、と驚かされるほど華奢《きやしや》に見えた。

私と信太郎がしばらくの間、雛子を見守っていると、部屋のドアに軽いノックの音がし、ヒデが入って来た。雛子の身の回りのものを届けに来たようだった。

「もうここは私にお任せください」ヒデがてきぱきと、だが、囁《ささや》くような小さな声で言った。

「今夜はこのソファーで寝て、お嬢様が朝、目覚めるまで一緒にいてさしあげますから。旦那《だんな》様は朝がお早いんですから、どうか、帰ってお休みください」

私もここにいます……私がむきになってそう言うと、信太郎は「馬鹿だな」と笑った。

「雛子は明日になれば、すっかり元気になってるよ。試験なんだろう？　帰りなさい。ほんとに大したことはないんだ。僕が悪かった。わざわざ知らせに行って、かえって心配かけちゃったね」

私がそれ以上、居残ることに固執しなかったのは、ふいにガス台の上にやかんをかけっ放しにしてきたことを思い出したからである。考えてみれば、滑稽きわまりない顚末《てんまつ》だ。私は半泣きになりながら信太郎に、火事になってるかもしれない、と訴えた。

信太郎は腕時計を覗《のぞ》いた。私と彼とが部屋を飛び出してから、すでに一時間半ほど経過していた。やかんの中の湯は、信太郎が部屋に来た時点ですでに残り少なくなっていたはずであり、一時間半もたてば空焚《からだ》きになること必至である。

彼は、うろたえている私の腕を取って病室から引きずり出し、車を停めてある病院の駐車場まで全速力で走らせた。

車中、ろくな会話も交わさなかった。信太郎の運転は凄《すさ》まじく乱暴で、スピード違反はもちろんのこと、ほとんど信号無視すれすれに交差点を突き抜けていく暴走ぶりだった。

中野のアパートに着くなり、私は車から飛び出した。階段を駆け上がり、鍵を開けて部屋に飛び込んだ。室内には焦《こ》げくさい匂いが充満していた。

よほど慌てて部屋を出たせいだろう。ガスの火も炬燵の電源も消していかなかったというのに、おかしなことに、室内の電灯だけは消してあった。部屋の中で私が目にしたのは、闇《やみ》の中に浮き上がるようにして燃え続けているガスの青白い炎と、めくれあがった炬燵布団《ぶとん》の奥に見える赤外線のくすんだ赤い光だけだった。

よく火災を起こさずに済んだものだ、と今から考えても運がよかったとしか言いようがない。やかんは黒焦げになっており、底の部分が今にも燃え出しそうに真っ赤になっていた。

信太郎が後から階段を駆け上がって来て、ガスを消し、窓という窓を開け放ってくれた。ガス台の上のやかんは彼の手によって、流しの中に放り込まれた。水道の水を流すと、やかんは恐ろしいような音をたて、もうもうと白い煙を上げた。

「とんでもない夜になっちゃったね」信太郎が部屋の真ん中に突っ立ったまま、呆《あき》れたように微笑《ほほえ》んだ。開け放した窓から、冷たい二月の風が吹き込んできた。やかんからたちのぼる白い煙が、室内に渦をまき、やがて窓の外に消えていった。

彼は私を自分のコートの中にくるみこみ、あやすようにして軽く揺すった。「それにしても、よかった。間一髪だった」

「ごめんなさい。心配かけて」

「ほんとに心配なことばかりだ」

「え？」

「きみと出会うまでは、雛子のことだけを心配していればよかった。でも、今は違う。心配のタネがひとつ増えた」

「私も同じ」私は消え入りそうな声で、彼の胸に顔をおしつけたまま言った。

「きみも？」

「そう。先生と雛子さんと出会うまでは、自分のことだけ考えてればよかった。でも、今は……」

「だとすると、ふうちゃんのほうが分が悪いな」

「そうですね」

「一度に二人分の心配のタネが増えるなんて、気の毒すぎる」

私は顔をあげた。「なんだか怖いんです。うまく説明できないんだけど。何が怖いのかもわからないんだけど。時々、身体がこのまま、どこかに飛んで行ってしまいそうな感じがして……」

電灯の下で間近に見る信太郎の顔には、疲れが浮いて見えた。疲れると彼の顔は透明感のあるなめらかな肌色に変わる。緊張感を失ったように薄く開かれたままになる唇の脇には、年齢にふさわしくない深い皺《しわ》が刻まれる。だが、彼は美しかった。世の中で、これほど美しく、同時に見る者に性的な印象を与える顔はないのではないか、と私は思った。

「もっと強く抱いてください」私は小声で言った。

彼はそうした。もっと、と私は言った。彼はその通りにした。私の身体は彼のコートの中にすっぽりとおさまった。自分が薄茶色のウサギになったような気がした。

信太郎が私を抱いて、二人羽織りのような恰好《かっこう》をしたまま、窓を閉め、カーテンを閉じ、天井の明りを消した。彼のコートの中で、私は烈《はげ》しい愛撫《あいぶ》を受けた。めくれた炬燵布団からもれてくる赤外線の光が、畳を赤く染めていた。信太郎は私をその赤い光の中に横たえると、コートを着たまま、私を上から包みこんだ。

それが信太郎との、事実上、二度目の交わりだったことを思い返すと、信じられないような気持ちになる。私はあのころ、頭でっかちなだけの女子大生だった。信太郎とは、無邪気に性の営みを繰り返していたい、と思っていた。異性と接する時の雛子のように、純粋な肉欲だけで彼と関わりたい、と思っていた。信太郎に限らず、雛子のように異性と関わっていくのが私の理想だったはずである。だが、現実は違った。

あれほど信太郎の中に性的な印象を強く抱いていたというのに、私は彼と現実に交わることをさほど望んではいなかった。身体が性的に未成熟だったからではない。おそらく、今、私が信太郎と出会っていても、同じことをしただろう。

肉のつながりができればできるほど、私は彼との精神のつながりを意識した。精神のつながりが実感できればできるほど、肉のつながりの必要性を感じなくなった。

むしろ、私は信太郎と雛子が肉欲にさいなまれるようにして互いをむさぼり合っている光景を眺めていたかった。一人になると、その光景を想像して楽しんだ。信太郎と雛子の行為こそ、私自身のセックスの象徴、快楽の象徴であるような気がした。

初めから私は異常だったのだろうか。だからこそ、我を忘れてあんな恐ろしい、恥さらしな犯罪を犯すに至ったのだろうか。

これだけは言える。確かに、あれは誰もが落ちる恋には違いなかったが、健康的な恋ではなかった。私は片瀬夫妻を通じて、性の深淵《しんえん》を覗き見ることになった。同時に、自分自身の中に潜んでいた禁断の小箱の扉を開けることになってしまった。わずか二十か二十一歳の若さで、見る必要のないものを見て、開ける必要のなかった扉を開けてしまった私は、その後、後戻りのできない宿命の中に足を踏み入れ、まっしぐらにあの魔の一瞬に向かって走り始めることになったのである。

15

別れて以来、会うことも連絡を取り合うこともなくなっていた唐木俊夫の姿を見つけたのは、私が大学四年に進級してまもなくのことだった。

大学の正門近くでアジ演説をしていたグループの中に、唐木はいた。拡声器を使って演説するでもなく、ビラを配るでもなく、ただセクトのヘルメットをかぶったまま、じっと路上に座りこみ、日だまりの中、鬼気迫るような顔つきで行き交う学生たちを眺めていた彼は、私が近づいて行っても気がつかない様子だった。

私が「しばらくね」と声をかけると、唐木は顔をあげ、さして驚いた様子も見せずに「やあ」と言った。

もともと痩《や》せていた身体《からだ》が、正視するのも気の毒なほど細くなっていた。肌の色も唇の色も悪く、汗ばむほど暖かい葉桜の季節だったというのに、冬の戸外で夜明かしした時のように、唇が血の色を失っていたのを覚えている。誰の目にも、一目で病気だとわかる様相を呈していたにもかかわらず、ヘルメットからはみ出している長い髪だけが、妙に猛々《たけだけ》しくて、そこにだけ生命が宿っているようだった。

「身体のほうはもういいの？」

いいはずがない、この人は相当、ひどく病んでいる……そう思いつつ、私が聞くと、彼は大儀そうに立ち上がった。

「不思議だね。きみに会えるかもしれない、と思ってたんだ。そしたら、ほんとにきみが現れた」

思いがけず親しみのこもった言い方だったので、一瞬、私は過去に引き戻されたような気持ちになった。私たちは、どちらからともなく、立て看板の乱立しているキャンパスに向かって歩き出した。

背後で「唐木さん」と呼びとめる声がした。ビラを配っていた学生だった。見かけない顔だった。唐木の仲間の顔なら、たいてい知っている。この大学の学生ではないのかもしれない、と私は思った。唐木は振り返り、片手を軽く上げたが何も言わなかった。

「きみは？　元気だった？」

私はうなずいた。唐木がつぶれたショートホープの箱を差し出した。私たちは互いに立ち止まり、マッチで煙草《たばこ》に火をつけ合った。風があったので、火はなかなかつかなかった。風をよけようとして炎に手をかざすと、私の手に彼の手がかすかに触れた。彼の手は恐ろしく冷たかった。

「あなたに関しては、変な噂《うわさ》ばっかり耳に入ってきてたの」

「変な噂って？」

「病気についての噂よ。手術をしたとかしないとか、そんな噂」

「強制的に入院させられただけだよ。手術は受けてない」

「それでちゃんと治ったの？」

「どうかな。軟禁状態は不得手でね。親にも医者や看護婦にも黙って、夜中に服に着替えてさ、こそこそ病院から逃げ出した。金は持ってたから、そのまま京都まで行って……今年の二月まであっちにいたんだ」

「京都に？　どうして？」

「活動家の友達がいるから」そこまで言うと、唐木は私を見て、ふっと力なく笑った。「きみもわかってくれるだろうけど、僕のやってることは、何も中央にいなけりゃできない、ってことじゃないからね」

「顔色が悪いわ」

彼は煙草の煙を吐き出すと、いまいましげにうなずいた。「食欲がなくてさ。毎日、煙草とコーヒーだけ。食い物は見たくもない」

私が返す言葉を失って黙っていると、彼は「その分、金がかからなくて助かってるよ」と言い、薄く笑った。

その後、唐木は自分がやっている闘争について、語り始めた。七〇年安保の熱気はここにきて、完全に冷めきってしまい、闘争形態はゲリラ的な方向に向かわざるを得なくなっている、と彼は重々しい口調で言った。

武装闘争、革命左派、組織の粛清……彼の使う言葉が、私には遠い世界の言葉に聞こえた。かつて自分の居場所であると信じていた世界。そして今、その分だけ果てしなく遠くなってしまった世界……。

私は吸い終えた煙草を地面で踏みつぶし、彼の住所を聞いてみた。住所不定だよ、と彼は少しいたずらっぽく笑った。

セクトの仲間が唐木を呼びに来た。唐木は「すぐ戻る」と言い、私に向き直った。

キャンパス内が騒然としてきた。唐木とは別のセクトの連中が、少人数でスクラムデモを始めた様子だった。通りがかりの学生たちが、遠巻きにそれを眺めていた。校舎の窓にも何人かの顔が覗《のぞ》いた。

「会えてよかった」彼は周囲の喧騒《けんそう》を気にもせずに、妙に改まった調子で言った。

私はうなずいた。彼もそれに合わせるようにしてうなずき返した。

何か言いたげな感じもしたのだが、私の思い過ごしだったかもしれない。身体に気をつけて、と言おうとしたのだが、最後まで聞かずに彼は「じゃ」と低い声で言うなり、足早に去って行った。彼の後ろ姿は、何故《なぜ》か、蜉蝣《かげろう》の羽のように薄く透き通って見え、わけもなく寂しい余韻が残された。その後、夏になって軽井沢の片瀬夫妻の別荘に行くまでには、いくつかの新しい出来事があった。

まず一つには、五月になって、『ローズサロン』の下訳原稿が完成した。訳文を書きとめたノートは、合計五冊にものぼり、それは私の手から片瀬信太郎の元に移されることになった。

下訳完成を祝って、私たち三人は〈カプチーノ〉で食事をした。『ローズサロン』を出版することになっていた出版社の担当編集者も、後になって同席した。三十前後とおぼしき男の編集者で、確か佐川《さがわ》という名だったと思う。佐川はすでにノートに書かれた下訳原稿を読了しており、内容に深い興味と感動を示していた。

これは或《あ》る意味で、現代の『ファニー・ヒル』ですね、と佐川は熱っぽく語った。ジェイムズ朝の頽廃《たいはい》演劇ばかりを連想しながら読んでいた私には、佐川の意見は新鮮に聞こえた。

長い間、文学作品として認められず、ポルノグラフィーの烙印《らくいん》を押されてきた『ファニー・ヒル』。翻訳が文庫化されたのは、私が大学に入学した年であった。年末に正月休みで帰省し、仙台市内の書店で見つけて買い求めた。買ったのが『ファニー・ヒル』であることを人に知られたくなくて、料金を支払うとすぐに、ショルダーバッグの奥深く押し込んで隠したのを覚えている。

言われてみれば、『ローズサロン』に流れている官能の空気は、『ファニー・ヒル』のそれと似ていなくもなかった。信太郎はとうの昔に、その程度のことには気づいていたようだが、私が『ファニー・ヒル』をすでに読んでいたとは思っていなかったらしい。彼は共犯者めいた眼差《まなざ》しを私に投げ、「ふうちゃん、読んでたんだね？」と聞いた。

はい、と私はうなずいた。立派だ、と彼は言った。

来年初頭には出版にこぎつけたい、と佐川は言い、十月に脱稿していただくわけにはいかないだろうか、と打診してきた。下訳をつけるだけでも一年かかったものを五カ月かそこらで脱稿させるのは無理だ、と信太郎が答えると、佐川は残念そうに、じゃあ、来年の今頃には必ず、と言った。信太郎のほうでも、その予定でいる様子だった。

私たちは『ローズサロン』が翌年に無事完成し、一冊の類《たぐい》まれな美しい官能小説として世に出ることを祈って、ワインで乾杯をした。佐川が私に『ローズサロン』の感想を求めてきた。

おそらくは無邪気な形容詞ばかり並ぶ、無邪気な褒《ほ》め言葉を期待していたのだろう。私が緊張するあまり、知ったかぶりをして、ここぞとばかりにジェイムズ朝演劇を引き合いに出し、感想と言うよりも解説めいたことを述べたので、佐川は驚いた様子だった。彼は「先生」と言うなり、信太郎の顔を見た。「こちらの学生さんは、イギリス文学史にお詳しいんですね。先生が大切な秘書とおっしゃるのもうなずけます」

「実を言うと、彼女は秘書なんかじゃないんだ」と信太郎は笑いをにじませながら言った。

「ただの学生アルバイトでもない」

「信ちゃんと私の共通の恋人なの」と雛子が、けだるい口調で後を続けた。

「『ローズサロン』そのものなんだよ」信太郎が言った。

私たち三人は顔を見合わせて、くすくす笑った。あの時の佐川の、唖然《あぜん》とした顔が忘れられない。

六月初めには、私の父方の伯父が急死した。もともと酒好きで、雨の晩に大酒を飲み、そのまま酩酊《めいてい》状態で公園を歩いていて、突然、心臓が止まってしまったらしい。知らせを受けて、私はすぐに仙台に戻った。

初めは変死ということで、司法解剖に処されたりしたので、しばらくの間、両親ども、落ち着かない日々が続いた。十日間ほど東京から離れていたことになるだろうか。死因がはっきりし、無事に葬儀納骨を終えるのを待ちかねて東京に戻った時は、アパートには帰らず、そのまま目黒の片瀬夫妻のマンションに直行した。

信太郎は書斎で仕事をしており、ヒデはその晩はすでに自宅に戻っていていなかった。

雛子は退屈していたのだろう。私の顔を見ると、玄関先で私に抱きついてきた。

思わず抱きとめた彼女の身体は、熱っぽく火照《ほて》っていた。火照っているのに、革袋に水を入れた時のように、ずっと触れていると湿った冷たさが伝わってくる。

彼女は「寂しいの」と言って声を詰まらせた。「寂しくて寂しくてたまらないの。どうしたらいいのか、わからなくて……でも、半田君や副島さんとは別に会う気もしないし……ふうちゃんが帰って来てくれてよかった。これで少しは元気になれるわ。今日は泊まってって。いいでしょ?」

いつもの雛子らしくなかった。顔には化粧っけはなく、そのせいか彼女は、どこか白っぽく、弱々しく無力に見えた。

仕事を一段落させた信太郎をまじえて、その晩は遅くまで三人でワインを飲んだ。雛子は居間の明りを消し、代わりに何本もの太い蠟燭《ろうそく》を灯《とも》した。私たちは雛子を真ん中にはさんで、睦《むつ》み合うようにして、居間の床に並んで腰をおろし、蠟燭の光を見ていた。

雛子は時々、ひどく寂しげな顔つきをした。不安にかられた私は、雛子の手をとって、静かにさすり続けた。

雛子は「やさしいのね、ふうちゃん」とつぶやき、私の掌《てのひら》に人差し指で幾つもの模様を描いた。そうされるだけで、身体の中に深く沈澱《ちんでん》していくような切ない快感が起こった。

「雛子の元気がない理由は簡単なんだ」信太郎は笑いながら言った。「な? 雛子。自分でもわかってるんだろう?」

「いつもじゃないんだけど、一年に一度くらい、こうなっちゃうの」と雛子は私に寄りかかり、甘えるように言った。「生理の第一日目に、死にたくなっちゃうくらい悲しくなることがあるのよ」

「年に一度のお祭りみたいなもんだな」信太郎がからかった。

そうね、と雛子はあまり愉快そうにではなく笑った。「でも、それを言うなら、お祭りじゃなくて、お葬式よ」

酔いのまわった雛子は、私の見ている前で、信太郎に「身体が火照って仕方がない」と訴えた。信太郎が彼女を抱きよせると、雛子はしおれた花のように、ぐにゃりと彼の胸に身体を任せたが、それ以上の行為に移る気配はなく、雛子はまもなく彼から身体を離して、私のほうにしなだれかかってきた。

雛子が私の手をとって、やおら自分の乳房にあてがった。着ていたTシャツの下には何もつけておらず、私の掌には、彼女の豊かな乳房の湿った感触が拡《ひろ》がった。

「ふうちゃん、触って」と彼女は言った。「安心するの。ずっと、こうやって触ってて」

気がつくと、私は彼女の乳房をおずおずと愛撫《あいぶ》し始めていた。自分が他人の乳房を愛撫しているというのに、まるで自分の乳房を自分で愛撫しているかのような、いくらか罪の意識を伴った快感が走った。

雛子は目を閉じ、軽く唇を開けて、のけぞるような姿勢をとった。倒錯したような妙な気持ち、いたたまれないような気持ちに駆り立てられた。私は彼女のTシャツを大きくたくし上げ、彼女の乳首を口の中にふくみ、舌の上で柔らかく転がし始めた。ぴくりと雛子の身体がかすかに震えるのがわかった。

信太郎がそんな私を見ていた。彼は微笑《ほほえ》んではいなかった。かといって、そのような情況に居合わせた男が見せるにふさわしい、こらえようのない欲望を目の奥に宿しているわけでもなかった。彼の顔には、表情が一切なかった。

このまま地獄に落ちていくのだろう、と私は思った。自分のしていることが信じられなかった。だが、それは現実だった。

信太郎が私と雛子に近づいて来て、私たちの身体を両腕の中にくるみこんだ。思いがけず強い力でそうされたため、私と雛子はあたかもシャム双生児のように、向かい合わせになったまま、胸と胸とを押しつけ合う形になった。

三人の体臭が一つになった。幸福な一瞬だった。この堕落しきった幸福な一瞬が、永遠に続けばいい、と私は願った。

だが、三人が一つの球体のようになって、丸まっていられたのはわずかな間だけだった。あの晩の雛子は、いつもの雛子ではなかった。身体が火照って仕方がない、と訴えるわりには、内側に修復不可能になった仄暗《ほのぐら》い空洞を抱えているようでもあった。

ふいに雛子はうっとうしそうに身体《からだ》をねじらせると、信太郎の腕から、そして私の身体から逃れた。そして床に転がっていた煙草をくわえ、何事もなかったかのように「ふうちゃん、マッチある?」と、妙に落ち着き払った声で聞いた。

今になって考えてみると、あれは雛子に、かすかな目につかない程度の変化が訪れた最初の兆候だったのではないか、と思われてならない。年に一度、生理の第一日目にも似た寂しさ、もの悲しさに襲われる、ということだったが、その寂しさは女性特有のホルモンのリズムの狂いによるものではなく、本来、雛子が隠し持っていた先天的な寂しさではなかったのか。年を追うごとに、次第にその先天的な寂しさが出番を待ちかねるようになっていって、ついにあの年の夏、それが爆発してしまったのではないか……心理学や婦人科の専門家ではないので、私にはそれ以上のことはわからない。だが、現実に、雛子はあのころから、自分の中で密《ひそ》かに胎動し始めたものに対して、人知れず、恐れを抱いていたのではないだろうか。

七月に入ったらすぐにでも軽井沢に行きたい、と言っていた雛子だったが、信太郎の大学での仕事がたてこんだこともあって、結局、三人で軽井沢に向かったのは七月二十日になってからだった。

あのころすでに、半田の存在は私たちの間で薄いものになりつつあった。その証拠に、あの夏、半田が軽井沢に同行しなかった理由を私はいくら考えても思い出せずにいる。

海外旅行に出る予定でいたからか。何か実家のほうで不幸があったからだったか。それとも、半田に新しく女友達ができて、半田のほうから軽井沢行きを断ってきたせいだったか。

ヒデも一緒ではなかった。ヒデはあのころすでに、七十になっていた。日頃から血圧が高く、降圧剤の世話になっていたのだが、疲れがたまっていたのか、年齢には抗《あらが》えなかったのか、軽井沢に一足早く出向いて行って、古宿の別荘の清掃をする、とはりきっていた矢先、東京の自宅で気分が悪くなって倒れ、病院に運ばれた。

ご迷惑をかけたくないので、ここらでお暇をいただきたい、と言い出したヒデの気持ちをくみ、信太郎と雛子は彼女を好きなだけ養生させることにした。すっかり元気になったら、また元通り、通いで来てもらうということに話が決まり、ヒデもありがたく了解していたようである。

ヒデの代わりに、地元の別荘管理サービスにあらかじめ別荘の清掃だけを依頼したのだが、掃除は別にしても、ヒデがいないと行き届かないことばかりだった。私たちは到着して二、三日は、買い出しや布団《ふとん》干し、庭の手入れ、食器磨きなどに追われた。

たて続けに別荘内の小さな電化製品が壊れ始め、うんざりしたのも、その時である。それはまるで、私たちを地獄に導く運命の小さな予兆のようなものであったとしか言いようがない。

「また壊れたわ」と雛子が呆《あき》れたように言った日の朝はよく覚えている。前日の昼間は洗濯機の調子が悪くなり、夜になってからは、庭の誘蛾《ゆうが》灯《とう》が点灯しないことに気づいた。あげくの果てに、朝になってからは、トースターの故障が判明したのである。

信太郎は、電源を入れても作動しなくなったトースターを逆さにして、中を覗《のぞ》きこんだり、乱暴に叩《たた》いたりしていたが、それでもパンがいっこうに焼けないことがわかると、おもちゃに飽きた子供のようにそれをテーブルの上に放り出し、やれやれ、と言った。

「いったい全体、今年はどうなっちゃってるんだろうね。お次はＴＶ、そのまた次は掃除機ってことかな」

「地元の電機屋のしわざかもね」雛子が冗談めかして言った。「新しくまとめ買いさせるために、私たちが留守の間に侵入して、全部、壊していったんだわ」

「だとしたら、そいつをつかまえてきて、代わりのものをすぐに届けさせなくちゃいけない。ふうちゃん、悪いけど、電話帳を取ってくれないか」

あの時、電話帳を信太郎に渡したのは私だったし、電話帳を開いて電機店の番号を探し始めたのは信太郎だった。雛子は一切、電話帳を覗きこんではいない。

東京では考えられないほど薄い、小冊子のような電話帳だった。軽井沢とその近郊にある電機店は、数えるほどしか掲載されていなかった。

信太郎は私の腰に手をまわし、「どこにしようか」と訊《たず》ねた。

「目をつぶって指さしたところ」

やってごらんよ、と彼が言った。私はやってみた。そこには〝信濃《しなの》電機〟という名があった。

私さえ、あの電機店の電話番号を指ささなければ、と後になって何度、悔やんだことだろうか。私さえ黙っていれば、私さえ、あんな子供のような真似《まね》をしてふざけなければ、信太郎はあの時、〝信濃電機〟などという店は選ばなかったのではないか。

信太郎は信太郎なりに、あてずっぽうに別の電機店を選び出し、その店には、私たちを地獄に連れて行くことになる運命の若者はおらず、いるのは、気のいい年寄りと息子夫婦ぐらいだったろう。軽井沢で昔から細々と電機店を営んでいた年寄りは、自分そっくりの気のいい息子を連れてやって来ただろう。そして、信太郎が注文した電化製品を所定の位置におさめ、雛子がお茶を勧めても遠慮がちに断って、そそくさと帰って行ったに違いない。

ようし、と信太郎は言った。「留守の間にうちの電化製品を壊していった罰に、うんざりするほどたくさんまとめて届けさせるぞ。ついでに庭園灯もつけ替えてやる。いいよね、雛子」

雛子が大賛成したので、信太郎はその場で〝信濃電機〟に電話をし、いくつかまとめて買物をしたいので、すぐに家までカタログを持って来てほしい、と頼んだ。

電機店の従業員が古宿の別荘にやって来たのは、その日の午後になってからだった。応対に出たのは私だった。信太郎と雛子はベランダで、持ってきた英字新聞の初心者向けクロスワードパズルに興じていた。

最初の印象は決して悪くはなかった。正直に言おう。悪くないどころか、一目見て、どぎまぎさせられたほどだった、と言ってもいい。

スリムな黒のジーンズに、丸首の黒いTシャツ。シャツの胸元に、首から下げたシルバーの細いチェーンが厭味《いやみ》のない程度に見え隠れしている。信太郎よりも少し背が高かったろうか。硬そうな黒い髪の毛は、いかにも洒落《しゃれ》っ気とは縁遠い感じで無造作にカットされていたが、自然な流れが暑苦しさを感じさせず、額にこぼれる前髪が目に入りそうになるのを時折、頭を揺すって振り払う仕草も彼の持つ雰囲気に似合っていた。

太い眉《まゆ》、長くて黒い睫《まつげ》、大きな目、ぶ厚い唇。そうするのが癖なのか、黒目がちの大きな瞳《ひとみ》でひたと相手をとらえ、じっと見据える。

世間の美の基準を満たすような美男子とは言えなかった。少なくとも、初めて会った人間に、美男俳優の誰それに似ている、というような印象を与えるような、あからさまに人目をひくタイプの男ではなかった。むしろ彼は、周囲の暗がりの中に紛れて見分けがつかなくなるような、陰気な影のような部分を持ち合わせていた。

だが、彼はその容貌《ようぼう》と雰囲気のどこかに、強烈に人を惹《ひ》きつけるものを持っていた。

それは確かだった。

男は低い声で「信濃電機です」と言うと、私を見つめたまま、軽く頭を下げた。「カタログをお持ちしました」

私はベランダに行って、夫妻に信濃電機の人が来た、と伝えた。夫妻は相変わらずパズルに夢中になっていた。

雛子がちらりと私を見て「ここに連れて来てくれる?」と言った。

その直後、信太郎が「わかった!」と大声を出した。「簡単だよ。〝PLATONIC LOVE〟だ!」

「ほんと。信ちゃん、すごい。ぴったり完成だわ。できた! すごい!」

あの日、起こったことはすべて、何やら因縁めいていて、思い出すたびに気味が悪くなるほどだ。プラトニック・ラブ……その言葉を最後にしてクロスワードパズルが締め括《くく》られた直後、雛子はあの若者をベランダに招き入れた。そして、文字通りの精神的な恋におちたのだ。

私は玄関先まで戻り、若者に中に入るよう勧めた。若者はうなずき、気取りのない動作でスニーカーを脱ぎ始めた。スニーカーは汚れていて、爪先《つまさき》には乾いた土がこびりついていた。

私の後ろから、どこか世をすねたような、ふてくされたような歩き方でベランダにやって来た若者を見るなり、雛子は雷にでも打たれたように、束の間《つかま》、身動きしなくなった。雷に打たれた……まことに凡庸な比喩《ひゆ》ではあるが、まさにそれ以外、表現の仕様がない。雛子の目は、本人の意志とは裏腹に若者に釘《くぎ》づけになった様子だった。

信太郎は、瞬時にして雛子の変化を悟ったものと思われる。驚き、猜疑心《さいぎしん》、不満、不可解さ、軽蔑《けいべつ》、怒り、焦《あせ》り……そんなものが一緒くたになったような、きわめて彼らしくもない、ある意味では幼稚で露骨な感情が、一瞬、かすめるようにして彼の目に宿り、再び人目につかぬようにして消えていったのを私は確かに見た。

若者だけが冷静だった。あるいは、あの時点ではまだ、雛子の魅力に圧倒されるあまり、彼は自分を蚊帳《かや》の外に置くことができたのだろうか。まさか自分が、雛子のような女に愛され、求められるはずがない、と思いこんでいたからか。

彼は「お邪魔いたします」と言って、私たちに型通り挨拶《あいさつ》をすると、信太郎が勧めた椅子《いす》に浅く腰をおろし、事務的な手付きで持って来たカタログを拡げ始めた。

16

後になって、私は雛子に聞いてみたことがある。何故《なぜ》、彼を初めて見た時、信太郎にも勘づかれるほど顔色を変えてしまったのか、と。彼の何に、そんなに驚いたのか、と。

雛子は、若者がベランダに入って来た時、一瞬にして、自分がこの男にどうしようもなく惹《ひ》かれていくだろうことがわかったのだ、と言った。それは第六感が教えたのではなく、もちろん理性が教えたのでもない。何かもっと別の、身体《からだ》の奥深いところに隠れ潜んでいた固い扉……これまで自分ですらその存在に気がつかなかった扉……がいきなり、ぎい、と音をたてて開いたような感じだったとしか言いようがない……彼女はそう説明した。

わかったようなわからないような説明だったが、結局、私は理解していたのだと思う。人は誰しも、その種の説明のつかない瞬間を体験するものだ。後で考えれば、馬鹿《ばか》げているとさえ思える、幼稚で御都合主義的な神秘体験。神秘であると思いこめば、すべての偶然が輝かしくロマンティックな運命の出会いと化す。私が二十五年前、桜吹雪の舞う広大な庭で、初めて片瀬信太郎と出会った時のように。

だが、どうして雛子の相手があの若者でなくてはならなかったのか。雛子をいっとき夢中にさせるにふさわしい、似たような精悍《せいかん》な若者なら、大勢いたはずだ。雛子を射るような目で見つめてくる、内なる情熱を秘めた若者だって、いくらでもいたはずだ。雛子ならそんな若者を容易に手なずけ、恋に似た感触を楽しんで、飽きたら臆面《おくめん》もなく「じゃあね」と手を振ってお払い箱にすることができただろうに。

雛子が夢中になったのが、あの若者でさえなかったら、信太郎はつゆほども動揺しなかったに違いないのだ。原因はすべて、あの若者にあった。黒いTシャツ、黒いジーンズ……彼はいつ見ても黒を着ていた。さしずめ彼は、舞台の上に登場するなり、たちまち観客に不吉な気配をもたらしてくる黒い天使、天使の仮面をかぶった悪魔であった。

若者の名は、大久保《おおくぼ》勝也《かつや》といった。彼が雛子よりも三つ年下の二十五歳で、松本市の県立高校を卒業してから東京に出て、ヒッピーのような暮らしを続けていた男である、ということは、雛子から聞かされた。

雛子の説明によると次のようになる。一昨年の夏、仲間とヒッチハイクをして軽井沢にやって来た時、着いた途端、手持ちの金が底をついた。二人で旧軽井沢にあるパン屋に行き、店員の目を盗んで焼きたてのバゲット二本と菓子パン数個を万引きしてつかまった。

その際、仲間が店員に軽く暴力をふるったというので、勝也も含めて警察沙汰《ざた》になった。勝也がいつもの手で泣きながら許しを乞《こ》うと、アルバイトでもいいから、せめてこの夏だけでも軽井沢でまともな仕事をし、給金をもらって、ヒッチハイクではなく列車に乗って東京に戻りなさい、と諭された。

警官は、頼みもしないのに、たまたまアルバイトを募集していた信濃電機の社長を紹介してくれた。信濃電機とその警官とはもともと縁戚《えんせき》関係にある、ということだった。どうすべきか迷っていたところ、その晩、警察から釈放された途端、仲間は働くことをいやがって、一人で東京に帰ってしまった。

自分も逃げ出したい気持ちにかられたが、親切にしてくれた警官に恨みはなかったので、それだけはできなかった。試しに三日間ほど、信濃電機で働いてみたところ、仕事はそれほどきつくはないということがわかった。第一、軽井沢の夏は涼しくて気持ちがよかった。住まいとして小ぎれいなアパートを格安で貸してもらえることもわかった。この分なら一、二カ月の間働くのも悪くはない、と思い、さほど深くは考えずに軽井沢にとどまることにした……。

「それ以来、信濃電機で働いてるんですって」と雛子は楽しげに語った。

どこまでその話が本当だったのかはわからない。私から見た大久保勝也は、万引きをして警察に連行され、泣きおとし戦術で許しを乞うようなタイプの男には見えなかった。

まして、流されるままに人生を楽しみ、深く考えず、物事に拘泥《こうでい》もせずに、大雑把な生き方をする若者にも見えなかった。

とはいえ、作り話だったとも思えない。いくらかの真実も含まれていたのだろう。後の裁判でも、大久保勝也の経歴については、私は何度も耳にした。おおよそ、雛子から聞いた通りであった。

だが、実際の大久保勝也は違う人間だった。そのことは私以上に雛子や信太郎のほうが、先に勘づいていたと思う。警察に連行され、嘘涙《うそなみだ》を浮かべて許しを乞うてみせるような、図々《ずうずう》しいただのヒッピーくずれの男ではなかったからこそ、彼は雛子と烈《はげ》しい恋に落ちたのだ。

大久保勝也は私の知る限り、虚無のまっただ中でじっとうずくまりながら、動物のように五感を研《と》ぎ澄ませ、自分がのめりこめる対象が目の前を通り過ぎるのを辛抱強く狙《ねら》っているような人間だった。その対象は、人間でも物でも、あるいは或《あ》る種の空間でもよかったはずである。当然だ。彼はただ、虚無から逃れたかっただけなのだから。虚無から逃れられるのなら、どんなものにでも食らいついて放さずにいる決意でいたのだから。

そして、これが一番重要な点なのだが、彼は虚無をまとっていながら、同時に、頭の切れる男でもあった。時々、ひどく冷笑的な言葉を吐いて相手をたじろがせるのが得意な面があったのも、その表れだろう。彼は通俗を嘲笑《あざわら》った。平和、とか、団欒《だんらん》、とか、愛、などといった世間の一般的感情を喚起するような言葉は、すべて彼にとっては偽善でしかなかった。

彼はより烈しいもの、より無意味なものを求めた。一般的にどれほど無意味なものであっても、彼にかかるとそこには彼なりの法則が生み出された。そしてその法則は、やがて彼を支配し、彼に絶対の自信を与えることになった。

私のこの分析は、当たらずとも遠からずだろうと思う。彼がそうした人間でなかったなら、あれほど大胆に雛子を求めなかったはずである。あれほど常識はずれなやり方で、雛子を信太郎から奪おうとはしなかったはずなのである。

常識はずれなやり方、と言っても、何も彼が信太郎に対して異常な行動に出たというわけではない。むしろ逆だ。

彼は彼なりの法則に従って、まっしぐらに雛子に近づいて行っただけだった。ごく普通の男が愛する女を誰かから奪い取るためにやるようなことは、何ひとつやらなかった。言葉による熱心な求愛、性的な誘い、ゲーム性を帯びた策略……何もなかった。彼は雛子を奪うために、信太郎に決闘を申し込みはしなかった。雛子を説得もしなかった。それこそ泣いて僕のところに来てほしい、とも言わなかったし、駄々もこねなかった。まして信太郎相手に嫉妬《しっと》を燃やし、雛子を困らせることもなかった。

彼はただ、雛子だけを見つめ、雛子だけを求め、先のことを思い患《わずら》うことなく、今、ここにあるこの手触り、この手応《てごた》え、胸を焦《こ》がしてくるこの思いを意識しながら生きていただけだった。

そんな大久保勝也が、それまで雛子が出会ったこともないタイプの男だったことは間違いない。大久保と出会った瞬間、雛子は自分でも言っていた通り、生涯、決して開けなかったであろう身体の中の隠された扉を開けてしまった。大久保が嫌っていた通俗的な言葉を使って言えば、雛子はおよそ生まれて初めて、〝恋〟をしたのだ。

大久保勝也は、カタログを別荘に届けに来た日の三日後、午後遅くなってから、何の前ぶれもなく再び別荘に現れた。トースターは別にしても、洗濯機の在庫が店にないので、五日ほど時間がかかる、と言っていたのだが、思っていたよりも早くメーカーから取り寄せることができたらしい。聞き慣れぬ軽四輪の音がして別荘の玄関前に止まったと思ったら、勝也が出て来て荷台から大きな箱を下ろし始めたため、私は慌《あわ》てて雛子を呼びに台所まで走って行った。

その時、別荘にいたのは私と雛子だけだった。信太郎は、万平ホテルに滞在中だった知り合いのイギリス人夫妻と会うために出かけていて、留守だった。会ったついでに『ローズサロン』の翻訳の疑問点をまとめて訊《たず》ねるつもりだったらしく、一緒に来ても退屈するだろうから、と気づかって、雛子を同行させなかったと記憶している。

台所で夕食の準備を始めていた雛子は、私が「信濃電機の人が来たわ」と告げると、返事もせずに玄関まで走り出て行った。

午後から雲ゆきが怪しくなり、一雨きそうな気配だったのだが、案の定、勝也が荷物を下ろし終えた途端、大粒の雨が降り出した。雛子は気をもむようにして玄関先に佇《たたず》んでいたが、勝也は驚くほど手際《てぎわ》よく洗濯機を屋内に運びこむと、雛子に向かって「どこに置きますか」と落ち着いた口調で訊ねた。

二人の視線が束《つか》の間《ま》、探り合うように交錯した。雛子は「こっちよ」と言い、先に立って案内した。稲妻が走り、遠くで雷鳴が轟《とどろ》いた。低気圧が通過していたのか、風も強くなった。横なぐりの雨が、開け放しておいた居間の窓ガラスを叩《たた》きつけた。

ふうちゃん、悪いけど、窓を閉めてきて……雛子はそう言った。

私は窓を閉めに行った。居間の床が吹き込んだ雨で濡《ぬ》れていたので、台所から雑巾《ぞうきん》を持って来て丁寧に拭《ふ》き取った。汚れた雑巾を台所に戻し、流しで洗って勝手口に渡してあったビニール紐《ひも》に干した。

ガス台では、鍋《なべ》の中の枝豆が沸騰《ふっとう》した湯の中で踊っていた。つまんで食べてみると、茹《ゆ》で過ぎになっていたので慌てて火を止め、流しにあったザルにあけた。

調理台の上のまな板には、刻みかけたきゅうりが載っていた。塩もみしてポテトサラダに使うつもりのようだった。私は続きの作業を終えてから、まな板と包丁を洗って洗いかごの中に入れた。

窓の外に目を射るような稲妻が光ったと思ったら、その直後、大地を揺るがすような轟音《ごうおん》が轟いた。電灯の明りがすうっと消えかかり、また点灯した。私はしばらくの間、心細い思いにかられながら、天井の明りを見上げていた。

いつまでたっても、雛子は戻って来なかった。洗濯機置き場は風呂場《ふろば》の隣の脱衣所にあり、台所からも近かった。二人の話し声や、荷解《にほど》きをする物音が聞こえてきてもよかったはずなのだが、脱衣所はひっそりとしていた。雨や雷鳴のせいで聞こえないだけなのかもしれない、と思ったが、一方で自分でも認めたくない胸騒ぎのようなものがあった。

私はわざと大きな足音をたてながら台所を出て、脱衣所に向かった。脱衣所の外の廊下に梱包《こんぽう》を解いた厚紙や紐が散乱しているのが見えた。

脱衣所を覗《のぞ》くと、狭い空間に雛子が立っているのが見えた。腰を屈《かが》めた勝也が、洗濯機のプラグを差しこもうとしていた。二人の様子には格別、怪しげな雰囲気は感じられなかった。

「終わりました」勝也が背筋を伸ばし、雛子を振り返った。

よかった、と雛子が言った。「夏でしょう？　一日もたつと、洗濯物がたまっちゃって」

はい、と勝也はうなずき、雛子を見下ろした。改めて見ると、本当に彼の目は大きかった。そのうえ、髪の毛と同様、眉《まゆ》も瞳《ひとみ》も睫《まつげ》も、何もかもが黒い。それは、静寂や落ち着きを象徴する黒ではなく、ただならぬ気配を漂わせる黒さだった。今にもその黒い壁を突き破って、めらめらと燃え盛る炎が姿を現すかと思えるほどだった。

「誘蛾灯《ゆうがとう》のほうはどうします。持って来たんですけど、この雨だし……」勝也が言った。

私は二人の会話が聞きたくて、廊下に散乱していた厚紙や紐をゆっくりとまとめ始めた。雛子は私のほうをちらりと振り返り、また大久保に視線を戻すと、「別に今日でなくてもかまわないの」と言った。「それとも、雨がやむまで待ってる?」

大久保は一呼吸おいてから、怖いような真《ま》っ直《す》ぐな視線を雛子に投げた。「そうしたいですね」

雛子が「え?」と小声で聞き返した。雛子は期待に満ちていた。期待しすぎて動悸《どうき》がし始め、今にも呼吸困難になりそうなほど、雛子の胸が大きく波打っているのが見えた。

大久保は聞き取れないほど低い声でつぶやくように言った。「雨がやむまで待っていたい」

今度は雛子が沈黙した。唇にかすかな笑みをにじませ、雛子は応戦するかのように大久保を見据えた。

「でも、残念だな」大久保のほうが先に口を開いた。「まだこの後、仕事が残ってるものだから」

雛子は「そう」と高飛車とも思える口調で言った。「じゃあ、また改めて電話するわ。それでいいかしら」

「はい」

「お店の定休日はいつなの？」

「夏場の七月と八月は無休です。九月から六月までは日曜が休みになりますけど」

「そう。じゃあ、二、三日中にこちらから連絡するわ。それでいい？」

かまいません、と勝也は言った。彼はしばらくの間、食い入るような目で雛子を見ていた。脱衣所の窓の外に、烈しい稲妻が走った。二人の姿が一瞬、青白く浮き上がった。

勝也は雛子の脇《わき》をすり抜けるようにして廊下に出て来た。そして私に軽く会釈《えしやく》をして、梱包用材を手早くまとめると、玄関に向かって歩き出した。

雛子が脱衣所から飛び出して来るなり、「待って」と言って彼を呼びとめた。玄関先でスニーカーをはこうとしていた勝也が、ゆっくりと振り返って雛子を見た。

雛子は彼の視線を受けると、ふいに立ち止まり、両腕を胸の前で組みながらしどけなく壁にもたれ、笑みを浮かべた。「あなたの名前、聞いてなかったわ」

「大久保です」と彼は言った。

一瞬の間があった。彼は聞いた。「で、奥さんは？」

「私は片瀬よ。知ってるでしょ?」

「名前のほうです」

「私のほうが先に、あなたの名前を聞いたのよ」

勝也は、ふっ、と力を抜いたように笑った。笑うと顔に幼さが拡《ひろ》がり、強烈だった黒の印象が和らいだ。「勝也といいます」

私はヒナコ、と雛子は言った。「お雛様の雛って書くの。すぐに漢字で書ける人はほとんどいないけど」

「僕は書けますよ」

「そう?」

勝也は玄関の上がり框《かまち》に、人差し指を使って大きく「雛」という文字を書いてみせた。

「へえ」と雛子は、あたかも小馬鹿《こばか》にするように言った。「あたってるわ」

「退屈になると、時々、漢和辞典をめくるんです。画数の多い漢字が好きですね。じっと見ているうちに、たいてい、自然に覚えてしまう」

「例えばどんな漢字が好きなの?」

「薔薇《ばら》。林檎《りんご》。纏足《てんそく》……」

雛子は笑った。「難しい漢字が好きだなんて、変わった趣味ね」

「その代わり、簡単な漢字を忘れますから、同じことですよ」

再び稲妻が光り、窓という窓を白く染めた。ほとんど同時に、轟音が轟いた。地響きが家中に走った。雛子は顔色ひとつ、変えなかった。

ともかく、と雛子は言った。「連絡するわ。必ず」

「お待ちしてます」と勝也は低い声で言った。束の間、名残り惜しげに雛子を見つめていたが、彼はやがて玄関のドアを開けると、豪雨の中に飛び出して行った。雛子は姿勢を変えずに、じっと壁にもたれ、あたかも勝也の残り香を余さず嗅《か》ぎとろうとでもするかのように、目を閉じて大きく息を吸った。

電話が鳴り出したのは、その直後だった。私は居間に駆け込み、受話器を取った。万平ホテルにいる信太郎からだった。

ものすごい嵐《あらし》だけど、そっちは大丈夫？　と彼は聞いた。大丈夫ではない、不安に陥るほどではないし、確たる理由があるわけではないが、決して楽観はできない……そう気持ちのどこかで思いつつ、私は受話器に向かってうなずいた。「今のところ、停電もしてません。でも、雷がすごくって」

「こっちもさ。仕事のほうはなんとか、無事に終わったからね。おかげで成果があがったよ。僕が考え違いして誤訳していた箇所がいくつか発見できたし。これからバーで夫妻と一杯やってから帰る。そうだな。六時半には戻れるだろう」

受話器の奥に、ホテルのざわめきがかすかに聞こえた。先生、と私は言った。

「何？」

雛子が居間に入って来た。私は受話器を握ったまま雛子を見つめ、気軽なお喋《しゃべ》りに興じているふりをしながら、「さっき、洗濯機とトースターが届きました」と言った。

そう、と信太郎は言った。

「誘蛾灯も持って来たんだけど、この雨だから、って、つけてもらえなくて」

「仕方ないね」

雛子が私を後ろから柔らかく抱きしめてきた。雛子の吐息が私の首にあたった。

「先生、気をつけて帰ってくださいね」私は言った。

わかった、と信太郎は言った。その直後、電話は切れた。思いがけず、慌ただしい切れ方であった。

私が受話器を元に戻しても、雛子は姿勢を変えなかった。私は雛子をおぶっているつもりで、首に回された彼女の手を静かに撫《な》でた。「どうしたの？　雛子さん」

「どうしたのかしらね。何か変なのよ。三日前からずっと、あの人のことを考えてるの。どこの誰なのかもわからない、っていうのに。それでもおかまいなしに、ずっと考えてる。考えてるうちに、胸が熱くなってくるの」

私は気づかぬふりをした。「あの人、って？」

ふふっ、と雛子はふくみ笑いをもらし、私から離れた。私は雛子と向き合った。

雛子は額に落ちた柔らかそうな栗色の前髪をかき上げた。「どうかしてるわね。熱病にかかったみたい」

「あの電機屋の男の人、私はそれほどいいとは思わないですけど」

「そう?」

「陰気ですもの」

「そうかしら」

「何を考えてるのか、わからないところもあるし」

雛子は笑った。「あたりまえじゃない。会ったばかりだもの。わかるわけがないわ」

「案外、ああいう人に限って、なんにも考えてない場合のほうが多いんですけどね」

ううん、と雛子は言い、首を横に振った。「彼には何かあるわ。そう感じるの」

私は噴き出しそうになるのをこらえた。まるで雛子が少女漫画の主人公のように見えたからだ。

「何かある……ってどういうことですか。雛子さんとの共通点がある、ってこと?」

「わからない。でも、何かがある。それだけは確かよ」雛子はそう言うと、いっとき甘美な苦痛にさいなまれているような目をして遠くを見つめた。

雨は降り続いた。信太郎が約束通り、六時半少し前になって帰宅した時も、いっこうに小降りになる気配を見せなかった。

信太郎は届けられたトースターと洗濯機を見て、なかなかいいね、と言った。言ったのはそれだけだった。

雛子は食事の最中に、信濃電機の従業員の名が大久保勝也であることと、漢和辞典を見て、難しい漢字を覚えるのが趣味であることなどを信太郎に教えた。

信太郎は珍しがって「じゃあ、雛子という字も書けるかな」と聞いた。

雛子はうなずいた。「書けるのよ。ほんとに書いてみせてくれたの」

天才だ、と信太郎は言った。「おまけに、こういう避暑地にふさわしい、謎《なぞ》めいた美青年ときてる」

「黒が似合うのよね、あの人」

「セクシーだ」

「目が印象的なのよ」

「声も低くていい」

「信ちゃんもそう思う?」

信太郎はうなずき、手にしていたワイングラスをテーブルに置くと、冗談めかした笑みを浮かべながら、雛子のほうに身を乗り出した。「雛子の新しい友達の出現かな」

どうかしら、と雛子は言い、意味ありげな視線を私に向かって投げると、軽く肩をすくめ、くぐもった声で笑った。

17

烈《はげ》しかった雨もその晩遅くには降りやみ、翌日は朝から夏空が拡《ひろ》がった。

神津《こうづ》牧場へ行って、ソフトクリームを食べて来よう、と言い出したのは信太郎である。南軽井沢にある八風山《はっぷうさん》という山を越え、幾つかの峠を抜けて荒船《あらふね》高原へと向かうドライブルートの途中に、神津牧場はある。牧場では搾《しぼ》りたての牛乳で作ったソフトクリームを販売していて、それが病み付きになるほどの美味《おい》しさなのだ、と信太郎は言った。

信太郎の仕事のほうも一段落していたし、天気は申し分がなかった。観光シーズンとはいえ、道もまだそれほど混雑していなかった時期のことで、一っ走り、牧場までドライブしてソフトクリームを食べて来るというのは、休暇の過ごし方としては文句のつけようのない計画だったと思う。

だが、雛子は難色を示した。朝起きた時から、頭痛がしている、今日ばかりは、とても炎天下を出かける気がしない……彼女はそう言って、遅い朝食が終わったベランダのテーブルの上で頰杖《ほおづえ》をついた。

「風邪でもひいたかな」信太郎が雛子の額に手をあてた。熱はなさそうだった。

「ヒデさんがいないんで、いろいろバタバタと動きまわってたでしょう？　さすがに疲れが出たんじゃないかと思うの。今日一日、のんびりしてれば治るわ。だから、牧場には二人で行って来て。私は昼寝でもしてるから」

雛子が身体《からだ》の具合の悪さを訴えて、遊びの計画を断念するのは珍しいことだった。彼女は風邪をひいて高熱を発している時でさえ、楽しい遊びの企《たくら》みを耳にした途端、いそいそとベッドから起き上がり、化粧を始めるような人間だったのだ。

その時すでに、信太郎の中には、はっきりとした猜疑心《さいぎしん》が生まれていたはずだ。だからこそ逆に、彼は雛子を別荘に置いて行くことに何のためらいも見せなかったのである。彼は私と二人で別荘を留守にしている間に、雛子がどんなことをするか、見届けてやりたいと思っていたのだろう。自分たちが留守にすれば、彼女は何か行動に出るはずであり、行動に出てさえくれれば、彼女の真意がどこにあるのか、はっきりするに違いない、と冷静に計算していたのだ。

「じゃあ、ふうちゃん。今日は二人きりでデートだ」信太郎は、やっと念願かなって二人きりになれた恋人同士のような目をして、私にそう言った。

一年前だったら、信太郎と二人きりになれる、ということに胸の高鳴る思いをしたに違いない。だが、その時、私はさほど嬉《うれ》しいとは思わなかった。私は雛子が気になっていた。電機屋の若者にあれほど胸を焦《こ》がし始めた雛子が、一人、別荘に残ると言い出したわけである。しかも、誰にもわかる仮病を使って。

雛子はそれまで、決して信太郎に嘘《うそ》をつかなかった。新しく出現した男友達と寝たいと思えば、率直に信太郎に向かって意思表示をするような女だった。嘘をついてまで別荘に残らねばならない理由があるのだとしたら、それはおそらく、自分や信太郎が決して知りたくない種類の理由ではないか、と私は考え、心底、怖くなった。

日差しが強かったので、私は雛子から、つばの広いストローハットを借りた。私たちが車に乗り込むと、雛子がサンダルをつっかけて見送りに出て来た。頭痛がする人の顔とは思えないほど美しい顔が、ガラス越しに私たちに微笑《ほほえ》みかけた。

その日の雛子は、何度か見かけたレモンイエローのホールターに白いショートパンツというでたちで、肩に薄手の白いカーディガンをはおっていた。私は電機屋の大久保勝也が、思いつめたような目をして彼女のカーディガンを床に落とし、静かにレモンイエローのホールターに手を伸ばそうとする幻を見たように思った。

行ってらっしゃい、気をつけてね、と彼女は言った。口紅を塗っていない唇が、雨に濡《ぬ》れた草のように湿って見えた。雛子の視線が、等分に私と信太郎の両方に注がれたが、その目は私のことも信太郎のことも見ていないようだった。

私は窓越しに手を振った。信太郎は投げキスを送った。雛子も笑いながら手を振り、投げキスを返してきた。しばらく走って振り返ると、彼女の姿はすでになく、木立に囲まれた片瀬家の別荘の屋根だけが、見えるばかりだった。

雛子のことを別にすれば、神津牧場までのドライブは快適だったと言っていい。七月最後の週とはいえ、梅雨明け間もないウィークデイだったせいか、車の通行量は少なく、観光客の姿もまばらで、あたりはまだ静けさを保っていた。

草深い未舗装の道路を登ったり降りたりしながら、途中、見晴らしのいい場所で何度か車を停めた。切り立った幾つもの険しい塔が寄り集まっているように見える、奇岩の群れのような山があった。あれが妙義山《みょうぎさん》だ、と彼は教えてくれた。魔法使いが住んでる山みたい、と私が言うと、彼は、その比喩《ひゆ》は幼稚だけど、ふうちゃんらしくて味がある、ともっともらしい顔をしてうなずいた。

魔法使いが住んでいる妙義山……翌年の二月、軽井沢で連合赤軍による浅間山荘事件が起こるのだが、それ以前に、赤軍派は群馬県の迦葉山《かしようざん》と榛名山《はるなさん》にそれぞれ持っていた山岳ベースを引き払い、妙義山アジトに移っている。彼らは警察の手が伸びていると知り、さらに妙義山アジトからの脱出を迫られた。そこからの逃走経路の一つに、神津牧場に通じる妙義荒船スーパー林道があった。私と信太郎があの日、車で通った林道も妙義荒船スーパー林道だった。

私にとっての、あの運命の日、日本中の人々が浅間山荘事件のニュースに釘《くぎ》づけになっていた。そして私は、そんなニュースでもちきりの中、連合赤軍が銃撃戦を繰り返している軽井沢に一人でやって来て、猟銃を手にすることになるのである。私の指が銃の引金にかかった時も、つけっ放しにされていたTVからは、浅間山荘事件に関するニュースが流れていた。

むろん、私が引き起こした事件と浅間山荘事件とは何の関連もない。少なくとも私は、連合赤軍の思想に共感を覚えなかった。なのに私は、彼らが銃撃戦を繰り返している時に、猟銃を手にし、彼らと同じように引金を引いた。

彼らは法を犯し、幾つもの命を犠牲にしながら一つの時代を葬《ほうむ》ったが、彼らとそれほど年齢の変わらなかった私もまた、同じように人を殺し、自分自身を葬った。浅間山荘事件が、あのうねるような一つの時代の終焉《しゅうえん》を告げるものであったとするならば、私は私で、あの日を境に自らの生にピリオドを打ったのである。或《あ》る種の幻想に浸っていられた時代……そんな時代と共に生き、共に私も終わった。そう考えると、今でも不思議な気持ちにかられる。

神津牧場の駐車場に車を停め、私たちは外に出た。家族連れの姿も少なく、人影もまばらで、牧場は容赦なく照りつける夏の光の中でまどろんでいるように見えた。風に乗って、堆肥《たいひ》の匂《にお》いが漂った。日差しが強く、日向《ひなた》に佇《たたず》んでいるだけで、頭がくらくらした。

牛舎の牛や山羊《やぎ》の小屋などを見て歩いた後、草原の木陰で休みながら、信太郎が買って来てくれたソフトクリームを舐《な》めた。彼が言っていた通り、しぼりたての牛乳で作られたクリームは冷たくて申し分なくおいしかった。

食べ終えると、手がクリームでべとべとになった。私たちは二人で近くの手洗い場まで行き、手を洗ってからまた木陰に戻った。

私がショルダーバッグから煙草《たばこ》を取り出すと、信太郎もシャツのポケットから煙草を取り出した。二人で黙って煙草を吸い、空を見上げ、流れる雲を眺めては、草むらを行き交う小さな蟻《あり》の行列目がけて、煙草の灰をはじき飛ばした。

「今日は無口なんだね」と信太郎が言った。

「ソフトクリームを食べるのに必死だったから」

「少し、日に焼けたかな」

「先生も」

彼はうなずいた。それ以上、何も話すことがなくなったような感じがした。言うつもりのなかった言葉が口をついて出た。

「あの電機屋の男の人……」私は煙草を草の上で静かにつぶしながら言った。「私は全然、タイプじゃありません」

「そう?」

「どうして雛子さんがあんなにあの人のこと褒《ほ》めるのか、わからない」

「今の雛子の興味のすべては、あの男に向けられてるみたいだね」

「雛子さんは誰にだって興味を持ちますけど……でも、あの人に対してはちょっと行き過ぎです。変だわ」

信太郎は日差しに目を細めたまま、前を向いていた。私のほうは見なかった。

また煙草が欲しくなった。私は煙草を口にくわえ、火をつけた。

最初の煙を吐き出し、そして文字通り、吐き捨てるように私は言った。「先生は御存知ないかもしれませんが、雛子さん、あの男の人に本気で夢中になってるんですよ」

思わず口をすべらせてしまったことになる。告げ口したも同然だった。言った途端、いやな気持ちにかられた。

沈黙が流れたが、それもわずかな間だけだった。信太郎は覗《のぞ》きこむようにして私の顔を見た。汗と絡《から》み合っている私の前髪が、彼の指先で柔らかくかき上げられた。

私は彼を見た。彼は微笑んでいた。

「知ってるさ」と彼は言った。そして、そう言うなり、あたかも自分が口にした言葉の記憶を消したいとでも思ったかのように、やおら私の顎《あご》を引き寄せると、彼は私の唇に軽く接吻《せっぷん》をした。

私の唇には、まだソフトクリームの甘味が残っていたが、彼の接吻は、その甘さを超えるものではなかった。それは、どこかおざなりで、ただそこに唇があるから、触れただけのようにも感じられた。

牧場を出たのは午後一時ころだったと思う。町に出て、どこかで遅いお昼でも食べて行こうか、ということになった。

私たちは佐久《さく》の町に出て、目についた蕎麦《そば》屋に入り、ざるそばを食べた。薄暗く、侘《わび》しく、それ以上に使われている食器も従業員も侘しい感じのする蕎麦屋だった。私と信太郎の隣のテーブルにいた男の客の二人連れが、蕎麦をすすりながら、今年に入って二人目の死人が出たという農家の話をしていたのを覚えている。

食べ終えてから、しばらく町をそぞろ歩いた。しゃれた店構えのケーキ店を見つけたので、雛子へのおみやげに、とケーキを買った。エクレアとショートケーキとモンブラン……日本全国どこにでも売っていそうな、ありふれたケーキばかり三つ買うと、四つで三百円のサービスデイになっています、と言われ、エクレアをもう一つ、追加した。

軽井沢よりも標高の低い佐久の町はひどく暑かった。商店街にもとりたてて興味を惹《ひ》かれる店はなく、かといってどこかに行ってみたいという気も起こらない。信太郎と肩を並べて見知らぬ町を散策するのは幸福なひとときには違いなかったが、気持ちはなかなか弾《はず》まなかった。

けだるく物憂《ものう》げな午後だった。私たちは時に手をつなぎ合い、時に背に手を回し合って、芝居がかった調子で笑い声を上げたり、古びた店のショーウインドウの前に立ち止まっては、奥に飾られている商品を値踏みしたりして歩き続けた。

どちらも帰ろうとは言い出さず、その不自然さが、互いの気持ちを表していたように思うが、信太郎が私の気持ちまで推察してくれていたかどうかは定かではない。彼はあの時、つのりくる不安と戦うことで精一杯だったはずだ。私という人間は、少なくともあの時の彼にとって、不安を解消するための恰好《かっこう》の相手……時間つぶしにつきあってくれる、都合のいい道具であったに過ぎないと思われる。

国道沿いに車を走らせて古宿の別荘に戻ったのは、四時半を回っていただろうか。別荘は夏の午後の光に埋もれ、眠ったように静かだった。門の前に軽四輪が一台、停まってさえいなければ、私は自分たちの不安定だった気持ちをその場で笑い飛ばしていたかもしれない。雛子は今、ベランダの籐椅子《とういす》の中で、本を読みながらうとうとうたた寝をしているのだ、彼女は本当に朝から頭痛がしていて、だから牧場に同行しなかったのだ、自分たちはいったい何を不安がっていたのだろう、雛子はここにいて、一人でずっと自分たちの帰りを待っていたのだ……本気でそう思ったことだろう。

だが、そこには軽四輪があった。車体には、紺色の文字で〝信濃電機〟と書かれていた。荷台は空で、何に使うのか、太い黒ずんだビニール紐《ひも》がとぐろを巻いているだけだった。

信太郎は固く口を閉ざしたまま、117クーペを玄関前に停めると、私に何も言わずに車から降りた。その時、予想もしていなかったことが起こった。映画やドラマならばさしずめ、夫と間男の鉢合わせ……といった、観客をどぎまぎさせるシーンだったと言っていい。ちょうど雛子に送られて玄関から出て来た大久保勝也が、信太郎を見て、硬直したように足を止めたのである。

大久保勝也は、黒のランニングシャツに黒いジーンズをはいていた。黒いシャツに包まれた逞《たくま》しい上半身の向こう側で、雛子が気の毒なほど困惑しながら、あら、と言った。

「車の音、聞こえなかったわ。おかえりなさい。遅かったのね。牧場はどうだった?」

わざとらしい猫撫《ねこな》で声だった。とても雛子の声とは思えないほどで、私は今でも、あの時の雛子の作為的なまなざしや声色、ばつの悪そうな、それでいてどこか高飛車な感じのする口調を思い出すたびに、気持ちが過去に舞い戻る。そして、雛子をそうさせてしまった大久保勝也が憎く、どうしても許せなくなる。

「今日はいい天気になったから、誘蛾灯《ゆうがとう》をつけ替えてもらったの」雛子は慌《あわ》ただしげにそう言った。「今さっき、作業が終わったところ。見てよ、信ちゃん。ほら、あそこ。一本多くつけてもらったわ。そのほうが庭も明るくなっていいでしょ」

そうだね、と信太郎は雛子が指さす方向を見もせずに言った。

大久保勝也が、額に垂れた前髪をかきあげた。冷やかな笑みが彼の口もとに浮かんだ。

「ドライブはいかがでしたか」大久保は信太郎に向かって聞いた。「神津牧場に行かれたそうですね」

信太郎は大久保ではなく、雛子を見ながら答えた。「快適だったよ。おかげさまでね」

それはよかった、と大久保は言い、口調とは裏腹に少年じみた微笑を返した。

「ケーキ買って来たわ、雛子さん」私は夫妻の間に入った。「エクレアが二つとショートケーキとモンブランよ。四つで三百円のサービスデイだったの」

雛子は、救いを求める傷ついた小鳥のような目をして私を見た。私は彼女にケーキの箱を手渡した。彼女は、ありがとう、と小声で言った。

雛子は見送りに出て来た時と同じ、レモンイエローのホールターにショートパンツ姿だったが、ひとつだけ違っていたのは、きちんと化粧をしていることだった。紅筆《べにふで》できれいに引かれた赤い口紅が妙に生々しく、私は瞬時にして、情事の後に塗り直したばかりなのだろう、と理解した。

「では、僕はこれで」大久保勝也が、誰に言うともなく言い、軽く頭を下げた。

ご苦労さま、と雛子が言った。勝也は信太郎と雛子とそして私の顔を等分に見つめ、余裕たっぷりにうなずいてみせると背を向けた。彼が別荘の敷地を出て行ってから間もなく、軽四輪にエンジンがかけられる音がした。車をUターンさせる気配があり、やがて車は敷地の外の、畑に沿った未舗装の道を土埃《つちぼこり》を上げながら走り去って行った。

さわさわと木々の梢《こずえ》が風に揺れた。どこかでヒヨドリが、不吉なほどかん高い声で鳴いた。

信太郎は口をきかないまま、家の中に入って行った。雛子が後を追い、私がさらに雛子の後を追った。

「信ちゃんたら、いったいどうしたって言うの？　やたら機嫌が悪いのね」

夕暮れ時の居間は、外の明るさが際立《きわだ》っている分だけ薄暗く見えた。私は張りつめた思いで、情事の痕跡《こんせき》を探した。ソファーの上の乱れたクッション。皺《しわ》だらけになったラグマット。部屋のあちこちに絡み合って落ちている髪の毛。床に放置された、飲み残しの入っているコーラの罎《びん》二本……そんなものだ。

だが、居間は整然としていた。ソファーの上にはいつものようにクッションが二つ、並べられていたが、それは午前中に私と信太郎が出かけた時と同じ位置、同じ形でそこにあるように思えた。柔らかいインド綿でできたラグマットも、皺になってはいなかった。飲み残しの入ったコーラの罎が置かれているどころか、床には髪の毛が落ちている様子もなく、かといって、たった今、慌てて掃除機をかけたといった気配もない。部屋は元通りの形で、住む人の癖、趣味、習慣をそのまま投影させながら、いつもと寸分の違いもない佇まいを見せていた。

信太郎は暑苦しそうに着ていたシャツを脱ぎ捨てると、上半身裸のまま、階段を上がって行った。雛子が階段の下で、不安げに信太郎の動きを見守った。

やがて間もなく、大きな足音と共に信太郎が階段を駆け降りて来た。信ちゃん、と雛子が呼びかけた。信太郎は応《こた》えなかった。彼の顔には、それまで私も見たことのなかったような無表情が貼《は》りついていた。

信太郎は次に網戸を開けて、ベランダに出た。あたりを一通り見回す彼の目が、異様にぎらついているのが、室内にいる私にもわかった。

「信ちゃんてば。どうしたの」

雛子がベランダの戸口に立った。信太郎が再び室内に入って来た。雛子には目もくれなかった。

彼はソファーに腰をおろすと、前かがみになったまま、疲れきった人のように両手で顔を被《おお》った。うっすらと筋肉に被われた裸の背中が、溜《た》め息まじりに上下した。

「隠されたくなかったね」手の中でくぐもった声が聞こえた。

「何の話？」

「彼と会うために、きみは今日、仮病を使った。そして彼を呼び出し、ここで……。いや、ここかどうかはわからない。ベランダかもしれない、僕たちの寝室かもしれない、ふうちゃんの部屋かもしれない、それはわからない。わからないはずだ。きみがきれいさっぱり、後片づけをしてしまったから」

沈黙が流れた。それは恐ろしいほどの沈黙で、戸外の風の音すら消してしまったかのように思われた。

私は雛子を見た。雛子は信太郎を見ていた。ぽかりと開けた彼女の唇の赤い色が、薄《うす》闇《やみ》の中に浮き上がった。

彼女は爪先《つまさき》立つようにして歩き、信太郎の傍に行って、ソファーに浅く腰をかけた。

信太郎が顔を上げ、上げたついでに両手で前髪をかき上げた。「何も隠すことはないよ、雛子。これまでだって、そうやってきたはずだ。きみは隠さなかった。すべて僕に見せてきた。どうして、今度に限って隠すんだろうね。そこのところが僕にはわからない」

「何もしてないわ」雛子が思いがけず、毅《き》然《ぜん》として言い放った。「彼は今日、ここに来ただけよ。庭に出て、誘蛾灯をつけ替えて、その後、少しだけベランダで話をして……それだけよ。帰ろうとしてここを出た時に、信ちゃんたちが戻って来たのよ」

「そう思うよ」

「呆《あき》れた。だったら何が不満なの?」

「彼を呼んだのはきみだろう」

「ええ」

「誘蛾灯をつけてほしい、と電話したんだろう」

「そうよ」

「彼に会うために」

雛子はわざとらしく空を仰いでみせた。「信じられないわ。信ちゃん、私が彼に電話したことで、やきもちを焼いてるの？　確かに彼には会いたいと思ってたわよ。だから会ったわ。でも、私たち、何もしてないのよ。ほんとになんにも。お互いの身体《からだ》に指一本、触れてないのよ」

そのようだな、と信太郎は言い、乱暴な仕草でソファーから立ち上がった。そして脱ぎ捨てたシャツを床から拾い上げると、雛子に向き直った。

「いいか」と彼は低い声で言った。「忠告しておく。あいつだけはやめろ」

雛子の顔に、人を小馬鹿《こばか》にしたような笑みがさざ波のように拡《ひろ》がった。「どういうこと？」

信太郎が応えずにいると、雛子は彼を威嚇《いかく》するかのように腕と足を同時に組み、ソファーの背にもたれた。「もう一度言うわ、信ちゃん。よく聞いて。今日、私は彼と何もしなかった。ただ、話をしてただけ。しかも外で。コーヒーもお茶も飲まずに。ベランダで立ち話してただけ。中学生だって同じことをやるわよ。教えてよ。それのどこがいけないの」

「その答えはきみが一番よく知ってるはずだ」そう言うなり、信太郎は手にしたシャツの袖《そで》に、苛立《いらだ》たしげに腕を通した。

彼は大股《おおまた》で居間を横切り、部屋の外に姿を消した。やがて、玄関のドアが開く音がし、間もなく、車にエンジンがかけられた。タイヤが土をこすりながら軋《きし》み音をあげた。その間中、雛子は同じ姿勢のまま、じっとしていた。

車がスピードを上げて走り去った。エンジン音が遠ざかり、やがて何も聞こえなくなった。静寂が戻った。雛子は目だけ動かして私を見た。

知らなかった、と彼女は掠《かす》れた声でつぶやくように言った。「私が寝たがらない男に、信ちゃんはやきもちを焼くんだわ」

その晩、私と雛子はほとんど黙りこくったまま、居間のテーブルで簡単な食事をした。信太郎の話も大久保の話もしなかった。食べ終えると雛子は、疲れたから先に休む、と言って、そのまま二階に上がって行った。

私は後片づけをし、ベランダに出て煙草《たばこ》を吸い続けた。どこに行っていたのか、信太郎が戻って来たのは十時を回ったころだった。雛子は寝室から出て来なかった。

私が玄関まで迎えに出ると、彼は疲れきった顔をして「もう、おやすみ」と言い、私を避けるようにしてベランダに出て行った。

籐椅子の中にぐったりと身体を沈め、身動き一つしなくなった彼は、話しかけるのがためらわれるほど、刺々《とげとげ》しい感じがした。私は泣きたくなるような思いでしばらくの間、ベランダの戸口に立っていた。

暑い夜だった。大久保勝也がつけていった真新しい一本の誘蛾灯が、庭に青白い光の空間を作っていた。無数の蛾が、光の中で狂ったような羽音をたてていた。

遠くの空でかすかに雷が鳴り出した。それに合わせるようにして、湿った風が吹き過ぎ、あちこちで木々の葉ずれの音がした。

先生、と私は声をかけた。

信太郎はひどく面倒臭そうに私のほうを振り返ると、「何?」と聞いた。彼の声に遠い雷鳴が重なった。

私は自分でも何が言いたかったのか、何を聞きたかったのか、わからなくなり、唇を噛《か》んだまま首を横に振って、「なんでもない」と言った。

18

あの年の夏も私は、仙台の実家に、八月十日過ぎになるまではどうしても帰れない、と伝えておいた。ひょっとすると、夏中、ずっと夫妻と共に過ごすことになるかもしれない、と思われたからだ。そうなったらなったで、実家の両親には適当な嘘《うそ》をついてごまかすつもりでいた。

私は夫妻と離れてどこにも行きたくなかった。たとえ一時であれ、夫妻と別れ別れになりながら暮らすことを考えると、考えただけで身の毛がよだった。

信じられないほど残酷なことを想像して、自分の中の答えを探ってみたことすらある。もし、仙台の実家が火事で焼け、両親も妹も祖母も焼死してしまったとしたら、その知らせを受けた自分はどうするだろうか、と。片瀬夫妻のことは完全に自分の中から消えてなくなり、失った家族のことで気も狂わんばかりに泣き叫ぶのだろうか、と。それとも、口にするのもおぞましいが、家族の死よりも自分が片瀬夫妻と一緒にいられるかどうか、ということのほうが気になってしまうのだろうか、喪主として様々な処理に追われ、東京に戻れなくなることを案じてしまうのだろうか、と。

答えは出なかった。そんな極端な恐ろしい想像の中ですら、答えが出せないという自分の冷淡さに我ながらぞっとした。だが、本当に答えを出すことはできそうになかった。それほど私は片瀬夫妻と片時も離れていたくない、と思っていた。

それなのに、あの夏は惨《みじ》めな寂しい夏だった。夏中、帰省しないどころか、八月十日過ぎまで、果たして自分が軽井沢の片瀬夫妻の別荘に滞在できるのかどうか、それすらもわからなくなるほどであった。

表向き、片瀬夫妻は普段通りの生活を続けていたが、会話も笑い声も滞りがちとなった。台所の流しに水を流しっ放しにしながら、雛子がもの思いに耽《ふけ》っているのを見かけたこともある。仕事中の信太郎が、眉間《みけん》に深い皺《しわ》を寄せ、机の上のインク壺《つぼ》が倒れて、中のインクがこぼれていることすら、気づかない様子でいることもあった。

かと思うと、夕暮れ時に、信太郎と別荘の回りの小径《こみち》を散歩している時など、だしぬけに彼から抱きすくめられることもあった。ふざけているのか、と思い、笑い声をあげるのだが、よく見ると、信太郎の顔には怖いような生真面目《きまじめ》さが拡《ひろ》がっている。彼は立ったまま近くの木の幹に私の背を押しつけ、彼らしくもなく、身体《からだ》全体でのしかかるようにして私を求めてくる。

私の着ているTシャツがたくし上げられ、下着をつけていない乳房が信太郎の掌《てのひら》の中で、執拗《しつよう》に転がされる。彼の掌は驚くほど湿っている。ふうちゃん、ふうちゃん、と耳元でもどかしげに私の名が囁《ささや》かれる。彼の唇が私の顔やうなじを被《おお》う。だが、その苛立《いらだ》ったような性急な愛撫《あいぶ》が続けられるのは、そこまでだった。

信太郎はやがて、何か別の思いに囚《とら》われて突然、何もかもがいやになったかのように、愛撫の手の動きを止める。彼の身体から力が急速に失われていき、体重がぐったりと私に預けられる。

水を含んだ海綿体のような湿った重みに耐えきれなくなる。重いわ、先生、と私が言うと、彼は、ごめん、とあやまる。それなのに、いっこうに私から離れようとしない。

私は彼の頭を撫《な》でてやる。彼の髪の毛からは、日向《ひなた》くさい匂《にお》いが立ちのぼってくる。遠くで蟬《せみ》が鳴いている。野鳥のかん高い声が響きわたる。何が悲しいのか、わからない。彼の頭を撫でながら、私の目には、わけもなく涙がこみ上げてくる……そんなことも何度かあった。

八月に入ってすぐ、副島から古宿の別荘に電話がかかってきた。たった今、旧軽井沢の別荘に到着したところだ、と言う。

午後二時ころだったろうか。ベランダで昼食を終えた私たち三人は、それぞれ離れて椅子《いす》に座り、本を読んでいた。

電話に出たのは信太郎だったが、相手が副島だとわかると、雛子が勢いこんだかのようにして信太郎に駆け寄り、彼の手から受話器を奪い取った。「会いたいわ、副島さん。これからすぐに行ってもいいかしら。ううん、かまわないの。こっちからタクシーを呼んで行くから」

さすがにその時の雛子は、信太郎に副島の別荘まで車を運転して行ってほしい、とは言い出さなかった。受話器を戻した途端、彼女は誰もが聞いていた電話の内容を芝居がかった調子で復唱してみせ、自分でタクシー会社に電話してタクシーを手配すると、着替えると称して二階に上がって行った。

雛子は、その晩、遅くまで戻らなかった。副島と会うと、たいてい雛子は外で食事を済ませてくる。そのためか、信太郎も九時ころまでは平然さを装《よそお》っていた。

だが、十時になっても十一時になっても、雛子の乗ったタクシーの音が別荘に近づいてくる気配はしなかった。苛立った様子の信太郎は、副島の別荘に電話をかけた。

すでに十一時半をまわっていたと思う。電話に出てきた副島は、雛子さんとは夕方、別れたきりだ、と言った。そう言えば、雛子さんの様子はちょっとおかしかった、何かあったんですか、と副島に聞かれた信太郎は「いや、別に何も」と言ってごまかした。

タクシーが別荘の玄関前に横づけになったのは、深夜一時を過ぎてからだった。ずっとベランダで彼女の帰りを待っていた信太郎と私は、玄関まで走り出た。上気した顔つきの雛子が入って来て、いくらかばつの悪そうな口調で「ただいま」と言った。「遅くなっちゃった」

信太郎は、雛子の前に立ちはだかった。「どこに行ってた」

雛子はふてくされたように彼から目をそらした。「副島さんと会った後、彼に会いに行ってたのよ」

「彼？　誰のことだ」

「わかってるくせに」

「わからないね」

「いい加減にして」雛子は天を仰いで溜《た》め息をついた。「連絡もしないで遅くなったのは悪かったわ。でも、勘弁してよ、信ちゃん。そんなふうに絡《から》まれると、いくらなんでもうんざりしてくるから」

「うんざり？　それはこっちの言うセリフだろう」

雛子が目を剝《む》いた。「どういうこと？　私のどこが、そんなに信ちゃんをうんざりさせるのよ」

「全部だよ」信太郎はあけすけに、嘲《あざけ》るような口調で言った。「あの男に会うためだったら、手段を選ばなくなる。平気で嘘をつく。そんなきみがうんざりだと言ってるんだ」

わかったわ、と雛子は言った。ひきつった顔に無理して浮かべる微笑《ほほえ》みは、雛子を醜く見せていた。「でも、いいことを教えてあげる。彼とは今夜も何もしなかったのよ。キスもしなかった。手も握らなかった。ただ、一緒にいただけ。どう? 満足?」

いきなり、信太郎の平手が飛んだ。雛子が手にしていた籐《とう》のセカンドバッグが玄関の片隅に転がった。雛子は頬をおさえてよろけたが、倒れはしなかった。その目には憎しみも怒りも苛立ちもおびえも何もなかった。あったのは、場違いな夢でも見ているような濡《ぬ》れた瞳《ひとみ》だけだった。彼女はゆっくりと瞬《まばた》きをすると、驚くべきことに、ふっ、と微笑んだ。「変ね」と彼女は言った。「私は彼と寝てくればよかったのかしら。そうすれば、殴られずに済んだのかしら」

信太郎がもう一度、雛子の頬を張った。前回よりも強烈な殴打《おうだ》だった。

雛子は反動で玄関脇《わき》の壁に肩をぶつけ、そのままずるずるとすべるようにして床にくずれ落ちた。私は両手で口をおさえた。雛子の唇の端が裂け、血が一筋、流れ出したからだ。

だが、それでも雛子は泣かなかった。呪詛《じゆそ》の言葉も吐かなかった。震え出しもしなかった。顔中、真っ赤にしてはいたが、冷静さを失っているようには見えず、むしろ、我を忘れて逆上していたのは、あの時、信太郎のほうだった。

雛子はやがて、片手で籐のセカンドバッグを探しあてると、ゆっくりと立ち上がった。はいていたストライプ柄のミニスカートについた埃《ほこり》を払い落とし、ウェーブのかかった短い髪の毛をぶるんと一振りした。落ち着いた動作で靴を脱いだ。そして、私と信太郎の脇をすり抜けると、そのまま二階に上がって行った。

それから、一週間ほど、信太郎と雛子は一言も口をきかなかった。別荘内の空気が刺々《とげとげ》しく、陰気に沈みこんだ。

時折、電話のベルが鳴ったが、そのたびにどこからか雛子が飛んで来て、受話器に飛びついた。電話の会話は短いものだった。信太郎は知らぬふりを装っていた。雛子は電話を切ると、すぐにタクシーを呼んだ。

私にだけ、ちょっと出かけて来るわ、と言い、外出の支度を始める。どこに行くの、と聞いても、彼女は答えない。身支度の最後にいつも吹きつける雛子のオーデコロンの香りが、いつまでも家の中に残されて、彼女の不在がいっそう、淫靡《いんび》なものに感じられる。

だが、そんな時でも雛子は遅く帰ることはなかった。遅くとも、午後六時までには戻って来て、私と一緒に食事の支度を始める。時には、大久保と一緒に買物をしてきたのか、旧軽井沢で夏の間だけ営業しているスーパー明治屋の袋に、大量の食料品を詰めて戻ることもあり、そんな日は、家の雰囲気に似つかわしくない豪華料理がテーブルを埋めた。

別荘内の刺々しい雰囲気と反比例するかのように、雛子は日一日と美しくなっていくようだった。まな板に向かって野菜を刻む雛子の鼻の頭にうっすらと玉の汗が浮き、つやつかな頰に巻き毛が波打っているのを、どれだけ私は息苦しい思いで盗み見たことだろう。

目をそらすことができなくなって、じっと見つめていると、ふいに雛子が私を振り向く。どうしたの、ふうちゃん、と聞かれる。何を見てるの？

ううん、なんでもない、と私は慌《あわ》ててごまかす。雛子は目を細めて微笑む。私にではなく、私というスクリーンに映し出される愛《いと》しい人に向かって。

そのたびに私は、ああ、この人は恋をしている、とんでもなく情熱的な恋をしているのだ、と思い、彼女の気持ちを冷ますためなら、何でもしてやりたい、何だってできないことはないだろう、と暗い衝動にかられるのだった。

それにしても、雛子と大久保は、会って何をしていたのだろう。何を話して、どんなふうに見つめ合っていたのだろう。

さらに不可解なことがあった。大久保はまがりなりにも信濃電機の従業員だったはずである。本人も言っていた通り、夏の間は休業日なしで店は営業していたはずである。小さな町の電機店とは言え、人が大勢集まって来る夏ともなると、忙しさをきわめていたはずである。そんな彼が、雛子の都合のいい時だけ仕事を放り出して、彼女と会いに出て行けるものかどうか。

仙台への帰省は八月十日と決まったのだが、前日の午後、私は偶然、その答えを目《ま》のあたりにすることになった。

実家の両親に、何か軽井沢のみやげ物を買いたいので出かけて来ます、と私が言うと、雛子が「だったら一緒に行くわ」と言い出した。雛子が呼んでくれたタクシーはすぐにやって来た。信太郎は二階で部屋にとじこもったまま仕事をしていて、私たちを見送りに外に出て来てもくれなかった。

雛子が私の買物につきあうのではなく、買物を言い訳に利用して、大久保に会うために家を抜け出したのであることは、初めからわかっていた。案の定、雛子はタクシーが中軽井沢駅の近くにさしかかると、運転手に向かって、ちょっと電話をかけたいから止めてちょうだい、と命じた。

薬局の前に置かれた公衆電話をかけに行った雛子は、車に戻るなり、私に「遠回りしてもかまわない?」と聞いた。「車の料金は心配しないで。全部、私が払うから」

「いいですけど、どうして?」

「小瀬《こせ》温泉ホテルまで行きたいの。私はそこで降りるから、あとはふうちゃん、そのまま旧軽まで行けばいいわ」

雛子の説明はこうだった。信濃電機に電話をしてみたところ、大久保は今、小瀬温泉ホテルの依頼を受けて、ホテルの食堂にある大型冷蔵庫の修理に出ていると言われた。

だからこれから自分は小瀬温泉まで行き、彼に会おうと思う。ひとめ会えれば、それでいい、わずか数秒でいいから、彼の顔を見ることができれば、それで満足するのだ……と彼女は言った。

信濃電機は軽井沢駅から歩いても二、三分のところにあり、雛子はどうやら、その小さな電機店の社長ともなじみになっていたようだった。夏だけ滞在するために、東京から軽井沢に来ている別荘住まいの魅力的な人妻が、一介の従業員にそれほど熱心になる理由は、社長にもはっきりしていただろう。だが、間違っても品のないことは口走るべきではなく、聞かれれば黙って居所だけ教えておけばいい……社長はそんなふうに軽く考え、面白がってもいたらしい。

むろん、雛子はその男に、御礼と称していくらかのまとまった金を包んでいたようでもある。だが、私は信濃電機の社長と顔を合わせたことはない。雛子によれば、五十がらみのごま塩頭で、へらへらと意味もなくよく笑う、やたらと腰の低い小肥《こぶと》りの男だ、ということだった。

はした金と雛子の美貌《びぼう》につられて、女衒《ぜげん》のようなふるまいをし、せっせと雛子と大久保との間を取り持とうとした愚かな男……一度ならず、二度も三度も、私はその、見たことも会ったこともない、浅ましい男に大久保以上に憎しみを覚えたものである。どうせ、夜ともなると、地元の連中が飲みに行く居酒屋に出かけて行き、店の従業員を追いかけまわしている別荘族の淫《みだ》らな若妻の話をしながら、下品きわまりない笑い声をあげていたに決まっているのだ。自分がその淫らな若妻から、謝礼として何がしかの小遣い銭を受け取っていることだけはひた隠しにして。

その日、タクシーで小瀬温泉ホテルまで行くと、ホテルの正面玄関の前の車寄せ付近に、大久保勝也の姿があった。まるで雛子がホテルにやって来ることを特殊な能力で感知し、外に出て来たように見えたが、彼がそこにいたのは、ただの偶然だったらしい。片方の手に道具箱のようなものを携え、黒いTシャツの半袖《はんそで》を丸めてたくし上げていた彼は、シャツの色に負けず劣らず日焼けしていたせいだろうか、強い日差しの中の大きな影法師のように見えた。

雛子がタクシーから降り立った。私に対する一言も、運転手に対する指示も何もなかった。彼女はただ、まっすぐに大久保のほうだけを見ていた。

大久保が雛子の姿を認めた。周囲には宿泊客の姿が何組かあった。雛子と大久保は、行き交う人々の中で立ち止まり、狂おしいほどの視線を交わし合いながら、じっと立ちつくした。

鮮やかな黄色いタンクトップに、インド綿でできたストライプ模様のロングスカートをはいた雛子は、かぶっていたストローハットをそっと脱いだ。木立を吹き抜けてくる風があった。雛子の巻き毛が風に吹かれ、舞い上がり、それと同時にスカートの裾《すそ》がはためいて、足元の真っ白なヒールの太いサンダルが見え隠れした。

宿泊客たちが、興味深げに彼らを横目で見ながら次々と通り過ぎていった。それでも二人は黙って見つめ合っていた。手を握ったり、抱き合ったり、微笑み合ったり、寄り添って歩き始めたりしそうな気配は何ひとつなかった。

二人の間には三メートルほどの距離があった。その三メートルの距離を縮める必要は何もない、と言わんばかりに、彼らはただ、正面から離れたまま向き合い、互いを見つめ、互いの瞳の奥にある燃え立つような炎の色を探りあて、それだけで満足しながら佇《たたず》んでいるのだった。

「どうします？」バックミラー越しに、運転手が困惑したように聞いてきた。「待っていればいいんですか？」

いいえ、いいんです、と私は言った。「私も降りますから」

慌てて財布を取り出し、料金を支払った。タクシーは私が降りると、ホテルの前でUターンをし、走り去った。

私は雛子と大久保に向かって、ゆっくりと歩みを進めた。大久保が先に私に気づき、彼の視線を追った雛子が私のことを振り返った。

「どうしたの、ふうちゃん。旧軽に行かないの？」雛子が怪訝《けげん》な顔で聞いた。

「行きません」

「タクシーは？」

「帰しました」

雛子は私の目の前で、困惑と失望を露《あら》わにした。大久保との束《つか》の間《ま》の逢瀬《おうせ》を私によって邪魔された……雛子の目は明らかにそう語っていた。

だが、私は平気だった。よもや雛子から、野良犬《のらいぬ》でも追い払うような仕打ちを受けたとしても、臆《おく》することなく平然としていられただろうと思う。

私は大久保のことが知りたかった。もっともっと、知りたかった。雛子から聞かされる話ではなく、私がこの目で見た大久保を知りたかった。

何のために知りたいと思ったのか、うまく説明できない。あれは、外に愛人を持つ夫に悩んだ妻が、その愛人と直接会うことにより、相手がどんな女なのか、どんな喋《しゃべ》り方をし、どんな仕草でコーヒーを飲み、どんな声でどんな話を始めるのか、狂おしくなるほど知りたいと思う気持ちとどこか似ていたような気もする。知っても何の役にも立たず、それどころか、かえって嫉妬心《しっとしん》を刺激される、とわかりきっているのに、なお、知りたいと強烈に願う、あの不可解な衝動……一言で言うと、そんな衝動が私を襲ったのだ。

「紹介してください」私は真《ま》っ直《す》ぐに雛子を見つめながら言った。

「紹介？」

私はわざと大久保に視線を走らせた。「雛子さん、まだ私のこと、彼にきちんと紹介してくれてなかったでしょう?」

「紹介も何もないわ。変ね、ふうちゃん。だって、あなた、初めっから彼のこと、知ってたじゃないの。彼だって、あなたのことを……」

私は雛子の言葉を完全に無視し、大久保に向かって軽く会釈《えしやく》をした。「矢野布美子といいます。よろしく。片瀬先生の仕事の助手みたいなことをさせてもらってます」

「知ってます」大久保は言った。「雛子さんから全部、聞いたから」

「デートした時に?」私は意地悪く笑ってみせた。

大久保はそれを受けて立つように、冷やかに笑い返した。「まあ、そういうことになるかな。デートという言葉は俗っぽくて、嫌いですけどね」

「じゃあ、何て言えばいいんです」

彼は少し考えていたが、やがて頭の悪い気の毒な娘を見下すような表情をするなり、「逢瀬」と言った。私はわざとらしく聞こえるように、げらげらと笑った。

雛子は笑わなかった。ただ、悲しそうな目をして私を見ただけだった。

大久保は私を無視した。完璧《かんぺき》に相手にしようとしなかった。そして、眩《まぶ》しそうに目を細めて腕時計を覗《のぞ》いた。

雛子がすがるようにして、「次の仕事はどこ?」と聞いた。

「南軽井沢。大型TVを届けに行かなくちゃいけない」

「じゃあ、一旦《いったん》、お店に戻るのね？」

「そうだけど、でも、それは夕方でも構わないんです。少しなら時間があります」

「何しろ、大事な逢瀬ですものね」私は間に割って入った。

雛子が渋面を作った。そこにかすかな憎悪《ぞうお》を読みとった私は、いささかたじろいだが、それでも平静を装《よそお》った。

大久保は雛子だけを見つめながら言った。「雲場池《くもばいけ》に行きませんか」

いいわ、と雛子はうなずいた。

私は愚かだった。切羽詰まっていた。「私も行く」と言ったのだ。そして、テコでも動かない顔をしてみせたのだ。

雛子はどう思ったことだろう。私の気が狂ったと思っただろうか。それとも、私が信じがたく幼稚な態度をとる理由がわからず、わからないゆえの、強い苛立《いらだ》ちにさいなまれただろうか。

その私の愚かしい申し出を何ひとつためらうことなく、気づかうことなく、思いやることなく、間髪を入れずにきっぱりと鮮やかに拒絶したのは大久保だった。

「断ります」彼は静かに、おごそかに言い放った。

私は愕然《がくぜん》として彼を見上げた。

「断ります」と彼は繰り返した。「悪いが、僕が一緒にいたいのは雛子さんだ。あなたではない」

言葉が出てこなかった。私は沈黙した。

私の腰に雛子の柔らかな手が回された。「ふうちゃん、気を悪くしないで」

私は雛子の手から逃れた。別に、と私は言った。屈辱感が私から言葉を奪っていた。それきり何も言えなくなり、私は顔をそむけた。

「タクシーを呼んであげる。ね？　ふうちゃん。それでいいわね？」

私が黙っていると、雛子はショルダーバッグをまさぐり、財布を取り出した。「タクシー会社に電話してくるわ。ちょっと待ってて」

私が断る間もなく、雛子はスカートの裾を翻《ひるがえ》しながら、温泉ホテルの中に消えていった。

私と大久保が残された。私たちが立っていたホテル入口前の車寄せには、コンクリートが敷きつめられており、両側には花壇につながる縁石が伸びていた。大久保は私に背を向けて歩き出し、その縁石に大きく足を拡《ひろ》げて腰を降ろすと、道具箱の中からつぶれた煙草《たばこ》のパッケージを取り出した。

じりじりと照りつける高原の太陽が、彼がつけていた銀色の腕時計に弾《はじ》け、乱反射した。大久保は煙草をくわえ、眉間《みけん》に皺《しわ》を寄せたまま、ライターで火をつけた。ジッポーのライターだった。

煙草をくわえたまま、唇の端から煙を吐き出し、彼は光の中で眩しそうに目を細め、私を見た。まだほんの子供でも見るような目つきだった。

「言っておきたいことがあるんだけど」私は言った。「聞いてくれますか」

大久保は外国人がやるように、軽く肩をすくめてみせた。「どうぞ」

私は彼を睨《にら》みつけた。「雛子さんにこれ以上、近づかないでもらえますか」

「何故《なぜ》?」

「迷惑だから」

「誰にとって迷惑なの」

「決まってるでしょう? 先生にとってですよ」

ははっ、と彼は笑った。「もしあなたが本気でそう思ってるんだとしたら、あなたは相当な偽善者だ。さもなかったら、頭が悪い。どちらかですね」

怒りが私から言葉を奪った。私は黙りこくった。

大久保は続けた。「いいですか。僕は確かに雛子さんに近づいているけど、雛子さんだって僕に近づいて来ているんですよ。昔、算数で習わなかったかな。二つの地点から同時に歩き出した人間が、どこで出会うか、っていう計算。二人の歩く速度が少し違っても、同時に歩き出せば、どこかで出会うようになってるんだ。本人の意志がない限り、誰にも止められない」

「そんなの屁理屈《へりくつ》よ。だったら先生はどうなるの」

「知りませんね、そんなこと。他人の夫婦関係には口出ししないのが僕の主義だ」

「でも雛子さんは先生の妻なんですよ」

「彼女が片瀬の妻でいるのがいいのかどうかは、僕やきみではなく、雛子さんが決めることでしょう」

「私は雛子さんの友達なんです」

あふれる光の中で、大久保は、それがどうしました、と言いたげに軽く笑った。「あなたみたいな人は、友達とは言わない。何て言えばいいのか、教えてあげましょうか。小姑《こじゅうと》って言うんです。他人の人生を自分の一言で動かそうとする。傲慢《ごうまん》もはなはだしい」

怒りのために身体《からだ》が震えた。どうしてこんな言われ方をされなければならないのか、わからなかった。これが大久保なのだ、と私は思った。これこそが大久保の正体であり、こんな男に雛子はうつつを抜かしているのだ、と雛子のことを憐《あわ》れもうとさえした。

だが、どうして憐れむことなどできただろう。大久保の言うことはいちいち正しかった。いささか常軌を逸した無愛想さが気になるとはいえ、彼の言うことは間違ってはいなかった。間違っているのは私のほうだった。私が何を言おうが、雛子がこの男に恋をしているのは事実だった。そして、恋をするのにふさわしくない男であると決めつけるには、いまいましいことに、大久保はあまりに正しすぎるような気がした。

雛子が戻って来た。急いで公衆電話を探し、電話をかけ、また急いで戻って来たせいか、息がはずんでいた。

「十分くらいでタクシーが来るわ。片瀬の名前で予約しておいたから」そう言いながら、雛子は財布を開け、慌《あわ》ただしく私に千円札を三枚差し出した。

「何ですか、これ」

「いいの。取っといて。帰りもタクシーを呼んでうちまで戻るのよ。ね?」

私が黙っていると、大久保が雛子の傍に寄り添った。二人の視線が、一瞬、これ以上ないと思われるほど柔らかく、情熱的に絡《から》み合った。

「じゃ、私たち、行くわ」と雛子が言った。「気をつけてね、ふうちゃん。また後でね」

二人は私に背を向け、遠ざかった。二人は手もつながず、肩も組み合わなかった。目と目を見交わすこともなかった。二人はただ、もくもくと歩いているだけだったが、しかし、その四つの目が見ているものは同じだった。同じ風景を同じ感情、同じ熱意、同じ切なさで眺め、いとおしみ、そのことにより、改めて互いの情熱を確認し合っているようであった。

雛子さんを失った……と私は思った。そしてその瞬間は意識しなかったのだが、その時、すでに私は、信太郎をも失っていたのである。

19

嫉妬《しっと》、独占欲、喪失感……あのころ、私が雛子に対して抱いた感情には様々なものがあったが、中でももっとも強く感じたのは汚《けが》らわしさだったろう。

半田や副島と関係をもち、あれほど大胆に私や信太郎の見ている前で夫以外の男の身体《からだ》に触れたり、求めるような目つきをしてみせたりした雛子には何ひとつ、汚らわしさを感じなかったというのに、大久保を前にしてうっとりしている雛子には、どうしようもない不潔さを覚えた。

雛子は大久保の身体など、小指の先ほども求めてはいなかった。それは確かだ。スーパーでの買物途中、突然、狂おしくなって身悶《みもだ》えし、家に戻るなり信太郎に身体を委《ゆだ》ねるという雛子は、大久保の出現以来、尼僧《にそう》のようにおとなしくなった。副島ともあの夏、関係を結んでいたかどうか、怪しいものである。

彼女は居合わせた人間に性的なものを連想させるような仕草は、一切、とらなくなった。むろん、私にも信太郎にも。

好んで着る服は相変わらず肌の露出度が大きく、身体の線を目立たせるものが多かったが、それでも彼女は服の上から目に見えない鎧《よろい》を着て、自分の聖なる肉体を大久保以外の人間に見せまいと努力しているように見えた。

雛子が大久保に一途《いちず》に求めていたのは、彼の肉体ではなく、精神であった。精神！目に見えないもの。形のないもの。そのくせ変幻自在で、まとまりのつかないもの。肉体に比べて、常に高尚な役回りを担《にな》っているもの……そんなものだけを求めるなど、不潔な行為としか思えなかった。汚らわしかった。貪欲《どんよく》に肉体を求め、快感を求め、性に溺《おぼ》れていく人間のほうが、遥《はる》かに清潔だ、と私は思った。

信太郎以外に、千人の男を相手にし、嬉々《きき》としている雛子は聖女だった。だが、たった一人の男に魂をまるごと預けようとする雛子は淫売《いんばい》も同然だった。

私はそんな雛子を憎んだ。ややもすると、雛子の背中に向かって、淫売、と小さくつぶやくこともあった。

そのたびに、涙がこみあげた。淫売は私のほうかもしれなかった。私は明らかに雛子と信太郎、双方に対して、肉と魂の両方を惜しげもなく売っていたのだ。

九月になり、私が仙台から東京のアパートに戻ると、信太郎は私に再び自分の元でアルバイトをしてほしい、と言ってきた。『ローズサロン』の清書だった。

何度も何度も推敲《すいこう》を重ねた訳文を最終的に私の文字で清書してまとめ、もうこれ以上、手を入れる必要がないと思われる形にしてから佐川に手渡したい、と彼は言った。概算でも、四百字詰め原稿用紙にして二千枚を超えてしまいそうな気配で、その時点ではまだ、推敲は半分も進んでおらず、信太郎もいくらか焦《あせ》りを覚え始めていた様子だった。

惨《みじ》めな、思い出したくない記憶ばかりで固められた夏だっただけに、九月からはどうやって、目黒のマンションを訪れればいいのか、と不安に思い始めていた矢先である。私は喜んで信太郎の仕事を引き受けた。

目黒には、何の口実も設けなくとも、出かけて行くことはできたはずだが、それでも私は、訪ねて行くたびに、信太郎が、あるいは雛子が、あの夏同様、不機嫌そうな、刺々《とげとげ》しい、他人行儀な表情で私を迎えるのではないか、と想像すると恐ろしかった。アルバイトという口実があれば、その恐怖心を抑えることができる、夫妻の関係が悪化していることを無視したふりをし、堂々と夫妻のマンションを訪れることができる……そう思った。

毎週末、土曜日の夕方、私は信太郎と会った。会う、と言っても以前のように、一緒に書斎にこもる必要はなかった。その週に仕上がった原稿の下書きを信太郎から受け取り、手短かに注意事項の説明を受ければ、それで仕事は終わった。あとは、私がその下書きをアパートに持ち帰り、次の土曜日までに原稿用紙に清書をする。たったそれだけの仕事だったのだが、アルバイト料は以前と同額だった。

そんなにたくさん、いりません、と信太郎に言うと、彼は「もっと支払おうかと思ってたんだよ」と言った。「前の仕事は週末の二日間だけだったけど、今度のは毎日だ。家に持って帰ってやる仕事とはいえ、毎日の労働に対して、これっぽっちじゃ申し訳ないと思ってね」

その時、私はくだらない思いに囚《とら》われた。ひとたび囚われると、それが途方もなく魅力的な思いつきのように思えて仕方がなくなった。

私は大真面目《おおまじめ》に「だったら、そのお金で私を買ってください」と言った。

信太郎は怪訝《けげん》な顔をした。私は繰り返した。「アルバイト料はいりません。その代わり、同じお金で、私の身体と心を買ってください。先生に買われるのだったら本望です」

馬鹿《ばか》だな、と彼は呆《あき》れたように笑った。「馬鹿なことを言うのはやめなさい」

「先生との関係がよくわからないから」そう言っているうちに、悲しさがこみあげてきた。私は目に涙を浮かべ、子供のように唇を震わせた。「どうせわからないのなら、私が自分を売って、先生に買ってもらったほうが、関係がはっきりします」

彼は静かに私を抱きしめた。私たちは目黒のマンションの居間にいた。開け放した窓からは、冷たさを含んだ秋の夜風が吹いていた。遠くで焼き芋《いも》を売る男の声がしていた。空気が澄んでいるせいか、瞬《またた》く街の灯が鮮やかに浮き上がって見え、それがかえって、どこかしら侘《わび》しかった。

あの日も雛子は不在だった。雛子が不在でなかったことは珍しい。

土曜日にマンションを訪れて、できるだけ明るい口調で「今日は雛子さんは？」と聞く時、私の胸に鈍い痛みが走る。信太郎は言いにくそうに、一瞬、黙りこむ。私は困り果て、どうすればいいのか、わからなくなる。

雛子が軽井沢まで行って、大久保と会っていることもあれば、大久保が東京に出て来ていることもあった。何故《なぜ》、いつも土曜日なのか……と考えた時、大久保が勤めている信濃電機が、七、八月を除いて、毎週日曜日が定休日だったことを思い出し、私は逆上するあまり、気分が悪くなったほどである。

大久保の定休日に合わせて、雛子は生きているようだった。土曜日の夜、大久保の仕事が終わったころを見計らって雛子が軽井沢まで行く。もしくは、大久保がそれから列車に乗って上京する。大久保が上京する時は、雛子が都内にホテルをとる。雛子が軽井沢まで行く時は、逢引《あいび》きはもっぱら古宿の別荘で行われる。

そして翌日曜日いっぱい、二人は至福の時を過ごし、日曜の夜、引き裂かれるような思いをこらえつつ、それぞれの生活の場所に戻って行く……。

あのころの信太郎の生活ぶりは殺伐《さつばつ》としていた。彼が私を定期的にマンションに呼ぶ日を毎週土曜日の夕方、と決めたのも、雛子の不在に対する苛立《いらだ》ちを少しでも紛らわせるためだったろうと思われる。

体調を崩したヒデが暇をとっていたこともあり、マンションは埃《ほこり》にまみれていた。あれほど料理をすることが好きだった雛子なのに、落ち着いて台所に立つことは少なくなった。冷蔵庫の中には簡単に食べられる加工食品ばかりが詰め込まれるようになった。

雛子のいない土曜日の夜は、私と信太郎は外に食事に行き、深夜過ぎまで六本木界隈《かいわい》をうろつくことが多かった。信太郎は浴びるように酒を飲み、しかし、飲んでも飲んでも酔いは回らず、とりたてて饒舌《じょうぜつ》になることも無口になることもなかった。いつも通りの信太郎で、せがめば、得意の小咄《こばなし》もしてくれる。私を笑わせ、さも楽しげにくつろいでいる素振りも見せてくれるのだが、彼の中に埋めようのない虚無が拡《ひろ》がっているのがわかる。そして気がつくと、彼の顔は青ざめ、鬼気迫る形相に変わってしまっているのだった。

タクシーで目黒のマンションに戻ると、信太郎は私に、自分たちの寝室のベッドで寝るようにと言う。眠くないからいいんです、と私が言っても聞こえないふりをされる。彼は書斎に入って行く。仕方なく私は彼らの寝室の大きなキングサイズのベッドに横たわる。書斎の気配に耳をすませる。ベッドには雛子の匂《にお》いがしみついている。私はどうやっても眠れなくなる。

眠れぬままに秋の夜明けを迎えて、いたたまれなくなって私は起き出す。寝室を出て、書斎の前まで行き、ドアを小さくノックする。返事はなく、どういうわけか、私は書斎で信太郎が冷たくなってこと切れてしまっているのではないか、と想像し、叫び出しそうになる。

慌《あわ》ててドアノブを回してみると、ドアには鍵《かぎ》はかかっておらず、開けた途端、カーンの向こうの朝の光を背にした信太郎の姿が目に飛び込んでくる。書斎机に向かって、彼は何かしている。

彼はおもむろに顔を上げ、疲れ果てた人が無理して浮かべるような、痛々しげな微笑を口元に漂わせる。シャツの前ボタンがはだけている。髪の毛がくしゃくしゃに乱れている。彼の書斎机の上には、『ローズサロン』の原書が拡げられている。灰皿の中で、消し忘れた何本もの煙草《たばこ》の煙がくすぶっている。

ずっとお仕事をしていたんですか、と聞くと、眠れないからね、と彼は言う。そして彼は、ぐったりと椅子《いす》の背にもたれる。私を手招きする。おいで、ふうちゃん。こっちにおいで。

私は部屋に入り、彼の傍に行く。彼は私の腰に手を回し、膝《ひざ》の上に抱き上げる。カーテン越しの朝の光の中に、室内の埃が浮き、ガラス片のようにきらきら輝いて見える。私は寝る時にジーンズを脱いだので、下半身は下着一枚の姿だ。私の裸の太ももを信太郎の手が愛撫《あいぶ》する。愛撫を続けながら、彼は私から目をそらさない。

くすぶったような快感が私を襲う。だが、快感は花開かない。行き止まりの袋小路に追いやられ、それはやがて悲しみに取って代わる。

私は彼の顔を見つめたまま、声を殺して泣き始める。唇が烈《はげ》しく震え、涙があふれてくる。信太郎は、私の頰に流れ落ちる涙を指先で絡《から》め取る。私たちはどちらからともなく唇を合わせる。

そして私たちは、肉欲からはもっとも程遠い、或《あ》る感極まったような感情にかられて、相手の身体を強く抱きしめ合う。交合の悦《よろこ》びよりも数百倍も強い悦びが私たちを支配し、同時に、交合の虚《むな》しさよりも数百倍強い虚しさが、私たちを襲う。

それが私と信太郎の間で行われる、雛子に関する唯一《ゆいいつ》の会話、唯一の感情表現だった。私は何ひとつ、信太郎に大久保の話はしなかった。雛子と大久保について、彼がどう思っているのか、聞かなかった。聞かなくてもわかっていた。わかっていることをあえて問い質《ただ》すのは、馬鹿げていた。

正直に言おう。私は信太郎に大久保の話を持ち出すのは怖かった。大久保の話を持ち出して、雛子のことを二人で責めたてることだけは避けたかった。何を恐れていたと言って、あのころ、私は、信太郎が逆上し、雛子と離婚する、と言い出すのを何よりも恐れていたのである。

ごく普通に考えれば、信太郎が雛子と別れ、私と対の関係になることは私のような立場の女にとっては、喜ばしいことだったには違いない。だが、そうした結末は決して私の望むところではなかった。どうして、そんな俗悪な結末を望む必要があっただろう。

　信太郎と雛子はあくまでもワンセットでなければいけなかった。ここのところは、何度でも繰り返し、強調しておく必要がある。片瀬夫妻は、神がこの世にもたらした、またとなく美しい一匹の両性具有の獣であった。私は、夫妻のいずれか片方が欠けても、生きていくことができなくなっていたのだ。神に例えれば、彼らはまさしく元初の一対であった。

　十月の末だったか。肌寒ささえ感じるようになった晩秋の或る夜、雛子が突然、私のアパートを訪ねて来た。日曜の夜だった。

　大久保を上野駅まで見送りに行き、どうしてもまっすぐ家に戻る気がしなくなって、ふうちゃんのところに来てしまった、と彼女は言った。

　久し振りに見る彼女は、研《と》ぎ澄まされたような表情をしていた。白目の部分が青みがかり、それとは対照的に頬が薔薇色《ばらいろ》に染まっていて、口紅はつけていなかったが、顔全体がこれ以上ないと思われるほど引き締まって見えた。栗色の巻き毛も無造作で美しかった。いつものあの、雛子のオーデコロンの香りが私の部屋を満たした。私は胸が熱くなるのを覚えた。

　着ていたトレンチコートを脱ぐと、雛子は親しい女友達の部屋を訪ねた時のように、いそいそと炬燵《こたつ》にもぐりこんで来た。インスタントコーヒーをいれようとして台所に立つと、雛子は何もいらない、と言った。「ウィスキーだったら飲みたいけど。ある？」

私はうなずき、安ウィスキーの瓶とグラスを炬燵に運んだ。冷蔵庫の製氷器は壊れていて、氷はなかった。あいにく、コーラも切らしていた。水で割るしかないんだけど、と私が言うと、雛子はストレートでいいのよ、と言って微笑《ほほえ》み、グラスの半分まで、なみなみとウィスキーを注いだ。

グラスを両手ではさみ、ぐるぐる回しながら、雛子は何か言った。雛子の声に、近くを走り過ぎる救急車のサイレンの音が重なった。何を言ったのか、はっきり聞き取れなかった。

救急車が通り過ぎるのを待ってから私は、「え？」と聞き返した。雛子は同じ口調、同じ声で繰り返した。「勝也と寝たわ」

私はまじまじと雛子の顔を見た。雛子は、そういうことを人に話して聞かせる時のいつもの雛子に戻っていた。彼女はいくらか腰をくねらせ、身体《からだ》を斜めにし、記憶の中の喘《あえ》ぎ声を呼び戻そうとしているかのように、大きく息を吸った。

「今日の午後よ。渋谷の連れ込み旅館で。今もまだ、夢を見てるような気持ち」

私は黙っていた。雛子はグラスの中のものを一口飲むと、煙草ある？　と聞いた。私は自分の煙草を彼女に渡した。

マッチをすってやるつもりは毛頭なかったのだが、雛子は煙草をくわえると、当然のように私に向かって口を突き出して来た。私は火のついたマッチを差し出した。手が烈しく震え、炎が揺れた。雛子が私の手を両手でおさえてくれた。私は顔をそらした。嗚《お》咽《えつ》がこみあげ、肩が小刻みに揺れた。

　雛子は怪訝な顔をした。「どうしたの、ふうちゃん。どうして泣くの」

　私は鼻をすすり、顔をそむけた。「雛子さんのことがわからないから」

「わからない？　私が？　どういうこと？」

「先生のことはどうするつもりなんですか。そんなにあの人に夢中になっちゃって。先生がどんな気持ちでいるか、考えたことがあるんですか」

「あるわ。信ちゃんのことは、いつも考えてるわ。でも、ふうちゃん、変ね。いったい何をそんなに怒ってるの？　私が嫌いになっちゃった？」

　私は唇を噛《か》み、雛子を睨《にら》みつけた。「教えてください。あの人のどこがいいの？　あの人は雛子さんの何なの？　どうしてそんなに夢中になれるの？　これは一時的なものなの？　それとも、永遠なの？　私や先生はどうすればいいの？　待ってればいいの？　諦《あきら》めればいいの？」

　馬鹿げた質問だった。感情にかられて羅列した疑問符の数々。雛子が即座に答えられるわけもない。だが、私は本気だった。本気でそれらの回答を求めていた。回答を待つ間、もどかしさのあまり、自分の喉《のど》を爪《つめ》で引っ掻《か》いてしまいそうだった。

雛子は溜《た》め息をついた。煙草を吸い、吐き、灰皿に細い指で灰を落とした。思わせぶりなほど長い沈黙が続いた。私は彼女から目を離さなかった。彼女が私に見せる、あらゆる表情、瞬《まばた》きの一つ一つ、唇の微妙な動き、その一切を見逃したくなかった。

彼女はおもむろに口を開いた。「ふうちゃん。驚かないで聞いてね。真面目な話よ。私、そのうち勝也と一緒に暮らそうかと思ってるの」

自分の小鼻が大きくふくらむのがわかった。私は眉根《まゆね》を寄せて、雛子を見た。

雛子は私をちらりと一瞥《いちべつ》すると、「お願いだから、黙って先を聞いてちょうだい」と言った。「こんなこと言うのも何だか恥ずかしい話なんだけど、私たち本気なのよ。彼とは、今までみたいな遊びの関係ではないの。私はね、ふうちゃん。もうセックスなんか、どうでもよくなっちゃった。しなくてもしてもどっちだっていい。もちろん、今日は抱き合ったわ。本音を言うと、私、彼に抱かれてみたかったの。一度でいい、私を抱いて、って頼んだの。変よね。したってしなくたって、どっちでもいい、と思った途端、一度でいいからしてみたくてたまらなくなったのよ。勝也は、私が信ちゃんと別れる時が来るまで、セックスはしないでおく、と決めてたみたいだけど、でも、してみたかった。してみてよかったわ。彼とのセックスは完璧《かんぺき》だった。あれほど完璧なセックスはこの世にないと思われるくらいに」

雛子は自嘲《じちょう》的に静かに笑った。「でもね、私が愛してるのは勝也の肉体なんかじゃないの。彼が愛してくれてるのも、私の肉体じゃないの。肉体の快楽は味わえば、すぐに消える。でも、精神の快楽は永遠に続くのよ。そのことが、今日、改めてはっきりしたの」

「肉体を愛してるんじゃないのなら、いったい何を愛してるんです」私は挑戦的に聞いた。

雛子はなだめるように目を細め、煙草を指の間にはさんだまま、じっと私を見た。「ふうちゃん、わからない？　こういうこと、あなたにはわからない？」

「わかりません」と私は即座に言った。わかりたいとも思わなかった。

そう、と雛子は言った。煙草を灰皿でもみ消し、彼女はもう一度、私を見た。「残念だわ。ふうちゃんにはわかってもらえると思ってた。あなたには信じられないと思うけど、私と勝也はこれまで、会っても何もしなかったの。一緒に眠ったけど、何もしなかった。信ちゃんの手前、そんな嘘《うそ》をついてたわけじゃないの。ほんとになんにもしなかったの。したくなかった」

「じゃあ、ずっとしなければよかったんだわ」私は吐き捨てるように言った。「ずっと、永遠に、なんにもしないままつきあってればよかったんです」

「何を怒ってるの？　ふうちゃん、私が勝也と寝たことで怒ってるの？」

私は首を横に振った。再び喉が詰まり、目がうるみ始めた。自分でも何が言いたいのか、わからなくなった。言葉が失われ、理性が失われ、涙だけがあふれてきた。

私はね、と雛子は私の涙を見て見ぬふりをしながら言った。「勝也を愛してるの。こんなに人を愛したのは初めてなのよ。それがふうちゃんを怒らせてるの？　だとしたら、私はどうすればいいのかしら」

私は聞いた。「もう先生のことは愛してないんですか」

雛子は溜め息をついて、炬燵の上で私の手を握った。「それはふうちゃんに関係のないこと。そんなこと、ふうちゃんはなんにも心配する必要はないでしょう？」

「答えを知りたいんです」私は低い声で言った。「もう先生のことは愛してないんですか」

雛子は気の毒そうな目で私を見つめ、かすかに瞬きをした。「愛の中身が違うの。わかって、ふうちゃん」

いや！　と私は声を荒らげた。自分で自分が抑えきれなくなった。私は顔を歪《ゆが》めたまま、炬燵から飛び出して、雛子に抱きついていった。

雛子がその瞬間、私を抱きとめてくれたかどうかは、よく覚えていない。だが、拒絶はされなかった。それをいいことに、私は雛子の首に両手をまわし、彼女の首すじに顔を押しつけて彼女の愛撫《あいぶ》を待った。心臓がどきどきした。全身に期待をこめ、私はじっとしていた。

彼女の手が私の背にあてられた。彼女の柔らかな巻き毛が私のこめかみをくすぐった。だが、雛子からの愛撫はなかった。雛子は形ばかり私の頰に頰ずりすると、自分の首に巻かれていた私の両手を静かにはずした。そして、私の両手首をおさえながら、「いつかね」と言った。母親のような、姉のような、女教師のような言い方だった。「ふうちゃんにもいつかきっと、わかる時がくるわ」

「何もわかりたくなんかない」私は涙の中で言った。「雛子さんはもう、先生のことも、私のこともきれいに忘れちゃってるんだわ。どうでもいいと思ってるんだわ」

とんでもない、と雛子は言った。「それとこれとは別でしょう?」

キスして、と私は言った。駄々をこねるというよりも、命令口調になっている自分が恐ろしかった。その反面、何を言おうが、かまうものか、という気持ちもあった。雛子の裏切りに比べれば、どれほど慎みを忘れた言葉だって、大した罪にはなるまい、と私は思った。

雛子は黙って私を見ていた。早く、と私は急《せ》かした。声にならなかった。自分が惨《みじ》めになり、新たな涙があふれ、彼女の顔がうるんで見えた。

雛子が両手で私の顔を引き寄せ、私の唇に接吻《せっぷん》した。軽い、ふわりとした、蝶《ちょう》が花にとまった時のような、そんな心もとない接吻だった。

雛子は明らかに私を気の毒がっていた。同時に困惑してもいた。私の中にある倒錯めいた欲望が、必ずしも同性愛と呼ぶにふさわしいものではないことはわかっているし、事実、戯《たわむ》れに女同士、触れ合う遊びを始めたのは自分なのだから責任も感じている、しかし、それはもう終わったも同然であり、自分は本気でそのお遊びにつきあう気はない……私は雛子から、はっきりそう宣言されたような気がした。

「ふうちゃんのことは大好きよ」雛子は言った。「信ちゃんのことだって、もちろん好き。三人で遊んだり、お喋《しゃべ》りしたり、飲みに行ったりするのはとっても好きだった」

「……だった？」私は目を剝《む》いた。「もう、そんな気持ちになれない、ってこと？」

「そうね」と雛子は穏やかに言い、私から離れてグラスに入ったウィスキーを飲んだ。「気持ちはあっても、現実には無理だわ。どうしても無理。私は自分のすべての時間を勝也と一緒に過ごすために使いたいの。今日、彼と別れぎわに話し合ったのよ。一緒に過ごせる時間を作るためには、お互いにどんなことでもしよう、って。今はそれだけを考えていよう、って」

馬鹿《ばか》げたのろけ話につきあわされている時のように、鼻白んだ顔つきをしてみせたかったのだが、うまくいかなかった。私は唇を固く結んだまま、目をそらした。

雛子は続けた。「ここ当分は、私が軽井沢に出向くことが多くなると思うわ。彼はいずれ信濃電機をやめて、東京に出てくることになってるんだけど、どうしても事情があって、来年の三月まではあっちで働かなくちゃいけないから。だから私が彼に時間を合わせてあげなくちゃならないの」

「事情?」

「大したことじゃないわ。彼は契約社員なの。来年の三月になったら、その契約が一旦《いったん》、切れるのよ。社長にはお世話になってきたから、彼も義理があるの。だから、契約が切れていない時に、途中で辞めるわけにはいかないのよ」

何十年も連れ添った女房か、さもなかったら、生涯、離れられない共犯者として、大久保のことを語っているように聞こえた。勝也を愛している、と言うセリフを百回耳にするよりも、もっと胸が悪くなった。雛子は通俗の塊と化してしまったように見えた。まもなく、信太郎との離婚の話、財産分けの話、新しく住む部屋の話……そんな話がもちあがるのだろう、と私は思った。

私はかろうじてうなずいた。そして言った。「もう、お別れしなくちゃいけないかもしれませんね、雛子さん」

自分の吐いたセリフの馬鹿さ加減に、頭がぐらりと揺れたような気がした。

「何を言ってるの? ふうちゃん。気は確か?」

「お別れです。もう私なんか必要ないんだろうから」

「そんなことないわ。必要だわ。必要じゃなかったら、こうやってあなたのアパートには来なかった。違う？」

私はとめどなく愚かだった。何故《なぜ》、あんなことが言えたのか、今になっても説明がつかない。激情にかられたせいか。それとも、極度の混乱が私の中に潜在的にあった欲望を誘発したのか。

私はまっすぐ雛子を見つめたまま、言った。「雛子さん、私を抱いてください」

雛子は黙っていた。黙って黙って黙り続けて、毛筋ほども表情を変えず、動揺も軽蔑《けいべつ》の情も嫌悪《けんお》も何もない顔つきをしながら、そっと姿勢を正した。そして、落ち着き払った様子で、軽く眉を上げた。

「私は女よ、ふうちゃん」彼女は静かに、そして毅然《きぜん》として言った。「私は男が好きなの。どれほどふうちゃんのことが好きでも、ふうちゃんとセックスはできないわ」

真《ま》っ直《す》ぐな言い方だった。言葉の裏にあるものを探る必要もなかった。彼女は正しかった。私はそれを非難できなかった。非難する権利もなかった。私は単に、雛子の妖《あや》しい魅力と世間のモラルを無視した奔放な生き方、そして同性に対して無邪気に肌を触れ合わせてくる彼女の癖を勝手に誤解し、彼女が性的に私を好いてくれているものと勘違いしていただけだった。

恥ずかしさと後悔と絶望と自己嫌悪とが、同時に私を襲った。自分はいったい何をしているのだろう、と思った。目茶苦茶に自分を痛めつけたくなった。自分が呼吸をし、生きていることそれ自体が許せなくなった。

だが、雛子は冷静だった。彼女はグラスの中のウィスキーをゆっくりと飲み干し、ちらりと私を見た。「そろそろ帰るわ。また来るわよ、ふうちゃん。お別れだなんて、言っちゃいや」

彼女はトレンチコートを着て、立ち上がった。雛子の右足を包んでいるストッキングに、伝線が走っているのが見えた。それは、ありふれた情事の痕《あと》を物語るものではなく、むしろ私には、大久保と会っている時の雛子の、忘我の証《あかし》のように思えた。

じゃ、またね、と雛子は低く言い、戸口のところで私を振り返った。そこに立っているのが、あれほど大切に思えていた人と同一人物であるということが信じられなかった。雛子は他人がしばしば私に向けるような、おざなりな笑みを浮かべ、それがおざなりであることを必死になって取り繕おうとするのか、さらに他人行儀な笑顔を作って、肩越しに小さく手を振った。

かつては恋人だった相手と、友達のふりをして笑顔で会話を続ける時のあの甘酸《あまず》っぱい苦痛が、胸の中に拡《ひろ》がった。さよなら、と私は言った。深い意味をこめて言ったつもりだったのだが、雛子に通じた様子はなかった。

私が大久保を本気で憎み始めたのは、あの時からだ。大久保勝也さえ現れなければ、と私は思った。大久保さえいなければ、雛子は相変わらず信太郎と仲睦《むつ》まじく暮らしていただろう。そして、私は彼らの間にはさまって、人生のすべてを投げ打ってでも手に入れたいと思う至福のひとときを、存分に味わっていられたはずなのである。

私は想像の中で、大久保を何度も抹殺していた。大久保は早くもあの時点で私に殺されかかっていた、と言っていい。

20

その年の文学部卒業論文の締切は、十二月十日であった。私がそのことを知ったのは、十二月に入ってからである。

九月を過ぎてから大学に行くこともなくなっていた。卒論のことなど思い出しもしなかった。掲示板に貼《は》り出された卒論に関する告示を読み、私は笑った。九日間では、どう頑張っても論文は書けない。留年はその時点で決定された。

各社の就職試験はとっくに終わっていた。思想的に問題のある学生たちですら、まもな企業に採用されるはずもないというのに、翌春、自分が卒業できるのかどうか、案じていた。案じていない連中は、相変わらず過激な闘争を続け、中退することを本気で考えたり、金を稼ぐ方法を画策したりしていた。

そんな時期に、私だけが何もしていなかった。何もせず、新聞もろくに読まず、本も開かず、人ともつきあわず、私があのころしていたことと言ったら、昼の間、惰眠《だみん》をむさぼり、夜になってから起き出して、ふらふらと新宿までジャズを聴きに行ったり、見たくもない映画を見に行ったりする程度であった。

あてどもなく暗い町を歩き回って、静かな公園を見つけ、ブランコを揺らしながら物思いに耽《ふけ》っていたら、気がつくと朝になっていたということもあった。かと思うと、二日も三日も平気で眠らずにいて、その間中ずっと、アパートの自分の部屋で黴《かび》が生えたようにこもり続け、ほとんど何も食べず、インスタントコーヒーと煙草《たばこ》だけを前にしながら、窓の外が白み、明るくなってまた暮れていき、闇《やみ》があたりを被《おお》っていくのを離人《りじん》症《しょう》に罹《かか》った人間のようにぼんやりと見つめていることもあった。

あのころ考えていたことは、雑多でとりとめがなかった。自分でもわけがわからなくなり、時々、このまま発狂してしまうのではないか、と思うこともあった。

だが、私は考えることをやめなかった。それは、自分が理性的な人間であることを証明してみせようとする虚《むな》しい試みに過ぎなかった。ともかく、何かについて考えていないと、本当の廃人になってしまいそうで怖かったのだ。

とはいえ、考えるのは昔のことばかりだった。信太郎と雛子と一緒に三人で過ごした時間を克明に頭の中で再現し、去年の今頃はこんなことをした、あんな話をした……とそんなことばかりを思い出そうとした。

ひどくなると、その時、自分が着ていた服が何だったか、それが何月何日の何曜日で、天気が晴れだったのか雨だったのか、新聞で知ったニュースにはどんなものがあったか、そんな細かいことまで思い出さなくてはいられなくなり、それを始めると三時間でも四時間でも平気で、幸福だった頃の記憶のかけらをかき集める作業に熱中してしまうのだった。

自分が何かひどい病気に罹っていることがわかればいいのに、と何度も思った。不治の病であれば何でもよかった。病院に行って、医師から「あなたはもうじき死にます」と言われたら、どんなにほっとするだろう、とも思った。

外を歩いている時は、暴走トラックが自分を撥《は》ね飛ばしてはくれないものだろうか、と夢想した。外出からアパートに戻った時は、留守中に侵入した頭のおかしい殺人鬼が、自分が部屋に入った途端、いきなり首を絞めてくれないだろうか、と考えた。

肉体の苦痛が欲しかった。肉体の苦痛があれば、精神の苦痛から解放されるような気がした。

そのため私は時々、アパートの部屋で安ウィスキーをストレートで何杯も飲み、気分が悪くなるのを待った。だが、そういう時に限って、酔いはいっこうに回ってこない。軽い頭痛が始まるだけで、頭痛は私のしていることの虚しさを強調し、やがて人を小馬《こば》鹿《か》にしたようにあっさりと消えていく。後には白々とした悲しみと鉛のような疲労感ばかりが残され、飲み始める前よりもさらに増してくる苦痛を受け入れねばならなくなるのだった。

それでも私は生きていた。かろうじて廃人にならない程度には生活を続けていた。毎週土曜日には必ず、目黒のマンションに行った。そして信太郎と会って、清書する原稿の下書きを受け取った。

清書の仕事は、機械的に続けてはいたが、滞りがちだった。約束した分量の清書が仕上がらないまま、翌週、また目黒に行くこともあった。

だが、信太郎は何ひとつ、文句を言わなかった。それもそのはずである。彼自身、仕事がはかどらず、私に手渡す下書き原稿の数が回を重ねるごとに少なくなっていったからだ。

マンションで雛子と会うことはなくなった。信太郎は会うたびに、どこかしら素っ気なくなった。彼とは相変わらず土曜日ごとに外に食事に出ていたが、その後で飲みに行ったり、ドライブに行ったりすることは、いつのまにかなくなった。

ありふれたレストランで簡単な夕食をとり、デザートのコーヒーを飲み終えると、信太郎はいつも無言のまま、まるで決められた約束事のようにして、テーブルの端に置いたままにしていた車のキイを手にした。それが、帰るという合図だった。

いつ彼が車のキイを手にとるか、とそればかりが気になり、今夜はいつもよりも十五分ほど遅れている、とか、今日は何か焦《あせ》っているみたいだから、多分、早く帰ると言い出すだろう、などと想像し、会話にも上の空になった。そのせいだろう。あの時、信太郎が使っていたキイホルダーは、いやになるほどはっきりと記憶に残っている。

黒い革製の、小さな馬蹄《ばてい》型をしたキイホルダーで、中にいぶし銀でできた〝K〟というイニシャルが入っていた。片瀬の〝K〟……そのイニシャルが、大久保勝也の〝K〟を表しているのではないか、と私は何度も、愚かな妄想にかられたものだ。半ばノイローゼ状態だったと言ってもいい。

この〝K〟は片瀬の〝K〟であって、勝也の〝K〟ではないのだ、と密《ひそ》かに自分に言いきかせ、そんな妄想にかられている自分を信太郎に知られたくなくて、笑う必要のない会話の途中で、いきなりげらげらと高笑いを始めたりする。そのため、信太郎ばかりではなく周囲の居合わせた客に怪訝《けげん》な顔をされることも度々あった。

車のキイを手にした信太郎は、レストランの支払いを済ませ、そのまま私をアパートまで送って来る。部屋には決して上がって行かない。私も誘わない。すると彼は、車のハンドブレーキを引きもせず、ブレーキペダルに足を載せたまま、軽く私の頬にキスをする。おやすみ、ふうちゃん。また来週。

どうすればいいのか、何を言えばこの居心地の悪さから解放されるのか、見当もつかなかった。そんな時、私にできるのは、せいぜいが自尊心を守り抜くことくらいだった。私は、去って行く彼の車を名残り惜しげに見送ることなく、さっさとアパートの中に飛び込んで行く。

だが、身体《からだ》だけ隠しても、耳は執拗《しつよう》に外の気配を追い続けている。アクセルをふかす音がする。タイヤが路面をこする音がする。またたく間に、信太郎の車は遠ざかって行く。

いたたまれなくなって、私は再び外に飛び出す。路上には、信太郎の乗った117クーペの白い排気ガスの匂《にお》いがたちこめている。去って行く車の赤いテイルランプだけが小さく見える。

車は次の角を右折するために、一旦《いったん》停止し、右のウインカーを点滅させる。澄みわたった冬の冷たい空気の中に、点滅するウインカーの赤い色だけが妙に鮮明に浮き上がる。次の瞬間、呆気《あっけ》なく車は姿を消し、そして私だけが恐ろしいほどの孤独の中に取り残されるのだった。

一九七一年はそんなふうにして暮れていった。ぎりぎり十二月三十日まで東京にいて、私が仙台に帰省したのは三十日の夜になってからだったと思う。

さすがに両親には卒論を書いていないという話はできず、まして留年確実になってしまったという事実も打ち明けることはできなかった。

私は相当、やつれていたと見え、両親や祖母は私の健康状態を心配した。痩《や》せたね、どこか悪いんじゃないのか、と身内に眉《まゆ》をひそめられるのがいやで、私は元気を装《よそお》った。装い過ぎて疲れがたまり、ますますやつれが顔に出た。

正月に久し振りに会った親戚《しんせき》は、布美子が骸骨《がいこつ》のようになってしまった、と大騒ぎし、スキヤキを振る舞ってくれた。精がつくから、と肉ばかりを無理矢理、食べさせられ、私はひどい消化不良を起こした。そのせいでさらにやつれ、年明け七日に東京に戻った時は、自分の身体の重みが感じられず、雲の上を歩いているように存在の実感すら失われて、さすがにぞっとしたものである。

アパートに戻ると、一階の玄関脇《わき》の集合郵便受けに、私あてに配達された封書がさしこまれていた。一月三日の消印となっており、差し出し人には唐木の仲間の名が記されていた。唐木が私の部屋に通って来ていたころ、しょっちゅう、唐木に付き添うようにして出入りしていた男だった。唐木が逮捕された時、その知らせを持って来てくれた男でもある。

帰省中の他の住人たちの郵便物の間にはさまって、四日前に届けられたままになっていた封筒は、うっすらと埃《ほこり》をかぶっていた。その場で立ったまま、指でちぎって開封してしまったのも、初めから何か言いようのない不吉な予感が働いたからかもしれない。中には便箋《びんせん》ではなく、レポート用紙が入っていた。横書きの、斜め右上がりの神経質そうな小さな文字だった。まさに人の死を伝えるのにふさわしいような文字……。

そこには唐木が死んだことが書かれてあった。死亡したのは暮れも押し迫った十二月二十八日。最後まで病院に行こうとせず、相当苦しかったはずなのに、唐木は周囲の人間には一言も体調不良を訴えずにいた。クリスマスイブの夜遅くなってから倒れ、救急車で運ばれた。すでに両方の腎臓が使いものにならなくなっており、よくこれで普通に生活をしていたものだ、と医師を呆《あき》れさせたほど病状は末期の様相を呈していた。二十六日に尿毒症を引き起こし、二十七日に意識がなくなり、翌二十八日早朝、眠るようにして亡《な》くなった。葬儀は三十日に実家の近くでとり行われ、暮れのことゆえ、遺体は慌《あわ》ただしく荼毘《だび》に付された。唐木が矢野さんと別れたことは知っていたが、彼が亡くなったことだけは伝えようと勝手に判断し、ペンを取った……手紙にはそう書かれてあった。悲しみを表現するための湿っぽい感傷的な言葉は何ひとつ使われておらず、唐木との思い出に触れた箇所もなく、文面は役所の書類のように事務的で、アジビラのように乾ききっていた。

私は読み終えた手紙をコートのポケットに入れ、持っていたボストンバッグを手に階段を上がって自分の部屋に入った。閉めきっていた雨戸を開け、電気炬燵《ごたつ》の電源を入れ、コートを着たまま、炬燵にもぐりこんだ。にわかには唐木の死が信じられなかった。頭の中がぼんやりとして、白い膜で被われてしまったような気がした。

唐木が死んだ二十八日には、自分は何をしていただろうか、と思い出してみた。つい十日ほど前のことだというのに、思い出すのに苦労した。ふと思いたって吉祥寺《きちじょうじ》に出て、あてもなく街をうろつき、目についた小暗い喫茶店でコーヒーを飲んだことまでは覚えていたが、その後、どうしたのか、記憶はそこで停止している。

私にとっての唐木は、古いアルバムをめくった時だけ懐《なつ》かしく思い返す小学生時代のクラスメイトのような存在になってしまっていた。したがって、もし二十八日に、ふいに何の脈絡もなく唐木のことを思い出し、気になって仕方がなくなっていたとしたら、霊界からの虫の知らせがあったと言うこともできようが、そういうことは一切、なかった。

一緒に暮らしていた時、唐木から彼の死生観を聞いたことがある。死んだら生物は無に返るだけであって、怪談めいた因縁話や心霊現象的な体験談はすべて生きている人間が作り出したまやかしに過ぎない、死は神聖なものではなく、不浄のものでもなく、恐ろしいものでもなく、ただ一切の消滅を意味するものに過ぎない……彼はそう言った。

そして、おそらくその言葉通りに、彼は無に返った。死と無はイコールであり、そこに感傷の入り込む余地はない……相変わらず頑《かたく》なに、そううそぶいている彼の顔が目に浮かぶようだった。

その晩は、一人で部屋でウィスキーを飲み続けた。トランジスタラジオをつけ、FEN放送から流れてくる陽気なアメリカンポップスを聴き、懐かしい曲がかかると、唐木と一緒に聴いたことを思い出したりした。

同じ炬燵に唐木が足を入れ、日がな一日、壁に背をもたせかけながら、ぶ厚い本を読んだり、私相手に考えていることを語り続けたりしていたことも思い出された。唐木が私に語った闘争に関する話は一切、覚えていないくせに、私は唐木の首すじの日向《ひなた》くさい匂いや、何度洗髪しても、すぐにフケが浮いてしまう脂《あぶら》じみた長い髪の毛の手ざわり、煙草の匂いがしみついた吐息の生暖かさだけははっきり思い返すことができた。

唐木とのセックスは思い出せなかった。代わりに思い出せるのは、布団《ふとん》の上で彼が私に背を向け、隠れるようにして避妊具を装着している時の肩の筋肉の動きとか、行為の終わった後、私の身体にぐったりと巻きつけてくる彼の足の重み……そんなものだった。

唐木は二十四歳で死んだ。あのまま元気で生きていたら、どうなっていただろう、と私は今も時々、考えることがある。いずれ闘争から足を洗い、ごく平凡な会社勤めを始めて結婚し、子供を作り、社内の組合運動のリーダーにでもなっていただろうか。それとも、武装闘争を旗印に掲げて過激な革命運動を続け、浅間山荘事件で芋蔓《いもづる》式に逮捕されていく幾人もの連合赤軍闘士の中に、彼の名を見つけることになったのだろうか。

あの日、私は泣かなかった。悲しくはなかった。あまりに呆気ない別れに、ただ驚き、茫然《ぼうぜん》としたに過ぎない。感傷に近いものがなかったわけではないが、それもまた、あの時代を取り巻いていた空気が、私にセンチメンタルになることを強いた結果に過ぎなかったような気がする。

自分でも満足できるほど、冷静に唐木の死を受け止めたつもりだったのだが、翌日の朝方、唐木の夢を見た。唐木は何も喋《しゃべ》らず、背中を丸めて寂しげにうつむいていた。灰色の壁の灰色のカウンターがある陰気なスナックのようなところなのだが、周囲には人はいない。唐木だけがカウンターに向かってうつむいて、身動きひとつせずにじっとしているのだった。

それだけの夢だったのだが、目を覚ました途端、私は自分でも抑えきれなくなるほど大きな感情の波が押し寄せてくるのを覚えてうろたえた。それは本当に、言葉では言い尽くせないほど激しい、うねり狂うような感情の嵐《あらし》だった。

悲しいとか切ないとか寂しいなどといったありふれたものではない。もっと別の、底知れぬ恐怖が混じった、それでいて自分で自分を嘲《あざわら》笑う時のような捨て鉢《ばち》な気持ち……そんなものが混ぜ合わさり、ぐちゃぐちゃに溶け合って、噴火するマグマのようにいっしょくたになって体内から噴き上げてきたのだった。

慟哭《どうこく》、という言葉の意味を私はあの時、生まれて初めて知ったような気がする。私は布団に顔を押しつけ、声を殺して泣いた。

21

世間を震撼《しんかん》させた浅間山荘事件が明るみに出て、新聞紙面トップにものものしく掲載されたのは、一九七二年の二月二十日のことである。

私の部屋にはTVはなく、ラジオをつけない限り、ニュースが耳に入ってくることもなかったのだが、新聞だけはきちんと取り続けていた。そのため、私は人並みにリアルタイムであの事件を知ることになった。

過激派、会社保養施設の婦人を人質にろう城……確かそんな大見出しがついていたのを覚えている。四日前の二月十六日には妙義山で過激派学生ふうの男女が、また、翌十七日には最高幹部の永田《ながた》洋子《ひろこ》が逮捕されており、十九日付の新聞には、妙義山から逃亡してきた四人が、軽井沢駅で逮捕されたというニュースが掲載されていたはずだ。

続く二十一日には、アメリカのニクソン大統領が北京に向けて出発。周恩来《しゆうおんらい》首相と行われる注目の会談が開始された、というニュースが巷《ちまた》を駆け回った。人質をとったまま、山荘にたてこもり続けていた連合赤軍は、一歩も後にひかず、警察とのやりとりも長い膠着《こうちゃく》状態に入った。

米中首脳会談の結果、共同声明が発表されて新たな歴史の一ページが開かれたことが報道されたのは二十八日。多数の死傷者を出しながら、浅間山荘事件が終結したのも同じ二十八日の夜。連合赤軍がどんな動きを見せるのか、と不穏な気配は相変わらず漂ってはいたものの、その前々日の二十六日にはとりたてて新しい動きは起こっていなかったと記憶している。

土曜日であった。私は午後遅くなってから起き出して、ラジオもつけずに炬燵《こたつ》に入ったままぼんやりしていた。一階の集合郵便受けに朝刊を取りに行ったのが、夕方になってから。そのまま、中を読まずに炬燵の上に放り出し、煙草《たばこ》が切れていたことに気づいたので、外に買いに行った。

煙草を買った後で、すぐに食べられるいなり寿司《ずし》を買いに行き、小さな食料品雑貨店でテトラパックの牛乳を一つ買った。

アパートに戻り、いなり寿司を食べ、牛乳を飲み、その後で初めて新聞を開いた。浅間山荘事件に関する記事は、すべて隅から隅まで読んだ。ちらりと唐木のことを思い出した。唐木が生きていたら、この山荘にたてこもっている男たちの中の一人になっていたのではないか、いや、今回の事件の当事者でなくても、いずれはそれに近い形で世間の注目を浴びていたのではないか、と考えた。

夜七時ころだったか、アパートの外で「矢野さん、矢野さん」と呼ぶ女の声がした。私が二階の窓を細く開けると、アパートの玄関前に大家の奥さんが立っているのが見えた。当時で四十歳くらいだったろうか。顔立ちは悪くないのだが、姑《しゅうとめ》との折り合いが悪いのか、色白のこめかみにいつも癇《かん》走ったような青い血管を波打たせているような人だった。

彼女は寒そうに首を縮めながら私を見上げ、「電話ですよ」と言った。

当時、アパート住まいの学生で個人の電話を所有していた者は皆無に近い。緊急の用事がある時は、実家の親でも大家の家に電話をかけ、恐縮しながら呼び出してもらうしか方法はなかった。大家のほうでも、大した用でもなさそうなのに、いちいち店子《たなこ》にかかってくる電話を呼び出しに走るのは面倒なことだったろう。非常時以外は、くれぐれも呼び出し電話は使わないように、と入居の際に念を押されていたものだから、アパートの住人に電話がかかってくることは滅多になかった。

私は窓越しに礼を言い、部屋を飛び出した。信太郎か雛子に何かあったのだ、そうに違いないと思った。

アパートの隣の敷地に立っていた大家の家は、古い木造の二階建てだった。電話は玄関を入ってすぐの靴箱の上に置かれてあり、夕食が始まったばかりなのか、甘辛く煮た煮物の匂《にお》いが玄関先にまで漂っていた。

すみません、失礼します、と私が奥に向かって言うと、奥のほうから、はい、という無愛想な女の声が返ってきた。私を呼び出しに来てくれた女の声だった。「電話してる間、玄関は閉めといてくださいよ。寒くてかなわないから」

わかりました、と私は言い、玄関の引き戸を閉めた。外を行き交う車の音が遠のいたのと同時に、奥の部屋からTVの音声が聞こえてきた。七時のNHKニュースだった。浅間山荘にたてこもっている連合赤軍について、熱っぽく伝えている男のアナウンサーの声に、食事中の食器の音が重なった。

はずされていた受話器は、手製とおぼしきレース編みの円形の敷物の上に置かれていた。受話器を取り、もしもし、と言った。何も聞こえなかった。私はもう一度、大声で「もしもし」と言い、「矢野ですが」とつけ加えた。受話器から口臭よけの香料の匂いが立ちのぼった。

溜《た》め息のような、すすり泣きのようなものが聞こえた。電話の相手は一言も声を発していなかったというのに、私はその瞬間、それが雛子であることを知った。

「ふうちゃん」掠《かす》れた声で雛子が言った。か細い泣き声がそれに続き、涙にむせたのか、雛子は烈《はげ》しく咳《せき》こんだ。

「どうしたの、雛子さん。何かあったの？」

雛子はしゃくりあげた。「信ちゃんが発狂しちゃったわ。家の中のもの、全部、壊してやるって。全部、壊したら、私を殺すんだって。聞こえない？　あの音。今、自分の書斎で本棚から本を床にぶん投げてるところよ。居間とキッチンにあるものは壊し終えたから、あと少しで私、殺されるんだわ」

しゃくりあげ、吐く息と吸う息とのタイミングが合わないものだから、言葉が途切れ途切れになっている。途切れた瞬間、かすかにではあるが、遠い地響きのような音が聞こえた。どすん、どすん、という響きの合間に、ガラス類が割れるような音が混じっている。壁を叩《たた》くような音。そして、また何かが割れる音……。

私は息をのみ、受話器を握りしめた。信太郎がものを投げ、壊している。日頃の彼の穏やかな姿から想像すると、にわかには信じられなかったが、雛子を殺すと言った彼は容易に想像することができた。信太郎なら、言いかねない言葉のように思えた。そして、殺すと彼が言うのなら、本当に殺すだろう、とも思った。

寒さのせいではなく、歯の根が完全に合わなくなった。私は靴箱の上のレースの敷物を見ていた。敷物にはほつれた部分が何カ所かできていた。あの大家のおばさんが編んだものなのだろうか、と私は考えた。そんな時に、考えるようなことではなかったのだが、そんなことでも考えていなければ、その場で叫び声をあげてしまいそうだった。

雛子は早口で続けた。「逃げ出したいんだけど、できないの。私、素っ裸にされちゃったの。着るもの全部、どこかに隠されちゃったの。靴もよ。ふうちゃん。私、殺されるのよ。信ちゃんに殺されるの」

信太郎は本気だ、とまたしても私は思った。すぐ行きます、と私は言った。「それまでなんとか、先生をなだめて……」

無理よ、と雛子が遮《さえぎ》った。「間に合わないわ」

「間に合わせて」私の声はもはや完全に裏返っていた。「お願い、雛子さん。間に合わせて。私が行くまで、そのままでいて」

雛子の返事を聞かずに受話器を戻し、大家の家の玄関から飛び出した。部屋に駆け戻り、コートをわしづかみにしながら、同時に財布の中身を調べた。幸運にも、目黒までタクシーを走らせるだけの現金は残っていた。私は財布ごとコートのポケットに突っ込むと、アパートの外に出て、通りかかった空車タクシーを拾った。

喋《しゃべ》り好きな運転手だった。ひっきりなしに一人で喋っていて、質問をされなかったのはありがたかったが、それでも適当なところで相槌《あいづち》を打たねばならないのが辛《つら》かった。

運転手のその晩の主な話題は、浅間山荘事件に関するニュースについてであった。彼は、この世で一番嫌いなのは、一に学生運動をしている学生で、二に髪の毛を長く伸ばした若い男だ、と言った。「学生運動をして石を投げたり、大学を封鎖したりするような連中は、全員まとめて刑務所に放りこんでしまえばいいんだ」と吐き捨てるように罵《ののし》る彼は、赤軍派とか中核とか革マルだとかいう言葉を耳にするだけで反吐《へど》が出そうになる、とまくしたてた。

目黒の片瀬夫妻のマンション前に車が静かに横づけされた時、運転手は自分のお喋りの総まとめにするつもりか、軽井沢の話を始めた。今どきの軽井沢は寒くて大変だ、山荘で人質にとられてる管理人の奥さんはさぞかし辛いだろうにねえ……そう嘆きながら釣銭を手渡そうとして、彼は私に何か質問をした。その晩、彼が私に投げかけた最初で最後の質問だったはずなのだが、私は不安が喉元《のどもと》までこみあげていて、何を聞かれたのかもわからなかった。

運転手は私に笑いかけた。ちょうど私の父くらいの年齢の男で、彼は私をしげしげと見るなり、「だめだよ」と言った。「学生運動をするような男とつきあっちゃ」

私は曖昧《あいまい》にうなずき、釣銭を受け取って車から降りた。みんな死ぬのだ、とちらりと思った。唐木も連合赤軍の連中も、そして自分たちも。やっていることは違っても、命がけで突っ走っている時の人の気持ちは変わらない。死にもの狂いで愚かなまねをし続け、そのことに対して何の疑いも抱かずにいられるのだ。

そして私はその時、確実に死を意識し始めていた。雛子の死、信太郎の死、そして自分自身の死……。私たち三人の性的なつながりは、初めから明らかに死に向かっていたのではないか、などとも考えた。いや、あるいは、そう考えたのは、後になってからのことだったかもしれない。あの晩は、そんなことを考える余裕すらなく、タクシーを降りてから、ひた走りに走って片瀬夫妻の部屋まで急行しただけだったかもしれない。

エントランスホールを駆け抜け、エレベーターに乗った。雛子が信太郎に殺されている光景が目に浮かんだ。タクシーに乗っていた時から、いたずらに増幅させていた不吉な想像は、ほとんどその時、頂点に達していた。それはもう、想像などという悠長な段階を超え、現実そのものと化していた。

エレベーターを降りた時、信太郎は雛子を刺したに違いない、と私は思った。首を絞めるとか、ベランダから突き落とすとか、バスタブに水を張って、その中で溺死《できし》させるとか、そういった殺害方法は思い浮かばなかった。信太郎と凶器はよく似合っているように思えた。東京には猟銃は置いていないのだから、と私は考えた。多分、包丁を使ったに違いない、と。

玄関ドアの前に立った。その時点で早くも私は、自分も死のうと覚悟を決めた。信太郎が雛子を刺殺し、警察につかまってしまうのであれば、生きていても仕方がなかった。できれば信太郎と一緒に死にたかった。それしか自分たちを救う方法はないような気がした。

思春期にありがちな死への憧憬《どうけい》があったせいではない。私は本気だった。私があの時考えていた死は、観念的な死でもロマネスクな死でも何でもない、一つの具体的な死、確固たる理由のある死であった。

チャイムを鳴らした。聞き慣れた軽やかなチャイム音が、室内の遥《はる》か遠くまで響きわたる気配が感じられた。私は深く息を吸った。雛子の全裸の身体《からだ》が真紅の血にまみれている光景を思い描いた。何を見ても驚くまい、と自分に誓った。どれほど凄惨《せいさん》な光景を目にしようとも、自分はまもなく死んでいくのだから、と。

それにしても、今から考えると滑稽《こっけい》ではある。ドアチャイムを鳴らして、信太郎が応対に出て来てくれると私は思っていたのだろうか。雛子を刺殺したばかりの信太郎が、「やあ」と言って、ドアの鍵《かぎ》を開け、自分を中に通してくれると信じていたのだろうか。

雛子の後を追って死ぬ覚悟を決めていたわりには、私の動転ぶりは相当なものだったらしい。実際のところ、あの時私は、チャイムを鳴らせば信太郎が出て来てくれる、と信じていた。誰も出て来ないのではないか、もしそうだとしたら、隣近所の住人の電話を借りて、警察に通報しなければならない、などということは考えもしなかった。

そして、信じていた通り、信太郎がドアの鍵を開け、私を迎えてくれた。信太郎は返り血を浴びているはずだったのだが、彼が着ていたタートルネックの白いセーターには何ひとつ赤い染《し》みはついていなかった。髪の毛が乱れ、目が異様にぎらぎらと輝き、固く結んだ唇が、いつもよりも薄く見えたことを除けば、信太郎の様子は普段とさほど変わりなく見えた。

よく来たね、と信太郎は言った。その時、彼は微笑《ほほえ》みを浮かべさえしたかもしれない。

私はわけがわからなくなって、身体を硬直させたまま彼を見上げた。

信太郎は、首で奥のほうを指し示した。「雛子は僕が発狂したと思ったらしいね。でも僕はあいにく正常だよ。正常すぎるくらいだ」

「雛子さんは無事なんですか。いったい何が……」

信太郎は思いがけず強い力で私の腕を引っ張り、玄関の中に引き入れると、私の身体を抱きかかえるようにしながらドアを閉め、鍵をかけた。外廊下と遮断された玄関には、重苦しい圧迫感がたちこめた。

信太郎はいきなり、私の目の前に人差し指を突き出し、睨《にら》みつけるようにして私を見ると、聞き取れないほど低い声で言った。「これから車で出かけるよ。いいね？」

「どこに？」

「箱根の強羅《ごうら》に小さな温泉宿を知ってるんだ。鄙《ひな》びていて、いつ行っても部屋が空いてる。今頃はきっと、誰もいない」

「でも、どうしてそんなところに……」

「どうしてもさ。行きたくなったんだ。きみと」

ふいに私の中に、恐ろしい想像が拡《ひろ》がった。信太郎は雛子をすでに殺害していて、これから逃亡しようとしているのではないか。私はその逃亡につきあうことになるのだろうか。彼の一見、落ち着き払った態度は、正常な精神状態を表すものではなく、むしろ逆で、異様な興奮の結果生じた、不気味な静けさなのではないか……そう思った。「雛子さんはどこなんですか。先生、と私は声を震わせ、信太郎の腕を揺すった。「雛子さんはどこなんですか。まさか、まさか、先生、雛子さんはもう……」

信太郎の背後で、空気がそよぐような気配がした。ふといつものオーデコロンの香りを嗅《か》いだように思った。私はおそるおそる視線を移した。

廊下の壁にもたれるようにして、雛子がしどけなく立っていた。全裸だった。彼女は胸も陰部も隠そうとせず、その代わり、何かから身を守るようにして、両腕を乳房の下で組みながら壁にもたれ、じっとこちらを見ていた。寒かったのだろう。美しかった乳首は縮み上がり、色を失って、黒ずんでいた。

顔は涙で濡《ぬ》れ、ふくれ上がった目のまわりが充血していた。はげ落ちた化粧があちこちに色とりどりの染みを作っていた。巻き毛のショートヘアは風に吹かれている時のように乱れ、ところどころに毛玉ができているせいで、汚れた栗色《くりいろ》のかつらを被《かぶ》っているように見えた。

裸体をさらし、恨めしそうな視線を投げ続ける雛子ではあったが、それはまぎれもなく、負けてはいない雛子だった。どれほどひどい仕打ちを受けようと、文字通り丸裸にされようと、殺されかかろうと、誇りを失わずにいる雛子だった。

「ふうちゃん、よく来てくれたのね」雛子は言った。けだるそうな低い声だった。「呼び出したりして悪かったわ。あなたの電話を切った後で、やっと信ちゃん、落ち着いてくれたの。おかげで殺されずにすんだみたい」

ああ、と私は声に出して言った。「よかった。無事だったんですね。よかった」

まぬけな応答だった。だが、それしか言えなかった。涙がにじんだ。泣いている場合ではない、と自分に言い聞かせ、私は唇を噛《か》んで涙をこらえた。

雛子は、ふっ、と自嘲《じちよう》的に笑った。細めた目が瞬《まばた》きを繰り返した。腫《は》れあがったまぶたが痛々しかった。「家の中は目茶苦茶よ。ねえ、ふうちゃん。せっかく来てくれたんだから、お願いがあるの。信ちゃんが隠しちゃった私の服とか下着とか靴がね、寝室に全部、放り込んであるらしいの。寝室の鍵は彼が持ってるわ。そろそろ返してほしいんだけど、あなたから信ちゃんに、そう頼んでもらえないかしら」

私は信太郎を見た。信太郎は私を見ずに、軽く苦々しげな溜め息をついた。彼ははいていたズボンのポケットをまさぐった。鍵が出てきた。

路上の物乞《ものご》いに硬貨を投げてやる時のように、彼は煩《わずら》わしげな素振りでその鍵を雛子の足元に投げた。雛子は一瞬、信太郎を睨みつけた。信太郎も雛子を睨み返した。だが、それだけだった。何も起こらなかった。

雛子は胸の前で組んでいた腕をほどくと、ゆっくりと身体を二つに折って腰を屈《かが》め、鍵を拾い上げた。雛子にはまったく似合わない、卑屈な仕草だったが、彼女がそんなことを意に介している様子はなかった。雛子はそのまま何も言わずに、いつもの爪先《つまさき》立つような歩き方で寝室のドアの前まで行くと、鍵穴に鍵をさしこんだ。

カチリと音がして鍵が外れた。雛子の姿は、ドアの向こうの闇《やみ》の中に消えていった。

それまで雛子の身体で隠れていた居間が、その時初めて、私の目に飛び込んできた。廊下には装飾用にはめこまれているガラスは、見事に粉々に割られていた。廊下にはガラスの破片が散乱し、天井の明りを受けてきらきらと光っていた。

私は靴を脱いだ。見たいと思った。信太郎が大久保勝也に嫉妬《しっと》して、狂人のように暴れまくったその結果、部屋がどんなふうに変貌《へんぼう》したのか、この目で確かめたいと思った。

信太郎の脇《わき》をすり抜け、居間に通じるドアの前に立った。ドアは半分、開いていた。

居間は大型台風で根こそぎ倒された家のように、あらゆるものが目茶苦茶にかき乱されていた。かつてそこにあったものはすべて、一つの例外もなく、なぎ倒されるか、割られるか、壁に投げつけられるかしたらしかった。床には雑誌やドライフラワーやばらばらにされた煙草《たばこ》、サボテンの鉢植えなどが散らばっていた。窓のカーテンには得体の知れない液体がぶちまけられていた。原型をとどめていない陶器のかけらが、あちこちで冷たい残骸《ざんがい》をさらしていた。TVがひっくり返っていた。カップボードの中から引きずり出されたグラス類は、どこにどう投げつけられたのやら、すでに木端微塵《こっぱみじん》になって形を失っていたのか、一切、姿が見えなくなっていた。代わりにボードの中には、信太郎が投げつけたらしいペイズリー模様のクッションが、すっぽりと収まっていた。

信太郎はキッチンにいた。彼は冷蔵庫を開け、コーラを取り出し、栓を開けて瓶ごと口につけて飲み始めた。かろうじて落ち着きを取り戻したものの、もう何もかも、いやになった、と言わんばかりに、彼は口から滴《したた》り落ちたコーラを手の甲で乱暴に拭《ぬぐ》うと、鋭い視線を私に投げた。

自分が信太郎の立場だったら、同じことをしただろう、と私は思った。雛子を守るため、雛子を取り戻すためだったら、きっと同じことをしただろう。それが逆効果になることがわかっていても、猛々《たけだけ》しく噴き上げる激情をなだめすかすために、何かしなくてはいられなくなっただろう、と。

「ふうちゃん」信太郎が私を呼んだ。

私は彼を振り返った。彼は怖いような真剣な目で、じっと私を見ていた。

「きみに話したいことがあるんだ」

私は黙っていた。窓の外のどこかを救急車が走り去って行く音がした。

彼は静かに首を横に振った。「ここでは話せない。だから強羅に行こうと思う」

「何の話ですか」

信太郎は黙っていた。私は信太郎を見つめ続けた。部屋は静まり返っていた。ソファーの上に置き時計が転がっているらしく、切り裂かれたクッションの隙間《すきま》から、時を刻むコチコチという音がはっきり聞こえた。

私は聞いた。「聞くのが怖い話ですか」

信太郎は沈黙を守り通した。それが答えなのだろう、と私は思った。

信太郎はかろうじてコードの切れていない電話の受話器を取り、部屋をとるために温泉宿に電話をかけた。アドレス帳を開く様子もなく、電話番号を控えたメモを読み上げるでもなく、宿の番号を空で覚えていたのは、その日、私と彼がそこに行くことになる、とあらかじめ想定していたからだろうか。それとも、ただ単に、ずっと昔から頭の中にたたきつけて覚えこんでいただけだったのだろうか。

雛子は寝室から出て来なかった。私は信太郎と共に玄関を出て、マンションの静まり返った廊下を歩き、エレベーターに乗った。信太郎の後ろに立っていた私は、彼の耳の脇に、乾きかけた血玉が赤黒く凝固しているのを見つけた。ガラス片か何かで切ったらしかった。

ふいに悲しみがこみあげてきた。私は信太郎の腰に後ろからすがりつき、彼の背中に顔を押しつけて嗚咽《おえつ》をこらえた。

22

マンションの駐車場を出てから、東名高速道路に乗って御殿場《ごてんば》で降りるまでの間、私と信太郎はほとんど口をきかなかった。

寒い晩だった。信太郎を追い抜いて行く車の赤いテイルランプが長く細く尾を引き、やがて凍える冬の闇《やみ》の中に滲《にじ》んでいくのが見えた。

信太郎の運転は乱暴だった。まるで何かに取りつかれているような安定感のない運転ぶりで、恐ろしいほどアクセルを踏みこみ、猛烈なスピードを出して前の車を追い抜いたかと思うと、次の瞬間には走行車線に戻っている。そして、ほっとするのも束《つか》の間《ま》、再び前の車を追い抜きにかかる、といった具合だった。

時折、彼はフロントガラスを睨《にら》みつけたまま、私に「煙草《たばこ》に火をつけてくれないか」と言った。そのたびに私は自分の煙草に火をつけ、吸い込んでから、彼の口にさしはさんでやった。私の指先に彼の唇が軽く触れた。そこにはぬくもりは一切なく、乾いた木肌のような素っ気ない感触が感じられるだけだった。

何故《なぜ》、あの晩、彼が私を強羅に誘ったのか、ということについては、後になってその理由がはっきりする。だが、車の助手席に座っていた時、私は、何故自分たちが強羅に行く必要があるのか、話があるのなら、どこか他の場所でもかまわないのではないか、と考え、かすかな不安を覚えた。

片瀬夫妻は、結婚生活における楽しかった思い出話を私に語って聞かせるのが好きだった。私は彼らの旅先でのエピソードはずいぶん耳にしている。だが、夫妻が強羅の鄙《ひな》びた温泉宿に泊まったという話は、これまで信太郎からも雛子からも聞いたことがなかった。

とはいえ、ハンドルを握っている信太郎にそのことを問い質《ただ》してみる気にはなれなかった。信太郎は会話を拒絶しているように見えた。

彼が喋《しゃべ》り始めたのは、御殿場インターチェンジで東名高速道路を降り、国道に入ってからだ。信太郎はいきなり、唐突とも思えるような切り出し方で、「わけがわからなくなっただけなんだ」と言った。

私は驚いて彼を見た。脈絡のない話しぶりには、居合わせた者を少しぞっとさせるような響きがあった。

「自分でもうまく説明できないんだよ」彼は抑揚をつけずに言った。「大久保に会いに行こうとして、いそいそと支度を始めた雛子を見ているうちに、突然、腹が立ってきてね。気がついたら、手あたり次第、そこらへんにあるものを壊していた」

「お見事でしたよね」私はなんでもないことのように、軽く笑ってみせた。「近所の人が驚いて、パトカーを呼ぼうとしてたかもしれないわ。あんなに目茶苦茶なんですもの。ものすごい音をたててたんじゃないんですか」

信太郎はそれには応《こた》えなかった。「物を壊しているうちに、自分が常軌を逸していくのがはっきりわかったよ。でも狂っていったんじゃない。むしろ逆なんだ。壊せば壊すほど、冷静になっていったような気がする」

「でも先生は雛子さんに、殺してやる、って言ったんでしょう?」

「言った」

「本気で?」

「その一瞬は本気だったかもしれない」

「だから、雛子さんを裸に?」

「裸にすれば、どこにも行けないだろう?」信太郎はその晩およそ初めて、和らいだ視線を私に投げた。

急カーブの続く国道を速度を落として走り続けている途中、粉雪が降り出した。路面凍結注意の立札があちこちに立っていた。路肩には、排気ガスをかぶり、根雪になったどす黒い雪が固まっていた。行き交う車はほとんどなく、117クーペのヘッドライトが照らし出す光だけが、凍《い》てついた山肌を仄白《ほのじろ》く浮き上がらせるだけだった。

　このまま車がスリップしてガードレールに激突し、谷に落ちたら……と私は考えた。妻に逃げられ、失意のどん底に落ちた男と、その男にすがるようにして生きてきた孤独な女子大生、深夜の箱根で不慮の事故死……そんな週刊誌のタイトルが鮮やかに目に浮かんだ。ありふれた三角関係が生んだありふれた悲劇。平凡きわまりない結末。実際、私は自分や信太郎や雛子や大久保が、世界の誰もが日夜繰り広げている、通俗的で凡庸な恋のもつれに惑わされているだけなのではないか、と考えたりもした。

　東京を出た時から、私は私なりに、信太郎が私に話したがっている話の内容というものの見当をつけていた。信太郎はおそらく雛子と別れる決心を固め、同時に私にも別れを告げるつもりでいるのだろう。もう僕たち三人の関係は終わってしまった、だから残念だけど、これでお別れだ……そう私に伝え、私と最後の夜を過ごそうとしているに違いない……そう思っていた。

　ある意味で、その時点でまだ私は相当、冷静でいられたのだ。私が思っていた通りの別れの言葉が信太郎の口から発せられていたら、私はあんな犯罪は犯さずに済んだかもしれない。これが最後だよ、ふうちゃん、寂しいね……そう言って信太郎が私に手を伸ばし、淫靡《いんび》な気配が漂う寒々しい宿の一室で、ちっとも欲望の感じられない、どこかしら義務的とも思える仕草で私を抱いていたら、私は大久保を射殺せずに済んだのかもしれない。

仙石原《せんごくばら》を抜けて強羅に到着したのは、十一時を回ったころだったか。冬の暗がりの中にぽつんと佇《たたず》んでいる小さな温泉宿の車寄せに117クーペが静かに横づけされた時、私が必死になって考えていたのは、信太郎と雛子を失った後の自分のことだった。喪失の苦痛を乗り越えるために、何カ月も何年も、ことによると何十年も自分の薄汚れた精神と向かい合い、苦痛を打破できたと思われる静かな瞬間が訪れるのを辛抱強く待つのか。それとも、自ら命を絶つことによって、苦痛から解放されようと試みるのか。

いずれにせよ、その選択を迫られる頃には、信太郎と雛子は私の前からいなくなっているのだった。果たして自分がそんな事態に耐えられるのかどうか、いくら考えてもわからなかった。わからないのだが、私はそれでも考え続けていた。何が起ころうとも、現実を受け入れていかねばならない、と自分に言い聞かせると、鼻の奥が熱くなり、目がかすんだ。

宿は確かに鄙びた雰囲気を漂わせてはいたが、元はと言えば素封家《そほうか》の邸宅だったのだろう、葉を落とした木々に囲まれた数奇屋《すきや》造りの建物は、暗がりの中で見ても風雅な印象があった。

信太郎が表玄関の格子《こうし》のはまった引き戸を開けた。引き戸につけられていた鈴が、澄んだ音をたてて鳴った。奥から初老の女将《おかみ》が走り出て来た。

確かに以前、信太郎はこの宿に泊まったことがあるらしかった。ひっつめ髪をした痩《や》せた女将は、一目、信太郎を見るなり、表玄関に敷きつめられた畳の上に正座し、深々と頭を下げて「お久しゅうございます」と言った。

女将の後ろには、台座に載った青磁の大きな壺《つぼ》があり、壺には寒椿《かんつばき》の枝が活《い》けられていた。よく見ると、和服姿の女が締めていた帯にも、寒椿の模様が染め上げられていた。

薄暗い照明の中、女将は私の顔はちらりとも見ず、夜遅く到着したことへのいたわりの言葉も述べず、まして寒さについても一言も触れず、ただ静かに婉然《えんぜん》と微笑《ほほえ》んで、音もなく立ち上がると、「こちらへ」と言いながら私たちの先に立って歩き出した。

小さな宿だった。客室は全部で五つほど。大浴場があるわけではなく、それぞれの客室にある小さな風呂場《ふろば》に温泉がひかれているようだった。

案内されたのは、表玄関からもっとも離れた、奥座敷とも呼ぶべき一室で、入口には「椿の間」と書かれてあった。何の変哲もない、古い温泉旅館でよく見かけるような部屋だった。入口を入るとすぐに、畳が二枚ほど敷かれた薄暗い次の間。襖《ふすま》の向こうは狭苦しい縁側と、形ばかりの床の間《とこ》がついた八畳の和室。観光地によくあるありふれた温泉宿と違うのは、八畳の和室の隣に、床がのべられた小部屋が控えていて、その小部屋には窓はついておらず、専用の風呂場は小部屋を通らないと入れないようになっているところだった。

八畳の和室に天井の明りはなく、照明と言えば床の間のぼんやりとした明りと、床に置かれた行燈《あんどん》が投げかける、黄色く妖《あや》しげな光だけだった。床の間には、表玄関にあったものと同じ寒椿が一輪、活けられていた。

部屋はほんのりと暖まっていた。女将は中腰になって大きないかめしい火鉢をかきまわして火をおこすと、「おこたにも火をいれてございます」と言った。「何かご注文は？」

「熱燗《あつかん》を四、五本持ってきてください」と信太郎は言った。

女将は深くうなずき、炬燵《こたつ》掛けにできていた皺《しわ》を素早く直してから、部屋を出て行った。

「今は誰でも利用できるけど、昔は名士たちがおしのびで使う連れ込み宿だったんだ」信太郎は炬燵に足を入れると、疲れきったように両手で顔を撫《な》でた。「東京からも近いからね。それに見てわかる通り、風情《ふぜい》もある。もともとは、伯爵《はくしゃく》だか何だかの別邸だったらしい。華族制度が廃止になってから、金に困って家を売る連中が多くいたようだけど、まさか、自分が売った別邸が連れ込み宿に様変わりするなんて、売った奴《やつ》は想像もしなかっただろうね」

そうですね、と私は言った。私は火鉢の脇《わき》に座り、赤く燃えさかっている炭に手をかざした。そこは別れ話を聞くにふさわしい場所、大人の男女が最後のひとときを過ごすに足る場所であるようだった。先人たちが交わした数々の架空の身の上話、決して守られない約束事、その場限りの契《ちぎ》りが部屋の隅々にまでしみついている部屋で、自分はこれから別れ話を切り出されるのだ、と思うと、沈みこむような悲しさが私を襲った。冷静でいられたはずなのに、少なくとも信太郎の前では冷静でいようと心に誓ったはずなのに、早くも私は気持ちが乱れていくのを意識した。信太郎を失うこと、信太郎と雛子のいない人生を送ることを考えただけで、いったい全体、そんなことが可能なのだろうか、という素朴な疑問が生じるほどであった。

炬燵にお入り、と信太郎が促した。私はうなずき、掘り炬燵に足をすべらせた。

女将が丸盆を手に部屋に入って来た。熱燗の入った徳利《とっくり》が五本。猪口《ちょこ》が二つ。煮こごりのようなものが品よく並べられている小鉢が一つ。塗り物の赤い箸《はし》が二客。ごゆっくり、と女将は言い、下がって行った。

信太郎が二つの猪口に酒を注ぎ、一つを私に手渡した。私たちは軽く猪口を合わせて乾杯のまねごとをした。

「きみの大学では、騒ぎが起こってるんじゃないのかな」

「どうしてですか」

「浅間山荘の事件に関してだよ。触発される学生も多いだろうからね」

世間を騒がせている過激派の事件の話など、口にしたくもなかった。私が関心を抱いているのは、信太郎と雛子のことだけだった。たとえ、翌日、原爆が東京に落とされるというニュースを耳にしても、私は驚かなかったに違いない。

「大学がどうなってるか、なんてこと、私にはわかりません」

「どうして?」

「ここのところ、ずっと大学に行ってませんから」

「困ったもんだ」信太郎は唇を結んだまま、形ばかりの笑みを浮かべた。

私は猪口の中の酒を一口飲んだ。信太郎は炬燵に頰杖《ほおづえ》をつき、煙草を吸い続けた。風が出てきたのか、部屋の外のたてつけの悪い雨戸がしきりと鳴った。冷たいすきま風が、室内を吹き過ぎていったような気がした。

お話って何なんですか……そう言おうとして口を開きかけ、信太郎を見ると、信太郎が炬燵の上の徳利をじっと見つめているのが目に入った。思いつめたような目つきだった。行燈が投げかける黄色い光が、彼の顔半分に黒い陰影を作っていた。頰杖をついた手にさしはさんでいる煙草から、長く伸びた灰がほとりとかすかな音をたてて徳利の脇にこぼれ落ちた。

彼は言った。「僕はこの部屋で、雛子と初めて寝た」

私が黙っていると、信太郎も黙りこくった。沈黙が拡《ひろ》がり、外の風の音しか聞こえなくなった。

長い息詰まるような沈黙の後で、信太郎は再び口を開いた。「雛子の父親は昔、遊び人だったんだ。放蕩《ほうとう》の限りを尽くしてね。この宿の常連でもあったらしい。それで雛子もこの宿の存在を知り、僕を誘った」

「何年前の話ですか」

「八年？　九年？　そんなもんだよ。それほど昔の話じゃない。雛子はね、学習院大の学生だったんだけど、ああいうモラルのない娘だったから、勝手に退学届けを出して家出してさ。何だか知らないけど、頭のいかれたような男友達数人と新大久保にアパートを借りて、夜は新宿の小汚いスナックバーで働いてたんだ。僕は知り合いにそのスナックに連れて行かれて、そこで雛子と知り合った。完全に一目惚《ぼ》れだよ。それしか言いようがない。雛子が忘れられなくて、僕は毎晩のようにその店に通いつめるようになってね。雛子のほうでも僕に気持ちを寄せてくれているみたいだったんで、そりゃあもう、有頂天になった。でも、最初に具体的な誘いをかけてきたのは彼女のほうだよ。さすがだよね。僕は彼女のそういう積極的なところも気にいってる。強羅に知っている素敵な温泉宿がある、一緒に行かないか、って言われた。もうそのころは、僕はめろめろの状態さ。彼女と寝ることを一つの神聖な儀式として考えて、ようし、その宿に行くまでは、彼女に指一本触れないぞ、なんて自分に誓ったりしてたよ。子供じみてたな」

信太郎は可笑《おか》しくもなさそうに、肩を震わせて笑った。何の話が始まろうとしているのか、私にはわからなかった。別れ話を持ち出そうとしている時に、過去の思い出話はふさわしくない。それでも信太郎は、何かに憑《つ》かれたようにして語り続けた。

「秋だったと思う。僕は友達から車を借りて、彼女を乗せて、ここに来た。驚いたね。いわゆる普通の温泉旅館を想像していたから、こんな秘密めいた高級な連れ込み宿を知っている彼女はいったい、どんな生活をしてきた女なんだろう、って興味を持ったよ。ひょっとすると、彼女は高級娼婦《しょうふ》だったのかもしれない、なんてね。雛子に娼婦っていう言葉は似合うだろう？　実に似合っていて、だからこそ僕はそんな雛子が好きなんだけどね。その時だって、彼女がどんな女だったとしても僕は全然、かまわなかった。たとえ、誰か有名な政財界のドンの妾《めかけ》だと聞かされても、驚かなかったと思うよ。ところが彼女は娼婦なんかじゃなかった。妾でもなかった。彼女は、この宿に来たのは、自分の父親が昔よく使ってて、いつも宿の名前を耳にしていたから、一度、来てみたかっただけなんだ、って言ったんだが、それを聞いた途端、いやな予感がした。その時だよ。彼女の本名が二階堂雛子で、父親が元子爵の二階堂忠志であることを知ったのは。彼女が店で使っていた源氏名は桜ルミっていうんだ。桜ルミ……馬鹿《ばか》げてるよね。本名じゃないに決まってるのに、僕はてっきり、彼女の本名が桜ルミであると思いこんでいた。彼女の本当の苗字《みょうじ》が二階堂で、おやじさんが元子爵の二階堂忠志だってことをもっと早く知っていたら、僕は絶対に彼女に近づかなかったはずなんだ。でも、遅かった。知った時点ではもう、僕は彼女から離れられなくなっていた」

好奇心というよりも、説明のつかない、ただならぬ不安が私の中に押し寄せた。信太郎が話そうとしている話はその時点ではまだ想像もつかなかったが、それでもこれから打ち明けられる話の内容が、何かとてつもなく秘密めいたものであろうことはおぼろげながら予測がついた。

別れ話をされることになる、と決めてかかっていた自分が愚かしく見えた。もっと別の、もっと耳にしたくないような話をこれから自分は打ち明けられようとしている……そう思った。

「何故《なぜ》?」私はできるだけ静かに聞いた。早くも声が震え出していた。「雛子さんが二階堂さんの娘だったら、何かまずいことでもあったんですか」

信太郎は床の間を背にして座っていた。床の間についている蛍光灯の淡い明りが、彼の肩のあたりの輪郭を白くぼやけさせていた。

信太郎はすっかり燃えつきてしまった煙草《たばこ》を灰皿の中でつぶし、ゆっくりと私の方を見た。

「雛子と僕はね、血がつながってるんだ」彼は言った。おごそかな言い方だった。「腹違いの兄妹なんだよ」

眩暈《めまい》を覚えるほど驚いたわけではない。頭を鈍器で殴られたような衝撃を覚えたわけでもない。だが、私は声を失った。あらゆる言葉を失った。

信太郎は新しく煙草に火をつけ、深く吸い込んだ。彼が吐き出す煙はすきま風のせいで、たちまち室内の薄闇《うすやみ》の中に消えていった。「僕の母親の名前はね、小林千代《こばやしちよ》っていうんだ」彼は私の反応を確かめる様子もなく先を続けた。「おふくろは昔、二階堂子爵の家で働いてたんだ。小間使いみたいな仕事だよ。当時は上流社会の家に行儀見習いと称して奉公に行きたがる若い娘が多くてね。母の世代の女の心情なんて、僕にわかるわけがないけど、上流階級の家で働いていれば、奥様のいらなくなった指輪や着物なんかをお下がりにもらえたり、食事が洋風でしゃれていたり、やめる時には婚礼道具も準備してもらったりできるんだから、人気が出て当然だったろうね。でも僕のおふくろはそういう理由で子爵の屋敷に奉公にあがったんじゃない。家が貧しかったんだ。ふつう、そういう人間は上流の家庭では敬遠されていたはずなんだけど、二階堂は面接に来たおふくろを一目見るなり、気にいったらしい。僕が言うのもおかしいが、おふくろは男の気をそそるタイプの女だったんだ。二階堂に気にいられたものだから、おふくろはめでたく正式に子爵の家で雇われることになった。そのころはまだ、子爵の女房……つまり雛子の母親は病気ではなく、元気だったから、おふくろは子爵夫人のお付きになった。或《あ》る晩、べろべろに酔っぱらって帰って来た二階堂子爵が、呼鈴を鳴らしておふくろを呼んだ。子爵夫人も他の召使も、もう休んでいたような時間だよ。どうして自分だけが呼ばれるのかわからないながらも、主人の命令とあれば仕方がない。おふくろは大あわてで子爵の部屋に行った。二階堂はズボンを脱がせろ、とおふくろに命じた。おふくろがためらっていると、いきなり押し倒されて犯された」

　そこまで言うと、信太郎は徳利から猪口に酒を注ぎ、あおるようにして飲みほした。

「よくある話と言えば、よくある話かもしれないね。一カ月くらいたってから、おふくろは急に身体《からだ》の具合が悪くなってきて、妊娠してしまったことがわかったんだ。もともと気丈でまっすぐなところのある性格だったから、おふくろは意を決して二階堂に話をつけに行った。ところが、二階堂はそんなことをした覚えはない、と言い張った。昔は召使の女に手をつけて孕《はら》ませてしまった場合、華族としての体面上、別宅を持たせて生まれた子供を庶子として認知するのがならわしだったらしいけど、そうしてやるためには当然、金もかかる。酔っぱらってつい手を出した一回きりの行為に、それだけの犠牲を払うのは不服だったらしい。二階堂はおふくろの言うことを悪意ある言いがかりだ、とはねつけて、逆に周囲の人間に、千代はノイローゼにかかったようだ、と吹聴《ふいちょう》し出した。どこか外で遊んで来て孕んだ赤ん坊をあろうことか、主人との間にできた子にしようだなんて、頭がおかしくなったとしか思えない、ってわけだ。誰もがその噂《うわさ》を信じた。おふくろは居づらくなって、屋敷を出た。出て行く時も、もちろん何の報奨金ももらえなかった」

私は大きく息を吸った。そして途切れ途切れに息を吐き出した。頭が混乱していて、信太郎が口にする話のほとんどが理解できないような気もしたのだが、実際のところ、私は全身を耳にして彼の言葉を聞き取ろうとしていたらしい。彼の言葉を咀嚼《そしゃく》し、飲みこみ、理解しようとしていたらしい。その証拠に、あの時、信太郎が打ち明けてくれた話は、彼の溜《た》め息や沈黙も含めて一つ残らず、今も私の記憶の襞《ひだ》の中に刻みこまれている。

「その時、おふくろの腹の中にいた赤ん坊が僕だったのさ」信太郎はそう言って自虐《じぎやく》的な笑みを浮かべながら、髪の毛をかき上げた。「堕胎をしようにも、モグリの中絶医に支払う金も持ってなかったんだよ。そんな時、たまたま下町の居酒屋の前を通りかかって、従業員募集の貼《は》り紙を見た。事情を打ち明け、困っている、と言うと経営者夫妻はすぐにおふくろを雇い入れてくれた。人のいい夫婦だったらしいよ。おふくろは産み月になるまでその店で働き、あとはしばらく休みをもらって僕を産んだ。それから半年もたたないうちに、居酒屋に飲みに来てた片瀬作次郎《さくじろう》と知り合ったんだ。片瀬作次郎……うん、僕の育ての父親だよ。おやじは株屋だった。もうける時はかなりの額をもうけることができるけど、はずれた時は悲惨な目にあう商売だよ。特に僕が生まれた昭和十二年には、日華事変が起きて株価が暴落したんで、株屋としては不景気のまっただなかにあったようだけどね。それでもおやじはおふくろに惚れて、結婚を申し込んだんだ。おふくろは私には父親のいない子供がいます、と打ち明けた。そんなこと、ちっともかまわない、とおやじは言った。美談だよね。おふくろはおやじと結婚して、片瀬の籍に入り、片瀬千代になった。おやじは手堅く稼ぎ続けて、僕が三つになった年に郷里の栃木県足利市に家を買い、株屋もすっぱりやめて引っ越したんだ」

もうわかっただろう？ と信太郎は私を見た。「それから先のことは、いつかふうちゃんにも話したことがあると思うけど」

私はうなずいた。覚えていた。信太郎の父親が急死してから、母親と父方の親戚《しんせき》との折り合いが悪くなり、母親は信太郎を連れて足利から東京に出て来た。旅館で働いていたところ、そこの旅館の主人に見染められ、妾となって妾宅《しょうたく》を与えられた。信太郎は旅館の主人に教育の面倒を見てもらっていたが、彼が大学に進学した時、母親が病死。大学院を卒業できた年に、それを待っていたかのように、旅館の主人も病死……。

私がぼそぼそと嗄《しゃが》れた声で、以前、彼から聞いたいきさつを復唱してみせると、信太郎は「その通りだよ」と言い、空になった私の猪口に酒を注いだ。「僕がおふくろから二階堂のことを聞いたのは、十七歳のころだったと思う。まだおふくろは発病していなくて、元気だったはずなんだけど、何か自分の死期のようなものを予感してたんだろうな。あんたの本当の父親は足利で亡《な》くなったお父さんではない、って、ある日、おふくろは言ったんだ。本当の父親は元子爵で、今の二階堂汽船の社長の二階堂忠志なんだ、って。驚いたというよりも、信じられなかったよ。おふくろが結婚する前に、どこかの金持ちの家に奉公に行ってた、ってことは聞いて知ってたけど、まさかそこの主人に犯されて僕を身ごもって捨てられただなんて、夢にも思わなかったからね。おふくろは僕に言った。私は今になってもあの男を許すことができない、って。死んだ片瀬の実家ではずいぶん辛《つら》い目にあって、その時その時、誰かを憎んだりもしたけど、そんなものは数の内にも入らない。自分が生涯を通じて、憎悪《ぞうお》を燃やせる相手はあの男しかいない、そのことだけをあんたに伝えておきたかった……そう言った」

先生、と私は言った。自分の顔が歪《ゆが》んでいるのがわかった。「どうしてそんな話を私にするんですか」

思いがけず、涙があふれそうになった。信太郎は目を細めた。「雛子との間がこんなふうにならなくても、僕はいずれ、ふうちゃん、きみにこのことを打ち明けていたと思うよ。いずれ……ずっと先のことになっていたとは思うけど、いずれきっと、きみにだけは打ち明けることになったと思う」

私は唇を嚙《か》み、嗚咽《おえつ》をこらえ、手の甲で涙を拭《ぬぐ》った。そして、姿勢を正し、「先を続けてください」と言った。

信太郎は猪口の中の酒を飲み、それでもまだ足りないとでも言うかのように、さらに酒を注いだ。木枯らしが庭を吹き抜けていった。外は雪になっているかもしれない、と私は思った。

信太郎は顔を上げ、八畳の隣の、床がのべられている小部屋にあてどのない視線を走らせながら口を開いた。「雛子が自分と血を分けた妹であることを知ったのは、この部屋で彼女を初めて抱いた直後のことだったんだ。僕が茫然《ぼうぜん》としてると、雛子が理由を知りたがった。僕は母から聞いたことを全部打ち明けた。今度は雛子のほうが茫然とし始めた。雛子はヒデから聞かされていたらしいんだ。その昔、雛子が生まれるずっと前に、二階堂が召使を妊娠させて、追い出した事件があったことをね」

「ヒデさん、って、あのヒデさん？」

「そうだよ。ヒデは雛子が生まれる少し前から、雛子の母親の世話係として二階堂の屋敷で働き始めた女なんだ。ふうちゃんも知っての通り、ヒデは包容力のある優しい女だからね。雛子の母親は二階堂の放蕩ぶりに手をやいて、お付きのヒデに何かと愚痴をこぼしてたらしい。昔、亭主が小林千代という名の若い使用人を孕ませたあげく、屋敷から追い出した話も雛子の母親はヒデ相手に打ち明けた。そして、雛子は大人になってから、そのことをヒデから又聞きした。雛子は物心ついてからずっと、父親の度を越した淫蕩ぶりと小ずるい立ち回り方を見て育ってきたからね。母の死後、父親があちこちに女を作って遊び回っていたことも子供のころから知っていたし、いろいろな人間が父親の噂をしていたのも知っていた。だから、ヒデから聞いた話だって、そんな噂話の中の一つだと思ってたらしいよ」

「二階堂さんが追い出した女の人が、小林千代っていう名前だったことも雛子さんは覚えてたんですか」

信太郎は深くうなずいた。「覚えてたんだ。ありふれた名前だからね。かえって覚えやすかったのかもしれない。だから僕の話を聞いて、彼女はびっくりしたんだ。雛子がヒデさんから聞いた話と、僕がおふくろから聞かされた話とが、その瞬間、ぴったりと一致したわけだ。そら恐ろしいほどの偶然だよね。二人ともしばらく口がきけなくなった」

目がうるみ始めた。私は唇を舐《な》め、信太郎を見つめた。「兄と妹であることがはっきりしたのに、それでも結婚しようと思ったのは何故なんですか」

信太郎は私に向かって一瞬、ひどく険しい視線を投げた。私はうろたえた。なのに彼は私から視線をはずそうとしなかった。

「彼女に溺《おぼ》れたからだ」彼はきっぱりと言った。「それしか理由はない」

私が黙っていると、彼は目を閉じ、深く息を吸いこんだ。外のしじまを何かが走り抜けていくような気配があった。風の音だったのか。それとも夜行性の小動物だったのか。

信太郎はしばらくの間、宙の一点を見つめていたが、やがて「ともかく」と言い、姿勢を直して軽く咳払《せきばら》いをした。「それ以来、僕と雛子は片時も離れられなくなった。互いの身体の中に共通の血が流れている、という意識がますます僕たちを引き寄せたような気がする。他人であって他人じゃない……その不思議な関係性に、僕たちは酔った。でも、一緒に暮らすだけじゃ物足りなかったんだよ。僕たちは僕たちが抱えた秘密をもっともっと、自虐的に味わいたくなった。そのためには結婚をする必要があった。結婚して法的に夫婦になって、世間の気取った連中や利口ぶった連中を蔭《かげ》で二人で小馬鹿《こばか》にしながら笑ってやりたいと思ったんだ。だから、わざと雛子と一緒に二階堂に会いに行き、結婚させてもらいたいと頼んだ。二階堂はすぐに人を雇って僕のことを調査させたらしい。足利の養父に死なれた後、僕のおふくろが旅館経営者に長い間、囲われていて、僕がそんな中で育てられた子供だということまではわかったみたいだけど、それ以前のことはさすがにはっきりしなかったみたいなんだ。そうだよね。おふくろは小林千代ではなくなってたんだ。片瀬千代だったんだ。千代という名に記憶はあったかもしれないけど、二階堂はまさか娘が結婚しようとしている貧しい青二才の母親が、かつて自分が犯して放り出した女と同一人物であるとは思いもよらなかったんだろう。ただ単に、僕の育ちが悪くて、家庭環境が整っていない、ということを理由にして、結婚に反対してきた。もともと父親を頼る気なんかさらさらなかった雛子は、喜んで僕と駆け落ちした。素晴らしいハネムーンだった」

「どこ？」

「え？」

「ハネムーンはどこに行ったんですか」

信太郎は寂しそうに微笑《ほほえ》んだ。「ここだよ。この部屋だ。この部屋に三日三晩、こもりきりになって、気が狂うほど彼女を抱いた。獣になったみたいだった」

私は炬燵《こたつ》の上の自分の手を見ていた。見ているのに、何も目に入ってこなかった。

「このことを知っている人は誰もいないんですか」

「いない」

「本当に？」

「本当さ」

「死ぬまで二人だけの秘密にしておくつもりだったんですね」

「今日の今日まではね」信太郎は掠《かす》れたような声で言った。「きみが今日から、僕たちの秘密の新しい仲間に加わった」

秘密を共有し合う幸福な三角関係……だが、それはすでに遠い幻に過ぎなかった。

聞きたいことが山ほどあった。まるで脈絡のない質問、馬鹿げた無意味な質問が、束になって私の口から放たれた。

「雛子さんは先生のことをお兄さんって呼ぶことはなかったんですか」

「なかったよ」

「二階堂さんは先生の父親だったわけでしょう？　そのことを知らしめてやりたい、って思ったことはないんですか」

「初めはあったけどね、でも、だんだん薄れてきた。あの好色なじいさんは、僕と雛子が贅沢《ぜいたく》な暮らしを続けるためにあらゆるものを提供してくれる便利な老人に過ぎないんだ。そう思うと、あっさりと割り切れた。おかげで僕は、目黒のマンションも手に入れた。軽井沢の別荘までも。おふくろを捨てたじいさんから、甘い汁を吸ってやるのも楽しみの一つなんだよ」雛子はそんな僕のたくらみを面白がっていた。

「子供を作りたくならなかったんですか」

「わかるだろう？　ふうちゃん。僕たちが子供を作ることは許されない。その意味で、僕たちは兄と妹であることを片時も忘れたことはなかったんだよ」

「他の女の人とめぐりあって、恋におちて、雛子さんを忘れることができたらいいって思ったことはないんですか」

私は自分のことを言ったつもりだった。もしかすると、ほんのわずかな確率ながら、彼は私にそうした気持ちを抱いてくれていたのではないか、と思ったからだ。

だが、彼は物悲しい目をして私を見るなり、「残念だけど」と言った。「それはない」

私は自分の小鼻が震えるのがわかった。涙が流れた。握りしめて固くなった手の甲を唇に押しつけると、あとからあとからこぼれてくる涙が腕を伝って流れ落ち、着ていたセーターの奥に吸い込まれていった。

信太郎は私の涙を見て見ぬふりをした。「僕にとって雛子はいつも、妹であり、妻であり、いつまでたっても魅力を失わない女だった。同時に彼女はまるごと、僕のものだった。僕のもの、って言っても所有の感覚とは違うんだよ。僕の中に流れている血が彼女の中にも流れている……そう思った時の一体感、そんなものだ。彼女が外で誰とつきあおうと、どんな男と関係をもとうと、かまわなかった。だってそうじゃないか。たとえ彼女が家の外で百人の男と寝て、百回のエクスタシーを感じて来たとしても、僕が彼女の兄であり、彼女が僕の妹であるという事実は何ひとつ変わらないんだからね。逆のことも言える。僕が、ふうちゃん、きみのことが好きになって、きみを抱いて、雛子を抱く以上の快感を得たとしても、雛子は僕にやきもちは感じないでいられたんだ。僕たちは、誰よりも仲のいい兄と妹だったんだよ。誰かと外で寝てくるたびに、そのことを互いに報告し合う。どんなふうに愛撫《あいぶ》したのか、どんなふうに感じたのか。そんなことを報告し合っているうちに、官能的な気分になる。だから今度は僕たちが交合を始める……僕たちは確かに性に溺れてたけど、それは兄と妹が交合する禁忌《きんき》が僕たちを興奮させてたからじゃない。僕たちがあんなに互いに溺れることができたのは、僕たちの性が純粋に享楽《きようらく》的なものだったからなんだ。そこに何ひとつ、抑圧や気取りや馬鹿げた演出や、いろんな嫉妬《しつと》、妄想、駆け引きなんかがなかったからなんだ。それができたのも、僕たちが兄であり、妹だったからなんだ」

私はしゃくり上げた。「雛子さんが妹だったのなら、先生と雛子さんが別れることはないはずですよね」

信太郎は悲しげな目をして私を見た。「どうだろうね。僕はずっとそう思ってきた。何があっても、自分たちの絆《きずな》は変わらない、変わるはずがない、ってね。でも、正直なところ、もうわからなくなった」

「いくら今日みたいな大喧嘩《おおげんか》をしても、先生にとって雛子さんは妹なんです。雛子さんにとって、先生はお兄さんなんです。それだけは変わらないはずです。だったら……」

「少し寒くなったな」信太郎はやんわりと私の言葉を遮《さえぎ》ると、火鉢の灰をかきまぜた。ぱちぱちと消え入るようなかすかな音をたてて、力なく火がはぜた。

先生、と私は言い、信太郎の腕をつかんだ。その瞬間、信太郎はつかまれた腕を振り払うと、やおら強い力で私の肩を抱き寄せた。私の上半身を自分の胸に押しつけ、両手で抱きしめ、強く揺すりながら、彼は「ふうちゃん」と囁《ささや》いた。喘《あえ》いでいるような、腹の底からしぼり出すような悲痛な声だった。「できるものなら、僕はあの男をぶっ殺してやりたいよ」

そして彼は息の根が止まるほど、さらに強く私を抱いた。私の髪の毛に生暖かく濡《ぬ》れた感触が拡《ひろ》がった。それが、声を押し殺してすすり泣いている信太郎の流す涙のせいだということがわかると、私はこらえきれなくなって、彼のセーターに顔を押しつけた。

23

強羅で信太郎と過ごした夜から、わずか二日後……約四十二時間後に、私は大久保勝也に向けて猟銃の引金を引くことになる。

もしも後に、事件の全貌《ぜんぼう》が正真正銘、偽りなく明らかになったとしたら、その四十二時間の間、私がどんな精神状態で過ごしていたか、という点がもっとも問題にされたことだろうと思う。

衝撃の告白を受けた後、引金を引く一瞬に至るまでの四十二時間というもの、私は生まれてこのかた経験したことのない烈《はげ》しい感情にさいなまれ、我を忘れ、自暴自棄《じき》になり、ほとんど常軌を逸した精神状態にあったに違いない、と。そんな中で、大久保勝也に対する憎悪《ぞうお》と嫉妬《しっと》が手がつけられなくなるほど肥大化していったのではないか、と。

だが、決してそんなことはなかった。私は激してはいなかった。やけになってもいなかった。強羅で信太郎からあの話を聞き、一夜明けて朝を迎えた時から、二十八日の夕刻、軽井沢の古宿の別荘で猟銃を手にするまで、私はむしろ、しんとした静けさに包まれていたのである。

むろん、ただ単純に気持ちが穏やかに凪《な》いでいたわけではない。それは例えて言えば、肉体的な痛みが頂点に達した時、熱くしびれたようになって何も感じなくなるような状態に似ていた。神経が極度に張り詰めた結果、ほとんど飽和状態になり、苦痛や絶望や喪失感が何もかも形を失って、見えなくなった時のような静けさ……そう言えばわかるだろうか。

強羅では信太郎を前にしてあれほど泣きじゃくったというのに、私はそれ以来、古宿の別荘に行くまで一切、涙を浮かべなかった。他人から見れば、相当、思いつめた顔をしていたかもしれないが、私にしてみれば、疲れ過ぎて誰とも話をしたくないような状態が長く続いているだけのように感じられた。

何を考えていたのか、と聞かれても答えようがない。確かに何かは考えていたと思う。だが、それは言葉にならないものばかりであって、刻一刻と大久保に向けて憎悪の炎を燃やし続け、どうやればあの男を抹殺することができるか、どんな方法を使うべきか、といったようなこと……それこそ常軌を逸したこと……は何ひとつ考えなかった。

アルベール・カミュの小説『異邦人』の中で、主人公のムルソーは、特にこれといった理由もなくアラビア人に五発続けてピストルを発射したが、私はあの小説を読んだ時に、本当には理解できなかったことを自分自身が起こした事件の中で知った。人はムルソーのように人を殺すことができる。世間では人を殺すためには、凶暴さと憎悪と怒りと絶望が必要であるかのように言われているが、それは嘘《うそ》で、ただほんの少し、虚無感にさいなまれていさえすれば、人は簡単にムルソーになることができるのだ。

大久保が邪魔になったから大久保を撃った……そう言うのは簡単だ。確かに邪魔だった。私と片瀬夫妻の仲を引き裂いた大久保が憎かった。いなくなればいい、と思っていた。だが、だから殺したわけではない。そのために殺そうとするのであれば、いくら私でも、殺人にふさわしい計画をたて、それに従って行動していたことだろう。

私はどこまでいっても果てしのない、永遠の虚無が拡《ひろ》がる原野のまっただ中に立っていた。目印もなく、木もなく草もない。空と陸地との境目すらない。本当に何もない灰色の原野……。

私はそこで、何もすることがなかった。私の手には猟銃が握られていた。猟銃には弾がこめられていた。引金を引くこと以外、するべきことが何もないように思えた。だから私は引金を引いた。

今となっては、そうだったとしか言いようがない。

強羅の秘密めいた温泉宿で夜を明かし、翌日、私と信太郎は東京に戻った。黙りがちだったとは言え、私たちはごく普通に会話を交わしていた。「寒くない？」「平気です」「あんなところにあんなドライブインが出来たんだな」「前は何が建ってたんですか」

「ただの空き地だったはずだよ」「煙草《たばこ》、切れちゃいました」「次のパーキングエリアで買って行こう」……そんな具合だ。前夜、明かされた話について私は、何ひとつむし返さなかったし、信太郎もそのことには触れなかった。

目黒のマンションに着いたのが、午後二時過ぎだったか。私も信太郎も、雛子がいるとは思っていなかったのだが、思っていた通り、マンションはもぬけの空だった。

不思議だったのは、あれほど目茶苦茶になっていた室内が、整然と元通りになっていたことだ。割れたガラス類や食器類、壊れた小物類は一つ残らず片づけられており、かけらもなく、それどころか床には丁寧に掃除機をかけた跡さえあった。破れたカーテンこそ、そのままになっていたが、雑多ながらくたが密集していた居間は、壊されたものを片づけたせいで、前よりも広く小ぎれいに見えるほどであった。

信太郎の書斎に投げつけられた本も、本棚に戻されていた。キッチンも整えられていた。流しのステンレスは磨かれ、生ゴミまでが持ち去られていて、床には塵《ちり》ひとつ落ちていなかった。

代わりに夫妻の寝室の、雛子専用のクローゼットの中が乱されていた。どの服を持ち出そうかと迷ったらしく、中には畳みかけて途中でいやになり、乱暴にクローゼットの奥に放りこんだとおぼしき衣類や下着もあった。

全部ではないが、化粧品類の大半がなくなっていた。寝室には雛子のためのドレッサーが置かれてあったのだが、そのドレッサーの引き出しを開けた信太郎は、副島のローマみやげで、冬になると彼女が気にいって使っていたシルクのスカーフが消えていることを確認した。

玄関を調べてみると、雛子の冬用の黒い編上げブーツだけがなくなっていた。むろん、コート掛けに雛子のコートはなかった。

雛子が室内を片づけ、スーツケースに当面の衣類《たぐ》や下着を入れてマンションを出て行ったのは明らかだった。とはいえ、置き手紙の類いは見当たらなかった。雛子は本気で出て行った、と私は思った。信太郎も同じことを思ったはずだった。

それでも私たちは互いの胸の内を明かさなかった。ひどく疲れていて、そのうえ、どうしてそんな時に、と自分でも呆《あき》れるほど空腹を感じた。私たちはキッチンに行き、昼食と呼ぶには遅すぎる食事の支度に取りかかった。

冷蔵庫にはほとんど食べ物らしい食べ物は入っていなかったので、信太郎がスパゲッティを茹《ゆ》で、私がありあわせの野菜と乾燥しかけたハムを刻み、茹であがったスパゲッティと共にケチャップをかけて炒《いた》めた。私たちはキッチンに備えつけられていたクッキングテーブルの上で、ほとんど無言のまま食事をした。

食後、ウィスキーをグラスに注いでストレートで飲み出した信太郎は間もなく、居間のロッキングチェアで目を閉じた。眠っていたとは思えないが、そうすることによって、私との会話を拒絶したがっているのはよくわかった。

室内には、冬の午後の弱々しい光がさしていた。聞こえる音と言ったら、ガスストーブの中で燃えさかる青白い炎の音だけだった。

私は居間の窓辺に立って、煙草を吸いながら、長い間、外を見ていた。冬の午後は早く暮れ、すでに外では光が勢いを失って、西の空がラベンダー色に変わりかけていた。

自分が何をしたいのか、わからなかった。何もしたくないのだが、横になっても眠れそうになく、かといってことさらアルコールを必要としているようにも思えない。まして、死んでしまえば楽になる、と言う悪魔の囁《ささや》きに耳を傾け、ベランダの手すりに足をかけたいとも思わなかった。

今の自分にできることは、目を開けて呼吸を繰り返して、ただそこに意味もなく存在すること……それだけだ、と思いつつ、暮れていく空を見ていると、ふと自分自身が空洞になったような感じにとらわれた。生きているのか、死んでいるのか、それすらもわからなかった。わからないのならそれでもかまわない、と思った。私はしばらくの間、そのままじっとしていた。

外にとばりが降り始めたころ、信太郎が座っていたロッキングチェアが軋《きし》む音がした。私は振り返った。私たちはその日初めて、互いにまじまじと見つめ合った。だが、室内が仄暗《ほのぐら》い闇《やみ》に沈んでいたため、信太郎の表情の中に何が浮かんでいたのかは読み取れなかった。

あの日、私が自分のアパートに帰っていたらどうなっていただろう、と思うことがある。雛子から目黒のマンションに電話がかかってくるのは、その翌朝のことになるのだが、もし私が自分のアパートに帰っていれば、当然、その電話には出られなかったろう。雛子とも会話を交わすことはなかっただろう。

雛子と直接話ができないまま時間が過ぎていったのなら、私はあれほど、雛子に会いたいとは思わなかったかもしれない。いずれは何らかの形で私なりの行動に出ていたに違いないが、少なくとも二月二十八日に私が軽井沢に向けて出発するということはなかったかもしれない。したがって、もしそうだったとしたら、大久保は死なずに済んだのかもしれない。

今さらこんなことを考えても仕方がないと知りつつ、改めて私は、自分と片瀬夫妻と大久保勝也の四人の、不思議な巡り合わせを感じる。私たちを動かしていたすべての運命の歯車は、あの魔の一瞬に向かって、少しずつ少しずつ確実に、正確無比に回転し続けていったのだ。

二十七日の晩になってから、私は信太郎に「今夜、私はどうすべきですか」と聞いた。彼はどうしていちいち、そんな決まりきったことに答えねばならないのかわからない、とでも言いたげに私を見つめ、「ここにいればいい」とだけ言った。

ここにいればいい……それはとてつもなく乾いた素っ気ない言い方、質問それ自体がナンセンスで、答えるのも馬鹿馬鹿《ばかばか》しい、と言わんばかりの言い方だった。

これがかつて私にささやかな欲望を抱いてくれた男、私を愛してくれた男と同一人物なのだろうか、と私は思った。そこには一片の情愛も熱意も、また共犯者としての親密さも何も感じられなかった。自分の肉体にくっついている髪の毛とか、陰毛とか、爪《つめ》とか、そういった物言わぬ身体《からだ》の一部が突然、口をきき始め、「私はどこにいればいいのですか」と質問してきたとしたら、誰だってあの時の彼のような表情をしたと思う。

この人は私にあの秘密を打ち明けたことを後悔しているのではないだろうか、と私はちらりと考えた。そして次の瞬間には、いや違う、この人は雛子を失い、悲しみに気持ちが動転していて、傍にいる人間に対して自分がどうふるまっているのか、わからなくなっているのだろう、とも考えた。

だからといって、私は信太郎を目黒のマンションに一人残したまま、中野のアパートに帰る気にはなれなかった。私は信太郎の傍にいたかった。それだけは確かだった。

暗く長い夜だった。夜になってから信太郎は書斎に入り、二、三、どこかに電話をかけ始めた。部屋を出てくると、彼は私に「明日はどうしても大学に行かなくちゃならない」と言った。

三日後の三月一日には、彼の大学で入学試験の合格発表が行われることになっていた。授業は休みに入っていたものの、彼が仕事を休める状態にあったわけではなかった。僕は実は妹と結婚していまして、その誰よりも愛する妹が他に男を作って家を出て行ってしまい、とても仕事を続ける気力がありません、悪《あ》しからずご了承ください……気が狂わない限り、周囲にそう言いふれまわることもできなかったろう。当然のことながら、彼もまた、社会的存在としての自覚は捨てていなかったし、捨てるつもりもない様子だった。

信太郎だけが現実に戻って行く、と私は思い、束《つか》の間《ま》、取り残されていくような寂しさを覚えた。だが、それもすぐに忘れた。どこからどこまでが現実で、非現実なのか、私にはわからなくなっていた。翌朝、信太郎が大学に出かけて行った後、自分はどうするのだろう、ということも考えなかった。ここに居続けるかもしれないし、そうでないかもしれない。生きているかもしれないし、死んでいるかもしれない。明日という日も昨日という日も、私にとっては茫漠《ぼうばく》とした起伏のない時間の流れの中に点在している、小さな染《し》みのようなものでしかなかった。

夜遅くなってから……十時をまわってからだったと思うが、信太郎は私が見ている前で軽井沢古宿の別荘に電話をかけた。長い長いコール音が続いた。二十八回数えて彼は受話器を置いた。雛子が当時二十八歳だったから、二十八回分のコール音を数えたのか、と思ったが、ただの偶然に過ぎなかったのかもしれない。

その晩、どこからも電話はかかってこなかった。眠くはなかった。だが、飲み続けることも、何か音楽を聴くことも、何か食べることも、外に出かけることも、何もしたいとは思えなくなった私たちは、深夜をまわってから、一緒にベッドに入った。

そんなつもりではなく、ただ、彼のぬくもりを感じていたいだけだったのだが、私が彼の腋《わき》の下に顔を押しつけ、むずかるようにしていると、彼は私が愛撫《あいぶ》を待っているのだと勘違いしたらしかった。

信太郎は「ごめんよ、ふうちゃん」と言いながら、私の腕をなだめるように軽く叩《たた》いた。

「今日はそういう気分になれないんだ」

かすかな屈辱を覚えた。彼から身体を離し、私は寝返りを打って背を向けた。信太郎はしばらくの間、黙っていたが、やがて後ろから私を抱きすくめてきた。

「どうして、そっちを向いちゃうんだ。僕のほうを見てくれていないね」

「いいんです」

「よくないよ」

「いや」

「どうして？」

「どうしても」

そんなことはどうだってよかった。私は彼とセックスなんかしたくなかった。考えも及ばなかった。

信太郎は私の身体を自分のほうに向けようとして、私の肩をつかんだ。私が烈《はげ》しく抵抗してみせると、信太郎は疲れ果てたようにふいに動きを止めた。彼は私のうなじに顔を寄せ、熱い吐息を長々ともらした。

寒い晩だった。暖房を消してしまった寝室は冷えきっており、布団《ふとん》の襟元も冷たく感じられた。

「ゆうべ話した話は……」と彼は言いかけ、途中で口ごもった。

私は身体の緊張を解いた。「何ですか」

「ゆうべの話は、生涯、誰にも言わないでほしい」

「わかっています」

「あんなことを打ち明けたのは後にも先にもふうちゃんだけだ。二度と僕がきみ以外の人間に話すことはないだろう」

私は寝室の闇を見つめたまま、小さくうなずいた。

「荷が重い？」彼は聞いた。「頼んだわけでもないのに、あんなろくでもない秘密を聞かされて、そのうえ、生涯、誰にも言うな、と言われて。きみは腹を立ててるかもしれないね」

私は首を横に振った。「そんなことありません」

「少し後悔している。きみを巻き込むべきじゃなかったのかもしれない」

「いいんです」

「よかったら忘れてほしい」

「何をですか」

「昨日の話だよ」

私はそっと首をねじって、信太郎のほうを向いた。「それはいくらなんでも勝手すぎます。一度聞いてしまったものは、忘れられっこないでしょう」

「そうだね」信太郎が微笑《ほほえ》むのがわかった。「きみの言う通りだ」

「安心して、先生。昨日のお話は誰にも言いません。約束します」

「ふうちゃん」

「はい」

信太郎の目が、闇の中でかすかに光った。彼は私の唇に軽く唇を触れ合わせた。それは明らかに感謝の接吻《せっぷん》だった。それ以外、何の意味も持っていない接吻だった。

明けて二月二十八日の朝。九時きっかりに、信太郎は大学のほうに出かけて行った。出がけに、今日はどうしているかと聞かれたので、帰ります、と答えた。帰ると言っても、アパートの自分の部屋に帰るつもりはなかった。ただ、ここから出て行きます、だってここにいたって、仕方がないでしょう、という意味で言っただけだった。

信太郎は私に、帰るのであれば、マンションの鍵《かぎ》は管理人に預けておくように、と言った。私はうなずき、彼を送り出した。もうこれで最後にしよう、とか、しばらく会わずにいよう、とか、そういったことは何も思い浮かばなかった。まして、二度と信太郎に会うことはなくなるのではないか、二度と自分はこのマンションのこの部屋を訪れることがなくなるのではないか、と少女漫画の主人公のようなセンチメンタルな気分に陥ることもなかった。

信太郎が玄関から出て行くと、私は玄関ドアの新聞受けにはさみこまれていた朝刊を抜き取った。米中の共同声明が発表された、という記事が一面トップに大きく載っていた。

私はキッチンの汚れ物を洗い、布巾《ふきん》で拭《ふ》いて、元あった場所に戻した。新聞を開きさえすれば、三面に浅間山荘事件に関する記事があって、その日の午前十時に警察が山荘に突入することになっているとわかったはずだが、私があの日の新聞で目にしたのは、ニクソン大統領と周恩来首相がにっこりと微笑んでいる和気あいあいとした写真だけだった。

電話が鳴ったのは、片づけ物を終えて、ぼんやりと煙草《たばこ》を吸っていた時だ。心臓がことりと音をたてた。雛子からかもしれない、と思い、いやまさか、何か別のどうでもいいような電話に違いない、と思い、でもひょっとすると、雛子の可能性がないとも言えない、とも思った。

馬鹿げた期待感に包まれながら逡巡《しゅんじゅん》しているうちに、ベルの音が鳴りやんでしまうかもしれなかった。私は意を決して受話器を取った。

雛子の声がした。堅苦しい、他人行儀でよそよそしい、芝居がかった調子で、雛子は「心配かけちゃってごめんなさいね」と言った。「信ちゃん、まだいるかしら」

「ついさっき、出かけました」と私は言った。「雛子さん、どこにいるんです」

「軽井沢よ」

「別荘ですか」

「そう」

「ゆうべ別荘にも電話をしたんですよ。でも誰も出なかった」

雛子はそれには応《こた》えなかった。「信ちゃん、何時ころ帰るって言ってた?」

「わかりません。聞かなかったから」

わずかな沈黙があった。「ふうちゃん、昨日からそこにいたの?」

「ええ」

「ずっといたいと思っているのなら、いてくれてかまわないのよ」

「どういう意味ですか」

「私ね……もう信ちゃんのところには戻らないつもりだから」

私が黙っていると、雛子は「ごめんね」と言った。思いがけず、その言い方には苦痛が感じられた。彼女は軽く鼻をすすった。「もうどうにもできないの」

「最後に一度だけ、会えませんか」私は聞いた。少し泣きたいような気持ちにかられたが、涙は出てこなかった。立っていた両足が床を突き抜け、身体ごとマンションの一階まで真っ逆様に転落し、そのまままっしぐらに、光のささない地底に沈みこんでいくような感じがした。

私は受話器を握りしめ、会いたいんです、と言った。「会ってください」

「おかしなことを言うのね。ふうちゃんとだったら、これからもいくらでも会えるわ。そうでしょ？」

「会いに行きます」と私は言った。「今からすぐに」

「すぐに、って、どういうこと？　これから軽井沢に来るって言うの？」

「いけませんか」

「ううん。いけなくはないけど、でもいくらなんでも……」

行きます、と私は雛子を遮《さえぎ》った。「お話したいことがあるんです」

「なあに？」

「ここじゃ言えません」

「変ね。何の話かしら」

「大したことじゃないですよ」私は言った。「大久保さんもそこにいるんでしょう？」

「いるけど。それがどうしたの？」

「大久保さんにも聞いてもらいたい話なんです」

そう、と雛子は言った。ためらうような沈黙が続いたが、やがて彼女は、いいわ、と言った。「じゃあ、待ってる。いらっしゃい。こっちは信じられないほど寒いのよ。あったかくして来てね」

私は応えずに受話器を置いた。後で考えると不思議なのだが、受話器を置いた途端、私は雛子のことも信太郎のことも、自分が置かれている情況のことも、これから軽井沢に行って、自分が何を話そうとしているのかも、何もかも忘れた。馬鹿げたことだが、その時、人生の一大事のようにして私の頭の中を占めていたのは、ここから軽井沢の古宿の別荘まで行くために、自分が充分な現金を持っているかどうか、ということだった。

もし足りないようだったら、すぐにでもどこからか借りて来なければならなかった。借りられるような親しい人はいない。どうしたらいいのだろう、と案じつつ、おそるおそる財布を覗《のぞ》いてみた。

行きはいいとしても、帰りの切符が買えるかどうか、怪しかった。だが、それでもかまわなかった。軽井沢まで行くことができさえすれば、それでよかった。

早速、信太郎の書斎に行き、本棚から時刻表を取り出して、書斎机の上で信越線のページを開いた。ゆっくりマンションを出て、昼少し過ぎの上野発の特急列車に乗れば、夕方までには到着できることがわかった。

私はバスルームに行き、鏡に向かって口紅を引いた。信太郎のヘアブラシを使って、髪の毛をといた。ストーブの火を消し、戸締りを確認し、くたびれたショートコートを着た。玄関を出て鍵をかけ、その鍵を一階の管理人室まで預けに行った。

その間、一切、気持ちの動揺はなかった。いつもと違うことがあったとしたら、どこを歩いていても、どんな動作をとっていても、まるで現実感が感じられなかったことだけで、それ以外の点では、私はきわめて平静でいられたように思う。

24

その日は一日中、全国のTV局が浅間山荘における人質救出強行作戦の模様を生放送し続け、瞬間最高視聴率が九十パーセント近くにまではね上がった、というTV史上、類を見ない日でもあった。

目黒の片瀬夫妻のマンションから上野に出るまでの間に、私もそのTV中継を目にした記憶がある。どこで目にしたのだったか。駅までの道すがら、電機店の店先に並んでいたTV画像に目を止めた時だったかもしれない。いや、あれは電機店ではなく、何か他の店だったろうか。

いずれにせよ、軽井沢で今、とてつもない騒ぎが起こっている、という事実を私が知ったのは、上野を出発する前のことであった。駅の改札口付近に警察官が立ち、行き交う乗降客をチェックしていた風景も記憶に残っている。列車に乗り合わせた人々が、浅間山荘事件のことを話題にして、熱心に喋《しゃべ》っていたことも思い出せる。朝刊を手にして関連記事を読みあさっていた学生ふうの若者が、眉間《みけん》に深い皺《しわ》を刻みながら両切りピースをせわしなく吸い続けていたことも覚えている。その横顔が少し唐木に似ていたからかもしれない。

だが、列車が軽井沢駅に到着し、構内がマスコミ関係者や警戒中の警察関係者でごった返しているのを目にした時も、待合室に置かれた古いTVの前に大勢の人々が群がって、興奮した面持ちで画面を食い入るように見つめているのを目にした時も、スキー帰りとおぼしき若者たちのグループが、人々をかきわけながら走って来て、TVを見ようと待合室に飛び込んで行くのを見た時も、私は何も感じなかった。思ったのは、ひどく寒い、ということと、この騒ぎで構内タクシーが出払ってしまって、古宿の別荘まで行けなかったらどうすべきか、ということだけだった。

だが、駅を出たところにあるタクシー乗場には、かろうじて空車の表示を出しているタクシーが一台、停まっていた。ほっとした。私はシートに腰をすべらせ、運転手に古宿に行ってください、と頼んだ。

雪があちらこちらで根雪になって黒く固まっていた。午後三時半。すでに日は大きく傾き始めており、遠くの山の端《は》がオレンジ色に縁どられているのが見えた。

古宿に向かう国道十八号線を走りながら、運転手はしきりと浅間山荘事件の話を続けた。昼ころ、雪が降り出してねえ、今はやんだけど、これからどんどん気温が下がるよ、こんな日に、あれだけ放水されたらたまらないよね、犯人なんかいくらでも凍死させたってかまわないけど、人質のことをもっと考えてやるべきだよね、他に方法はないもんかねえ、寒いのにわざわざ放水なんかすることはないだろうにねえ……などと言い、運転手はバックミラー越しに私の同意を求めた。

私が小声で「そうですね」と言うと、彼は再びバックミラーを覗《のぞ》きこみ、口を閉ざした。朝、コーヒーを飲み、上野駅で牛乳を飲んだ他は、何も口にしていないことを思い出した。自分はきっと、やつれ果てたひどい顔をしているのだろう、と私は思った。

国道から未舗装の道に入ると、途端にあたりは一面の雪景色になった。夏の間、勢いよくとうもろこしを実らせていた畑は、白いクリームで被《おお》われたようになり、周囲のカラマツ林は葉を落とし、冴《さ》え冴《ざ》えとした透明感のある冬の空に向けて、針のように細い枝を伸ばしていた。

雪をかぶった路面では、小石や泥の塊が凍りつき、無数の瘤《こぶ》を作っていた。そのせいで、車のバウンドが烈《はげ》しかった。何度か、はっきり私にもわかるほどタイヤがスリップした。運転手は車のギアを変え、極端に速度を落とした。

うねうねと曲がりながら続く小径《こみち》の向こうに、片瀬夫妻の別荘が見えてきた時、ああ、ここか、と運転手が独り言のように言った。「前に一度、来たことがありますよ。夜だったけどね。女の人を乗せてさ。そうそう。去年の夏だよ。それまでは、こんな奥に別荘が建ってるって知らなかったものね」

そうですか、と私は言った。

冬枯れの木々に囲まれた別荘の奥に、車が一台、停まっているのが見えた。大久保がいつも仕事で動き回る時に使っている、あの営業用の軽四輪車ではなく、ごく普通の白っぽいセダンだった。レンタカーであることを示す〝わ〟ナンバーが読み取れた。

料金を払ってタクシーを降りてから、私はまっすぐに玄関に向かって歩き出した。凍《い》てついた大地は爪先《つまさき》立って歩かないと、たちまちすべって転倒しそうなほどだった。太陽はすっかり影をひそめ、深い橙色《だいだいいろ》に染まった西の空に、枯れ木立ちの作る黒いシルエットが滲《にじ》んで見える程度だった。

別荘の玄関の前に立ち、呼鈴を押した。今のようなチャイムではなく、昔ながらのブザーだった。ブザーの音が、建物の中を駆け巡る気配があった。

すぐ近くの木々の梢《こずえ》を、ヒヨドリがけたたましい声をあげて飛び去った。その物悲しい声は長々と遠く尾を引き、いつまでも夕暮れの凍りついたような空気の中に残された。

誰も出て来なかった。私はたっぷり十数えるまで待ってから、もう一度、呼鈴を押した。奥でかすかな人の気配がした。足音が聞こえ、玄関に近づき、やがてドアチェーンがはずされる音がした。

ドアの向こうに雛子の顔が現れた。雛子はまったく化粧をしておらず、髪の毛は乱れ、泣いた後のような腫《は》れぼったい目をしていた。身体《からだ》にぴったりとした薄桃色のとっくりセーターに、黒いミニスカート姿だった。セーターの下に下着はつけておらず、豊かな乳房の輪郭がはっきりと見て取れた。

挨拶《あいさつ》も何もなかった。雛子は「ちょっと風邪気味なの」と言った。「ふうちゃんが来るのが遅いから、ベッドで横になろうかと思ったところよ」

私はうなずきも微笑《ほほえ》み返しもせずに、黙って中に入った。雛子の傍を通り過ぎる時、彼女がいつもつけているオーデコロンの香りが漂うのがわかった。忘れかけていた悲しみが胸を刺したが、それもすぐに消えた。私は相変わらず、雲の上を歩いているような感覚にとらわれたまま、はいていた靴を脱いだ。

居間から何か人の話し声が聞こえていた。TVの音声のようだった。

雛子が「平気だった?」と聞いた。「ずっとTVを見てたの。軽井沢駅は大変だったんじゃない?」

それほどでも、と私は言った。

今朝、勝也がレンタカーを借りに行ったの、と言いながら、雛子は寒そうに身を縮めた。

「レンタカー屋にも刑事がいたんだって。まったくひどい騒ぎよ。町中、警察とマスコミだらけ。少し前までは、警察が空いてる別荘までしらみつぶしに調べてたみたい。さあ、入って。ここは寒いわ」

ついに来てしまった、と思うと、烈しい耳鳴りがし、軽い眩暈《めまい》が私を襲った。次の瞬間、私は居間の入口に立っていた。

居間の革張りの肘《ひじ》掛《か》け椅子《いす》に、大久保勝也が足を組んで座っていた。彼は緑色の格子《こうし》縞《じま》が入ったガウンをまとっていた。私がそれまで何度か目にした、信太郎のガウンだった。どうして大久保が信太郎のガウンを着ているのか、よくわからなかった。

セックスの後なのかもしれない、と思った。信太郎のガウンに、大久保の体液がなすりつけられたことを想像してみた。身の毛がよだち、吐き気がすると思ったのだが、そうでもなかった。そんなことを想像してみても、平静でいられた。私は自分の感受性が完全に麻痺《まひ》していることを知った。

TVがついていたが、画面に映し出されているものが何なのか、判別できなかった。どこかの家のようでもあり、ただの雪原の風景のようでもあった。映画やドラマの一シーンのようでもあり、静止画像で送り出されている一枚の写真のようでもあった。画面の中で、ひっきりなしに男が喋っていたが、何を喋っているのか、理解できなかった。

暖炉では薪《まき》が燃えていた。暖炉だけでは寒いのか、大型の灯油ストーブも用意されていて、ストーブの上ではアルマイトのやかんがしゅうしゅうと蒸気を噴き上げていた。

ダイニングテーブルの上には、食べ物の滓《かす》がこびりついた皿や器がそのままになって残っていた。ビール壜《びん》やコーラの壜、空になったワインボトル、指紋の跡がべたべたとついているグラス類などは、ひとまとめにしてテーブルの脇《わき》に固められていた。灰皿は吸殻の山だった。

私が入って行くと、大久保は奇妙な笑みを浮かべてじっと私を見つめた。私は黙って、大久保の正面のソファーに浅く腰をおろした。

大久保は床に置いてあったワインボトルをつかんで、わざとらしく宙に掲げてみせると、飲みますか、と私に訊《たず》ねた。

私は首を横に振った。

部屋の片隅に電話台があった。黒い電話機から伸びているコードが、途中で千切れているのが見えた。鋏《はさみ》で切ったのか、焼き切ったのか。切られたコードは床の上でとぐろを巻いていた。

雛子がやって来て、私の隣に座った。私の視線を辿《たど》って、電話のコードに目を止めると、雛子は弁解がましく言った。「わざと切ったんじゃないのよ。私がコードに足をひっかけてつまずいたの。そしたら切れちゃったの。今朝、ふうちゃんと話した直後のことよ。受話器を下ろして、歩き出そうとした時。派手に転んだわ。信じられないかもしれないけど、ほんとなのよ」

どっちでもいい、と私は思った。

雛子は自分と私のためにワインをグラスに注いだ。私がどうしても飲もうとしなかったので、彼女はグラスの一つを大久保に向かって差し出した。

大久保はゆったりと、まるでその家の主人のように落ち着き払っていた。雛子からグラスを受け取る時、彼は上目づかいにひたと雛子を見すえた。その目つきは、滑稽《こっけい》なほど大袈裟《おおげさ》で芝居がかっているように見えた。

雛子がワインを一口飲み、あんまりおいしくないわ、と言った。「熱があるのね。そのせいだわ、きっと」

そして雛子は私のほうを見た。「あの晩、信ちゃんとどこに行ったの？」

どこだと思いますか、と私は聞き返した。

雛子は笑った。「そんなことわかんないわ」

雛子さんも行ったことがあるところですよ、と私は言った。

「もったいぶってないで、教えて」

ヒントがあるの。ヒントその一。二階堂さんもよく通っていたところです。ヒントその二。そこで雛子さんはびっくりするようなことを耳にしました。ヒントその三。二人だけの秘密が生まれたところ。さあ、どこでしょう。

自分の声が遠くに聞こえた。自分が喋っている声とはとても思えず、遠いところで目に見えない誰かが自分の意志と関係なく、ふざけた調子で喋り続けているような感じもした。

雛子が私を見ていた。大久保も同じだった。四つの視線が私を貫いた。本物の矢で貫かれた時のように、全身に痛みにも似た幻覚が走った。

ガラス戸の向こうに、荒れ果てたベランダが見えた。懐《なつ》かしい夏用の細長い大きなテーブルと椅子が数脚。どちらも薄汚れ、土埃《つちぼこり》をかぶり、秋の間に舞い落ちた枯れ葉で埋まっていた。ベランダの入口には、吹きこんだ雪が氷の塊になってこびりついていた。軒先には太い氷柱《つらら》が何本も下がっていた。

そのテーブルにギンガムチェックのクロスがかけられ、雛子が焼いたブルーベリーのパイが載せられていた日があったことをふいに思い出した。木もれ日が揺れ、蟬《せみ》が鳴き、緑の匂《にお》いであふれていた日があった。夕立の後は決まって樹液の香りで満たされた。永遠に続くと信じた時間。冷たいビールの泡の匂い。皿にフォークやスプーンのあたる音。夕暮れに葉ずれの音をたてて吹きすぎる夏の風。光の中を舞い続ける黒い美しい蝶《ちょう》。蜂《はち》や小虫がたてる眠たげな羽音……。

それらはすべて失った日々であった。もはや、私のものではないのだった。

わからないかしら、雛子さん、と私は言った。軽く微笑んだつもりだったのだが、私の口からは迸《ほとばし》るような笑い声があがった。ヒステリックな笑いだった。自分でも驚いた。驚きながらも、笑いをとめることはできなかった。

先生と強羅に行ったのよ、と私は笑い続けながら言った。雛子さんのお父さんが出入りしてた連れ込み宿に。雛子さんと先生が秘密を分かち合った部屋に入ったんです。そして私は先生と、新たに秘密を分け合ったんです。そのことを教えたくて、今日はここまで来たんです。大久保さんにも聞かせてあげたくて、だからここに……。

酔いつぶれた馬鹿《ばか》な女を見るような目で、雛子が私を見た。雛子からそんな目で見られたのは初めてだった。

私は笑うのをやめた。やめたのだが、口もとに張りついた病的な笑みはなかなか元に戻らなかった。

私は言った。大久保さん、いいことを教えてあげる。片瀬先生と雛子さんはね、兄妹だったのよ。血がつながってたのよ。

大久保はグラスの中のワインをゆっくりとすすった。そして、味わうように時間をかけて飲みこんだ。彼の目が私をとらえた。彼は大きな飴玉《あめだま》でも転がすように、舌を口の中で一回転させた。彼は聞いた。「それで？」

私の唇は半開きになったままだった。顎《あご》の関節がはずれたような感じがした。ＴＶからは、空を飛ぶヘリコプターの音がしていた。あるいは、あれは実際に上空を飛んでいるヘリコプターの音だったのかもしれない。

雛子がそっとソファーから立ち上がった。ダイニングテーブルのほうに行くと、彼女は片手で椅子を引いた。そして、私たちに背を向ける形で腰をおろした。

「そんなこと、とっくの昔に知ってますよ」大久保は穏やかな口調で言った。「僕が知らないと思ってたのかな。あいにくでしたね。全部、雛子さんから聞いて知ってる。ついでだから、その話を聞いた時の感想を教えてあげましょう。素敵だ……そう思った」

時が止まり、心臓が止まり、一切が停止し、終りを告げ、自分の目に映っているすべてのものが、人が、風景が、一枚の空疎《くうそ》な灰色の絵になっていくのが感じられた。

「別に驚くにあたりませんよ」大久保はガウンの裾《すそ》がはだけないよう、場違いなほど紳士的に品よく注意を払い、静かに足を組み変えた。「掃いて捨てるほど同じような例があるとは言いませんけどね。雛子さんのお父さんが爵位《しゃくい》をもっていたことを考えれば、別に珍しいケースでもないでしょう。珍しいところがあるとすれば、互いに血のつながりがあるとわかった上で、二人が正式な婚姻関係を結んだことくらいです。雛子さんらしい生き方であることは間違いないけど、所詮《しょせん》、兄妹は兄妹だ。タブーを犯す秘密の悦《よろこ》びとか、タブーがもたらしてくれる官能や快楽があるうちはいいですけどね。一旦《いったん》、それがなくなってしまうと、難しい。今の雛子さんが、そのことを証明している」

あなたなんかにわかるわけがないわ……私は低い声で呻《うめ》くようにして言った。

大久保は、ふっ、と笑った。「雛子さんが片瀬さんと共有していたのは、まあ、そうですね、言ってみれば共犯者同士の快楽だけだったんだ。男と女が重大な秘密を分かち合っていると、ともすれば二人は強く性的に結びついて、それが思いがけなく長続きしてしまったりすることがあるもんです。でも、それは本来、崩れることになっている。どうしてかわかりますか。秘密を抱えながら生きている人の精神は、たいてい不安定で頼りないものですよ。不安と恐れに満ちている。性的な強いつながりを誰かと持ち続けている限り、なんとかバランスを保つことができますけど、精神面では決して本物の安定感を得られない。大袈裟に言うと、セックスをすればするほど、不満が残り、寂しさと虚《むな》しさが増殖していく、ってことです。僕と出会ったころの雛子さんがそうだった。僕にはそれがすぐにわかった」

じっと窓の外に目を向けていた雛子が、そっと後ろを振り向き、大久保を見た。大久保はまたしても、あの過剰な演出とも思える目つきで彼女を見据えると、ぶ厚い唇にそれとはわからないほどかすかな、それでいて人を惹《ひ》きつける謎《なぞ》めいた笑みを浮かべた。

雛子の表情が和らいだ。雛子は椅子に座ったまま、大久保に向けて手を伸ばした。大久保も同じようにした。二人の指先が宙で絡《から》み合った。

「他人の見ている前でセックスをするなんてことは、どだい馬鹿げたことです」大久保は雛子の指をふいに放し、立ち上がった。そして、ダイニングテーブルまで行くと、灰皿の脇にあった煙草《たばこ》をくわえ、顔を斜めに傾けたまま、ジッポーのライターで火をつけた。「雛子さんからそのことも聞きましたよ。彼女はあなたの見ている前で何度か片瀬さんとセックスしたり、愛撫《あいぶ》し合ったりしてたそうですね。そうやって、堕落したつもりになって得られる快感は僕にもわからなくはないけど、本当に馬鹿げてる。そんなものは、寂しさの裏返しに過ぎないんだ。他人に自分のセックスを見せるくらいだったら、僕なら砂漠のど真ん中に行って、満天の星を仰ぎながらオナニーをしますね。そしてやり終えたら、自殺用に持って行った拳銃《けんじゅう》でズドーン。一発、頭をぶち抜くんです。そのほうがよっぽどエロティックだ」

「もう、いいわ、勝也」雛子が言った。「ふうちゃんはきっとショックだったのよ。信ちゃんから聞かされた話がショックだったのよ。そうでしょう?」

私は黙って雛子を睨《にら》みつけた。雛子は私から目をそらした。

「それにしても、布美子さん、あなたはおかしな人だな」大久保はダイニングテーブルに浅く腰をかけ、煙草の煙を吐き出しながら言った。「初めから人生を肯定的にとらえてる、おめでたい人間だからかな。それとも、感受性が強いだけで、きちんと物事を考える訓練をしてこなかったから、そんなふうになっちゃうのかな」

そこまで言うと大久保は、こんなことはどうだっていいんだけど、と言わんばかりにもっともらしい超越しきった、自信にあふれた手つきで、煙草の灰を灰皿に落とした。

「僕はあなたが決して同性愛者だとは思わない。まして両刀使いだとも思わない。雛子さんからどれだけあなたの話を聞かされても、そんなふうに思ったことは一度もないよ。あなたはただ、少女趣味的に倒錯したセックスに憧《あこが》れてるだけなんだ。片瀬さんと関係を持ちながら、一方で雛子さんの身体《からだ》を求める……なかなか魅力的な発想だけど、僕に言わせりゃ次元が低い。雛子さんからその話を聞いた時は、申し訳ないけど、あなたの精神年齢の幼さを感じて……」

「勝也。その話はやめて」雛子が低い声で大久保を遮《さえぎ》り、次いで慌《あわ》てふためいたように私のほうを向いた。「ふうちゃん、誤解しちゃいやよ。私は何も、そんなつもりで彼に……」

耳鳴りが烈《はげ》しくなった。後の言葉が聞こえなくなった。喉《のど》が詰まるような感覚に襲われた。本当に一瞬の間、呼吸ができなくなったような気がした。

雛子の声が耳に届かなくなったと言うのに、おかしなことにTV画面から発せられるアナウンサーの声だけはよく聞こえた。

その時、画面には建物のバルコニーのようなものが映し出されていた。屋根裏から狙《そ》撃《げき》隊がベッドルームに入ったものと思われます……アナウンサーはそう繰り返した。機動隊の一団がバルコニーに姿を現した。建物のあちこちに穴が開き、そこから水が流れ出していた。機動隊員が、室内に向けてガス弾を撃ち込み始めた。中継アナウンサーの声をかいくぐるようにして、拡声器を通したくぐもっただみ声が轟《とどろ》いてきた。諸君、手を頭に掲げて、すぐに出て来い。抵抗はやめろ。諸君、手を頭に掲げて……。

私は見るともなく、画面を見つめていた。見つめているうちに、喉の詰まりは徐々に消えていった。後には、間断なく続く耳鳴りと、鉛の玉を飲み込んだような重苦しさだけが残った。

雛子が大久保に向かって何か言った。大久保は口をへの字に結び、軽くうなずいた。雛子は立ち上がった。大久保もテーブルから降りた。

雛子が立ったまま、テーブルの上の煙草をくわえた。大久保がライターで火をつけてやった。浅く煙を吸い込んだだけで、雛子は渋面を作った。たて続けに咳《せき》が出た。雛子の背中が揺れた。大久保が雛子の手から煙草を取り上げ、灰皿でもみ消した。

雛子は額に手をあてた。大久保がその手をどかして、自分の手をあてがった。二人はまた何か言葉を交わした。

雛子が私のほうに近づき、何か言った。言葉の内容は何ひとつ、聞き取れなかった。耳の中では血がたぎるような音が聞こえていた。ふつふつと血がたぎり、流れ出し、出口を失って脳の血管を膨張させていく感覚だけが私を支配していた。

二人はまもなく、並んで居間から出て行った。どこに行ったのかはわからなかった。

25

しばらく私はじっとしていた。TV画面だけが視界に入っていた。機動隊員が動きまわっている映像が、繰り返し映し出された。次第に、その映像が意味することすら理解できなくなっていった。

頭の中では、大久保がさっき言った言葉が渦を巻いていた。拳銃《けんじゅう》……と彼は言った。ズドーン。一発、頭をぶち抜いて、ズドーン。

この家の中に、猟銃があったことを思い出したのはその時だ。まるで連想ゲームだった。大久保が拳銃という言葉を使わなかったら、私は食器棚の引き出しの中にある鍵《かぎ》のことは思い出さなかっただろう。その鍵を使えば、本物の銃が今すぐ自分のものになる、ということも考えなかっただろう。

だが、この点に関して説明するのは本当に難しい。だからと言って私は決して、銃を使って雛子と大久保を脅しにかかろう、とか、雛子か大久保を撃ち殺してやろう、といったことは少しも考えなかった。銃があれば、簡単に自分の命が絶てる、と心のどこかで思っていたかもしれないが、それも後になってから気づいたことで、あの時はそのことすらも意識していなかった。

私は自分の人生の最後の瞬間を左右してくれるものが欲しかった……そう言う以外、方法はない。私の身体《からだ》は宙に浮き、すでに自分が生きて存在している、という実感が失われていた。私には明日も昨日も現在もなかった。目に映るものといったら、恐ろしいほど茫漠《ぼうばく》とした原野の風景だけだった。

そんな自分を支えてくれるものが欲しかった。次の行動、次の一歩、次の動作……言い方は何でもいい、ともかくじっと阿呆《あほう》のように突っ立って、阿呆のように空気を吸ったり吐いたりしていること以外に、私の取るべき行動を示唆《しさ》してくれるものが欲しかった。

私はソファーから立ち上がり、食器棚のところまで歩いて行った。一番右端の引き出しに手をかけ、引いた。引き出しの奥には、思っていた通りガンロッカーの鍵が入っていた。

鍵を手にして、キッチンに通じる戸口から居間を出た。キッチンから廊下に出て、納《なん》戸《ど》の引き戸を開けた。北向きの納戸は、冷凍庫さながらに冷えきっており、呼吸をするたびに鈍い痛みにも似た冷気が肺の中を一巡していった。

天井の裸電球を灯《とも》し、ガンロッカーについている南京錠《なんきんじょう》に鍵を差し込んだ。吐く息は白く、まるで戸外にいるようだった。

黒革製のケースからレミントンの散弾銃を取り出した。銃器の匂《にお》いが立ちのぼった。青みがかった真新しい錆《さ》びのような匂いだった。その匂いを嗅《か》いだ途端、頭の中にたぎっていた血がぴたりと鎮《しず》まった。

およそ一年半以上も前に、信太郎や副島から教わったことが鮮やかに甦《よみがえ》った。私はロッカーの奥から散弾が入っている小箱を取り出し、弾倉に弾をこめた。

そうやっている間中、私は自分が何をしているのか、はっきりと正確に把握していた。当然だろう。私は何も気が狂っていたわけではないのだ。散弾銃を連射して、雛子と大久保を射殺してやろうとして画策していたわけではないのだ。私は無心だった。何も考えずに銃に弾をこめただけだった。

弾を装填《そうてん》された銃は、活《い》き活《い》きと呼吸をし始めたように思えた。しなやかに息づく生き物のようだった。

私は銃を手に、納戸を出た。すでに外は暗くなっていた。暖炉の火とストーブの炎がぬくもりを伝えている居間を横切り、二階に通じる階段の前に立った。二階では物音ひとつせず、話し声も聞こえてこなかった。

一段一段、足音をたてずに階段を上がった。手にした銃の重みが伝わってきた。その冷たい重みが私を安堵《あんど》させた。誰よりも心強い味方を得たような気分だった。銃には銃であるということの確固たる秩序があった。私はその秩序に従ってさえいればいいのだった。

二階の主寝室の前に立った。ドアに耳をつけ、中の様子を窺《うかが》った。気味が悪いほど静かだった。

階下のＴＶの音声が、かすかに聞こえた。私はドアノブを回してみた。鍵はかかっておらず、ノブは柔らかく回った。

細めにドアを開けてみた。サイドテーブルの上の白いシェードの電気スタンドが、室内に淡い光を投げかけていた。大きなキングサイズのベッドに雛子が寝ているのが見えた。雛子は片方の腕を額に載せ、目を閉じ、顔を辛《つら》そうに歪《ゆが》めていた。

大久保はそんな雛子を支えるようにしながら、ヘッドボードにもたれ、両足を布団《ふとん》の中に入れる姿勢で座っていた。床に大久保が脱いだ信太郎のガウンが落ちていた。大久保の上半身は裸だった。胸毛はなかった。

大久保は目を閉じていた。眠っていたのか、眠ろうとしていたのかはわからない。ともかく彼が目を閉じていて、あの大きな黒曜石のような冷たい目がこちらに向けられていない、とわかっただけでも私は満足した。

蝶番《ちょうつがい》がゆるくなっていたのか、ドアはそのまま、支えていなくても、自然に内側に開いていった。ぎい、といういやな音が響いた。

雛子が目を開け、首を上げてこちらを見た。熱っぽいと言っていた雛子は、ベッドに入った後、本当にうとうとしかかっていたらしかった。まだ夢から完全に覚めきらないような、心もとない子供のような目をして、彼女は静かに上半身を起こした。

私が手にしているものが見えなかったのか、見えていても、何が起ころうとしているのか、想像もつかなかったのか、雛子はどこか間が抜けたぼんやりとした顔をこちらに向けた。

「何のまねだ」大久保が低い声で聞いた。

彼は明らかに私が手に持っているものに気づいていた。だが、彼が驚いたり、怖がったりしている様子は少しもなかった。それどころかその目には、これ以上、くだらないお遊びにつきあわされるのは真っ平だ、と言いたげな、うんざりしたような表情が浮かんでいた。

私は黙って寝室の中に足を踏み入れた。アラジンの灯油ストーブの中で、青い炎が燃えていたが、寒いのか、暖かいのか、私にはわからなかった。

手にした銃が、私に次に取るべき行動を教えた。私はその通りにした。

静かに銃をかまえ、銃口を彼らに向けた。引金に指をかけた。

馬鹿《ばか》な、と大久保が低い声で言い、いまいましげに舌打ちをした。「いったい全体、何なんだ」

その時だった。私の耳は、遠くからこちらに近づいて来る車の音をとらえた。一秒の何分の一かのほんのわずかな時間、私はその音に気を取られた。

大久保がゆっくりと片足をベッドの外に下ろすのが見えた。胸から肩にかけての筋肉が、固く引き締まるのがわかった。瞬間的にベッドから飛び出し、勢いをつけて私を倒せば、簡単に銃を奪い取れると思ったようだった。

そうさせるわけにはいかなかった。銃は私の分身であった。銃を大久保に差し出すくらいだったら、自分は喜んでこの場で銃口を自分に向け、引金を引くだろう、と私は思った。

私は銃をかまえ直し、力をこめて彼の上半身に銃口を向けた。大久保は無表情のまま、身体の動きを止めた。ベッドから床に降りていた足が、そろりそろりと再び布団の中にもぐっていくのがわかった。

車が別荘のすぐ傍まで来て、門から中に入り、玄関の前に横づけされた気配があった。誰か来た、と雛子が言った。目がわざとらしく、ぐるりと動いた。「警察だわ、きっと。そうよ。警察よ」

それは呆《あき》れるほど下手な嘘《うそ》、子供じみたごまかし、人を馬鹿にした猿芝居そのものだった。それほど魅力のないセリフを口走った雛子を見たのは、初めてだった。私は雛子のことを醜いと思った。

ブザーが鳴った。雛子はまるで、銃で撃たれたかのように、全身をびくりと震わせた。たて続けにブザーの音が響き渡った。私は銃を持つ手に力をこめた。

玄関ドアの施錠がはずされる気配があった。ドアが開いた。閉じられた。

「ふうちゃん?」階下から、信太郎の訝《いぶか》るような声がした。「いるのか」

雛子が叫び出そうとして、口を開けた。私がやみくもに銃口を雛子に向けたのと、大久保が雛子の口を押さえたのは、ほぼ同時だった。雛子が叫び出したら最後、私が動転して引金を引かないとも限らない……大久保は冷静にそう判断した様子だった。

雛子は大久保にしがみついた。雛子にしがみつかれた大久保の胸に、雛子の爪《つめ》の跡が赤い筋のようになって残された。

足音が響きわたった。信太郎は居間に入って行った。次いで、キッチンを調べ、一階の二間の客室を調べ、風呂場《ふろば》とトイレを覗《のぞ》き……そして最後に納戸に入ったようだった。納戸から飛び出してきた信太郎の足音が、階段にさしかかってふと止まった。

「ふうちゃん」彼は言った。「どこにいる」

信太郎がゆっくりと階段を上がって来た。私は銃口を雛子と大久保に向けたまま、両足を踏ん張り、じっとしていた。

みしり、と背後で床板がきしんだ。ベッドの中の二人の視線が、ドアの外に向けられた。

「馬鹿なことはやめるんだ」信太郎は言った。「それをこっちに返しなさい。すぐに」

私はくるりと振り返って、銃口を信太郎に向けた。彼は両手を肩のあたりに掲げ、「やめなさい」と低い声で言った。

信太郎は、いつも冬になると愛用していた薄茶色のラビットのロングコートを着ていた。彼はひどく動揺し、脅えていたが、それでも私が引金を引くような愚かなまねはしないだろう、と信じる努力をしている様子だった。

「ここだということはすぐにわかったんだよ」信太郎は喋《しゃべ》り始めた。喋ってさえいれば、私をなだめすかすことができると確信しているようだった。「いやな予感がして、あれからすぐにマンションに戻ってみたんだ。そうしたら、僕の書斎机の上に、時刻表が開いたまま載せてあって……信越線の下り列車の発車時刻が載ってるページがね。すぐにここに電話をしてみたんだけど、うまくつながらなかった。だから……来てみた」

事情を知らない人が見たら、奇妙な光景だったと思う。夫婦のうち妻のほうが、上半身裸の若い男とベッドに入っていて、夫のほうは若い女に銃口を向けられ、両手を上げたまま、言い訳がましく何か喋り続けている……ごくありふれた男女関係のもつれが招いた結末にしては、何かがおかしい。一見、三角関係とは何の関係もなさそうに見える若い女が、何故《なぜ》、銃を持っていなければならないのか、誰の目にも解《げ》せなかったに違いない。

「どうして私たちを殺さなくちゃいけないのよ」雛子がわなわなと身体を震わせながら、大声を張り上げた。「何が不満なの。何が欲しいの。わかんないわよ」

「返すんだ」信太郎が言った。おずおずと右手が差し出された。私は応じなかった。

「実弾は入ってないでしょう、多分」大久保が言った。「騒ぐことはないですよ、お兄さん。自分に不都合なことばかり起こるものだから、人を脅してみせてるだけです」

信太郎が大久保のほうを振り向いた。「今、なんて言った」

「は？」

「たった今、きみは何て言った」

「今ですか？　実弾は入ってないかも、って……」

「その後だ。騒ぐことはないですよ……その後に何て言った。もう一度、言ってみろ」

大久保の顔に、ふてぶてしいと思われるほどの明るい笑みがさした。「いけませんか、お兄さん。そう呼んだら、気を悪くしますかね」

「やめてちょうだい」雛子が赤ん坊のように顔を歪め、烈《はげ》しく首を横に振り、髪の毛をかきむしりながら泣き出した。「やめて。やめて。みんな、やめて。もういやだ。何もかもいやになったわ」

「雛子さんは僕のものです」大久保は泣き叫ぶ雛子をなだめようともせず、淡々と言った。

「たとえ一生、セックスしなくても、雛子さんは僕のものだ。お兄さん、僕はあんたとは違う。あんたみたいに雛子さんを妖婦《ようふ》に仕立てあげたりはしない。僕はもっとまともに彼女を愛している。彼女をまるごと愛している」

「たわごとを言うな」信太郎は呻《うめ》くようにして言った。「図々《ずうずう》しく人の別荘に入りこんで来て、雛子をたぶらかしただけじゃないか。ただの間男《まおとこ》のくせして」

ふん、と大久保は鼻を鳴らした。「あんたがどうして雛子さんを妖婦にしたがったか、教えてあげましょうか。彼女が妹であることを忘れたかっただけなんですよ。いろんな男に雛子さんを無償で提供して、雛子さんの自由にさせて、そうすることによって、自分だけが世界で一番魅力的な妹を独占している、という罪の意識をまぎらわせていたかっただけなんですよ」

信太郎が黙りこくっていると、大久保は両腕を組み、一人でうなずき、小首を傾《かし》げたまま、「違いますか」と聞いた。「ねえ、お兄さん」

手にした銃が、私に次なる行動を教えた。銃口がいきなり大久保のほうに向けられた。右手の人差し指にかかっていた引金が、手前に引かれた。身体が後ろに烈しく揺さぶられた。

大久保の身体がベッドの上で小刻みに震えた。彼が白目を剝《む》き、のけぞるのがわかった。

雛子の悲鳴が上がった。雛子は金切り声を上げながら、ベッドから飛び出して来た。信太郎が雛子の身体を受け止めた。にもかかわらず雛子の金切り声は続いた。それは金属をこすり合わせた時のような、鉄の棒でガラスをこすった時のような、異様な叫び声だった。

その声が気にくわなかった。神経が苛立《いらだ》った。頭の中で血が再び、ふつふつと沸き上がった。大久保の身体の中に、百発でも二百発でも散弾を撃ち込んでやりたい、と私は思った。

再び私は銃口を大久保に向け、引金に指をかけた。大久保は動かなくなっていた。雛子が一段と高い声を上げて何か叫んだ。大久保をかばおうとしたのか。それとも、恐怖のあまり、身体が勝手に動き出したに過ぎなかったのか。大久保と私との間に、ふいに雛子が躍り出て来た。

間に合わなかった。ぎりぎりまで絞られていた引金は、その瞬間、最後の数ミリを移動した。衝撃が私の身体を走った。雛子を撃ってしまった、と私は思った。

だが、床にばったりと崩れ落ちたのは、雛子ではなく、信太郎だった。雛子を守ろうと、彼女の身体を後ろから抱き抱えようとし、至近距離から私に撃たれたらしかった。

雛子の叫び声がぴたりと止まった。雛子は床に這《は》いつくばったまま、私を見つめ、自分の脇《わき》に倒れている信太郎を見つめ、次いでベッドの上の大久保を見つめた。

雛子の眼球がぐるりと回転した。そのまま彼女は後ろ向きに倒れ、気を失った。終わった、と私は思った。すべて終わった……思ったのはそれだけだった。

26

私は寝室を出た。手にしていた銃をどこに置いたのか、どうやって階段を降りたのか、覚えていない。頭の中にも胸の中にも、いっぱいのおが屑《くず》が詰まっていて、自分が人間ではなく、ただのわら人形になってしまったように思われた。

方向感覚が完全に失われていた。舞踏病にかかったシマウマみたいに、しばらくの間、自分のまわりをぐるぐると回り続けていたらしい。気がつくと私は居間に立っていた。

ストーブの火は燃えていたが、暖炉の中の薪《まき》は火勢が弱まり、赤黒い熾火《おきび》となってぱちぱちと音をたてていた。TVからは相変わらずわけのわからない画像が流れていた。大勢の人垣が出来ている中、ロープで仕切られた通路のようなところを男たちが乱暴に小突かれながら、歩いていた。全員、髪の毛を後ろからわしづかみにされているものだから、顎《あご》が不自然に上がり、天を睨《にら》みつけているような表情になっている。

それが、警察によってTVカメラに顔をさらされている連合赤軍のメンバーで、長期間にわたる攻防戦のあげく浅間山荘で逮捕された犯人たちであることすら、その時の私には判別できなかった。

考えていたのは、警察に電話しなくちゃ、ということだけだった。私は電話台のところまで行き、電話の受話器を取った。音がしなかった。何度かフックを押してみて、コードが切れていたことを思い出した。

どこかで電話を借りて警察に電話する、ということも、国道まで出て公衆電話を探し、タクシーを呼んで警察に出頭する、ということも、まして、死亡した大久保と信太郎、そして意識を失っている雛子のために救急車を呼ぼうということも、一切、私の頭をよぎらなかった。

私は玄関まで出て行き、靴をはいた。警察署がどこにあったか、どうしても思い出せなかった。どこかで公衆電話をかけるのであれば、小銭が必要だったはずなのだが、ショルダーバッグに入っている財布を持ち出すことも忘れていた。

ただ、外に出なければならない、とそればかりを考えた。ドアを開け、外に出た。あの晩、私がコートを着ていたのかどうか、どうしても思い出せない。着ていたのだとしたら、夕方、雛子に出迎えられて別荘に着いてからずっと、脱がずにいたことになり、となると、私はコートを着たまま、銃の引金を引いたことになる。

いずれにしてもその時間、すでに気温は氷点下七度を下回っていたはずなのだが、私は寒さを感じなかった。外は森閑とした冬の闇《やみ》に包まれていた。別荘の明りが届いている範囲を過ぎると、たちまちあたりは漆黒の闇に変わった。

人家の明りは期待できなかった。自分の勘だけが頼りだった。雪をかぶった未舗装の道は怖いほど凍りついていて、革靴の底はまるでスケートシューズのようになった。国道に出るまでの間、三、四度……いやそれ以上、転んだかもしれない。

自分の吐く息の音と、危うくすべりかけながら路面を踏みしめる革靴の音しか聞こえなかった。時々、銃の引金を引いた時の身体《からだ》の衝撃を思い出した。悪い夢を見ているようだった。

国道に出てからは、まっすぐひたすら東に向かって歩き続けた。遠くでひっきりなしにパトカーのサイレンの音がしていた。車の通行量は多かったのかもしれないが、周囲の風景のことは何ひとつ覚えていない。

頭の芯《しん》が痺《しび》れてきて、寒さのせいか、鼻水と涙が止まらなくなった。爪先《つまさき》と手指、それに顔と頭が感覚を失うほど冷えているというのに、身体の表面が火照《ほて》り、汗さえにじんだ。

時々、自分がどこにいるのか、何をしようとしているのか、何のために歩いているのか、わからなくなった。目を開いているはずなのに、何も見えなくなることもあった。

歩いても歩いても警察署は見えてこなかった。舗道を歩いている人の姿はなかった。ガソリンスタンドを含めて、大半の店は閉まっており、明りが見える店の店先には人影がなかった。

五十分ほど歩き続けたころ、国道沿いの路肩にハザードライトを点滅させて停まっている車を見つけた。長野ナンバーの車だった。車内灯の光の下、探し物でもしているのか、後部座席のコートのポケットをまさぐっている年老いた男の顔が見えた。

私は車に近づき、助手席側のウインドウをノックした。男はぎょっとしたように私を見た。私はガラス越しに、警察署はどこですか、と聞いた。何も聞こえなかったらしかった。男は細めにウインドウを開けた。

もう一度、同じ質問を繰り返した。男は「この先の三叉路《さんさろ》の信号を道なりにまっすぐ行ったら、すぐ左側が警察の入口だよ」と言った。そして、気の毒そうに「どうしただね」と眉《まゆ》をひそめた。「具合でも悪いんかね」

私は何も応《こた》えず、礼も言わずに歩き出した。しばらく歩くと、男が言っていた通り、前方に三叉路が見えてきた。車の数が増え始めた。あちこちでクラクションが鳴らされ、乗用車ばかりではなく、機動隊の装甲車やどこかのＴＶ局の中継車などが行き来していた。

三叉路の先が妙に明るかった。舗道を歩いたり、走ったりしている人々の姿が目についた。

私は光に向かって進んで行った。あたりがざわざわしていた。どこを向いてもライトが光っていた。人々の話し声がいつまでも私の背を追いかけてくるようだった。

警察署の前には警官が大勢、立ちはだかっていた。腕に腕章を巻いた報道陣の男たちが、口々に何か喋《しゃべ》りながら行き交っていた。建物には皓々《こうこう》と明りが灯《とも》されていた。

私が警官たちの脇《わき》をすり抜けて、建物の中に入ろうとすると、一人の年若い警官が「あ、ちょっと」と言って私を呼び止めた。「何の用ですか」

私と同じ年くらいに見える警官だった。小さな点のような右目の脇に、大きな黒子《ほくろ》がついていた。あまり大きな黒子なので、目が三つあるように見えた。

目ではなく、その黒子を見つめながら私は、「人を殺しました」と言った。「二人も」

警官は怪訝《けげん》な顔をした。私の声がひどく嗄《しゃが》れていたために、何か別の言葉と聞き違えたと思ったらしかった。

私は咳払《せきばら》いをし、「人を二人、殺したんです」と繰り返した。「多分、一時間くらい前に。射殺です。電話が通じなかったので、歩いて来ました。私はどうすればいいんでしょうか」

言った途端、何かが身体の中で弾《はじ》けた。深い水の底から水面に浮き上がった時のように、私の中に現実感が甦《よみがえ》った。

私は自分でもわけのわからない言葉をわめきながら、両手で顔を被《おお》った。嗚咽《おえつ》がこみあげ、涙が堰《せき》を切ったようにあふれ出た。冷えきった頬に、次から次へと熱い涙が流れ落ちた。

誰かが私の腕をおさえた。別の誰かが私の肩を抱いた。私は建物の中に連れて行かれた。だが、ＴＶで見た連合赤軍の男たちのようには、乱暴な扱いは受けなかった。

その後の私の人生の中で、嬉《うれ》しかったことは一つしかない。だが、ある意味ではそれだけで充分だったとも言える。

信太郎は死んでいなかった。そのことを私は数時間後に刑事から教えられた。腰を撃たれて病院に運ばれたが、命には別状ないそうだ……そう聞かされた時、私は安堵《あんど》するあまり、机に突っ伏し、声をあげて泣きじゃくった。

27

警察でも法廷でも、個人的に面会に来てくれる弁護士に対しても、私は一切、あの秘密はもらさなかった。決してあの秘密だけは他言してはならない、信太郎とそう約束したのだから、死んでも口にはすまい……そんなふうに、生真面目《きまじめ》な小学生の子供のように頑《かたく》なに自分に言い聞かせていた。そのことが結局、私の孤独感をいやし、気持ちのよりどころになってくれたわけだが、それも皮肉と言えば皮肉と言えるかもしれない。

一つ何かについて供述を始めると、肝心かなめの部分を避けようとするものだから、それまですらすらと語ってきた部分にかすかな綻《ほころ》びが生じてくる。その綻びにいち早く気づき、詰問《きつもん》される前に訂正を試みる。

むろん、何度か綻びを鋭く指摘され、質問攻勢にあったこともあった。だが、そのたびになんとかうまく切り抜けた。あのことさえ語らなければ、あのことに触れさえしなければ、その他のことに関してはありのままを述べればよかった。綻びがどうしようもなくなった場合は、下手な小細工はせず、素直にそれを認めた。認めた上で、自分の記憶のあやまりを訂正し、詫《わ》びることに徹した。

おおまかに言えば、私の自白は次のようなものであった。

信太郎の仕事を手伝っているうちに、恋愛感情が芽生え、彼に恋をした。妻の雛子が奔放な生活を送っているのに、信太郎がそれに何ら嫉妬《しっと》を感じていないことを知り、強い違和感を抱いたが、夫妻と親しくなるにつれて、次第に私は彼らの生活習慣になじんでいった。私は雛子ともいい友達になった。

だが、大久保勝也が雛子の前に現れてから、情況が一変した。雛子が大久保に恋をし始めたことを知り、信太郎が激怒。夫婦関係に亀裂《きれつ》が走り、信太郎の私に対する態度も冷淡になった。

雛子と信太郎が目黒のマンションで大喧嘩《おおげんか》をした日の晩、私は信太郎に誘われて、強羅の温泉宿に行った。信太郎は寂しさからやけになって私を誘ったようだった。愛されているという実感は失われた。

だが、愛されていないということがわかっても、私は信太郎の傍にいたかったので、東京に戻ってからも自分のアパートには帰らず、目黒のマンションに泊まった。翌朝、信太郎が大学に出かけた直後、雛子から電話があった。彼女が信太郎と別れるつもりでいるらしいことを知り、頭が混乱した。雛子と信太郎には別れてもらいたくなかった。信太郎の精神状態が穏やかであるためには、雛子がいなくてはならず、私がそんな信太郎から愛されるためにも雛子の存在は必要不可欠だったからだ。

軽井沢の別荘にいる、と雛子から聞き、私は軽井沢に向かった。だが、その時点で雛子と大久保を別れさせようという強い気持ちは希薄だった。ともかく雛子と会って、話をしたかった。

別荘には大久保がいて、そんなふうに他人の夫婦のために動きまわる私のことを幼稚な人間だと酷評してきた。大久保には以前にも、小姑《こじゅうと》みたいな女だと言われたことがある。私はかっときて、我を忘れた。

風邪気味だと言う雛子を連れて大久保が二階に上がって行った後、気がつくと猟銃を手にしていた。殺すつもりはなかった。何のためにそんなものを手にしているのか、はっきりしなかったが、潜在的な自殺願望……彼らの見ている前で死んでやりたい、とする復讐心《ふくしゅうしん》のようなものは確かにあったかもしれない。

寝室に入り、銃をかまえた時、運悪く信太郎が来てしまった。銃を返すよう説得されたが、拒絶した。そんな異様な情況の中、大久保がしらじらしく尊大な態度でベッドの中から信太郎に向かって笑いかけた。そこは信太郎と雛子のためのベッドであり、あんたが寝るべき場所ではない、と思うと、私の怒りと憎悪《ぞうお》は頂点に達した。

私は銃口を大久保に向けた。大久保にはあの時、はっきりとした殺意を感じた。ためらいはなかった。私は引金を引いた。

雛子が大騒ぎを始め、その金属的な叫び声を耳にしているうちに、ますますわけがわからなくなっていった。大久保がまだ生きているような気がしたので、もう一度銃をかまえた。

混乱のさなか、パニック状態に陥った雛子が突然、私の目の前に飛び出して来た。私は銃口を大久保に向けていたのだが、信太郎は私が雛子を撃とうとしている、と勘違いしたらしい。

雛子はもちろんのこと、信太郎を撃つつもりも毛頭なかった。だが、私の指はすでに引金にかかっていた。信太郎が雛子をかばって、一瞬、私に背を向けた。間に合わなかった……。

信太郎と雛子が、自ら秘密を打ち明けてしまわない限り、私は何があっても、その自供内容を変更しない覚悟でいた。辻褄《つじつま》を合わせようとするために、あれやこれや考え続けて夜も眠れなくなることもあった。あの辛《つら》さと異様な緊張状態は今でも思い出したくないほどであるが、そんな日が続けば続くほど、かえって自分が信太郎と雛子に強く結びついていけるような気がして暗い悦《よろこ》びに浸ることもできた。

夫妻のあの秘密を知っているのが唯一《ゆいいつ》、私だけである、という事実が私の誇りであり、心の支えだった。それは神にもまさる、どんな宗教にもまさる支えだった。

片瀬夫妻はまるで示し合わせたように、私の自供を裏付けるような証言を繰り返した。

今から考えても本当に不思議としか言いようがない。情状酌量を欲しがるあまり、私があの秘密を公《おおやけ》にするのは当然だ、と彼らは思わなかったのだろうか。片瀬夫妻は実は兄妹だったんです、そのことを知ったショックで、私は狂乱状態になったのですが、大久保はすでにその事実を雛子さんから聞いて知っている、と言い、あろうことか、片瀬先生に向かってお兄さん、と言ってみせました、それでかっときて、発作的に犯行に及んだんです……そう言って泣きくずれてしまえば、何もかも簡単にけりがついたのである。

そのことにより、二階堂忠志がマスコミの餌食《えじき》になろうとも、たとえ信太郎や雛子が露悪趣味的な週刊誌にスキャンダラスに取り上げられようとも、獄中で罪を償っている私には何の関係もなかったのだ。うまくすれば、私は加害者ではなく、むしろ異様な男女関係に巻き込まれた田舎出の哀れな女子大生として、世間の同情すらかっていたかもしれない。

だが、私はそのことに関して徹底して沈黙を守った。私の沈黙は片瀬夫妻にも通じたようだった。片瀬夫妻はあたかも前もって、私と綿密な打ち合わせを済ませていたかのように、私が何かを供述すると、それと相前後して、ほぼ同じことをなぞるようにして証言した。

取り調べ室で、あるいは獄舎の中で、あるいは法廷で、私は目に見えない彼らと会話を続けるのが日課となった。今日、自分はこう供述したから、次に彼らはこう言うだろう、彼らがこう言うのであれば、その後、自分はこう答えよう……そんなふうに想像をめぐらせることは私を孤独の淵《ふち》から救ってくれた。

そして、事実、彼らは私が思っていた通りのこと、私と同じようなことを証言した。私の供述と食い違うところはほとんどなかった。そのことを知るたびに私は深い歓喜に包まれた。やっとこれで三人になれた、と思い、深い感慨に耽《ふけ》って、場違いなほど幸福な気分を味わうこともあった。

私は殺人罪で懲役十四年の判決を受けた。妥当な判決だった。私は素直に受け入れ、刑に服した。

唯一、私の胸を痛ませ続けていたのは、信太郎のことである。信太郎は私に撃たれ、腰椎《ようつい》を損傷し、歩くことはおろか立つことさえできなくなって車椅子《くるまいす》生活を余儀なくされた。手紙を書いて信太郎にあやまりたい、と何度か弁護士に相談したのだが、事情が事情なのだから、立場を考えて今はまだやめておいたほうがいいだろう、と言われ、諦《あきら》めた。

身体が不自由になったこと以外、信太郎は元気でいるようだ、といくら聞かされても気持ちは晴れなかった。私は信太郎のあの長いすらりとした足を何度も思い描いてみた。私に近づこうとする時、雛子に向かって歩き出す時、私や雛子を喜ばせ、笑わせ、ふざけてみせるためにおどけた恰好《かっこう》をしてみせる時、自由闊達《かったつ》に動き回っていた信太郎の足。

その足を車椅子の中に閉じこめてしまった自分が憎かった。

今さら詫びても仕方がない、と思いつつ、私は毎晩、獄中で信太郎に宛《あ》て、永遠に本人の目に触れない手紙を書いた。書いては破り、破っては書き、同じことを繰り返した。言葉が尽きて、書くことが何もなくなるまで書き続け、一年ほどたってからふと憑《つ》き物が落ちたように書くことをやめた。

一九七五年。獄中で私が二十六歳の誕生日を迎えた年の秋、信太郎の翻訳による『ローズサロン』が出版された。信太郎の担当編集者であった佐川が、弁護士を通じて出来上がった本を送ってくれたため、私はそのことを知った。

信太郎が社会復帰を果たし、未完成のままだった翻訳に再び手をつけ始めたのが、事件から一年あまりもたってからのことになる。様々な因縁に彩《いろど》られながら、やっと産声《うぶごえ》をあげた『ローズサロン』は、厚さが五センチほどもある大著だった。表紙にはビアズレーに似た頽廃《たいはい》的な美しい絵が描かれ、よく見ると、絵の下に大輪の薔薇《ばら》の花が透けて見える、という凝りようであった。

活字は二段組でびっしりと組まれていた。そのところどころの文章に、鮮やかな記憶が呼び戻された。何度か信太郎が逡巡《しゅんじゅん》した箇所。訳出不能になって長い間、放っておかれた箇所。そしてまた、私が信太郎と初めて肌を合わせた日に訳された部分……。

ページをぱらぱらとめくっては手を止めて読みふけっているうちに、涙が止まらなくなった。どこを読み拾ってみても、そこにはかつての自分、かつての片瀬夫妻がいるのだった。

巻末には、訳者解説が載っていた。ページ数にして七ページほどもある長い解説文だった。

信太郎の肉声を聞く思いで読み進み、最後の一文に目が止まった。訳者の信太郎から担当編集者である佐川にあてて、丁寧な感謝の言葉が述べられていた。あとは日付と共に信太郎の名が記されているだけだった。

それだけだった。他には何もなかった。共に翻訳に携わり、下訳、清書……とこつこつと少しずつ仕事をし続け、僕の新しい専属の秘書だと彼が他人に紹介していた私の名は、どこを探しても見当たらなかった。或《あ》る個人的な事情により、刊行が大幅に遅れた……というような読者に対する言い訳の言葉すら記されていなかった。

当然だった。人を猟銃で射殺したような人間には、感謝の言葉を捧《ささ》げる必要は何もなかった。たとえ、その人間とかつて親しく関わっていたとしても、その人間に対してわずかながら感謝の気持ちが残っていたとしても、社会の一般常識としてはそんな表現は割愛すべきだった。

だが、そうとわかっていても寂しかった。理不尽と思われるほどの孤独感が私を打ちのめした。一言も打ち合わせをしていないというのに、あれほど完璧《かんぺき》に証言内容を一致させ、うまく裁判を切り抜けてきたつもりでいた自分たちの間には、強い絆《きずな》など何ひとつなく、証言が一致したのは、夫妻が自分たちの秘密を隠そうとしたからに過ぎないのではないか……そう思った。

結局、自分は大久保を射殺し、信太郎に重傷を負わせたただの殺人者なのだった。そんな自分に、信太郎が感謝の言葉を捧げねばならない義務は何もなかった。信太郎の中に、もはや私に対する気づかいも情愛も何ひとつ残っていなくて当然だった。にもかかわらず、おめでたい夢を見続けていた自分、今後も見続けようとしていた自分が哀れだった。

その晩は看守に怪訝《けげん》な顔をされながらも、一晩中、泣き明かした。逮捕され、拘留されてからずっと、あれほど私が泣いたのは初めてのことだった。

洗礼を受けさせてもらい、キリスト教徒となったのはその後である。私は獄中で様々な宗教書を読み、聖書を読み、囚人としてこれ以上ないと思われるほど従順な服役生活を続けた。

『ローズサロン』は二度と読むことはなくなった。私の中にあった淫蕩《いんとう》や放埓《ほうらつ》さへの憧《あこが》れ、根拠のない堕落願望、官能的な風景への飢餓感のようなものは、すべて泡のように消えていった。

私は模範囚として十四年の刑期を十年に減刑され、出所した。三十三歳になろうとしている時だった。

出所の際、私は長い間読まずにいた『ローズサロン』を世話になった女性看守に贈った。細かい字を見ると頭が痛くなる、と笑う彼女も、『ローズサロン』の表紙だけは気にいったらしい。ここだけ切り取って額に入れて飾ってもいいわね、と言われたので、ご自由にと答えた。あの女性看守の自宅には、『ローズサロン』の表紙の絵が今も飾ってあるのかもしれない。

更生指導員の助けで房総半島の海辺にある旅館に職を見つけ、汚れ仕事だけを引き受けながら、住み込みで二年ほど働いた。母が訪ねて来て、妹の縁談が私のせいで次から次へと破談になってしまう、と泣き崩れたため、ひどく責任を感じた。少し考えた後、私は家族の前から永遠に姿を消そうと決心した。

その後は様々な職業を転々とした。地方の小さな工場で働いたこともあれば、港町にある労働者向けの飯屋で、朝から晩まで絶え間なく米を研《と》ぎ続けたこともあった。いつも一人だった。友達は作らなかったし、私に近づいてくるような人間もいなかった。

五反田のカレーショップの店に勤めたのは、敬虔《けいけん》なキリスト教徒だった経営者の野平さん夫妻と教会で知り合い、親しくなったからである。野平さん夫妻のもとで働いていた時期が、私の人生の中でももっとも穏やかな、静けさに満ちた時であった。野平さん夫妻にはどれだけ感謝してもしきれない。

事件後、すでに二十三年が過ぎようとしているが、今も私の中には信太郎と雛子が生き続けている。目を閉じると、車椅子に乗った信太郎が見える。彼に付き添っている雛子が見える。おかしなことに、想像の中の二人は当時のままの顔をしている。

彼らは時として私にいたずらっぽく笑いかけてくるのだが、二人の声は聞こえない。初めて出会った時のように、彼らは音の途絶えたセピア色のフィルムの中にだけ生きていて、そこには風の音も、梢《こずえ》を打つ雨の音も、囀《さえず》る鳥たちの声もなく、灰色のなだらかな砂丘のような風景が延々と遠くに連なっているばかりである。

終章

仙台で行われた矢野布美子の葬儀から戻るとすぐに、鳥飼三津彦は『ローズサロン』の版元であるH出版社に電話をかけた。どうしても『ローズサロン』を読みたいと思ったからだった。

だが、出版社の返事はつれなかった。正式に絶版にはしていないが、残念ながら、現在のところ、在庫は一冊も残っていない、と言う。

H出版社は、主に現代ヨーロッパ文学の翻訳に力を入れている中規模の出版社である。かつて片瀬信太郎の担当をしていた編集者の佐川は、すでに五十路《いそじ》を超え、編集部長のポストについていた。

布美子によれば、佐川は並々ならぬ熱意をこめて『ローズサロン』の翻訳を歓迎した男だということになっている。その布美子の印象が正しいとするならば、彼の自宅には『ローズサロン』が大切に保存されているに違いない、と鳥飼は考えた。同時に、佐川に会えば、片瀬信太郎の消息がわかるかもしれない、という淡い期待もあった。

あらかじめ電話で面会を申し込んでから、鳥飼がH出版社を訪ねて行くと、佐川は早速、彼を応接室に迎え入れてくれた。

想像していた通り、佐川は青年時代のディレッタンティズムを失っていない男だった。あなたの著作は何作か読ませていただいたことがある、と佐川は言った。他の不勉強な若い編集者が真似《まね》できそうにもない、確かな知識に裏打ちされた、幾つかの的確な感想がそれに続いた。鳥飼は好感を持った。

生涯、誓って誰にも言わない、と布美子と約束したあの秘密の部分を除いて、鳥飼は簡潔にこれまであったいきさつを佐川に教えた。個人的な事情があって、矢野布美子の犯罪記録を本にまとめることは、差し控えることにしたのだが、行きがかり上、片瀬夫妻に一目会い、布美子が病死したことを自分の口から伝えたいと考えている……鳥飼がそう言うと、佐川は深くうなずいた。

「矢野布美子とは一度だけ、会ったことがあります。そう、『ローズサロン』の仕事の件で、片瀬先生ご夫妻とお会いした時だったかな。彼女がそこに同席してましてね。顔はぽっちゃりしているのに、身体《からだ》が細くて、全体として繊細な感じのする娘でした。まさかね、あんなことになるとは僕も夢にも思いませんでしたけど。そうでしたか。彼女、亡《な》くなったんですか。幾つになってたんです」

「今年で四十六になるところでした」

「四十六ね。まだ若いのに……」

　鳥飼はうなずいた。「今でも片瀬さんとは交流がおありですか」

「たまに」と佐川は言った。「と言っても年に一度会うか会わないか、といったところですか。お身体があんなふうになってからは、先生は外出するのを極端に嫌うようになりましてね。僕がお訪ねしない限り、なかなか家を出て来てくださらないんですよ」

「片瀬さんは現在、何を」

「短大の教授です。鎌倉にある私立の女子短大。英文学史を受け持ってるそうです」

「ではお住まいも鎌倉に？」

「そうです」

「仕事の行き帰りはどうなさってるんでしょう」

「奥さんが毎日、車を運転して送り迎えしてますよ」

「雛子さんは確か、免許を持ってなかったんじゃ……」

「昔はね」と佐川は言い、笑顔を作った。「事件の後、先生があんなふうになってから免許を取りに行かれてね。今じゃちょっとした暴走主婦だ。スピード違反でつかまったこともあるんですから」

「そうですか」鳥飼は微笑《ほほえ》んだ。

　よかったら自分のことを彼らに紹介してもらいたい……改めて鳥飼がそう言おうと、

姿勢を正した時だった。佐川のほうが先に、テーブル越しに身を乗り出して来た。

「そういうことでしたら、僕が仲介してさしあげますよ。ただし、事情を知った片瀬先生がどうおっしゃるかは、保証の限りではありません。ですが……先生にはやっぱりきちんとお伝えすべきでしょうね」

「は？」

佐川は言葉を選ぶようにして、束《つか》の間《ま》、口ごもった。「……矢野布美子が死んだことをですよ。実際、奇妙な三人でしたからね、先生と奥さんと矢野布美子は。今でも時々、思い出します。記憶に焼きついてます。三人は確かに仲がよかった。異様なほど、と言ってもいいですが」

「三人は、『ローズサロン』そのものだったそうですね」

佐川の目が光を放ち、その後で、それとはわからないほどかすかな潤《うるお》いが瞳《ひとみ》を被《おお》った。

「おっしゃる通りです。誰に聞きました？」

矢野布美子です、と鳥飼は言った。

鳥飼が想像していた通り、佐川は自宅に貴重な『ローズサロン』の初版本を二冊だけ所有していた。都内の古書店をしらみつぶしに回れば手に入るとは思いますが、手間がかかりますからね……そう言いおいて、佐川は二冊のうちの一冊を鳥飼に贈呈する、と約束してくれた。

数日後、佐川から『ローズサロン』が郵送されてきた。布美子から聞いていた通り、ビアズレーの絵を思わせる表紙に薔薇《ばら》の花が透かし彫りのように浮き上がっている、美しく重厚な本だった。

読み進みながら鳥飼は、布美子から聞いた話は何ひとつ偽りや誇張がなく、あるがままの、彼女が見たこと聞いたこと感じたことそのままであったことを確信した。『ローズサロン』はまさに、布美子や片瀬夫妻が繰り広げたような愛の悲喜劇が、濃厚な官能シーンと共に描写された散文詩的な小説だった。そしてそれはとりもなおさず、彼らそのもののようでもあった。

読み終えるのに三昼夜かかった。その三日間の鳥飼の睡眠時間は、合計六時間に満たなかった。読んでいる間、彼はずっと布美子のことを考えていた。自分の死と共に永遠に闇《やみ》に葬《ほうむ》ろうと決めていた物語を、問わず語りに語ってくれた布美子のことが思い出された。その布美子の言葉の一つ一つと、目の前の一冊の本とがだぶって見えた。小説を読んで、彼が涙を流したのはおよそ生まれて初めてのことだった。

鳥飼が本を受け取ったという礼の電話をかけると、佐川は「今、片瀬先生との交渉が難航している」と報告してきた。どうやら片瀬信太郎は、事件と関係のある話で人と会うことに難色を示している様子だった。

あとしばらく待ってみてください、と言われ、鳥飼は承知した。次に佐川から連絡があったのは一週間ほどたった後だった。

「申し訳ない」と佐川は言った。「お役に立てませんでした。何度か気持ちが変わらないものかと電話で打診してみたんですがね、だめでした。あの事件のことは思い出したくないそうです。もちろん、矢野布美子の話も。何ひとつ、聞きたくない、あれはもう終わったことだ……そう言われてしまいました」

鳥飼は諦《あきら》めきれなかった。彼は佐川に片瀬夫妻の住所を教えてもらって、手紙を書くことにした。

矢野布美子が子宮癌《がん》で四十五歳の命を閉じたこと、わけあってその死を看取《みと》った関係上、布美子からの伝言を片瀬夫妻に伝えたいと思っていること、是非、近いうちにお目にかかりたいということ……。

末尾に自分の連絡先を記したが、返事を強要するようなことは一切、書かなかった。

一週間たっても十日たっても返事は来なかった。

彼はもう一度、手紙を書いた。前よりも長い手紙だった。

死ぬ直前に会った布美子が、片瀬夫妻のことは大好きだった、と語っていたこと、それだけを自分の死後、伝えてもらいたいと頼まれたことを丁寧にしたため、もし今後、布美子に関することで知りたいことが出てきた場合は、遠慮なく連絡してもらいたい、と書き添えた。

ノンフィクション作家という肩書を持つ人間からの手紙ゆえ、いたずらに警戒されることを恐れた彼は、正直に自分が布美子に近づいて行ったいきさつも記した。布美子の犯罪記録を書こうとしたのだが、布美子は何ひとつ詳しいことは語ろうとせず、先の一言を遺言のように残して去って行った……そう結んだ。

またしても夫妻からの連絡はなかった。葉書一枚の返事も来なかった。

時が流れた。鳥飼は他の仕事に忙殺され続けたが、片時も布美子から聞いた話を忘れることはなかった。

H出版社の佐川から電話がかかってきて、片瀬先生の一件はいかがされましたか、と聞かれたのは夏も終わり、十月に入ってからである。

世話になったというのに、その後の報告をすることはおろか、時候の挨拶《あいさつ》をしたため た葉書すら書かなかったことを思い出した。鳥飼は簡単にこれまでのいきさつを報告した後、礼を逸していたことを詫《わ》び、佐川を食事に誘った。佐川は、喜んで、と言い、承諾してくれた。

佐川の勤務が終わるのを待って、夜七時に佐川の指定した銀座の小料理屋で待ち合わせをした。肌寒ささえ感じる涼しい雨の晩だった。約束の時間に少し遅れて到着した佐川は、よく降りますな、と言って脱いだ上着のポケットから、一枚の白い封筒を取り出した。「御覧になりたいんじゃないか、と思ってお持ちしました。片瀬先生のお宅の前で撮ったスナップ写真です」そう言って、佐川は鳥飼に中を開けるように促した。

封筒の中からは、ごくありふれた一枚のカラー写真が出て来た。鬱蒼《うっそう》と葉が生い茂った緑濃い庭に、男と女が小さく映っている。車椅子の男は白髪まじりで、上目づかいにカメラのほうを見つめている。女は腰を屈《かが》め、男の膝《ひざ》にかけた毛布に手を伸ばしかけながら、顔だけ前を向いて微笑んでいる。二人とも黒っぽい服装をしている。

「片瀬夫妻ですよ」佐川が雨に濡《ぬ》れた鞄《かばん》をカウンターの隅に置きながら言った。「撮ったのは三年前。そこに日付がついてるでしょう？　僕がお訪ねした時、たまたま自分のカメラを持ってたんでね。帰りがけにちょっとシャッターを押したんです」

日付は一九九二年五月三日になっていた。ゴールデンウィークの休みを利用して、佐川が鎌倉の片瀬夫妻の自宅を訪ねた時の写真のようだった。

夫妻の真後ろには、ずんぐりとした木製の門柱が立っていて、その奥の屋根つき車庫の下には白っぽい乗用車が停まっているのが見えた。門柱と並ぶようにして、薄桃色の花をつけた大きな木があり、その木が拡《ひろ》げた枝の向こうに、見るからに古そうな木造二階建ての家屋が建っていた。家の造りは遠景なのでよくわからなかった。

薄桃色の花をつけた木の他に、色鮮やかな植物は見当たらない。葉を茂らせた木々がドームのようにあたりを被っているばかりで、どちらかと言うと周囲は薄暗いのだが、葉影のあちこちできらめきを放っている日の光が、その日が見事に晴れわたった美しい日であることを物語っていた。

「昔よりも少し太ったのかな」鳥飼は言った。

「誰がです？」

「雛子さんがです。矢野布美子から聞いた雛子さんの印象とちょっと違う」

佐川は乾いた笑い声を上げた。「少なくともあのころより十キロは太ったでしょうね。でも、太って以前よりも愛らしくなった。今は気さくな可愛《かわい》いおばさんといったところです」

鳥飼がしばらくの間、飽きもせずに写真を見つめていると、佐川は、それ、さしあげますよ、と言った。「会うことがかなわない相手の写真なんぞ、持っていても仕方がないかもしれませんが」

いただきます、と鳥飼は言った。

その晩、十一時過ぎに自宅に戻った鳥飼は、書斎に入り、もう一度、写真を見た。人物の顔が小さすぎるため、確かなことはわからなかったが、改めて見ても、二人はごく普通の夫婦にしか見えなかった。

降り積もる時の流れが彼らをそうさせたのか。それとも単に矢野布美子が彼らの容貌《ようぼう》を美化し、聖化し続けていただけなのか。確かに端整な顔立ちながら、そこに映っている男女は少なくとも、異端の恋、死をもたらすような恋に狂い、果てしなく堕《お》ちていくような種類の人間には見えなかった。彼らは限りなく平凡であった。

写真を封筒に戻そうとした時だった。鳥飼は、写真の中の唯一《ゆいいつ》の色彩と言ってもいい薄桃色の花をつけた木に何か惹《ひ》かれるものを感じ、しばし呼吸を止めてそれに見入った。何かが烈《はげ》しく彼に訴えかけていた。それが何なのか、はっきりしたことを思い出すまで、二、三分の時間を要した。

そうか、と彼は声に出して言った。興奮のあまり、思わず大声を上げたい気分になった。もう一度、写真を見た。間違いなかった。

机に向かい、髪の毛をかきむしり、歓喜の声を上げそうになるのをこらえ、いたたまれなくなって立ち上がり、足音をたてて部屋の中を歩き回った。歩き回るだけでは足りず、書棚からはみ出している本をげんこつで殴《なぐ》る真似をしたりした。

妻の顔がドアから覗《のぞ》き、いったい何を騒いでるの、と聞いた。

鳥飼はそれには答えず、明日は朝から鎌倉に行って来る、とだけ言った。その晩はなかなか寝つかれず、朝まだき、雨があがって雀《すずめ》が囀《さえず》り始めるのをはっきりとした意識の中で聞いていたほどであった。

翌日は土曜日だった。秋晴れを予感させる光に満ちた朝、鳥飼は八時ころ家を出て、電車を乗り継いで東京駅まで行き、横須賀《よこすか》線に乗り換えた。

行楽客で混み合う中、鳥飼は四人掛けの席の窓際《まどぎわ》に座った。片瀬夫妻の家の所番地は、メモを見なくても完全に記憶にたたきこんであった。由比ケ浜《ゆいがはま》二丁目。地図によると、駅から充分歩いて行ける距離だった。

彼は何度も腕時計を覗いた。夫妻と約束をしているわけではなく、彼らと会うことが目的ではないのだから、好きな時間に到着すればいいようなものだったのだが、時間が気になった。まだ今の時間だったら家にいるかもしれない、と思ったり、いや、土曜日にもしかすると短大の授業があって、片瀬は雛子の運転する車で出かけてしまったかもしれない、と思ったりもした。好きな女の子の家を探しに行く時の、少年のような気持ちになっているのが可笑《おか》しくもあり、不思議でもあった。

鎌倉駅に着いたのは十時近くで、乾いた秋の空気の中、行楽に訪れた家族連れや若者たちで駅前は賑《にぎ》わっていた。鳥飼はかねてから決めていた通り、江《え》ノ電《でん》方面の出口から出て、小さな商店街が並ぶ通りを歩き始めた。

そこから下馬《げば》の交差点に出て若宮大路《わかみやおおじ》を海の方向に進むと、左手が材木座《ざいもくざ》一、二、三、五丁目、右手が由比ケ浜二、三、四丁目となる。ただし、由比ケ浜二丁目だけは若宮大路をはさんで材木座方面にも拡がっており、片瀬夫妻の家はそちらのほうの一角にあるようだった。

一の鳥居を左に折れ、鎌倉らしい風情《ふぜい》のある住宅地に入ると、途端にあたりは静けさに包まれた。人の気配はなく、家々はひっそりと静まりかえり、吹き過ぎる海からの乾いた秋の風を受けて、あたりの木々の梢《こずえ》がさわさわと音をたてているだけだった。

確かこのへんなのだが、と見当をつけていたものの、それらしい家は見当たらない。住民から警戒されないよう、散歩者を装《よそお》って、ゆっくりとした歩調で垣根越しの木々を愛《め》でるふりをしながら歩き回っていると、どこかからかすかに音楽が聞こえてきた。物悲しい旋律のタンゴだった。

彼は音のするほうに歩き出し、背の高い竹林が垣根の役割を果たしている一軒の古い家の前で足を止めた。音楽はその家から流れていた。

栗《くり》の木で作られた門柱に見覚えがあった。門柱には表札がはめこまれていた。片瀬、とあった。

屋根つきの車庫の中には、写真で見た通りの白い乗用車が止められていた。家も車庫も成長した木々に被われ、無数の木もれ日が大地に輪を描いていた。木造二階建ての家は、昔ながらの別荘のようにも見え、また、親子代々、大切に住み続けてきた家のようにも見えた。

鳥飼は門柱の前に立ちはだかり、空を見上げ、自分でもどうにもできなくなるほどの感動に身を震わせた。門柱の脇《わき》には、一本の大きな木があった。木はすくすくと四方に枝を伸ばし、枝という枝に黄金色の大きな果実を幾つも実らせていた。

鳥飼は、農家の取材に行った折り、マルメロの花を見たことがある。職業柄、一度目にしたものは忘れない。佐川からもらった写真にぼんやりと映っていた薄桃色の花が、まさにそのマルメロの花ではないのか、と考えた鳥飼の直感はあたっていた。

今、彼の目の前にたわわに実っているものは、見事に結実したマルメロの果実だった。それは、かつて矢野布美子が中軽井沢駅前の植木市に行き、無料でもらってきたマルメロの苗木が、時を重ね、成長したものに違いなかった。古宿の別荘に植え、自分が片瀬夫妻と別れた後も夫妻はマルメロの木を見るたびに自分のことを思い出してくれるだろう、と布美子が考えたというあの苗木が、二十数年たった今、こうして見事な実を実らせているに違いなかった。

木の下に立ってみた。かすかに芳香が漂った。

近くで人影が動いた。誰もいないと思っていた鳥飼は一瞬、うろたえ、立ち去ろうとしたのだが、遅かった。すでに人影は彼に気づき、彼のほうに近づいて来ようとしていた。鳥飼はおずおずと会釈《えしやく》をした。

雛子だった。若い娘が着るような柿色《かきいろ》のトレーナーにジーンズをはき、庭いじりでもしていたのか、片手に小さなシャベルを持っている。小さなウェーブがついた髪の毛は布美子から聞いていた通りだが、染めているのか栗色ではなく、緑色を思わせるような深い黒に変わっていた。

「何か?」雛子は小首を傾《かし》げ、鳥飼に聞いた。

警戒するような口ぶりではなかった。彼女は好意的で友好的な感じがした。安心できる人物に道を訊《たず》ねられた時、人が見せるような屈託のない笑みを浮かべて、雛子は鳥飼の前に立った。

「申し訳ありません。散歩をしていてつい、この木にみとれてしまいまして」

ああ、と雛子は鳥飼の視線を辿《たど》りながら言った。「マルメロです。今年もこんなにいっぱい実が成って嬉《うれ》しくって」

想像していた通りの声だった。低くて、落ち着いていて、時として人を眠たくさせるような……。

「珍しいですね。鎌倉でマルメロとは」

「ええ。知識がなかったものだから、育てるのが難しくて、大変だったんです。香りが強いものですから虫がつきやすくって。移植してから最初の五、六年は実も成らなくて、もしかすると気候が合わないのかしら、って諦めてたくらい」

「移植と言いますと、どちらから？」

軽井沢です、と雛子は言い、木もれ日の下で額に浮いた汗を拭《ぬぐ》った。「別荘に植えてあったものをこちらに」

「大切になさってた木なんですね」

雛子は軽くうなずき、思い出が……と言いかけて口をとざした。口紅の跡のない唇に、平凡な主婦に似つかわしくない謎《なぞ》めいた微笑が浮かんだが、やがてそれもすぐに消えた。

「よかったら、おひとついかがですか」

「いえ、でも、まさかそんな……」

「ちっともかまいません。今朝、収穫したものが二つ三つあるんです。ちょっと待ってて。取って来ますから」

雛子はシャベルを放り出すと、家の奥に引っ込んで行った。相変わらず庭には古めかしいタンゴが流れていた。

木陰になっていてそれまで気がつかなかったが、家の一階の窓から庭に向かってせり出している小さなベランダに、男の姿があった。車椅子《くるまいす》に乗った男は、黒縁の眼鏡をかけ、膝に置いた本に目を落としていた。音楽はそのベランダの奥の部屋から流れているらしかった。

片瀬信太郎だった。写真で見た信太郎よりもこころもち太って顔色もよく、元気そうだった。鳥飼がちらちらと視線を投げると、見られていることに気づいたのか、信太郎は眼鏡をはずし、鳥飼のほうに目を向けた。

小さく奥まってはいるけれど魅力的な目……と布美子が表現していた通り、確かに信太郎の目には一度見たら忘れられない特徴、深み、人を惹きつける何かがあった。その目が今、まっすぐに鳥飼を見つめていた。

鳥飼は軽く会釈をした。万感の思いをこめたつもりだった。信太郎は不思議そうな表情を浮かべながらも、ぎこちない会釈を返した。

雛子が手提げの袋を下げて戻って来た。鎌倉の和菓子屋の店名が入っている袋で、中に大ぶりのマルメロの果実が二つ、収まっていた。

「砂糖漬けにして召し上がって」雛子は鳥飼に笑いかけた。「ジャムにしてもいいですよ。手間はかかりますけど」

「しばらく飾っておきます」と鳥飼は言った。「香りを楽しみたいので」

それもいいですね、と雛子は言い、顔のまわりを被《おお》った髪の毛をうるさそうにはね上げながら微笑《ほほえ》んだ。「どちらから?」

「は?」

「いえ、このへんの方ではないような……」

「東京から来ました」鳥飼は言った。「休みだし、あんまり天気がいいんで、鎌倉を歩いて来ようと思いまして」

雛子はにこやかにうなずいた。海風が吹いて来て、垣根代わりになっている竹林の葉が、連鎖するように次から次へとさわさわと音をたて、鳴り続けた。木もれ日という木もれ日が、万華鏡《まんげきょう》の中で変化していく模様さながら、あたりに無数の形のない美しい絵を描いた。

鳥飼は通りがかりの不作法を詫《わ》び、マルメロの礼を丁重に述べてから、その場を離れた。離れる際、もう一度、ベランダに目を投げた。車椅子の信太郎は再び眼鏡をかけて熱心に本を読みふけっており、もう彼のほうは見ていなかった。

その翌週の火曜日。佐川から手紙が送られてきた。『ローズサロン』の解説文の生原稿が、自宅の納戸《なんど》の段ボール箱から出てきたのだという。封筒にはその生原稿の最後の部分が同封されてあった。

「この本を訳すにあたって世話になったH出版社編集部の佐川氏と、そして、下訳の段階から常に私の支えとなり、同時に、私にとって忘れられない思い出を山のように残してくれたかけがえのない助手、F・Y嬢に心から感謝の意を捧《ささ》げる。
一九七五年九月十日
秋桜の咲く季節、鎌倉にて。片瀬信太郎」

添付されていた佐川の手紙には次のように書かれてあった。

「当時、私の一存で、片瀬先生の解説文の最後の部分を削除するようにとお願いしたことを思い出しました。事件直後、体面を気づかってか、誰も大声で話題にすることはありませんでしたが、軽井沢でのあの事件は知る人ぞ知る事件でもあり、殊《こと》に大学関係者の間では有名でした。せっかく社会復帰を果たされたばかりの先生の翻訳書に、たとえイニシャルだけであろうとも、服役中の矢野布美子の名が印刷されることは避けるのが望ましい、と私は考えたのです。先生は迷っておられたようですが、最終的には私の意向を尊重し、削除に同意してくださいました。何かの参考になれば、と思い、同封致しました」

その手紙を封筒に戻し、鳥飼は書斎机に向かって、片瀬信太郎の生原稿を読み直した。生原稿は四百字詰め原稿用紙に書かれたもので、紙は縁の部分が黄ばんでおり、つぶれた衣魚《しみ》の死骸《しがい》が、点々と黒い粉のようになって付着していた。

彼は何度も何度も飽きずに読み返した。布美子のために読み返しているような気持ちだった。そこに書かれてある最後の一文は、布美子が獄中で見続けてきた夢、こうあってほしいと儚《はかな》く願い続けてきた世界そのものであった。

確かに、と鳥飼は声に出して言った。あなたたち三人は本当に仲がよかったんですね。

それに応《こた》えるかのように、机上のマルメロの果実がふわりと濃厚な香りを放った。

文庫版あとがきに代えて

作家は、苦楽の長い坂を人知れず登り下りしながら、きわめて不思議な、どう考えても説明のつかない、神が己れの中に降り立ってきたとしか考えられないような瞬間を迎えることがあるのかもしれない。そんな馬鹿《ばか》なことを信じるようになったのも、本書『恋』を書き上げてからであった。

一九九三年から九四年にかけて、私は暗闇《くらやみ》の中にうずくまっていたとしか言いようのない、精神的どん底状態にあった。何を書いても納得できなかった。読者は誰ひとりとして自分の作品を歓迎などしていないのだろう、という愚かしい被害者意識もあった。自意識だけが異常に肥大化して、そのくせ自信はかけらもなくなっていた。ありていに言えば、創作者が必ず一度はぶつかる最大級の壁を前に、茫然《ぼうぜん》自失状態が続いていたわけである。

今から考えれば原因ははっきりしている。心理サスペンスと呼ばれるジャンルの作品を書き続けながら、書いても書いても、そこからこぼれ落ちていく何かがあった。それが何なのかわからない。わからないのだが、こぼれていくものは年々歳々、増え続けた。それらを無視することはどうしてもできなかった。かといってこぼれたものを拾い集め、つなぎ合わせたところで何が生まれるのか、皆目見当もつかなかった。

苛立《いらだ》たしさを伴う無力感は日を追うごとに増していった。抜け穴は確実にあったはずなのに、霧にまかれて視界を失っていたも同然の私は、それすら見つけることができなくなっていたらしい。

ふいに冒頭に書いたような出来事が私に起こったのは、その最悪の状態に手も足も出せなくなっていた時のことである。

一九九四年十二月の、風の強い寒い晩だった。何という理由もなく、私は寝室のベッドに仰向けになり、CDでバッハの『マタイ受難曲』を聴いていた。何故《なぜ》、その曲を選んだのかよく覚えていない。受難、という言葉に自分自身を重ね合わせたつもりだったのかもしれない。

その時である。何がきっかけだったのかわからない。それは突然襲いかかってきた嵐《あらし》のように私の脳髄を突き抜けていった。ほぼ一瞬にして、あたかもドミノゲームのごとく、パタパタパタッと、見事なまでに完璧《かんぺき》に物語の構想、テーマ、登場人物の造形が頭の中でまとまった。

私は飛び起き、書きとめるものを探してあたりを見回した。ボールペンはあったが紙がなかった。狂女のように髪を振り乱して書斎に走った。

レポート用紙を手に再び寝室に戻り、ベッドにうつ伏せになりながら、今しがた頭の中を駆け抜けていったものを走り書きした。レポート用紙十五、六枚は使ったと思う。力が入りすぎてボールペンの先が紙に穴を開けた。走り書きではない、殴り書きだった。

神が降りた、とその時、思った。暗闇が薄れ、光が見えてきた。あとはその光に向かっていけばいいのだった。

嬉《うれ》しくて泣きたくなる、とか、エクスタシーを覚えた、とか、万歳をして飛び上がりたくなる、とか、そういった烈《はげ》しい情動のようなものは何ひとつなかった。ただ深い深い安堵《あんど》だけがあった。私はそれに溺《おぼ》れ、かくして『恋』という作品は生まれた。


言うまでもないことだが、信太郎も雛子も布美子も、私の想像上の人物である。そして彼らは創造主でもある私の中に、今も活《い》き活《い》きと、あたかも現実に存在した人間であるかのように生き続けている。私自身が過ごした思春期の一時期、彼らもまた、どこかで生きていたような気がしてならなくなる。馬鹿げたおめでたい空想だとわかっていて、私は今も、ふとそんなことを思う。かくも命を吹きこむことのできた作中人物を私は他に生み出したことがない。


文庫化にあたって、解説は阿刀田高さんにお願いした。阿刀田さんしか考えられなかった。

その昔、まだ私が小説を書き始めたばかりのころ、初めて出したショートショート集の文庫解説を阿刀田さんに書いていただいたことがある。どこの馬の骨やらわからぬ若い書き手の、将来性など未知数としか言いようのない作品の解説を頼まれて困惑されたに違いないが、それがきっかけになり、あくまでも淡いものに過ぎなかったものの、阿刀田さんとのつながりができた。

氏が、私の所属する日本推理作家協会の理事長を務められていたことも関係していたと思うが、そればかりではない。短編をこよなく愛しておられる氏の小説観に、私と共通するものが数多くあったこともその理由の一つだったろう。

阿刀田さんは後に直木賞の選考委員になられた。そしてこの作品が受賞作と決まった晩、記者会見場に駆けつけた私は、笑顔の阿刀田さんから祝福の言葉をいただいた。過ぎ去っていった長い長い時間を思い起こし、何やら万感こみあげる瞬間であった。

小池真理子

平成十一年二月

付記

本書における阿刀田さんの解説文の中で、鳥飼が布美子に秘密を守ると約束していながら、この本が書かれたのはおかしいのではないか、といったご指摘をいただいた。そのように読まれても不思議ではないな、と考え、ずいぶん迷いもしたが、これはあくまでも、鳥飼の心の中にしまってある布美子の物語をなぞってみせた作品である、と私は解釈している。したがって、あえて文庫化にあたって訂正はしなかった。

『恋』に恋して

阿刀田高

すでにほとんどの読者がよくご存知のように『恋』は第一一四回直木賞の受賞作である。平成八年の一月十一日、私は選考委員の一人としてこの作品の選考の場に在った。最終的には満票を得ての推輓《すいばん》であった。

小池真理子さんとは、それより数年前に、ある編集者の紹介でお会いしていた。エッセイストとしては高い世評を得ていた小池さんであったけれど、小説のほうはまだ書き始めて日の浅い頃だったと思う。何篇かのショートショートを拝見して、

——短いものの書ける人だな——

と思った。

そう思う以上に、言葉のはしばしから、

——短いものを書きたいと思っているらしいぞ——

と感じた。

話は前後するが、つい先日、あるパーティで小池さんと顔を合わせたら、

「短篇で食べていけるのなら、ずうっと短篇を書いて行きたいわ」

と嘆いていた。

初対面のときの印象はあながちまちがっていなかったらしい。『恋』の充実感はともかく、短篇は小池さんにつきづきしい世界である、と私は今も思っている。

業界の内輪話だが、短篇小説は食べていくのが楽ではない。だから優れた才能はどうしても長篇に向ってしまうのだが、そういう情況の中で短篇志向とも思える若い溌剌《はつらつ》とした新鋭を見るのは私にとってとても快かった。

それからというもの、なんとなく小池さんに注目していた。小池さんは長篇も書いたし短篇も書いた。残念ながら私はそれらの作品を精読したわけではない。精読どころか正直なところ、表紙に小池さんの名前を見てペラペラペラペラ、書き出しを読み、最後を読み、

——ふーん、こんな感じか——

と、ななめ読みという言い方さえ不適当な……そう、撫《な》でるくらいに触れているだけだったが、それでも少しは気にかけていたのである。

直木賞の候補作に小池さんの名が上り、本が送られて来て、

——よし——

選考のためならば、これは本気で読む。ノートをとり、納得のできないところがあれば読み返す。二度読むこともある。三度だって皆無ではない。

このときも、いつものように、ゆっくりと読み、読み終えて、

——これはよい作品だ——

と安堵《あんど》の胸を撫でおろした。

選考委員を務めていて、なにが辛《つら》いと言っても、知り人が候補になっているときが一番辛い。ひどく煩《わずら》わしい。はっきり言って厭《いや》である。

もちろん私は天地神明に誓って公平を旨《むね》としている。文学観の差異は仕方ないが、おのれの良心に従い断じて依怙贔屓《えこひいき》のないよう真実心掛けている。

だが、公平ということは、物指で計るわけではなし、それほど簡単ではない。知り人となると、

——甘く見てないかな——

と、強い自制心が働くし、逆に抑え過ぎるような気がすることもあって、

——不当に厳しく見ているんじゃないかな——

不安を覚えることも多い。

このくり返しが選考が終るまで続く。終っても形を変えて続いている。まったくの話、こういう心理状態のときは他の候補作品までが、

——ぐらつくな。しっかり読め——

評価に自信が持てなくなったりするのだ。

小池さんの『恋』の場合も（それほど昵懇《じっこん》な知人ではなかったけれど）少し気がかりだった。この選考会のときは他にも知人が候補になっていて、

——今回はつらいなあ——

という心境だったが、小池さんの作品は読み終えて私のいっさいの不安を吹き飛ばす抜群の筆さばきであった。先に〝安堵の胸を撫でおろした〟と書いた所以《ゆえん》である。端的に言えば、マル、直木賞の受賞作として不足なし、逡巡《しゅんじゅん》のレベルを越えている。他の作品より頭一つは秀《ひい》でている、と、ためらいなく思うことができた。

コンクールである以上、他の作品との比較は大切だ。そういう視点で作品のよしあしを考えるケースも多いのだが、小池さんの『恋』については、他がどうあれ、これはレベルを越えている、であり、こういう候補作にめぐりあったときはうれしい。かろやかな心で選考会へ赴くことができる。選考会の席上でも私と同様の感触を持った委員が多く、まずは文句のない推輓へとなった次第である。

その受賞作『恋』の長所はなんだろう。

まずタイトルがよい。

「えっ？　そんなにいいかなあ」と疑うむきもあろうけれど、絶対的な評価を言うのではなく、いろいろなことを勘案してそう言いたいのである。「小説とは男女のことを書くものです」と断言したのは、たしか山口瞳《ひとみ》さんであったと思うが、これは正鵠《せいこく》を射ている。百パーセントそうだとは思わないが、男女のことを書くのは小説が一番ふさわしい。他のジャンルでは実践がやりにくい。そして男女のことの、まん中を占めるのが恋であるのは言うまでもあるまい。小説は恋を描くことを宿命とし属性とし、もっともそれにふさわしい舞台でもあるのだが、その実、これを書くのが一番むつかしい。現代では特にそうだ。なにを書いても月並で、しらけてしまう。毎日の生活を顧みてすばらしい恋は真実すばらしいし、悲しい恋は本当に悲しいけれど、それは野球をテーマにして言えば逆転サヨナラ満塁ホームランのようなもの、現実にあれば感動この上ないけれど小説に書くと、

「あほとちゃうか」

読者も編集者も鼻白んでしまう。

大切であるが書きにくいテーマ、それが恋である。その難物をなんの粉飾もなく天晴れタイトルに据え、真正面から挑むのは、これから天翔《あまか》ける気鋭にとってまことにあらまほしき姿である。そしてその鋭意はイカロスの飛翔となることなくみごとに『恋』で結実している。欠点がないとは言わない。しかし多少の欠点があっても志の大きいもののほうがよいのは小池さんの年齢やキャリアを考えて自明のことと言ってよいだろう。

文章も安定感があって巧みである。とりわけ作品の大部分を占める軽井沢が美しい。清冽《せいれつ》な自然を匂《にお》い豊かに描きあげている。多くの文章家が好んだこの高原の町をとりわけ美しく描いた作品を挙げよ、と、もし私に請われたら、私は生涯にわたって必ずこの『恋』をその一つとして挙げるだろう。ベスト・ファイブにはまず入れるだろう、と、私はまだ見ぬ未来の作品まで含めて断言してはばからない。私もそれなりに愛好している土地ではあるが、作品を通してあらたに美しさを満喫できたのは大きな喜びであった。

ストーリイがミステリアスに展開していくおもしろさは小池さんの固有の長所だろう。

『恋』は〝ハヤカワ・ミステリワールド〟の中の一冊として書かれたため新聞紙上などではミステリーとして無理に扱われているケースがあったが、これはやはり普通の意味でのミステリーに分類される作品ではない。

ただ、私の持論は〝小説はすべてミステリー〟なのだ。〝すべて〟は言い過ぎだとしても、なにかしら謎《なぞ》が提示され、それが深まり解決して大団円となる、というのは小説の基本的な構造であり、おもしろい小説はたいていミステリー的な構造をはらんでいる。夏目漱石の『こゝろ』、芥川龍之介の『藪《やぶ》の中』、安部公房の『砂の女』みんなそうではないか。

そういう意味で言えば『恋』もまたミステリーである。恋愛小説にみごとにミステリーの手法を取り入れた名作であり、これぞ小池さんの本領発揮、漱石、龍之介、公房の作品と並べて、私は、

「そう、小池真理子の『恋』、あれも普通の小説だけど、構造はミステリーじゃないですか」

と言いたいぐらいである。

さらに長所を数えて……新鋭小説家としての目の確かさを称えねばなるまい。デビューの頃をほんの少し知る者として、

——小池さん、うまくなったなあ——

これが第一の実感であった。

そのことは随所で感じたが、たとえば次の数行、

〝唐木とのセックスは思い出せなかった。代わりに思い出せるのは、布団《ふとん》の上で彼が私に背

を向け、隠れるようにして避妊具を装着している時の肩の筋肉の動きとか、行為の終わった後、私の身体にぐったりと巻きつけてくる彼の足の重み……そんなものだった〟

ここには確かな現実感がある。

ある情況における男女の性の営みを過不足なく綴《つづ》っている。

――小池さん、知ってるんだ――

と、私は思わず手を打ってしまった。

弱点はミステリーを書く作家のつねとしてサービス精神が多くなり過ぎ、最後にいくつもの結末をつけてしまったこと……。微妙なところだが平仄《ひょうそく》の合わない部分を少し残したほうが余韻があってよかったのではないか……好みの問題ではあろうけれど私はそう感じた。

そしてもう一つ、これは弱点ではないかもしれないが……いや、読みようによっては相当な弱点なのだが、それは簡単に修正できる弱点でもある。だから文庫本になるときに書き替えられているかもしれない。だったら、単行本と比較していただきたい。もし、文庫本でもそのままであったら、読者諸賢においてどう考察されるだろうか？

序章の最後で鳥飼は布美子に告げている。

〝話してくださってありがとう。今後は、僕がその秘密を引き受けます。約束します。この僕が、生涯、胸に秘めて、本にもせず、誰にも言わず、あなたの代わりに、あなたが体験したことを……〟

これは生死を越えた魂の約束であったはずだ。にもかかわらず、この本は書かれ、公開され直木賞まで受けたのである。そりゃあんまりな……。小説の中とはいえ、この小説の持つ凛々《りり》しさをここで損なわれたような気がするのは私だけだろうか。願わくは布美子の最後の言葉として「いつか、それがよろしいと思われたら、書いてください。美しく伝えてくださ い」とあったほうがずっとよかったのであるまいか。私の本書に託する唯一《ゆいいつ》の希望である。

直木賞の受賞以後、果たせるかな、小池さんの活躍はめざましい。あらためて気づいたことなのだが、小池さんの経歴は私自身のそれとよく似ている。短篇ミステリーを愛し、日本推理作家協会賞を短篇部門で受賞し、同じ年齢で直木賞をいただいている。よくもわるくも根っからの都会派で、作風も類似している。

ただ年長であるという事情で先を走っている私としては、小池さんのめざましい活躍を見ていると、

——あっ、背後に足音が聞こえるぞ。もう追い抜かれそう——

と、おびえてしまう。

しかし、追い抜かれるのは悔しいけれど、私が愛し小池さんも愛しているにちがいない、このジャンルの小説が……ミステリアスで、メンタルで、奇妙な味を漂わせる小説が後から来る人の力でさらに発展飛躍することを思えば、とてもとても悔しいけれど、小説界にとって、読書界にとって、日本の文化にとって、真実よいことなんだ、と私は本心で信じている。

そのときが来たら潔《いさぎよ》くあきらめよう。さながら天才バカボンのパパのように、

——これでいいのだ——
莞然《かんぜん》と腕を組んで小池さんのうしろ姿を見つめたいと考えている。

（平成十一年二月、作家）

小池真理子著作リスト

『知的悪女のすすめ　翔びたいあなたへ』山手書房（七八年六月）↓角川文庫（八一年七月、『知的悪女のすすめ』と改題）――エッセイ集
『午後八時の女たちへ　続・知的悪女のすすめ』山手書房（七八年十一月）↓角川文庫（八二年一月、『続・知的悪女のすすめ』と改題）――エッセイ集
『素肌でシェリー酒を　新・知的悪女のすすめ』山手書房（七九年三月）↓角川文庫（八二年四月、『新・知的悪女のすすめ』と改題）――エッセイ集
『とらわれない愛』廣済堂出版（七九年六月）↓角川文庫（八二年十一月、『悪の愛情論　とらわれない愛』と改題）――エッセイ集
『愛と自立のはざまで』日本ジャーナリスト専門学校出版部／発売みき書房（七九年十二月）――エッセイ集
『その結婚をする前に』東京白川書院（八一年四月）↓角川文庫（八三年九月、『結婚アウトサイダーのすすめ　男と女の新しい関係』と改題）――エッセイ集
『悪女と呼ばれた女たち　阿部定から永田洋子・伊藤素子まで』主婦と生活社（八二年三月）

↓集英社文庫（八六年一月）――エッセイ集
『いとしき男たちよ』ダイナミックセラーズ（八二年十二月）↓集英社文庫（八四年八月）
――エッセイ集
『愛は眠らせたくない　知的悪女のすすめ』角川文庫（八三年五月）――エッセイ集
『恋人と逢わない夜に』集英社文庫（八四年三月）――エッセイ集
『第三水曜日の情事』角川文庫（八五年七月）――短編集
〈収録作品〉第三水曜日の情事／マイアミの優雅な午後／ヌーヌーのクリスマス／覚えのない殺人／訪ねてきた女／無邪気なものまね／ボン・ボワイヤージュ／目撃者の三つの目／十三人目の被害者／彼女を愛した俺と犬／幸せのサウンド・オブ・サイレンス／女の約束／不運な忘れ物／やさしく呪って……／計画通りの埋葬／几帳面な性格／待ちわびた招待／気にくわない奴／知らなかった偶然／死体のそばの犬
『あなたから逃れられない』集英社文庫（八五年八月）
『夢色ふたり暮らし　熱い恋の醒めたディアローグ』新時代社（八五年十一月）――藤田宜永とのインタビュー集（聞き手／秋元真澄）
『彼女が愛した男』カドカワノベルズ（八六年二月）↓角川文庫（八八年一月）
『二人で夜どおしおしゃべり』角川文庫（八七年一月）――エッセイ集
『蠍のいる森』集英社文庫（八七年四月）
『仮面のマドンナ』角川文庫（八七年五月）

『**彼方の悪魔**』中央公論社Cノベルス（八七年十一月）↓中公文庫（九一年二月）
『**見えない情事**』中央公論社（八八年四月）↓中公文庫（九二年七月）――短編集
〈収録作品〉ディオリッシモ／春日狂乱／寂しがる男／黒の天使／車影／真夏の夜の夢つむぎ／見えない情事
『**墓地を見おろす家**』角川文庫（八八年七月）↓角川ホラー文庫（九三年十二月、改訂版）
『**プワゾンの匂う女**』徳間書店（八八年七月）↓徳間文庫（九一年八月）↓光文社文庫（九七年十二月）
『**間違われた女**』祥伝社ノン・ポシェット（八八年九月）
『**あなたに捧げる犯罪**』双葉社（八九年二月）↓双葉文庫（九二年一月）↓集英社文庫（九五年四月、『妻の女友達』と改題）――短編集、第42回日本推理作家協会賞短編部門受賞作「妻の女友達」を収録
〈収録作品〉菩薩のような女／転落／男喰いの女／妻の女友達／間違った死に場所／セ・フィニ――終幕
『**殺意の爪　比呂子に何が起きたか？**』光文社カッパ・ノベルス（八九年四月）↓光文社文庫（九三年六月）↓徳間文庫（九八年一月）
『**キスより優しい殺人**』勁文社（八九年五月）↓ケイブンシャ文庫（九一年七月）↓徳間文庫（九九年三月）――短編集
〈収録作品〉キスより優しい殺人／初めての男／洋菓子店殺人事件／絡み合った殺意／仮

面の美女／短気は損気／奇妙な話／家族の風景／磯良／キスはドライブの後に／レディス・メイト／指輪／光あふれる樹／目には目を（＊文庫版のみ「四度目の夏」を収録）

『死者はまどろむ』講談社ノベルス（八九年六月）↓集英社文庫（九三年八月）

『双面の天使』集英社文庫（八九年七月）――短編集

〈収録作品〉共犯関係／眼／薔薇の木の下／双面の天使

『窓辺の蛾』実業之日本社（八九年十一月）↓祥伝社ノン・ポシェット（九三年一月、『追いつめられて』と改題）――短編集

〈収録作品〉窓辺の蛾／悪者は誰？／追いつめられて／泣かない女／隣りの女／予告された罠

『闇のカルテット』双葉社（八九年十二月）↓双葉文庫（九二年九月）

『やさしい夜の殺意』中央公論社（九〇年四月）↓中公文庫（九三年十一月）

〈収録作品〉やさしい夜の殺意／それぞれの顚末／チルチルの丘／青いドレス／未亡人は二度生まれる

『無伴奏』集英社（九〇年七月）↓集英社文庫（九四年九月）

『柩の中の猫』白水社（九〇年九月）↓新潮文庫（九六年七月）

『恐怖配達人』双葉社（九〇年十二月）↓双葉文庫（九三年七月）――短編集

〈収録作品〉梁のある部屋／喪服を着る女／死体を運んだ男／老後の楽しみ／団地／霧の夜

『猫を抱いて長電話』角川文庫（九一年一月）――エッセイ集

『唐沢家の四本の百合』中央公論社（九一年九月）↓中公文庫（九五年九月）↓徳間文庫（二〇〇一年八月）

『会いたかった人』祥伝社ノン・ポシェット（九一年十月）――短編集
〈収録作品〉会いたかった人／結婚式の客／寄生虫／木陰の墓／運の問題／甘いキスの果て

『懐かしい骨』双葉社（九二年七月）↓双葉文庫（九四年十二月）

『夜ごとの闇の奥底で』新潮社〈新潮ミステリー倶楽部〉（九三年一月）↓新潮文庫（九六年二月）

『ナルキッソスの鏡』集英社（九三年三月）↓集英社文庫（九六年四月）

『恐怖に関する四つの短編』実業之日本社（九三年五月）↓集英社文庫（九六年八月、『倒錯の庭』と改題）――短編集
〈収録作品〉倒錯の庭／罪は罪を呼ぶ／約束／暗闇に誰かがいる

『危険な食卓』集英社（九四年一月）↓集英社文庫（九七年四月）――短編集
〈収録作品〉囚われて／同窓の女／路地裏の家／姥捨ての街／天使の棲む家／花火／鍵老人／危険な食卓

『死に向かうアダージョ』双葉社（九四年七月）↓双葉文庫（九七年十月）

『贅肉』中央公論社（九四年九月）↓中公文庫（九七年二月）――短編集

〈収録作品〉贅肉／ねじれた偶像／一人芝居／誤解を生む法則／どうにかなる
『記憶の隠れ家』講談社（九五年二月）→講談社文庫（九八年一月）——連作短編集
〈収録作品〉刺繍の家／獣の家／封印の家／花ざかりの家／緋色の家／野ざらしの家
『怪しい隣人』集英社（九五年四月）→集英社文庫（九八年四月）——短編集
〈収録作品〉妻と未亡人／家鳴り／終の道づれ／寺田家の花嫁／本当のこと／隣の他人
『夫婦公論』毎日新聞社（九五年六月）→幻冬舎文庫（九七年四月）→集英社文庫（二〇〇〇年四月）——夫・藤田宜永との対談集
『深夜のネコ』河出書房新社（九五年九月）→河出文庫（九八年五月）——エッセイ集
『恋』早川書房〈ハヤカワ・ミステリワールド〉（九五年十月）→ハヤカワ文庫JA（九九年四月）→新潮文庫（二〇〇三年一月）
『水無月の墓』新潮社（九六年一月）→新潮文庫（九九年二月）——短編集
〈収録作品〉足／ぼんやり／神かくし／夜顔／流山寺／深雪／私の居る場所／水無月の墓
『うわさ』光文社（九六年三月）→光文社文庫（九八年十月）——短編集
〈収録作品〉独楽の回転／災厄の犬／ひぐらし荘の女主人／うわさ
『男と女　小説と映画にみる官能風景』中央公論社（九六年十月）→中公文庫（九八年十月）——エッセイ集
『小池真理子短篇セレクション１　会いたかった人』河出書房新社（九七年六月）→集英社文庫（二〇〇二年四月）——自選短編集サイコ・サスペンス篇１

〈収録作品〉会いたかった人／倒錯の庭／災厄の犬／美をはらむ異常（巻末エッセイ）
『**欲望**』新潮社（九七年七月）↓新潮文庫（二〇〇〇年四月）
『**小池真理子短篇セレクション2　ひぐらし荘の女主人**』河出書房新社（九七年七月）↓集英社文庫（二〇〇二年五月）――自選短編集官能篇
〈収録作品〉ひぐらし荘の女主人／花ざかりの家／彼なりの美学／官能の風景（巻末エッセイ）
『**小池真理子短篇セレクション3　命日**』河出書房新社（九七年八月）↓集英社文庫（二〇〇二年六月）――自選短編集幻想篇
〈収録作品〉命日／家鳴り／流山寺／水無月の墓／ミミ／現世と異界（巻末エッセイ）
『**小池真理子短篇セレクション4　妻の女友達**』河出書房新社（九七年九月）↓集英社文庫（二〇〇二年九月、『泣かない女　短編セレクション　ミステリー篇』と改題）――自選短編集ミステリー篇
〈収録作品〉妻の女友達／泣かない女／悪者は誰？／鍵老人／物語の快楽（巻末エッセイ）
『**小池真理子短篇セレクション5　夢のかたみ**』河出書房新社（九七年十月）↓集英社文庫（二〇〇二年十月）――自選短編集ノスタルジー篇
〈収録作品〉夢のかたみ／チルチルの丘／路地裏の家／ディオリッシモ／約束／遠い日の情景（巻末エッセイ）
『**小池真理子短篇セレクション6　贅肉**』河出書房新社（九七年十一月）↓集英社文庫（二

〇〇一年十一月）――自選短編集サイコ・サスペンス篇2
〈収録作品〉贅肉／刺繍の家／終の道づれ／どうにかなる／たおやかな狂気（巻末エッセイ）
『美神（ミューズ）』講談社（九七年十月）↓講談社文庫（二〇〇〇年五月）――連作短編集
〈収録作品〉妖女たち――阿佐子九歳／ときめき――阿佐子十七歳／タブー――阿佐子二十二歳／夢幻（ゆめうつつ）――阿佐子二十六歳／薄荷の香り――阿佐子三十歳／春の風――阿佐子三十五歳
『律子慕情』集英社（九八年一月）↓集英社文庫（二〇〇〇年十一月）
『蜜月』新潮社〈新潮エンターテインメント倶楽部ＳＳ〉（九八年九月）↓新潮文庫（二〇〇一年四月）――連作短編集
〈収録作品〉花のエチュード／交尾／ただ一度の忘我／裸のウサギ／バイバイ／夜のかすかな名残
『水の翼』幻冬舎（九八年十二月）↓幻冬舎文庫（二〇〇一年二月）
『ひるの幻よるの夢』文藝春秋（九九年一月）↓文春文庫（二〇〇二年四月）――短編集
〈収録作品〉夢のかたみ／静かな妾宅／彼なりの美学／秋桜の家／ひるの幻よるの夢／シャンプーボーイ
『ネコ族の夜咄』清流出版（九九年六月）――村松友視、南伸坊との鼎談集
『冬の伽藍』講談社（九九年六月）↓講談社文庫（二〇〇二年六月）

『薔薇船』 早川書房（九九年九月）――短編集
〈収録作品〉鬼灯／ロマンス／薔薇船／首／夏祭り／彼方へ
『Innocent』 新潮社（九九年十月）――ハナブサ・リュウの写真と中編小説のコラボレーション
『ノスタルジア』 双葉社（二〇〇〇年一月）
『薔薇の木の下』 徳間書店（二〇〇〇年二月）↓徳間文庫（二〇〇二年九月）――自薦短編アンソロジー
〈収録作品〉春の水音／囚われて／封印の家／老後の楽しみ／妻と未亡人／薔薇の木の下／秘密
『いとおしい日々』 徳間書店（二〇〇〇年九月）――ハナブサ・リュウの写真とのコラボレーションによるエッセイ集
『月狂ひ』 新潮社（二〇〇〇年十月）
『蔵の中』 祥伝社文庫（二〇〇〇年十一月）
『天の刻（とき）』 文藝春秋（二〇〇一年一月）――短編集
〈収録作品〉月を見に行く／蠟燭亭／天の刻（とき）／褻のまどろみ／堕ちていく／無心な果実
『午後のロマネスク』 祥伝社（二〇〇一年四月）――掌編集
〈収録作品〉約束／灰色の猫／親友／彼方へ／愛しい嘘／白い水着の女／くちづけ／年始

客／再会／雪うさぎ——少女物語1／花火——少女物語2／遠い思い出——少女物語3／花ざかりの夜——少女物語4／夏の雨／旅路／ふしぎな話／声
『肉体のファンタジア』集英社（二〇〇一年六月）——エッセイ集
『忘我のためいき　私の好きな俳優たち』講談社（二〇〇一年八月）——映画エッセイ集
『薔薇いろのメランコリヤ』角川書店（二〇〇一年十月）
『狂王の庭』角川書店（二〇〇二年六月）
『夜の寝覚め』集英社（二〇〇二年十月）——短編集
〈収録作品〉たんぽぽ／旅の続き／花の散りぎわ／雪の残り香／時の轍／夜の寝覚め

◆アンソロジーに収録された短編集未収録短編

「しゅるしゅる」——『悪夢十夜　現代ホラー傑作選〈第4集〉』角川ホラー文庫（九三年十二月）に収録（赤川次郎、江戸川乱歩、木々高太郎、松本清張、水谷準、皆川博子、森村誠一、夢枕獏、夏樹静子らの作品を同時収録した、夏樹静子編による短編アンソロジー）
「生きがい」——『絆』角川書店カドカワノベルズ（九六年八月）→角川ホラー文庫（九八年四月、『ゆがんだ闇』と改題）に収録（鈴木光司、篠田節子、坂東眞砂子、小林泰三、瀬名秀明との短編競作アンソロジー）

「康平の背中」――『七つの怖い扉』新潮社（九八年十月）→新潮文庫（二〇〇二年一月）に収録（女優・白石加代子による語り下ろし公演「百物語」のために書き下ろされた恐怖短編を集めたアンソロジー。阿刀田高、宮部みゆき、高橋克彦、乃南アサ、鈴木光司、夢枕獏との競作）

（二〇〇二年十一月末現在／新潮社出版部編）

本書は、平成七年十月早川書房より単行本として刊行され、
その後、平成十一年四月にハヤカワ文庫として刊行された。

小池真理子著
欲　望
島清恋愛文学賞受賞
愛した美しい青年は性的不能者だった。決してかなえられない肉欲、そして究極のエクスタシー。あまりにも切なく、凄絶な恋の物語。

小池真理子著
望みは何と訊かれたら
殺意と愛情がせめぎあう極限状況で生れた男女の根源的な関係。学生運動の時代を背景に愛と性の深淵に迫る、著者最高の恋愛小説。

小池真理子著
無花果の森
芸術選奨文部科学大臣賞受賞
夫の暴力から逃れ、失踪した新谷泉。追いつめられ、過去を捨て、全てを失って絶望の中に生きる男と女の、愛と再生を描く傑作長編。

小池真理子著
モンローが死んだ日
突然、姿を消した四歳年下の精神科医。私が愛した男は誰だったのか？　現代人の心の奥底に潜む謎を追う、濃密な心理サスペンス。

小池真理子著
神よ憐れみたまえ
戦後事件史に残る「魔の土曜日」と同日、少女の両親は惨殺された――。一人の女性の数奇な生涯を描ききった、著者畢生の大河小説。

唯川　恵著
「さよなら」が知ってるたくさんのこと
泣きたいのに、泣けない。ひとりで抱えてるのは、ちょっと辛い――そんな夜、この本はきっとあなたに「大丈夫」をくれるはずです。

桐野夏生著

抱く女

一九七二年、東京。大学生・直子は、親しき者の死、狂おしい恋にその胸を焦がす。現代の混沌を生きる女性に贈る、永遠の青春小説。

桐野夏生著

残虐記

柴田錬三郎賞受賞

自分は二十五年前の少女誘拐監禁事件の被害者だという手記を残し、作家が消えた。折り重なった虚実と強烈な欲望を描き切った傑作。

桐野夏生著

東京島

谷崎潤一郎賞受賞

ここに生きているのは、三十一人の男たち。そして女王の恍惚を味わう、ただひとりの女。孤島を舞台に描かれる、〝キリノ版創世記〟。

桐野夏生著

魂萌え！（上・下）

婦人公論文芸賞受賞

夫に先立たれた敏子、五十九歳。「平凡な主婦」が突然、第二の人生を迎える戸惑い。そして新たな体験を通し、魂の昂揚を描く長篇。

桐野夏生著

冒険の国

時代の趨勢に取り残され、滅びゆく人びと。同級生の自殺による欠落感を埋められない主人公の痛々しい青春。文庫オリジナル作品！

桐野夏生著

ジオラマ

あたりまえのように思えた日常は、一瞬で、あっけなく崩壊する。あなたの心も、変わってゆく。ゆれ動く世界に捧げられた短編集。

森 茉莉 著

恋人たちの森

頽廃と純真の綾なす官能的な恋の火を、言葉の贅を尽して描いた表題作、禁じられた恋の光輝と悲傷を綴る「枯葉の寝床」など4編。

森 茉莉 著

私の美の世界

美への鋭敏な本能をもち、食・衣・住のささやかな手がかりから〈私の美の世界〉を見出す著者が人生の楽しみを語るエッセイ集。

北村 薫 著

スキップ

目覚めた時、17歳の一ノ瀬真理子は、25年を飛んで、42歳の桜木真理子になっていた。人生の時間の謎に果敢に挑む、強く輝く心を描く。

倉橋由美子著

大人のための残酷童話

世界中の名作童話を縦横無尽にアレンジ、物語の背後に潜む人間の邪悪な意思や淫猥な欲望を露骨に焙り出す。毒に満ちた作品集。

加納朋子著

カーテンコール!

閉校する私立女子大で落ちこぼれたちを救済するべく特別合宿が始まった! 不器用な女の子たちの成長に励まされる青春連作短編集。

ねじめ正一著

高円寺純情商店街

直木賞受賞

賑やかな商店街に暮らす、正一少年の瞳に映った「かつてあったかもしれない東京」の佇まい。街と人々の関わりを描く連作短編集。

恋《こい》

新潮文庫　こ-25-6

平成十五年一月一日発行
令和六年十月十五日十五刷

著者　小《こ》池《いけ》真《ま》理《り》子《こ》

発行者　佐藤隆信

発行所　株式会社　新潮社

郵便番号　一六二—八七一一
東京都新宿区矢来町七一
電話　編集部(〇三)三二六六—五四四〇
　　　読者係(〇三)三二六六—五一一一
https://www.shinchosha.co.jp

価格はカバーに表示してあります。

印刷・株式会社光邦　製本・株式会社大進堂

ISBN978-4-10-144016-3 C0193